COMPLOTS

Quand ils s'entendent pour tuer

Pierre Bellemare mène une carrière d'homme de radio, de télévision et d'écrivain... et d'acteur. Tous ses livres sont de grands succès de librairie.

Grand voyageur et grand reporter depuis trente ans, Jérôme Equer a collaboré avec Pierre Bellemare sur plusieurs ouvrages.

PIERRE BELLEMARE
JÉRÔME EQUER

Complots

Quand ils s'entendent pour tuer

DOCUMENTATION JACQUELINE HIEGEL

ALBIN MICHEL

© Éditions Albin Michel, 2006.
ISBN : 978-2-253-12390-3 – 1ʳᵉ publication LGF

français.

Avant-propos

C'est dans le secret que s'organise un complot, dans
le secret qu'il s'exécute et dans le secret qu'il réussit.
La moindre indiscrétion, le mot de trop et l'affaire
capote, entraînant les conspirateurs vers la honte, et le
plus souvent vers la mort.

D'où vient ce goût de comploter ? De l'infini plaisir
de détenir ce qui n'est partagé qu'avec un tout petit
nombre. D'un sentiment de puissance que l'être affran-
chi va savourer, par comparaison aux individus ordi-
naires qui ne savent rien et ne méritent que le mépris.

À ma grande honte, j'ai dans mon enfance, pendant
l'Occupation, participé à un complot. J'étais en 4ᵉ et
nous avions un professeur de français que nous détes-
tions. Pour obtenir son renvoi, nous avions imaginé le
plan suivant : chaque jour, nous avions droit à une
distribution de biscuits vitaminés, et chaque jour la
boîte contenant les biscuits était confiée à un élève
différent, qui assurait une distribution équitable entre
ses camarades. Il restait toujours deux ou trois gâteaux
qui revenaient au distributeur.

Avec trois copains, nous avons décidé de ne plus
les manger. Quand leur nombre fut suffisant, nous les
avons enveloppés par dix dans un joli papier blanc et
nous avons expédié ces paquets avec un petit mot aux

filles d'une autre classe, dont l'un de nous avait pu se procurer les adresses auprès du secrétariat de l'école. À l'époque, nous étions sûrs que la majorité de ces lettres seraient lues par les parents. Que disaient-elles ? « Ma chère enfant, voici les gâteaux promis. N'oubliez pas de me donner les 5 francs dont nous avons convenu. » Et c'était signé par le professeur de français.

Très vite la rumeur, à notre grande satisfaction, nous a confirmé que notre complot fonctionnait, et nous n'avions plus qu'à attendre les plaintes des parents auprès de la direction.

Il faisait beau sur Paris ce matin-là. De loin, en arrivant, j'ai vu qu'une grande agitation régnait parmi les élèves. Nous devions avoir réussi... Non ! Nous étions le 6 juin et le débarquement venait de commencer. Notre complot minable était passé au dernier rang des préoccupations de tous.

Qu'est devenu ce professeur de français ? A-t-il seulement connu notre méchante conspiration ? Je ne le saurai jamais...

Entrons maintenant dans l'univers des grands. Le mensonge, la cruauté, la bêtise et l'ignominie vont régner en maîtres.

Pierre Bellemare

Le Cœur de Jésus

À bord de sa camionnette de postier, Bill Wallace,
dix-huit ans, roule à faible allure dans les rues de
Revere, une banlieue au nord de Boston. Des rafales
glacées s'engouffrent dans le véhicule. Mardi 15 février
1955 : c'est la date inscrite sur les journaux que Bill
lance par la porte du fourgon restée ouverte, et qui atter-
rissent sur les pelouses bordant les pavillons.

Au bout d'une heure, Wallace s'accorde une pause
bien méritée. Il sort une bouteille thermos de la boîte
à gants et se verse une tasse de café. Les rues sont
vides. Pas âme qui vive. Le regard du postier s'attarde
un instant sur la façade d'une église, un bâtiment en
briques rouges, battu par les vents.

Bien en évidence, un gros carton trône sur le parvis.
Qu'est-ce que ça peut être ?

Sa curiosité mise en éveil, Bill hésite à quitter le
confort relatif de sa cabine pour aller voir ce qu'il
contient. Des objets usagés, de vieux vêtements offerts
à la paroisse, sans doute, se dit-il.

Ragaillardi par la boisson chaude, le garçon se
décide. Il saute à terre et se dirige vers l'église. Le
carton est solidement scellé par du papier collant. Il
ne porte aucune indication. Comme s'il s'apprêtait à
commettre une infraction, Bill scrute les rues alentour.

Personne. Alors, il tire un canif de sa poche et s'attaque au ruban adhésif. Quand il pousse un hurlement de terreur, les mouettes crient à leur tour et se dispersent dans le ciel plombé.

Le carton contient un enfant. Un enfant mort. Un garçon nu, le crâne rasé, recroquevillé en position fœtale. Les policiers, avertis par Wallace, le transportent à la morgue et ouvrent une enquête. Ils ne constatent aucune trace de coups ou de violence sur le corps. Rien qui puisse laisser penser qu'il s'agisse d'un homicide. Par ailleurs, à l'exception du cadavre, le carton est vide et ne renferme aucun indice. Les enquêteurs collectent les avis de disparition déposés dans les postes de police de tout l'État du Massachusetts. Comme aucun cas signalé ne correspond à la dépouille, ils étendent leurs recherches aux États limitrophes. Sans davantage de succès. Ils procèdent alors à une mise en scène macabre. Ils habillent le garçon, le placent sur une chaise et le photographient de face et de profil. Les photos sont ensuite publiées dans la presse locale, afin que l'enfant puisse être éventuellement identifié par les lecteurs. Nouvel échec. Personne ne se manifeste et le fichier national du FBI n'est d'aucun secours. Un an plus tard, faute d'éléments nouveaux, l'enquête est interrompue et vient épaissir les dossiers des affaires non classées. Le cadavre de l'enfant anonyme est extrait de la morgue et inhumé dans la section du cimetière réservée aux indigents.

Le dimanche 7 juillet 1980, au poste de police de Revere, une secrétaire interrompt le travail du sergent James Thorsen.

– Jim, j'ai ici une dame qui demande à parler à un officier. Elle dit qu'elle a trouvé quelque chose dans la rue.

– Occupe-t'en, tu veux bien ?

La secrétaire roule les yeux comme un personnage de dessin animé.

– J'ai essayé, mais impossible de m'en débarrasser. Cette pipelette ne veut avoir affaire qu'à un officier.

Puis elle fait mine de scruter la pièce.

– Et toi excepté, je n'en vois pas d'autre.

Thorsen se lève en maugréant. Une vieille femme, coiffée d'un chapeau fleuri à large bord, s'impatiente à la réception.

– C'est pas trop tôt ! À cause de vous, je vais être en retard à la messe de 8 heures.

– Que puis-je pour vous ?

La paroissienne soulève une petite valise, qu'elle dépose sur le comptoir.

– J'ai trouvé ce bagage devant l'église, près de la plage. J'ai tenu à vous le remettre en main propre. Dites-moi où je dois signer et je file.

Tandis que la femme trottine déjà vers la sortie, le sergent, furieux, ouvre la valise. Elle contient un léger bric-à-brac d'objets hétéroclites. Un bonnet en laine de petite taille, un chien en peluche démodé, une médaille en plaqué or représentant la Vierge et une photo jaunie. Thorsen referme le couvercle en bougonnant.

– Barbara, range-moi ce fourbi avec les objets trouvés. Je ne veux plus être dérangé de toute la matinée, c'est bien compris ?

L'après-midi est mortellement calme et le sergent Thorsen a fini d'expédier les affaires courantes. Pour tromper son ennui, il va récupérer la valise déposée par la vieille femme, et étale devant lui les objets qu'elle contient. Le jouet et le bonnet ont autrefois appartenu à un enfant, c'est l'évidence. Faute de mieux, Jim s'attarde ensuite sur la photographie. Elle représente un groupe de sept gamins en uniforme d'une autre époque. Au dos de l'image, le policier lit une inscription : « Il s'appelait Oliver. » Soudain, un autre détail attire son attention. Derrière les enfants, des lettres ont été peintes sur les flancs d'un autocar en stationnement. Thorsen s'arme d'une loupe et note au fur et à mesure les lettres qu'il parvient à décrypter : ... pha... ge... o... the... art... of... sus. Puis il essaie par jeu de retrouver les lettres cachées par les petites silhouettes. Il expérimente plusieurs combinaisons et finit par trouver une signification aux derniers mots : the Heart of Jesus, « le C̶œur de Jésus ». Par déduction, le sergent estime que le premier mot pourrait être orphanage, « orphelinat ». Ce qui signifierait : « Orphelinat du Cœur de Jésus ». Satisfait de sa déduction, James Thorsen remet les objets à leur place et s'apprête à refermer la valise. Mais il se ravise.

– Imaginons maintenant que cette mallette n'ait pas été réellement égarée, mais qu'elle ait été déposée intentionnellement devant l'église. Que sommes-nous censés découvrir à l'intérieur ?

Le sergent détaille une nouvelle fois à la loupe le visage grave et résigné des enfants.

– Des gamins tristes ! Des orphelins malheureux ! Ça n'a rien d'extraordinaire.

Il retourne la photo une fois encore. « Il s'appelait Oliver. » L'emploi du passé signifie que l'un des gamins est sans doute mort depuis que la photo a été prise. Par ailleurs, l'encre utilisée pour l'inscription semble plus récente que le tirage du cliché. Est-ce le

message que l'on cherche à nous communiquer ?
Comment savoir ?

Comme il n'a rien de mieux à faire, Thorsen consulte l'annuaire téléphonique de Revere. Aucun orphelinat au nom du Cœur de Jésus n'y figure. Le jeune policier interroge la secrétaire qui, elle, est native de la ville.

– Bien sûr que cet orphelinat a existé, raille Barbara. Quand tu étais encore à New York, à l'école de police, il était tenu par des bonnes sœurs et, crois-moi, à l'époque, il fonctionnait à plein régime.

– Qu'est-il devenu ?

La femme fait un geste de la main, comme pour disperser la fumée d'une cigarette imaginaire.

– Il a fermé il y a huit ou dix ans. Il a été transformé en colonie de vacances pour les gosses des quartiers pauvres de Boston.

Quelques jours plus tard, profitant de sa pause déjeuner, James Thorsen se rend à l'adresse de l'ancien orphelinat. C'est un bâtiment austère et vétuste. Plus une prison qu'une colonie de vacances. Prétextant une enquête de routine, le policier demande à être reçu par la directrice.

– Désolée de ne pouvoir vous aider, s'excuse cette dernière. Les archives du Cœur de Jésus ont été transférées à l'évêché, je crois.

Alors que Thorsen s'apprête à prendre congé, la femme le retient.

– Attendez une minute. Nous logeons sœur Christina dans une aile de l'établissement.

– Sœur Christina ?

– La fondatrice de l'orphelinat. C'est une personne

13

âgée mais dotée d'une mémoire redoutable. Peut-être pourra-t-elle vous aider ?

Jim s'engage dans un interminable couloir et frappe à une porte. Une voix un peu chevrotante lui dit d'entrer. La vieille femme, tassée sur une chaise à bascule, est plongée dans la lecture d'un livre.

— Je suis navré de vous déranger, ma sœur. Je suis sergent de police. Pouvez-vous me dire si cette photo évoque quelque chose pour vous ?

La religieuse jette un coup d'œil méfiant sur l'instantané défraîchi.

— Oui, bien sûr. C'est l'autobus de l'orphelinat. Qui vous a donné cette photo ?

Thorsen esquive la question.

— Reconnaissez-vous les enfants ?

Sœur Christina hésite un long moment avant de répondre.

— Ce sont probablement les membres du club de la Découverte.

— Parlez-moi de ce club.

— C'était une petite confrérie. Des garçons de l'orphelinat passionnés par les sciences et techniques.

— Quelles étaient les activités de l'association ?

— Les enfants se rendaient une ou deux fois par mois à l'hôpital du comté.

— Pour quoi faire ?

— Des médecins leur faisaient faire des... des sortes d'expériences de physique et de chimie, marmonne la religieuse.

— Je vois. Quand la photo a-t-elle été prise ?

La sœur regarde l'image plus attentivement.

— Au cours des années cinquante, vraisemblablement.

— Pouvez-vous mettre des noms sur les visages ?

– Comment le pourrais-je ? Des centaines d'enfants se sont succédé en quinze ans au Cœur de Jésus.

Thorsen ne dissimule pas son agacement.

– Merci pour votre aide, ma sœur. On m'a parlé d'archives, déposées à l'évêché, j'irai les consulter.

Devenue soudain plus avenante, la vieille femme l'interrompt.

– Non, je crois que c'est inutile. Je peux m'en occuper. Chaque enfant était photographié et dûment répertorié dès son arrivée à l'orphelinat. Je conserve leurs fiches dans la pièce voisine. Peut-être parviendrai-je à identifier les garçons qui sont sur la photo, si c'est ce que vous voulez.

– C'est effectivement ce que je souhaite, ma sœur, répond Thorsen d'une voix désagréable.

Il retourne négligemment la photo.

– Le nom d'un certain Oliver est mentionné ici, au dos du tirage. De quel gosse s'agit-il ?

La vieille femme fait circuler un doigt sur les petits visages. Elle semble réfléchir intensément, puis désigne le gamin qui trône au milieu du groupe.

– Je crois que c'est ce garçon-là.

– Est-il mort à l'orphelinat ? demande Thorsen.

– Non. Non, bien sûr. Si ma mémoire est bonne, il a été adopté vers l'âge de six ou sept ans.

– Avez-vous le nom et l'adresse de la famille d'accueil ?

– Je dois consulter mes fiches.

– Eh bien, faites-le, faites-le rapidement, ma sœur.

Quelques jours plus tard, James Thorsen rend une nouvelle visite à la religieuse. Le visage flétri de sœur Christina s'est embelli d'un léger sourire.

– Mon système de rangement est efficace. J'ai trouvé les renseignements que vous m'avez demandés.

La sœur tend au policier un paquet de fiches cartonnées.

– Voilà ce qui concerne les membres du club de la Découverte.

– Félicitations.

Jim sélectionne aussitôt une fiche et la parcourt fébrilement : « Oliver, né le 15 juin 1949 à Concord, Massachusetts, fils de Peter et Jacqueline McMarty, décédés des suites d'un accident. Admis avec sa sœur, Alexandra, le 23 janvier 1954. Adopté le 15 février 1955 par John et Victoria Rossi, 49W 11th Street, New York. »

Dès son retour au poste de police, Thorsen se lance dans des recherches. Il commence par consulter les annuaires téléphoniques de la ville de New York, mais les informations dont il dispose datent d'un quart de siècle et la famille Rossi a pu déménager à plusieurs reprises. Il fait donc appel au FBI, au ministère de la Santé et au Trésor public pour retrouver sa trace. Quinze jours plus tard, il obtient enfin le renseignement tant attendu. Et le résultat défie tout ce qu'il a pu imaginer : John et Victoria Rossi sont décédés. Ruinés par le krach boursier, ils se sont suicidés ensemble dans une chambre d'hôtel, le 31 décembre... 1929 !

– Vous n'irez pas au paradis, ma sœur ! menace Thorsen, furieux, en brandissant une carte jaune sous le nez de sœur Christina. Soit votre système d'archivage est une fumisterie, soit vous vous moquez de moi.

16

Le visage de la religieuse vire au gris. Le sergent poursuit sur le même ton rageur.

– Les Rossi sont morts vingt-quatre ans avant d'avoir soi-disant adopté Oliver MacMarty. Je voudrais comprendre. Expliquez-moi cette bizarrerie ! Est-ce une opération du Saint-Esprit ?

Comme en signe de supplication, sœur Christina joint ses mains osseuses au-dessus de sa tête.

– Je vous en prie, ne blasphémez pas !

– Vous n'ignorez pas que l'usage volontaire d'identités usurpées est un délit fédéral ? fulmine Thorsen. Maintenant, dites-moi la vérité.

La religieuse bredouille dans un sanglot :

– Je ne sais pas... Je ne peux pas... Je ne me souviens plus...

Apitoyé, le sergent relâche sa pression.

– Je vous accorde quarante-huit heures de répit. Pas une de plus. Je reviendrai.

Cet incident a mis le sergent en alerte. Son instinct lui commande de persévérer dans ses investigations. Muni d'un agrandissement photographique du visage d'Oliver MacMarty, il se rend au siège du journal local et épluche les microfilms des parutions de l'année 1955. Soudain, son cœur se bloque. Deux photographies en noir et blanc s'étalent à la première page d'un exemplaire du mois de février. Elles représentent un jeune garçon, assis sur une chaise, les yeux mi-clos, vu de face et de profil. À l'exception de son crâne rasé, l'enfant est en tout point identique à celui de l'orphelinat. Jim parcourt à toute vitesse l'avis de recherche qui accompagne les photos. Le cadavre non identifié a été retrouvé dans une boîte en carton, sur le parvis de l'église de la plage.

Quelques heures plus tard, les archives de la police

lui apprennent que l'enquête a tourné court et que la dépouille anonyme du gamin a été inhumée dans le cimetière municipal. Fort de cette nouvelle information, Thorsen en déduit que le lien qui relie le cadavre à la valise n'est pas le fruit d'une coïncidence. Tous deux ont été déposés intentionnellement au même endroit, à vingt-quatre ans d'intervalle, vraisemblablement par la même personne. Mais par qui et dans quel but ? Est-ce l'œuvre d'un criminel repentant ? D'un maniaque ? S'agit-il d'une machination, destinée à accuser un innocent ? Sœur Christina possède-t-elle la clé du mystère ?

Avant de se rendre une nouvelle fois à l'orphelinat, Thorsen décide de contacter les autres membres du club de la Découverte. Il apprend que trois d'entre eux sont décédés et que les autres ont été adoptés par des familles originaires de la région. Le policier prend rendez-vous avec Arthur Govern, le premier de sa courte liste. Bien qu'âgé d'une trentaine d'années, l'homme qui le reçoit dans son poulailler semble prématurément vieilli.

– Que voulez-vous savoir ? bougonne-t-il aussitôt. Je déteste parler de cette époque maudite.

– Pour quelle raison ?

– L'orphelinat était un cauchemar, voilà pourquoi.

– Oui, je comprends. Excusez-moi de remuer ces souvenirs pénibles.

– Le nom d'Oliver MacMarty vous dit-il quelque chose ?

– Oui, très vaguement.

– Il a été adopté vers l'âge de cinq ans par des New-Yorkais, ment le policier.

– Probable. Sœur Térésa avait dû nous le dire. C'est tout. Fin de l'histoire.

– Qui est sœur Térésa ? demande Thorsen, alerté.

– *Était*. Elle est morte il y a dix ans. Elle était l'assistante de sœur Christina.

– Je crois savoir aussi qu'Oliver avait une sœur, insiste le sergent.

– Oui, Alexandra. Alex Plitov. Elle est restée quelques années de plus au Cœur de Jésus. Elle tient aujourd'hui une brocante, à un quart d'heure d'ici.

Thorsen prend note de l'information et pose une dernière question :

– Monsieur Govern, faisiez-vous partie du club de la Découverte ?

Un hoquet suivi d'une violente quinte de toux secoue brusquement le fermier. Il s'assoit sur une caisse. La crise redouble. Une douleur aiguë semble lui broyer le cœur et les poumons. Le sergent s'en inquiète.

– Ça va aller ? Voulez-vous que j'aille vous chercher un verre d'eau ou un médicament ?

Au bout d'un moment, Govern parvient péniblement à reprendre son souffle. Son visage maigre est congestionné, son front trempé de sueur et ses mains tremblent. Il se redresse et quitte le poulailler d'une démarche flageolante.

– Maintenant, foutez-moi la paix !

Intrigué par le comportement étrange d'Arthur Govern, James Thorsen enquête discrètement sur ses antécédents. Il ne tarde pas à découvrir que sa femme et lui ont adopté leurs trois enfants. Ce détail troublant incite le policier à étendre son investigation aux deux autres survivants du club de l'orphelinat. Quand les résultats lui parviennent, la surprise fait place à la stupéfaction. Gary Kennedy et Jimmy Fox ont eux aussi adopté des enfants pour fonder leur famille.

Sans perdre une seconde, Jim se rend ensuite au domicile d'Alexandra Plitov, la sœur d'Oliver. Elle le reçoit familièrement dans la cuisine de son pavillon, près de Boston.

— Je n'ai conservé aucun souvenir de mes parents biologiques, admet la jeune femme en servant une tasse de thé. Vous savez, je n'avais que trois ans quand ils ont péri ensemble dans une catastrophe aérienne. Aussitôt après, nous avons été recueillis, mon frère et moi, à l'orphelinat.

— Le début d'une période bien difficile, anticipe Thorsen, sur un ton compatissant.

Alexandra Plitov éclate d'un rire joyeux.

— Mais non, pas du tout. Pourquoi dites-vous cela ? Sœurs Térésa et Christina étaient douces, affectueuses, prévenantes. De vraies mères de substitution. Je leur serai éternellement reconnaissante.

Cette réflexion inattendue déconcerte Thorsen. Il poursuit :

— Les religieuses vous ont-elles permis de rester en contact avec Oliver, après son adoption ?

— Malheureusement, non. Je ne l'ai jamais revu. Beaucoup de parents adoptifs préfèrent rompre les liens qui unissent l'enfant à son passé. C'est une réaction fréquente et compréhensible.

— Oui, bien sûr.

À cet instant, une brusque intuition traverse le cerveau de Thorsen. Il effleure le bras de la jeune femme.

— Puis-je vous demander une extrême faveur ?

– D'accord. Si elle n'outrage pas la morale ou le code civil, plaisante Alexandra.

– J'aimerais que vous vous fassiez faire une prise de sang dans le laboratoire de la police criminelle de Boston.

Parvenu à ce stade de son enquête, le sergent Thorsen expose au capitaine Johnson, son supérieur hiérarchique, l'ensemble des coïncidences et des incongruités qu'il ne cesse de découvrir, et qui semblent toutes liées à la mort mystérieuse du jeune Oliver. Johnson l'écoute avec attention et demande à un juge d'ordonner l'exhumation de la dépouille de l'enfant retrouvé dans le carton, et de faire pratiquer sur ses restes une recherche d'ADN. Au début des années quatre-vingt, cette technique est nouvelle, longue et coûteuse. Ainsi Thorsen doit-il patienter deux mois avant d'obtenir le résultat des analyses et de pouvoir le comparer à ceux obtenus à partir du prélèvement sanguin réalisé sur Alexandra Plitov. La sentence est sans appel : il n'existe aucun lien génétique entre les deux sources d'échantillons. Oliver et Alexandra n'étaient pas frère et sœur.

Quand James Thorsen se rend à nouveau à l'ancien orphelinat, son cœur bat la chamade. Il est en possession de suffisamment d'indices pour exiger de sœur Christina des explications cohérentes. Recluse dans sa chambre silencieuse, la religieuse semble attendre sa visite. Elle est vêtue d'une robe bleu marine et un chapeau de paille couvre sa tête d'oiseau.

– Allons nous promener dans le parc, voulez-vous, monsieur le policier, propose-t-elle.

Dehors, une lumière radieuse inonde les arbres et les massifs de fleurs.

— J'ai une foule de questions à vous poser, annonce d'emblée le sergent. Et, très franchement, je ne sais pas par laquelle commencer.

Une expression de tristesse flotte un instant sur le visage flétri de la religieuse.

— Contentez-vous de m'écouter, car je vais vous raconter des choses atroces, dit-elle.

Thorsen frissonne en enfouissant ses mains dans ses poches.

— Sachez tout d'abord que le Cœur de Jésus était entièrement financé par la CIA.

La phrase tombe comme un couperet. Thorsen avale difficilement sa salive.

— Qu'est-ce que vient faire la CIA dans la gestion d'un orphelinat ?

— Ne m'interrompez que si nécessaire, coupe sèchement la religieuse. Des sommes importantes étaient virées sur nos comptes chaque trimestre. Elles transitaient discrètement à travers des organismes et des associations, répartis sur tout le territoire. Sans ces dons, nous n'aurions jamais pu recueillir pendant quinze ans des centaines d'enfants.

Sœur Christina ralentit son allure. Soudain épuisée, elle s'assoit sur un banc, à l'ombre d'un sycomore.

— C'est moi, et moi seule, qui ai pris la décision d'accepter cet argent. Je n'avais pas d'autre choix. L'État fédéral, l'État du Massachusetts, le comté, la ville, les mécènes, que sais-je encore... personne n'a répondu à mes appels. Comment aurais-je pu abandonner tous ces pauvres gosses ?

— Attendez une seconde ! glapit Thorsen. Je ne vois

22

rien de répréhensible à accepter les subventions d'une agence fédérale. Quel mal y a-t-il ?

– Vous ne comprenez pas que j'ai vendu mon âme au diable, mon garçon ! Croyez-vous que la CIA dilapide ses budgets dans des actions sociales ? Croyez-vous qu'elle verse des millions de dollars à des institutions sans en tirer profit ?

Le policier se raidit. L'expression de son visage se fige.

– Que lui donniez-vous en échange ?

Le regard de sœur Christina semble se dissoudre dans la lumière. Des larmes perlent au coin de ses yeux.

– L'orphelinat participait au projet MK-Ultra.

– Quoi ?

Le sergent manque de tomber à la renverse.

– Le projet MK-Ultra ? Cette machination dénoncée par le *New York Times,* il y a quelques années ?

– Oui.

– Un programme d'expérimentations sur des cobayes humains, enchérit le policier, totalement bouleversé.

– Au début, j'ignorais de quoi il s'agissait, proteste la religieuse. Les médecins m'avaient simplement dit qu'ils testaient des médicaments inoffensifs sur les garçons.

Le policier se révolte.

– Des drogues dures : LSD, mescaline, peyotl. La Commission Rockefeller a exposé les faits devant le Congrès. Je me souviens aussi que Richard Helms, le directeur de la CIA, a démissionné après avoir détruit une partie des archives les plus compromettantes.

Sœur Christina se détourne. Elle tire un mouchoir de sa manche, s'essuie les yeux.

– Je vous l'ai dit, j'ignorais tout de ces horreurs.

Thorsen reprend :

– L'Agence s'inspirait des méthodes soviétiques et nord-coréennes. Elle essayait de manipuler des innocents, de modifier leur personnalité et leurs comportements.

La vieille femme garde le silence tandis que le policier poursuit d'une voix blanche.

– On a dit que des artistes, des poètes, des chercheurs s'étaient volontairement prêtés à ces expériences. Mais la CIA voulait étudier un plus grand nombre de cas. Les volontaires n'y suffisaient pas. Alors, des détenus ont été sélectionnés dans des pénitenciers fédéraux. Beaucoup sont morts d'overdose. Quelques survivants ont été libérés et assignés à résidence. Est-ce exact, ma sœur ? Répondez !

– Oui. Je crois que ça s'est passé comme cela.

James Thorsen a le sentiment de tomber en chute libre dans un puits sans fond. Il finit par balbutier :

– Et vous avez livré des enfants aux tortionnaires ! Sans doute parce que leurs jeunes cerveaux étaient plus malléables ! Vous êtes un monstre !

– Je me suis fait complètement manipuler, pleurniche la religieuse. J'avais signé un contrat de dix ans avec la CIA. Je ne pouvais plus faire marche arrière.

– Même quand vous avez appris la vérité sur la nature des expériences ?

– Il était trop tard. Et puis, comment aurais-je pu jeter à la rue des centaines d'orphelins ?

Les images macabres d'Oliver, recroquevillé dans son carton, traversent comme une vision insoutenable l'esprit du policier.

– Combien d'enfants avez-vous livrés aux tortionnaires ?

– Je l'ignore. Quelques-unes.

– Les membres du club de la Découverte ?

– Oui.

– Quatre d'entre eux sont morts, martèle Thorsen. J'ai rencontré Arthur Govern, l'un des rescapés. À trente ans, il ressemble à un vieillard maladif et terrorisé. Pourquoi n'a-t-il pas porté plainte ?

Sœur Christina agite ses mains frêles comme si elle se débattait dans une cage invisible.

– La CIA veille à étouffer l'ampleur du scandale. Pour bâillonner les survivants, pour les empêcher de témoigner, elle les menace et les dédommage.

– En avez-vous la preuve ? demande Thorsen.

– Robert Mulligan, un de nos gosses de l'orphelinat, a entamé une procédure pénale quand la vérité a éclaté, en 1974. Sa voiture a pris feu peu après sur une route de montagne. Robert a été brûlé vif. L'enquête de police a conclu à une défaillance du circuit d'alimentation de la voiture.

James Thorsen s'éponge le front. Son cœur tambourine dans sa poitrine, son sang reflue vers les zones les plus obscures de son cerveau.

– Venez, rentrons. J'ai besoin d'un verre d'eau.

Thorsen et la religieuse sont maintenant attablés sous une pergola ombragée. La directrice de l'établissement leur a fait servir un pichet d'orangeade. Après avoir couvert son carnet de notes, fébrilement griffonnées, le policier se renverse dans son fauteuil et respire profondément.

– D'accord, ma sœur. Fin du premier acte. Vous avez livré sept garçons, âgés de cinq à sept ans, à des médecins fous. Passons à l'acte deux : Oliver Mac-

Marty. J'ai découvert qu'Alexandra n'était pas sa sœur biologique.

La sœur se signe rapidement.

— Oliver était le fils que sœur Térésa avait eu avec un médecin de l'hôpital.

Le sergent est littéralement abasourdi.

— Répétez tout ça calmement, je vous prie.

— Vous avez parfaitement compris. Sœur Térésa accompagnait les garçons à l'hôpital deux fois par mois. Elle est tombée amoureuse d'un jeune médecin, qui faisait partie de l'équipe de la CIA. Elle a succombé à la tentation de la chair. Que Dieu lui pardonne.

La sœur se signe à nouveau et reprend son récit à mi-voix.

— Quand Térésa s'est aperçu qu'elle était enceinte, elle m'a suppliée de l'aider. Il était exclu qu'elle se fasse avorter. Je l'ai donc expédiée dans une maison isolée que je possède à la campagne. Après la naissance d'Oliver, une nourrice a veillé sur lui. Le père du garçon n'a jamais été informé de son existence. Térésa avait cessé de le voir, bien sûr. Je me chargeais d'emmener les enfants à l'hôpital.

— Je n'en crois pas mes oreilles, bredouille le sergent, en refermant son carnet. Comment Oliver a-t-il été admis à l'orphelinat ?

— Nous attendions une occasion propice, soupire sœur Christina. Elle s'est produite en 1954, quand un couple a trouvé la mort dans un accident d'avion. Les MacMarty laissaient derrière eux une petite fille, Alexandra. Elle était seule au monde, sans aucune famille. Par un simple jeu d'écritures, Oliver est devenu son frère aîné et a intégré l'orphelinat avec sa sœur.

— Bravo ! De mieux en mieux ! s'exclame Thorsen, soudain exaspéré. Je connais la fin tragique de ce pauvre gosse : la mort déguisée en fausse adoption, et l'abandon du corps dans une boîte en carton. Mais pourquoi, connaissant le danger que son fils encourait, sœur Térésa l'a-t-elle livré aux médecins ? C'est incompréhensible.

— Térésa et moi adorions cet enfant. Nous voulions le voir grandir à nos côtés.

— Le voir mourir à vos côtés, rectifie Thorsen avec cruauté.

Sœur Christina réagit violemment.

— Non ! Je vous interdis de dire ça. Pendant six mois, Oliver a été parfaitement heureux.

— Que s'est-il passé ensuite ?

— Son intelligence l'a perdu.

— Que voulez-vous dire ?

— Le docteur Allen Rothman, le père d'Oliver, a remarqué rapidement sa précocité.

— Il ignorait qu'Oliver était son fils ?

— Oui, je vous l'ai dit. Vers l'âge de cinq ans, Oliver jouait déjà agréablement du piano et griffonnait avec talent dessins et poèmes. Rothman l'a sélectionné d'office dans le club. Je me suis, naturellement, opposée à ce choix de toutes mes forces. Jusqu'à ce que mon insistance devienne suspecte.

— Vous aviez peur que le scandale n'éclate. Vous aviez peur que le péché de chair de sœur Térésa, comme vous dites, ne ruine la réputation de l'orphelinat. Vous aviez peur qu'elle soit exclue de l'Église. Vous aviez peur, enfin, vocifère le policier, que la CIA retire ses subventions ! Vous avez sacrifié Oliver pour le bien collectif !

– Oui, monsieur le policier ! hurle la religieuse, en s'effondrant sur le sol.

Sœur Christina est transportée dans sa chambre, à demi inconsciente, dans un fauteuil roulant. La directrice de la colonie l'allonge sur son lit et applique un linge humide sur son front. Avant de se retirer sur la pointe des pieds, elle s'adresse au policier :

– Cessez de la tourmenter.

– J'en ai pour un quart d'heure.

Le sergent s'assoit au pied du lit. Il attend que la religieuse reprenne complètement ses esprits. Puis il poursuit à voix douce son interrogatoire.

– Parlez-moi de la boîte en carton.

– Je ne sais pas dans quelles circonstances exactes Oliver a succombé. Le 14 février 1955, quand je suis allée à l'hôpital chercher le groupe d'enfants, le docteur Rothman m'a dit qu'il gardait Oliver pour la nuit, car il avait eu un malaise. À 3 heures du matin, alors que tout le monde dormait dans l'orphelinat, il nous a apporté un corps enveloppé dans un sac en plastique. Quand Térésa a reconnu son fils sans vie, le crâne rasé, elle s'est évanouie. Rothman a dit qu'il s'agissait d'un accident. Qu'il avait tondu Oliver pour placer des électrodes sur sa tête afin de mesurer son activité cérébrale. Il a ajouté que le petit avait fait un infarctus, car il avait une malformation cardiaque de naissance.

– Et vous l'avez cru ?

– Non. Mais que pouvais-je faire ? Porter plainte contre la CIA ? Térésa est morte de chagrin quelques années plus tard.

– Je vois, se contente de grogner Thorsen, l'estomac noué. Qu'avez-vous fait ?

— Térésa ne voulait pas enterrer son fils sans sacrement, dans le fond du jardin.

— Difficile, en effet, d'expliquer à un prêtre qu'un médecin, payé par le gouvernement, avait tué un pauvre gosse, raille Thorsen, à bout de nerfs.

— Pour nous assurer qu'Oliver allait être enterré chrétiennement, nous l'avons déposé devant l'église.

— Puis vous avez falsifié des papiers d'adoption, en trouvant je ne sais où la trace d'un couple décédé un quart de siècle plus tôt.

Le policier glisse son carnet de notes dans sa poche et se lève lourdement, submergé par la nausée.

— Je crois en avoir fini. Au fait, qu'est devenu le père d'Oliver ?

— Rothman a été tué au Vietnam, en 1968.

Maintenant, Thorsen veut fuir ce cloaque au plus vite.

— Une dernière question, ma sœur. Pourquoi avez-vous manigancé l'histoire de la valise ?

Sœur Christina vrille son regard embué dans celui du policier.

— Je suis vieille et malade. Croyez-vous que je puisse mourir sans m'être déchargée d'un tel fardeau ?

— Vous l'avez bien mis en scène, votre fardeau, ironise Thorsen d'une voix cassante.

— Je suis lâche. Je n'avais pas le courage d'aller me confesser à un prêtre et à un policier. Alors j'ai fait en sorte de semer des indices.

— J'aurais très bien pu passer à côté. Qu'auriez-vous fait si je n'avais pas fait le lien entre le corps et la valise ?

Sœur Christina se tasse dans ses oreillers.

— Je vous suis infiniment reconnaissante de m'avoir

démasquée. Allez-vous me mettre en prison dès ce soir ?

Thorsen hausse les épaules et se dirige vers la porte.

— Vous avez déjà purgé une lourde peine, ma sœur. Vous êtes en prison. Votre âme, votre conscience sont enfermées à double tour.

Parvenu sur le seuil, le sergent se retourne.

— Rappelez-moi comment s'appelait votre orphelinat ?

— Le... le Cœur de Jésus, geint la vieille femme.

— C'est votre chemin de croix.

Le sergent James Thorsen referme doucement la porte derrière lui. Il traverse un interminable couloir sombre et se retrouve dans le jardin. En pleine lumière.

Une sale guerre

La vieille jeep bringuebale sur une route de montagne. Trois hommes sont à son bord : Khamzat, quarante-sept ans, le chauffeur ; Saïd, soixante-neuf ans, directeur d'école ; et Abdoul, professeur d'histoire. Ils regagnent Chatoï, un bourg situé à une soixantaine de kilomètres au sud de Grozny. Nous sommes le 11 janvier 2002. S'il n'y avait des carcasses de chars russes, abandonnées à l'entrée des villages, il serait difficile d'imaginer que la Tchétchénie est ravagée par une guerre sans fin.

— Arrête-toi là, c'est Chakhaban, le forestier, dit Abdoul.

La jeep patine dans une fondrière. L'homme, encapuchonné jusqu'aux yeux, grimpe prestement à bord. Puis c'est une femme, Zaïnap, qui se tasse à l'arrière du véhicule. Enceinte de cinq mois, elle est accompagnée de Nabil, son neveu.

— D'où viens-tu ? demande Khamzat.

— Je suis allée en ville consulter un gynécologue.

— Alors, fille ou garçon ?

— Une fille, au printemps, *inch'Allah*, répond joyeusement Zaïnap.

— Ta famille s'agrandit, c'est bien, constate le professeur.

Le ciel est limpide, l'air léger. Le soleil cogne. Des plaques de verglas miroitent sur la route. Tandis que le chauffeur fredonne une complainte mélancolique, les passagers s'abîment en silence dans la contemplation du paysage. Comment pourraient-ils imaginer que dans quelques minutes leur vie va basculer ?

Le major Sacha Makarov s'égosille au téléphone depuis une dizaine de minutes.

– Je vous répète que tout est calme dans mon secteur, mon colonel. La situation est parfaitement sous contrôle.

– Vous ne contrôlez rien, Sacha ! hurle le colonel Plotnikov à l'autre bout du fil. Khattab est blessé ! Il s'est embusqué près de chez vous. Quinze mercenaires essaient en ce moment de le déloger.

Un léger frisson secoue le major.

– Comment le savez-vous, sauf votre respect ?

– J'ai mes informateurs, figurez-vous.

– J'ai les miens. Ils ne m'ont rien signalé de ce genre.

– Ne discutez pas, s'énerve Plotnikov d'une voix pâteuse. On tient ce salopard. Je vais le capturer moi-même avant la nuit et le mettre en pièces. L'occasion est trop belle.

Sacha Makarov éloigne le combiné de son oreille, mais la hargne de son supérieur le rattrape aussitôt.

– Vous allez rassembler une vingtaine d'hommes et me retrouver dans une heure à Daï.

– Daï est un hameau paisible et reculé, plaide une nouvelle fois le major. Je n'y compte que des amis. Khattab n'aurait jamais pu s'y réfugier sans que je sois au courant.

Un fracas cristallin couvre soudain la réponse du

colonel. Une bouteille tombée ? Un verre brisé contre un mur ?

– Êtes-vous là, mon colonel ?

– Plus pour très longtemps, je saute dans un hélicoptère. Soyez prêt pour mon arrivée, s'époumone Plotnikov en raccrochant brutalement.

Le major Makarov repose à son tour le combiné. Une tonne d'ennui plombe ses épaules. Fatigue, colère et frustration. Se peut-il que Khattab, le redoutable chef de guerre d'origine saoudienne, l'ennemi juré des Russes, se soit infiltré dans son secteur sans qu'il le sache ? C'est invraisemblable. Si tel était le cas, il en aurait été aussitôt informé. Car, depuis sept ans qu'il commande la zone de Chatoï, Sacha Makarov a tissé des liens de confiance solides avec la population locale. Son sang-froid, sa pondération, sa probité lui ont attiré respect et sympathie. Des qualités rarement accordées aux officiers russes combattant en Tchétchénie.

Makarov décroche un fusil d'assaut AK-47 du mur de son triste bureau. Il vérifie que le chargeur est bien alimenté, le cran de sécurité engagé, puis il referme la porte derrière lui et s'engage dans les rues enneigées du village. Quelques vieilles femmes couvertes de hardes dépareillées le saluent furtivement. La présence du fusil, qui se balance à son épaule, les surprend. Habituellement, l'officier circule sans arme et sans escorte. Parvenu à proximité de la caserne où loge son bataillon, il croise Magomed, un ami tchétchène, suppléant dans les troupes fédérales. Épris tous deux d'astronomie, les deux hommes ont l'habitude de débattre devant un feu de bois, les soirs d'hiver.

– Sacha ! Qu'est-ce que tu fabriques à cette heure

avec un flingue ? Tu vas à la chasse ? s'étonne Magomed en sautillant d'un pied sur l'autre.

— Plotnikov prétend avoir localisé Khattab à Daï. Il serait blessé.

Magomed éclate d'un rire presque enfantin.

— Je n'en crois pas un mot.

— Moi non plus.

— Alors, rentre chez toi, il fait trop froid pour faire l'idiot.

Makarov tapote la crosse de son arme et hausse les épaules.

— Tu oublies qu'obéir à des ordres imbéciles est le premier devoir du soldat.

— Ramène-le vivant ou attrape son fantôme, plaisante le Tchétchène en pressant amicalement l'épaule du major.

Les deux hommes rient en poursuivant leur route.

Une heure plus tard, à vingt kilomètres de Chatoï, trois hélicoptères MI-24 se posent à une minute d'intervalle. Les moteurs hurlent comme des sirènes, tandis que les lourdes pales d'acier soulèvent des tourbillons de neige. Les portes latérales coulissent, des hommes vêtus de combinaisons blanches sautent sur le sol et se déploient en éventail. Ils appartiennent aux redoutables troupes d'élite de l'armée russe, celles du GRU, le service de renseignement du ministère de la Défense. Le colonel Plotnikov quitte le dernier appareil. D'une démarche hésitante, il se dirige vers le major qui l'attend avec son groupe devant un véhicule blindé.

— Nous allons nettoyer cette vermine sans plus attendre. Où est Khattab ? Où sont les rebelles ?

— Ne sommes-nous pas là pour les débusquer ? raille Makarov.

— Vous avez raison. Je vais en faire de la charpie. Je vais les réduire en poudre et les donner aux chiens.

— Naturellement, mon colonel, approuve le major.

— Je rentre d'une opération de nettoyage. Un festival son et lumière ! Un véritable régal !

Plotnikov brandit devant lui une arme imaginaire et feint de mitrailler la blancheur qui l'entoure.

— Ţa-ta-ta... vingt-trois hyènes abattues et trente-sept blessées ! Et j'ai bien l'intention de continuer ici.

Soucieux de ne pas excéder davantage son supérieur, le major plaide l'apaisement.

— Je suis à vos ordres, mon colonel.

L'autre cesse brusquement sa pantomime et semble déconcerté. Son regard trouble erre sur la crête des montagnes, slalome entre les arbres de la forêt, se perd un instant dans le ciel limpide, et finit par se fixer sur la tour d'une mosquée qui émerge d'un hameau.

— Qu'est-ce que c'est que ce truc, là-haut ?

— Le village de Tsindoï.

— Dangereux ?

— Pas à ma connaissance. Il est surtout réputé pour la qualité de son miel.

— Allez l'inspecter avec vos hommes. Le cas échéant, tirez sans sommation.

— Bien, mon colonel.

Sacha saute à l'avant de son half-track et exécute l'ordre à contrecœur. Comme plongé dans de la ouate, le village est silencieux. Installé au soleil sur le pas de sa porte, un homme répare un antique poste de radio. Makarov s'approche de lui.

— Rien à signaler dans le secteur ?

– Aucun incident depuis trois mois, chef. Nous passerons la fin de l'hiver en paix, *inch'Allah* !

Le major contourne une ferme en ruine. Il enjambe un talus et remarque, en contrebas, que la navette qui relie Chatoï à Grozny s'est immobilisée au milieu de la route. Il s'agenouille, tire une paire de jumelles de son sac à dos et observe la scène. Une poignée de soldats des forces spéciales ont intercepté la jeep. Ils contrôlent les pièces d'identité des passagers, qui ont quitté le véhicule. Une femme enceinte semble malmenée par les soldats.

– Nous ne gagnerons pas cette guerre en harcelant ainsi les innocents, grogne Sacha avec colère.

Une heure plus tard, Makarov est de retour de sa tournée d'inspection. Bien sûr, elle n'a rien donné. Aucune trace d'activistes n'est à signaler dans le hameau. Tandis que le véhicule blindé s'approche des hélicoptères, le chauffeur interpelle l'officier assis à ses côtés.

– Regardez, major, on dirait qu'il se passe quelque chose !

Sacha regarde dans la direction qu'indique le doigt du chauffeur et constate que la jeep est toujours à l'arrêt.

– Tu as raison, Igor, la navette doit être tombée en panne. Je ferai mon rapport plus tard au colonel. Allons voir si on peut la dépanner.

Le half-track fait une embardée et dégringole un mur de neige. Lorsqu'il ne se trouve plus qu'à une vingtaine de mètres de la jeep, Makarov a un haut-le-cœur. Tout autour du 4 × 4, la neige est maculée de

36

sang. Les soldats du GRU et les passagers de la navette ont disparu.

– Qu'est-ce que ça veut dire ?

À cet instant, un homme affolé, surgi de nulle part, se précipite sur la route en agitant les bras comme un sémaphore incontrôlable : le capitaine de la section du GRU. Le chauffeur freine des quatre roues. Le capitaine fait un écart pour ne pas se faire percuter. Sacha baisse sa vitre. Le capitaine est en transe. Ses cheveux roux en broussaille collent à son front. Il balbutie des bribes de phrases incohérentes. Makarov l'agrippe par le revers de sa parka et le secoue avec violence.

– Qu'est-il arrivé, imbécile ?

– Avez-vous une radio... une radio de bord ?

Le major remarque alors qu'au milieu des flaques rouges, la jeep est criblée d'impacts de balles. Il secoue l'officier de plus belle.

– Vas-tu me dire ce qui se passe ?

Le capitaine, haletant, se ressaisit.

– Nous... nous avons été attaqués par des rebelles ! Je n'ai plus de liaison avec les hélicoptères.

Le chauffeur intervient.

– Doucement, major, vous allez l'étrangler.

Sacha réalise soudain que, de rouge brique, le visage du capitaine a viré au blanc. Il relâche son étau. L'autre suffoque. Quand il reprend son souffle, Makarov repose sa question.

– Vas-tu me dire ce qui se passe ? Ce qui se passe *vraiment*.

Le capitaine arrache son casque et passe une main sur son visage défait.

– Nous avons paniqué.

– Comment ça ?

– L'un des nôtres a cru qu'une femme enceinte portait une ceinture d'explosifs autour de la taille. Il l'a abattue. Ça a déclenché des tirs de tous les côtés. Je crois que tous les passagers de la jeep ont été tués.

— Combien étaient-ils ?

— Six.

Une boule de rage et de dégoût noue la gorge du major.

— Tu commandais la section. Tu vas devoir répondre de tes actes.

Une expression d'incrédulité se peint sur le visage poupin du capitaine.

— Nous sommes du GRU.

— Et alors ?

— À Khankala, à la base, on nous a dit qu'on pouvait buter tous ceux qu'on rencontrerait dans les montagnes. On nous a dit qu'on nous couvrirait en cas de bavure.

— Assassiner des civils de sang-froid n'est pas une bavure, c'est un crime.

Le capitaine s'éloigne du half-track. Une grimace de mépris lui pince les lèvres.

— On se serre les coudes dans les forces spéciales.

— Un conseil : déguerpissez d'ici avant de vous faire massacrer, lance Makarov d'une voix rageuse en se retournant vers son chauffeur.

— Démarre, on fonce voir Plotnikov.

Sacha n'ignore pas que devant les tribunaux, les hommes du GRU jouissent d'une scandaleuse impunité. Jusqu'à présent, dans des cas semblables, le parquet a toujours cédé devant les intimidations de l'état-major. Dans les rapports officiels, les victimes civiles se transforment en dangereux terroristes et l'affaire est classée sans suite.

Les chenillettes du véhicule blindé déchiquettent la

glace et s'immobilisent devant l'hélicoptère. Makarov grimpe dans le cockpit. Une bouteille de vodka dans une main, un micro dans l'autre, Plotnikov pérore avec la base. Sacha l'interrompt pour l'informer de la tuerie qui vient de se produire.

– Je vous avais bien dit que la zone était infestée de rebelles, ricane le colonel du GRU, qui refuse de comprendre. Mes soldats ont dû déjouer un odieux attentat.

– Non. J'ai observé la scène depuis le sommet de la colline. Par ailleurs, votre capitaine m'a avoué avoir tué des innocents.

Brusquement dégrisé, Plotnikov regroupe son commando et donne aussitôt l'ordre d'évacuation. Il sait que dès que la nouvelle du massacre sera connue, la vie de tous les Russes présents dans le secteur sera menacée.

Tandis que les hélicoptères du GRU reprennent l'air, Makarov décide de passer la nuit avec son groupe dans une maison abandonnée, au sud du village. Vers 22 heures, un paysan l'informe qu'une jeep brûle en contrebas sur la route. Sacha se rend immédiatement sur les lieux. Dès qu'il s'approche du brasier, l'odeur atroce de chair humaine carbonisée le saisit à la gorge et dissipe ses derniers doutes. Parmi les os qui se consument, il est devenu impossible de distinguer la forme des corps. Le major plaque un mouchoir sur son nez et appelle par radio le centre de commandement de Grozny pour que le parquet soit prévenu du carnage. Le lendemain matin, il est convoqué par le procureur militaire, le colonel Chinine, pour identifier les dix membres du GRU qui ont été arrêtés. Il reconnaît aussitôt le jeune capitaine de la veille. Il est recroquevillé sur un banc, la tête entre les mains. Sacha s'assoit à ses côtés.

– Je pense que tu n'as pas brûlé les cadavres sans l'ordre de tes supérieurs.

– Pourquoi le demander ? grogne le rouquin d'une voix rauque. Vous le savez aussi bien que moi.

Makarov fait mine de scruter la pièce.

– Où sont ceux qui avaient promis de te couvrir en cas de dérapage ? Je ne vois ici que de pauvres bougres dans le pétrin.

– Mes chefs me couvriront dans leurs rapports.

– Pas cette fois, frangin.

– Pourquoi ?

– Parce qu'il faut bien qu'un jour les choses s'arrêtent.

Le capitaine est brusquement tiré de son hébétude.

– Vous êtes avec eux ? Vous êtes du côté des Tchétchènes ?

– Pas plus que toi, mais j'essaie parfois d'être du côté de la justice.

Makarov se lève et adresse un signe au garde qui surveille la porte. Il se retourne vers le capitaine.

– Et, crois-moi, ce n'est pas facile !

Depuis le début de la seconde guerre tchétchène, c'est la première fois qu'un commando, appartenant de surcroît à l'élite de l'armée, est en état d'arrestation pour l'assassinat de civils. Pour faire progresser l'instruction, le procureur se heurte à d'énormes pressions de l'état-major. Car, dans ce genre d'affaire, les officiers supérieurs expédient généralement les coupables à Moscou où, après un simulacre de procès, ils sont disséminés sous de fausses identités dans d'obscurs régiments à travers le pays. Cette fois, l'instruction est menée sur le lieu des crimes, dans l'enceinte du régiment n° 291, à quelques kilomètres de Chatoï. S'appuyant essentiellement sur le témoignage de Makarov, le colonel Chinine entend rendre la justice sans entraves et condamner lourdement le commando. Dût-il le faire au péril de sa vie. Car dans un pays en guerre, la disparition d'un gêneur est monnaie courante.

Dès l'annonce de la tuerie, le village est en état de choc. Des familles, abasourdies, se rassemblent autour de la jeep carbonisée. Des femmes vêtues de noir implorent le ciel. Des hommes serrent les poings et maudissent en silence la sauvagerie des envahisseurs. Les plus courageux collectent les restes humains et les font parvenir au laboratoire de criminologie de l'Ossétie du Nord, la république voisine. Car, malgré la guerre et les morts qui se comptent par milliers, la Tchétchénie ne possède pas de médecins légistes. Trois semaines plus tard, les fragments des dépouilles sont réexpédiés, accompagnés des actes de décès. Les résultats des analyses sont accablants : « Chakhban Bakhaïev, forestier. Cause du décès : crâne fracassé en plusieurs endroits par objets contondants et blessure mortelle par balle dans la tête », autrement dit il a été torturé avant d'être exécuté et son corps a ensuite été brûlé. « Zaïnap Djavatkhanova, mère de famille. Cause du décès : non établie. Restes du corps : un pied. » Et l'énumération des actes barbares se poursuit ainsi jusqu'à la nausée. Seul le cadavre de Nabil, le neveu de Zaïnap, n'a pas été brûlé. Le garçon blessé a dû courir vers la rivière gelée où il a été abattu d'une rafale. Les soldats du GRU n'ont sans doute pas eu le courage de s'enfoncer dans la neige humide avec des jerricans d'essence.

Pour enterrer ce qui reste des morts, et afin de leur donner l'apparence de cadavres, les familles ont enveloppé les débris humains dans une grande quantité de tissu. Sacha Makarov se rend seul, sans arme et sans escorte, à la cérémonie. La foule frigorifiée s'écarte respectueusement pour lui céder une place au premier rang. Le major se glisse aux côtés de son ami Magomed.

– Tu vas te faire descendre si tu témoignes à charge, souffle le supplétif tchétchène à son oreille. As-tu bien réfléchi ?

– Oui, répond l'officier, tandis qu'un paquet de linge blanc choit dans le trou glacé.

– Ne joue pas les héros. As-tu pensé à Neva et aux enfants qui t'attendent à Saint-Pétersbourg ?

– Oui.

– Il y a sept ans que tu te bats ici. Bientôt, tu seras colonel et tu seras muté, couvert de médailles. Ne gâche pas tout.

– C'est précisément pour ne rien gâcher que j'irai témoigner, répond Sacha, les yeux dans le vague.

À peine le verdict est-il rendu – acquittement pour les officiers supérieurs, sept ans de réclusion à l'encontre du capitaine meurtrier et quatre ans pour les soldats sans grade – qu'aussitôt une chape de plomb s'abat sur Chatoï. Makarov est un pestiféré. Ses supérieurs le tiennent à l'écart des décisions et, bien qu'ils n'appartiennent pas aux forces spéciales, les hommes de sa brigade le mettent en quarantaine. Un mois plus tard, sans qu'aucune raison militaire ne le justifie, le bourg devient la cible de l'armée russe. Une attaque d'hélicoptères, un pilonnage sporadique de l'artillerie, un tir de missiles : chaque agression apporte son lot de morts, de blessés et de destruction. Les vieux du village feignent de s'étonner de la brusque dégradation de la situation.

— Jusqu'à présent nous étions épargnés. Qu'avons-nous fait pour mériter des représailles aveugles ? entend-on dire les jours de marché.

Les Tchétchènes les plus jeunes expriment ouvertement leur hostilité.

— Tant que le major restera au village, les Russes se vengeront sur nous. Bientôt, ils raseront Chatoï et nous extermineront.

Rongé par la peur, pris entre le marteau et l'enclume, Makarov est métamorphosé. Le fringant officier est devenu un homme traqué, une ombre frileuse terrée dans son bureau. Et lorsqu'il ose encore s'aventurer dans les rues du village, c'est un fusil au poing et vêtu d'un gilet pare-balles.

Enfin, quelques semaines plus tard, le colonel Plotnikov le contacte par téléphone.

— Prenez une équipe de six hommes et venez demain à Grozny. Je vous communiquerai les dernières données satellitaires sur votre secteur.

— Quelle sera la durée de mon séjour en ville ? demande le major.

— Une heure !

Le colonel a déjà raccroché.

Sacha exécute l'ordre de son supérieur. Il se rend à l'état-major, prend possession des documents, qui ne présentent pas d'informations nouvelles, et regagne à la nuit tombée son village de montagne. Quand il s'approche de la petite maison où il a établi ses quartiers, il s'aperçoit que la lumière est restée allumée dans toutes les pièces. Aurait-il oublié de l'éteindre en partant ? Par mesure de prudence, il tire son pistolet de son holster. La porte d'entrée est entrebâillée. Makarov dégage le cran de sécurité et se glisse à l'intérieur de la maison. À peine son regard a-t-il eu le temps de s'accoutumer à la clarté, qu'une vision de cauchemar le fait chanceler. Son chien, un bâtard à longs poils, le seul compagnon à lui être resté fidèle, a été suspendu au plafond par les pattes arrière. De son cou tranché s'écoule un filet de sang noir. Sacha fait un bond de côté et pousse un cri rauque. Des rires épais lui répondent de la chambre voisine. Le major s'y précipite, arme au poing, prêt à faire feu. Quand il passe la porte, il découvre deux hommes affalés au milieu d'un désordre indescriptible. Ils portent tous deux la combinaison blanche des forces spéciales du GRU et des galons de capitaine ornent leurs cols.

– Salut, major ! brame l'un d'entre eux.

L'inconnu se redresse et offre sa poitrine de façon théâtrale, en indiquant l'emplacement du cœur.

– Tire ici ! Vas-y, tire !

L'autre officier, assis à califourchon sur une chaise, ricane parmi les objets brisés, les papiers déchirés et les photos qui jonchent le sol.

– Qui êtes-vous ? Que faites-vous ici, salopards ? menace Makarov en brandissant son pistolet.

– Nous revenons d'une *zatchistka*, dit le premier, une petite opération de nettoyage dans ton secteur.

– Et nous sommes venus te faire une visite de courtoisie, ajoute l'autre avec un sourire.

– Donnez-moi vos noms et vos numéros de matricule. Vous allez me le payer cher.

Puis, comme possédé par un brusque accès de démence, le major se raidit et hurle à travers la pièce :

— Garde à vous ! Je suis votre supérieur hiérarchique, vous me devez respect et obéissance.

Les deux capitaines se tordent de rire et caricaturent des saluts grotesques.

— Vas-tu faire un rapport sur nous au colonel Plotnikov ? Vas-tu nous faire boucler pendant sept ans, comme tu l'as fait avec Ivan ?

— Assieds-toi, dit l'autre. On va causer un peu et on partira. Tu as du ménage à faire, pas vrai ?

Makarov abaisse le bras qui pointait le pistolet. Une immense lassitude le submerge d'un coup. L'air s'écoule par saccades dans sa gorge. Il s'écroule sur un coin du lit. Son regard tombe sur les photos, jetées en vrac sur le carrelage. Un visage de porcelaine, encadré de cheveux blonds, lui sourit. C'est celui de Neva, sa femme. À côté, une autre image montre deux gamins déguisés en cosaques : ses enfants.

— Que me voulez-vous ?

— Que tu te rétractes. Que tu reviennes sur tes accusations.

— Ça n'y changera rien, votre copain a été condamné.

— Si tu fais un rapport dans lequel tu dis que t'étais saoul au moment de la tuerie, ton témoignage sera invalidé et la cour cassera sa décision. Ivan sera libre.

— C'est pas compliqué, insiste le grand blond aux yeux couleur de glace. Tu étais saoul. Ta vue s'est brouillée. Tu n'as pas vu que les Tchétchènes menaçaient le commando. Tu n'as pas vu que la fausse femme enceinte portait sur son ventre une ceinture d'explosifs.

— Le colonel Plotnikov témoignera que tu étais bourré, renchérit le brun. Tu n'as rien à craindre.

— Et tu seras muté à la fin de l'hiver à Saint-Pétersbourg, chez toi, conclut le capitaine aux yeux bleus. Adieu la Tchétchénie ! Adieu la guerre ! Elle est pas belle, la vie ?

Dans le cerveau du major, des images et des idées virevoltent à toute vitesse. Images de bonheur, images de deuil. D'un côté Neva et les enfants, de l'autre le bruit des bombes et les montagnes noires de Chatoï.

— Tu ne vas pas me dire que tu hésites ? questionne le brun en s'approchant d'un bond.

Le crâne du major bourdonne de bruits stridents. Soudain, des odeurs, des lamentations, des visions effacent tous les souvenirs. Atroce puanteur de corps incendiés. Os calcinés jetés pêle-mêle. Fosse glacée. Débris humains. Familles brisées.

— Que ferez-vous si je refuse ?

En un éclair, le capitaine aux cheveux bruns a tiré un pistolet de sa ceinture. Il appuie le canon contre la tempe de Makarov.

— Voilà ce que nous ferons.

Le capitaine presse la détente. *Clic !* Il la presse encore. *Clic ! Clic ! Clic !*

Sacha est pétrifié. Le pouls qui danse dans sa tête roule comme un tambour.

Les officiers éclatent de rire.

— C'est tellement facile !

Le capitaine remet son chargeur en place. Il se lève, époussette sa combinaison, et se dirige vers la porte.

— Tu as vingt-quatre heures pour prendre ta décision. Demain soir, tu téléphoneras à Plotnikov. Si tu es d'accord pour refaire ta déposition, tu lui diras : « Excusez-moi, mon colonel, j'étais saoul l'autre soir. » Dans le cas contraire, si tu veux vraiment en rester là, tu lui diras : « Je sais que c'est dur de mourir au printemps. »

– À toi de choisir, major, ajoute l'autre en mimant avec les doigts un petit personnage qui s'échappe en courant : la vie... (Il rassemble ses doigts comme une lame tranchante et passe la main d'un coup sec sur sa gorge) ... ou la mort.

Sacha Makarov est crucifié. Au matin, après avoir enterré dans la terre gelée le cadavre de son chien, il n'a plus la force ni le courage de quitter son gourbi. Il grelotte, prostré au pied de son lit. La confusion qui règne dans son esprit n'a d'égale que celle qui chamboule sa chambre. À 20 h 30, il appelle l'état-major. Quand la voix avinée du colonel Plotnikov lui brise les oreilles, sa décision est prise.

Dès les premiers jours du printemps, les torrents se gonflent des eaux de la fonte des neiges. Le flanc des montagnes se couvre de fleurs et les oiseaux célèbrent la douceur retrouvée. Pantin désorienté, le major Makarov erre dans les rues de Chatoï. Il est décharné. Une barbe drue a poussé sur ses joues. Quand des gamins ricanent dans son dos, il ne réagit plus.

Le 28 mars vers midi, deux « gazelles », des camionnettes blanches sans plaque d'immatriculation, circulent à faible vitesse dans les rues de Grozny. Elles se dirigent vers le marché. Habituellement, les « gazelles » se déplacent la nuit et déchargent des hommes en tenue de camouflage près d'une clôture. Les hommes l'enjambent sans bruit et font irruption dans les maisons. Puis ils embarquent leurs proies et disparaissent discrètement. Cette fois, les « gazelles » se montrent en plein jour. Quand les paysannes, venues vendre volailles et légumes, les repèrent, elles s'enfuient à toutes jambes, abandonnant sans réfléchir étals et paniers. La nouvelle se propage comme une onde de panique. Trop tard. Les camionnettes bloquent déjà les accès. Les portes coulissent. Des hommes vêtus de noir bondissent, armes au poing. Leurs yeux brillent derrière des passe-montagnes. Ils lâchent des rafales vers le ciel. Des femmes hurlent. Des enfants s'agrippent à leurs jupes. Un boucher s'empare de son couteau, bien décidé à défendre sa vie. Une salve sèche le cloue sur place. Deux femmes et trois hommes, qui semblent avoir été choisis à l'avance, sont ceinturés et précipités à l'arrière d'une camionnette. Le second véhicule charge un homme, qui vitupère et agite en vain une liasse de papiers officiels. Les portes claquent. Les « gazelles » se fondent dans la circulation. Elles remontent en sens interdit une avenue bordée d'immeubles éventrés et s'évanouissent dans une banlieue en ruine. L'opération n'a pas duré plus d'un quart d'heure.

Le lendemain soir, les chaînes de télévision tchétchènes, sous la coupe de l'État russe, annoncent en titre de leurs journaux qu'un drame est survenu dans la région de Chatoï. Les spectateurs retiennent leur souffle lorsqu'ils découvrent sur leur écran un ballet d'hélicoptères. L'un d'eux se pose dans une prairie. Un homme, qui porte l'uniforme de colonel des forces spéciales, en descend. Le reporter court à sa rencontre. Il se retourne prestement vers la caméra.

– Voilà le colonel Plotnikov qui arrive de Grozny. Il nous a prévenus qu'il avait une importante déclaration à faire. Nous allons en savoir davantage dans un instant.

Durant quelques secondes, la caméra laboure le ciel. L'opérateur a trébuché. Puis l'image se stabilise et le journaliste tend son micro.

– Que se passe-t-il, mon colonel ?

– L'armée russe est en deuil, annonce l'officier d'une voix solennelle.

Il déglutit, ajuste sa casquette galonnée, et poursuit sur le même ton.

– Non pas parce qu'elle vient de subir une perte supplémentaire. Nos hommes paient, vous le savez, un lourd tribut à cette guerre. Non, notre armée est en deuil parce qu'un officier russe a commis un acte irréparable et qu'il est de mon devoir d'en rendre compte publiquement. La Russie est un État démocratique où l'information circule librement. Elle n'a rien à cacher.

Plotnikov marque une pause, comme s'il faisait le tri dans ses idées. Le reporter s'impatiente.

– De quel acte s'agit-il, mon colonel ?

– Venez avec moi, vous allez comprendre.

Plotnikov se dirige sans hésiter vers une rivière située à une centaine de mètres. Le reporter, le caméraman et le preneur de son trottinent à ses côtés. De longues minutes s'écoulent, interminables. L'image tressaute : on voit les godillots du colonel écrasant les fleurs des champs, puis les jambes épaisses, les larges épaules et le visage crispé de Plotnikov. Enfin, le petit groupe atteint les berges du cours d'eau. Le colonel se fige devant une fosse, grossièrement creusée dans la terre meuble. La caméra plonge dans cette direction et transmet aussitôt l'horreur à des milliers de foyers. Des corps inertes et enchevêtrés. Six cadavres d'hommes et de femmes. Le trou rouge qu'ils portent au milieu du front leur est commun à tous. La caméra revient sur le visage du colonel.

– Ce charnier, ce massacre...

L'officier cherche ses mots, brusquement paralysé par l'émotion.

– ... cette monstruosité a été commise par l'un des nôtres. Par un officier russe.

– Qui a fait ça et pourquoi ? bredouille le journaliste, stupéfait.

– L'auteur de cette tuerie est le commandant du secteur de Chatoï, le major Sacha Makarov. Il a été mis aux arrêts et interrogé, à Grozny, par le procureur militaire. Makarov nie encore les faits, mais les preuves à charge sont irréfutables. Nous avons retrouvé dans cette fosse une fiasque d'alcool gravée à son nom, et l'étude balistique prouve que ces pauvres gens ont été abattus avec son arme de service.

Le reporter se ressaisit.

– Un homme seul ne peut pas exécuter six personnes et les mettre en terre. Qui sont ses complices ?

– Nous l'ignorons, réplique le colonel. L'enquête le déterminera.

– Le major avait-il établi des contacts secrets avec les rebelles ?

– Cette hypothèse est envisagée par les enquêteurs de la police militaire.

– La croyez-vous plausible ?

Plotnikov lève les bras au ciel en signe d'impuissance.

– Allez savoir !

Le journaliste approche son micro de la bouche du colonel.

– Pourquoi Makarov a-t-il fait ça ?

– Depuis quelques mois, sa santé mentale s'était altérée. Il présentait les signes d'un épuisement nerveux. La population de Chatoï s'en montrait d'ailleurs préoccupée et peut en témoigner. J'avais, pour ma part, exigé sa mutation à Saint-Pétersbourg, auprès de sa famille.

Le colonel se frotte les yeux machinalement.

– Je souhaitais que Makarov prenne du repos. Il était à bout de nerfs et je craignais qu'il n'attente à ses jours. Évidemment, je ne pouvais pas imaginer une issue aussi tragique. Le destin m'a pris de vitesse. Je suis sincèrement désolé pour les familles en deuil.

– Makarov va-t-il plaider la folie ?

Plotnikov se signe ostensiblement devant la fosse. Un pli de tristesse et d'amertume ride son front. Il semble réfléchir.

– Je pense qu'il le devrait. Sinon, comment expliquer qu'il ait pu commettre une chose pareille ?

– Comment le major va-t-il organiser son système de défense ? demande encore le reporter, tandis que Plotnikov rebrousse chemin vers son hélicoptère.

Le colonel marque un temps d'arrêt.

– À l'heure où je vous parle, Makarov affirme être victime d'un coup monté. Une sorte de complot fomenté par les forces spéciales. Vous vous rendez compte ?

– N'est-ce pas le signe que son cerveau est dérangé ?

– Assurément. Et j'en ai pour preuve l'identité d'une des victimes.

– De qui s'agit-il ?

– De Magomed Koussouïev, un supplétif tchétchène, un homme qui avait notre estime et notre confiance.

Le colonel a regagné son hélicoptère. Il fait signe au pilote de démarrer les turbines.

– Quand je vous apprendrai que Magomed était le

meilleur ami du major Makarov, vous comprendrez mieux l'ampleur de cette tragédie.

La nouvelle de la découverte d'un charnier et de l'arrestation d'un officier supérieur passe inaperçue en Russie, où la population ne dispose d'aucun moyen de vérifier les informations.

En l'absence de journalistes et de public, Sacha Makarov est traduit devant un tribunal militaire, dans une caserne de Grozny transformée en bunker. Le colonel Chinine, qui avait fait condamner à sept ans de réclusion le capitaine responsable de l'assassinat des passagers de la jeep, a été muté à Vladivostok à la fin de l'hiver. L'officier qui le remplace boucle l'affaire en deux jours. Makarov est reconnu coupable d'avoir commis six homicides sans préméditation. La sentence : internement de l'accusé en institution psychiatrique spéciale. Le temps que son état mental l'autorise à purger une peine de vingt ans d'emprisonnement dans une prison militaire.

À Saint-Pétersbourg, Neva Makarov s'acharne à alerter l'opinion publique. Elle clame à qui veut bien l'entendre l'innocence de son mari. Elle multiplie déclarations et conférences de presse. Elle contacte des organismes internationaux de défense des droits de l'homme. Elle submerge de suppliques bouleversantes le président Poutine. En vain. Sans nouvelles de son mari depuis trois ans, elle a fini par renoncer à retrouver sa trace.

Un trio infernal

— Bon sang, pourquoi cette vieille bique m'a-t-elle appelé par un temps pareil ? maugrée Barry Bergman en se cramponnant au volant de sa Volvo asthmatique. Comme si ma visite ne pouvait pas attendre ! Les gens sont merveilleux : ils vous téléphonent en pleine tempête et vous demandent de rappliquer dans les meilleurs délais.

Le docteur Barry Bergman essuie la buée qui auréole le pare-brise avant de pousser le chauffage au maximum. Il ne décolère pas.

— Foutu pays ! L'accès aux routes devrait être interdit aux honnêtes citoyens, du mois d'octobre à la fin mars.

La voiture zigzague entre des plaques de glace. Bientôt, à travers les bourrasques de neige, le médecin aperçoit un bâtiment en bois rouge, lové au creux d'une étroite vallée.

— J'y suis, voilà la scierie des Buster.

Bergman manœuvre avec prudence et s'engage sur un chemin bordé de congères. Il stoppe sa Volvo au plus près de la porte d'entrée, s'enfonce un bonnet jusqu'aux yeux et se précipite à l'intérieur. La cuisine sent la soupe rance, l'humidité et la misère. Une femme frêle et revêche, âgée d'une soixantaine d'années, est accoudée au coin d'une table. Elle épluche des choux en bougonnant.

– Ah, vous voilà enfin ! C'est pas trop tôt !

Bergman toise la mégère d'un œil mauvais.

– Je vous espérais à l'article de la mort, ma chère Adèle, mais vous nous enterrerez tous ! Où est le malade, puisque, d'évidence, ce n'est pas vous ?

– Dans la grange.

– Qui est-ce ? Que fait-il dans la grange ? s'étonne le médecin.

– C'est Peter, le fils de l'Allemand. C'est là qu'il dort.

– Très bien, allons-y, concède Bergman en empoignant sa mallette.

La femme, vêtue d'un mince tablier en nylon, traverse la cour, indifférente au froid et aux intempéries. Le médecin lui emboîte le pas en clopinant.

Dans le bâtiment vaste et glacial, un homme est alité sur une paillasse nauséabonde. La pénombre empêche de bien distinguer les traits de son visage. Bergman écarte un tabouret, un seau en fer-blanc, une gamelle cabossée, et s'agenouille près du malade.

– De quoi souffrez-vous, Peter ?

– Ce crétin tousse depuis trois jours, vitupère la femme. Il n'est plus bon à rien. Donnez-lui quelque chose pour le remettre sur pied. Un produit, une potion quelconque. Qu'il reprenne le travail !

– Ouvrez la bouche et tirez la langue, ordonne le médecin.

Recroquevillé sur sa couche faite de paille et de copeaux de bois, l'homme ne réagit pas. Sa carcasse décharnée est secouée de frissons. Le front bas, les mains et les joues crevassées de gerçures, il ressemble à un être primitif, surgi d'une autre époque. Le médecin sort un stéthoscope de sa mallette, ajuste les oreillettes puis se ravise.

— Qu'est-ce qu'il y a encore ? couine Adèle Buster.

— Impossible d'ausculter mon malade dans ces conditions, je ne le vois pas !

— Cessez de jacasser pour ne rien dire, docteur. Soignez-le, prenez mes sous, et rentrez chez vous.

Le visage du médecin s'empourpre.

— Ça suffit ! C'est vous qui allez m'écouter, Adèle. Si vous ne m'aidez pas à transporter Peter dans la cuisine, je vous plante là et j'appelle les gendarmes.

— Il est bien où il est, s'obstine la femme.

— À votre aise.

Bergman fait mine de s'éloigner, Adèle Buster s'accroche à son manteau. Elle éructe, lâche une bordée de jurons et va chercher une brouette, dressée contre une cloison.

— Charriez-le là-dedans si ça vous chante !

Le transport du malade est périlleux. La brouette cahote dans la neige fraîche et manque à plusieurs reprises de renverser son chargement. Quand Barry Bergman dépose enfin sur le sol le malade grelottant, un homme et un adolescent font leur apparition dans la cuisine. Le premier, âgé d'une quarantaine d'années, est un solide bûcheron, un être fait d'un bloc, taillé dans le granit. Celui qui l'accompagne, tout en tiges et en os, est un gamin dégingandé.

En guise de présentations, Adèle Buster se contente de désigner les nouveaux venus d'un mouvement de tête.

— Rémy, mon fils, et Karlo, mon petit-fils.

Le médecin redresse le malade et l'aide à s'installer dans le fond d'un fauteuil. Il commence à l'examiner.

– C'est grave, docteur ? demande Rémy sans la moindre émotion.

– Toux, fièvre, angine, anémie. Je l'emmène à l'hôpital.

– Jamais ! Faites-lui une piqûre de ce que vous voudrez et qu'on en finisse, coasse la femme, exaspérée. Je ne peux pas me passer de lui. On manque de bras à la scierie.

Le docteur Bergman s'insurge. Il argumente, tergiverse, plaide la cause du malade. Mais la lassitude et la fatigue sapent rapidement sa volonté. Après quarante années passées à battre la campagne, le médecin aspire maintenant à prendre une retraite bien méritée. Ses forces l'abandonnent. Il finit par céder sans combattre.

– Vous voulez garder Peter à la maison ? Eh bien gardez-le, c'est votre affaire. Je repasserai dans deux jours pour prendre de ses nouvelles.

Le vieux médecin injecte à son patient une dose d'antibiotique. Il prescrit ensuite une liste de médicaments et prend lâchement congé.

Tandis qu'il ouvre la portière de sa voiture, un cri inhumain le fige sur place. Un cri de bête hallucinée. Il se retourne. Une femme squelettique titube à sa rencontre. Vêtue d'une robe informe, pieds nus dans des sabots, les cheveux en bataille, les bras couverts d'hématomes, la créature tangue dans la neige comme un fantôme.

– Qui êtes-vous ? crie Bergman.

Avant qu'il n'ait eu le temps de renouveler sa demande, la femme s'est déjà assise dans la voiture. Elle se love sur le siège, secouée de tremblements.

– Qui êtes-vous ? Allez-vous me répondre à la fin ? s'impatiente le médecin.

– Je... je m'appelle Marika, hoquette la femme.

Marika Buster. Je... suis l'épouse de Rémy et la bru d'Adèle.

Bergman est interloqué.

– Où étiez-vous tout à l'heure ? Je ne vous ai pas vue dans la maison.

– Je vis dans l'écurie.

– Peter est logé dans la grange et vous dans l'écurie ! C'est une nef des fous, cette scierie, ma parole !

Comme si la remarque du médecin avait rompu la digue qui la protégeait encore de la folie, Marika éclate d'un rire hystérique.

– La nef des fous !

Quand des pleurs se mêlent aux rires, le docteur Bergman commence vraiment à s'inquiéter.

– Retournez au chaud, vous êtes frigorifiée.

La femme secoue la tête et éclate en sanglots. De longues minutes s'écoulent. Le médecin, bouleversé, se défait de son manteau et l'étend sur elle.

– Que puis-je pour vous ? Je ne vais tout de même pas vous abandonner dans un état pareil.

– Emmenez-moi loin d'ici, implore Marika entre deux hoquets.

– Votre belle-mère ne comprendrait pas. Votre mari se fera un sang d'encre. Votre fils vous cherchera partout. Soyez raisonnable.

– Démarrez cette voiture. Si les autres me découvrent avec vous, ils me tueront.

Tandis que Bergman s'interroge sur ces propos incohérents, une lumière s'allume sous le porche de la maison. La silhouette menaçante d'un homme se profile sur le seuil. Instinctivement, le médecin rabat le manteau sur la femme pour la dissimuler.

– Des ennuis de starter, docteur ? demande le bûcheron dans l'obscurité.

Bergman donne aussitôt un tour de clé de contact. Quand le moteur toussote, il verrouille prestement les portières et enclenche une vitesse.

– Non merci, Rémy, tout va bien !

La Volvo bringuebalante quitte le sentier qui longe le domaine et, au bout de quelques kilomètres, s'engage sur la route nationale. Les forêts de sapins noirs défilent maintenant derrière les vitres. Marika pleure en silence comme un enfant.

– Souhaitez-vous vous expliquer ? demande Bergman d'une voix douce.

– Non.

– Quel âge avez-vous ?

– Trente-huit ans.

Bergman dissimule son effarement. Celle qui gémit à ses côtés en paraît quinze de plus.

– Suivez-vous un traitement pour soigner une dépression nerveuse ou une quelconque maladie ?

– Non, docteur, je ne suis pas folle.

Parvenu à Narvik dans la nuit, Barry Bergman dépose directement sa passagère à l'accueil du service des urgences d'un hôpital public. Puis, épuisé, il rentre chez lui se mettre au lit.

Ainsi commence ce que la presse norvégienne appellera plus tard « l'affaire Buster ». Un fait divers inconcevable. Une histoire qui repousse les limites qui séparent le règne humain de l'animal.

Ayant refusé de répondre aux questions des médecins, Marika Buster se repose dans une chambre depuis deux jours. Des aiguilles de perfusion, reliées à des flacons, sont plantées dans ses bras squelettiques, et des capteurs, posés sur sa poitrine, contrôlent son rythme cardiaque. Son corps sans poids semble flotter dans la blancheur des draps. Son visage diaphane exprime une extrême détresse. Deux hommes sont penchés à son chevet : Barry Bergman et Jon Grieg, un jeune médecin attaché à l'hôpital. L'inspecteur Almar Lunden, de la police judiciaire, s'est, lui, posté au pied du lit. Il intervient à voix basse.

– Qu'avez-vous constaté, docteur ?

Grieg consulte une épaisse liasse de documents.

– Voulez-vous la version exhaustive ou juste le résumé ?

– Dites-moi tout.

– La patiente, Marika Buster, trente-huit ans, mariée, mère d'un enfant, a été admise dans le service des soins intensifs. Elle mesure 1,65 mètre et pesait trente-sept kilos quand je l'ai auscultée.

– Combien devrait-elle peser si elle était en bonne santé ?

– Je dirais autour de cinquante-huit kilos.

– Continuez.

– Un premier examen superficiel a fait état de plaies ouvertes au niveau des jambes, de marques de gerçures, d'hématomes sur les bras et les hanches, et d'une légère fracture des os métatarsiens. L'état général est alarmant.

– Je ne vous le fais pas dire, soupire le policier. Il suffit de la regarder.

– Ce n'est pas tout : la patiente présente une lésion de la rétine, vraisemblablement irréversible, et le tympan de l'oreille gauche est crevé. L'analyse de sang fait apparaître, par ailleurs, de graves carences en fer, en calcium et en sels minéraux. L'organisme est anémié, totalement épuisé.

– Cette femme serait-elle décédée si le docteur Bergman ne l'avait pas amenée jusqu'ici ? interroge l'inspecteur.

– Difficile à dire. Elle est solide.

Bergman tapote le bras de son jeune confrère.

– En fait, le bilan hépatique est lui aussi catastrophique, confesse Grieg. Mme Buster n'aurait sans doute pas survécu plus d'un mois à ce régime.

– À votre avis, ces plaies et blessures sont-elles dues à des mauvais traitements ?

Les médecins se consultent du regard et hochent la tête sans hésiter.

– Que préconisez-vous ? demande encore le policier.

– Nous allons garder la malade en observation aussi longtemps que son état le nécessite et essayer de la stabiliser. Puis, si elle en est d'accord, nous tenterons des interventions chirurgicales au niveau de l'œil et de l'oreille endommagés.

Jon Grieg affiche une moue dubitative.

– Les spécialistes auxquels je me suis adressé sont très pessimistes sur les chances de succès de ces opérations.

– Je vois.

Almar Lunden entraîne les autres dans le couloir de l'hôpital. À travers les baies vitrées qui donnent sur l'océan, l'écume s'amasse et se bouscule par paquets sauvages. Le ciel est anthracite, zébré de balafres phosphorescentes. À 3 heures de l'après-midi, la nuit est imminente.

– Revenons-en à vous, docteur Bergman, dit Lunden.

Le policier parcourt des yeux le texte d'un long procès-verbal.

– Vous dites avoir été appelé en urgence par Adèle Buster pour examiner un certain Peter et avoir trouvé celui-ci prostré dans un état pitoyable, dans le fond d'une grange.

– C'est exact. Cet homme toussait, il avait une forte angine, et il était vraisemblablement sous-alimenté. J'ai également décelé des traces de coups sur ses avant-bras, semblables à ceux que présente Marika.

– Dans votre rapport, vous dites encore que Mme Buster mère s'est violemment opposée à l'hospitalisation de votre patient. Maintenez-vous cette affirmation ?

– Oui.

– Supputez-vous une relation quelconque entre l'état de santé du prénommé Peter et celui de Marika Buster ?

Soudain excédé par les tergiversations du policier, le vieux docteur perd patience.

– Où voulez-vous en venir, inspecteur ? Allez-vous tourner autour du pot pendant des heures ou préférez-vous que j'aille arrêter à votre place Adèle et Rémy Buster ?

Depuis quelques semaines, un étrange lien de connivence s'est établi entre Marika et Edi Rikke, son infirmière de nuit. Bien charpentée, blonde aux yeux bleus, Edi est l'archétype de la jeune Scandinave. Son optimisme et sa provocante bonne santé accentuent encore l'apparence d'extrême faiblesse de la malade dont elle a la charge.

– M'offrirais-tu une cigarette ? demande Marika lorsque l'infirmière pénètre dans sa chambre, à 2 heures du matin.

Cette question fait désormais partie des petits rites que les deux femmes ont inventés pour rythmer leurs nuits interminables.

– Jamais de la vie, les malades ne fument pas à

l'hôpital ! répond la belle blonde en affectant une mine sévère.

C'est le signal. Marika dégringole aussitôt de son lit. Elle s'enroule dans une couverture et s'assoit dans un fauteuil roulant. Edi empoigne l'engin d'une main ferme et trottine joyeusement dans un couloir désert, jusqu'à une véranda qui surplombe la mer. Quand les deux femmes sont confortablement installées, Edi sort le paquet qu'elle dissimule dans une poche de sa blouse. Est-ce parce que l'infirmière est discrète et attentionnée que la langue de Marika se délie soudainement, que la boule d'angoisse qui obstrue sa gorge commence à se dissoudre ? Est-ce sous l'effet d'une amitié naissante qu'elle se décide à évoquer pour la première fois le cauchemar qui a ruiné sa vie ?

— Il faut que je te raconte toute mon histoire depuis le début.

— Arrête-toi dès que tu en auras envie. Ne te crois pas obligée de me faire des confidences si tu ne te sens pas bien, encourage gentiment Edi.

— Voilà, nous sommes en 1946. Adèle, ma future belle-mère, a vingt ans lorsque son père décède d'un infarctus, commence Marika en allumant sa cigarette. Elle rêve de devenir institutrice, mais le deuil annule tous ses projets. Sans la présence d'un homme, la scierie ne peut plus fonctionner. Plutôt que d'engager un ouvrier, sa mère, par souci d'économie, demande l'aide d'un prisonnier allemand. Ça se faisait fréquemment, à l'époque. Hans arrive donc de Dresde. Un gaillard taciturne, quarante ans, des grosses mains, des épaules solides, ne comprenant pas un mot de norvégien. Six mois plus tard, la mère d'Adèle décède à son tour d'un cancer des poumons.

— Adèle, la gamine de vingt ans, se retrouve seule

avec le prisonnier. J'imagine le chagrin, la solitude, les hivers sans soleil, le dur travail du bois. Dans ces conditions, ce qui doit arriver arrive, anticipe Edi.

– Tu as vu juste, s'amuse la malade en tirant sur sa cigarette avec gourmandise. Les tourtereaux se plaisent et se mettent en ménage. Au printemps 1948, le ventre d'Adèle s'arrondit.

– Laisse-moi deviner la suite, intervient l'infirmière, soudain captivée par le récit. La nouvelle fait le tour du hameau...

– Oui. Le scandale éclate comme une bombe. Tu te rends compte ? Adèle couche avec l'ennemi, même si la guerre est terminée. Elle est déshonorée. Elle attend un bâtard.

À cet instant, Edi Rikke scrute son amie avec attention. Son front se plisse de rides enfantines.

– Dis-moi, est-ce que l'enfant qui va naître est un garçon ?

– Oui, pourquoi ?

– Est-ce lui qui deviendra ton mari, vingt-trois ans plus tard ?

Le visage de Marika se rembrunit.

– Ne va pas aussi vite, s'il te plaît. Laisse-moi continuer.

Consciente d'avoir commis une maladresse, Edi tripote nerveusement sa coiffe immaculée.

– Excuse-moi.

– Adèle fait front aux médisances et aux commérages, reprend la malade, cette fois avec lassitude. Elle est fière, courageuse, arrogante. Puis, quand son enfant vient au monde, ses rêves de bonheur se brisent comme du verre.

– Que se passe-t-il ?

– Non seulement Hans refuse de l'épouser et de

reconnaître l'enfant, mais il avoue être déjà le père de cinq autres enfants, en Allemagne. Quatre d'un premier mariage et un d'un second, après la mort accidentelle de sa première épouse.

Edi est interloquée.

— Il n'en avait jamais parlé ?

— Non. Aucune allusion à sa progéniture après deux ans de vie commune.

— Adèle a le sentiment d'avoir été trahie, analyse l'infirmière. Son monde s'écroule. Elle a accordé sa confiance à un homme fruste qui a le double de son âge, elle a courageusement bravé les interdits, elle doit se battre contre un village hostile, elle est fille-mère, et elle se retrouve plus seule que jamais dans sa scierie lugubre, perdue au fin fond des montagnes.

— On peut résumer les choses de cette manière, concède Marika avec un sourire. Quand je te raconterai la suite de mon histoire, tu comprendras que je ne cherche aucune excuse à ma belle-mère. Pourtant, il faut bien admettre que ce qu'elle a enduré, peu de femmes auraient pu le supporter. Surtout à cette époque.

— Je suis prête à te croire, approuve la jeune fille avec émotion. Au fait, comment s'appelle ton... Comment s'appelle le fils d'Adèle, je veux dire ?

— Rémy.

— Et que se passe-t-il à la scierie après sa naissance ?

— Le couple se brouille et fait chambre à part. Hans redevient « l'Allemand », l'étranger honni, le pauvre bougre corvéable à merci. En échange d'un travail de forçat, Adèle lui octroie une médiocre pitance.

— Pourquoi, dans ces conditions, Hans ne va-t-il pas retrouver sa famille en Allemagne ? demande Edi naïvement.

– Il est sans qualification et sans travail. Il serait incapable de prendre en charge cinq enfants, qu'au demeurant il n'a pas vu grandir. Pourtant, en 1955, contre l'avis d'Adèle, il fait venir en Norvège Peter, son fils cadet.

– Pour quelle raison ? questionne Edi.

– Pour alléger sa solitude, je suppose. Pour ne pas se retrouver éternellement seul face aux deux autres qui le détestent. Car, au fil des ans, Adèle s'est approprié Rémy et l'a monté contre son père. Mère et fils sont devenus inséparables. Des liens fusionnels les unissent au-delà de tout ce que tu peux imaginer. Cette relation, malsaine et exclusive, est à la base de mon martyre.

Une boule d'angoisse obstrue de nouveau la gorge de Marika. Elle se balance en silence sur son fauteuil roulant. Derrière les baies vitrées, des mouettes effarouchées surgissent parfois comme des traces blanches, éphémères et inquiétantes.

– On peut en rester là pour cette nuit, si tu veux, propose timidement l'infirmière en se retournant vers son amie.

Le visage de la malade est ruisselant de larmes.

L'inspecteur Almar Lunden est déconcerté. Il a passé la matinée à entendre les habitants du hameau et les témoignages qu'il a recueillis sur la famille Buster embrouillent son cerveau.

– Bien sûr qu'on entendait souvent des cris venant de la scierie, lui a dit un paysan. Mais moi, pour ce que j'en sais, ça n'avait rien d'extraordinaire.

– Les Buster ? En été, ils donnent de l'emploi aux bûcherons, lui a dit un autre. Vous voulez quand même pas que je morde la main qui me nourrit ?

– La mère Adèle ? Il faut pas la contrarier, celle-là, a grogné une laitière. C'est une femme dangereuse et un coup de fusil est vite parti.

– Ça fait trente ans qu'il y a du grabuge à la scierie, a confessé un métayer plus courageux. Il est grand temps d'y aller voir de près.

Quand Lunden se présente chez les Buster, la famille est réunie dans le salon. De toute évidence, elle a été prévenue de l'arrivée du policier. Entourée de son fils et de son petit-fils, Adèle se tient bien droite à un bout de la table. Rejeté dans un coin de la pièce, Peter toussote discrètement. Lunden s'approche de lui.

– Montrez-moi vos bras, je vous prie.

L'homme s'exécute. Des auréoles bleuâtres sont encore visibles sur sa peau blanche.

– Comment vous êtes-vous fait ça ? questionne l'inspecteur.

– Nous autres, dans le travail du bois, on se cogne partout, ricane Peter en dévoilant ses dents gâtées.

– Quelqu'un vous a-t-il frappé ?

Peter agite ses bras maigres devant lui.

– Bien sûr que non, qui m'aurait frappé ?

– Pourquoi dormez-vous dans la grange et non dans la maison ?

– J'aime bien la paille, répond le demeuré.

– Vous aimez la paille et les coups.

Lunden traverse la pièce et va se planter devant Rémy.

– Monsieur Buster, votre épouse a été recueillie par le docteur Bergman et conduite à l'hôpital de Narvik. Son état de santé est très préoccupant. Qu'avez-vous à me dire ?

Le géant se prend la tête à deux mains en signe d'accablement.

– Ma pauvre Marika est folle depuis longtemps.

– Cette réponse ne me satisfait pas. Les médecins n'ont constaté aucun trouble psychiatrique. Ils ont par contre diagnostiqué des marques et des lésions qui laissent penser qu'elle a subi des mauvais traitements.

– Ma belle-fille s'inflige elle-même des punitions, intervient Adèle d'une voix aigre. Si elle n'est pas malade, pourquoi fait-elle ça ?

– Connaissez-vous la notion de non-assistance à personne en danger ? menace le policier.

– Je la connais, oui, raille la mégère. Je sais aussi que vous n'avez pas dans votre poche une plainte écrite en bonne et due forme. Pourquoi venez-vous harceler de pauvres travailleurs ?

– Ta mère te manque ? demande Lunden au gamin dégingandé.

– Oui. Je voudrais qu'elle revienne bientôt, grince le gosse.

– Alors, pourquoi ne vas-tu pas la voir à l'hôpital ?

Avec un regard larmoyant, Karlo implore sa grand-mère de lui venir en aide.

– Quittez cette maison, inspecteur, ordonne Adèle. Cessez de martyriser ce pauvre enfant. Laissez vivre en paix une famille dans l'épreuve.

Incapable de démêler le vrai du faux, Lunden quitte la scierie en proférant de vagues menaces.

La nuit suivante, dans le cocon de l'hôpital, Marika Buster poursuit ses confessions à voix feutrée. Lovée à ses côtés, Edi Rikke l'écoute attentivement.

– Je pense que tout bascule en 1970, susurre la

67

malade. Au mois de juin, Hans se blesse en manœu-vrant une scie à ruban et une hémorragie l'emporte en moins d'une heure. Du jour au lendemain, Peter, son fils né de son second mariage en Allemagne, se retrouve seul et sans protection. Dès lors, la folie prend possession de la scierie.

Une ombre de terreur glace le regard de la malade. Elle poursuit avec difficulté.

– Aux yeux d'Adèle et de son fils, Peter incarne la cause de leurs malheurs. Il est « l'Allemand », la bête nuisible, le mal absolu. Il est celui qui va payer.

L'infirmière joue nerveusement avec ses boucles blondes.

– Quand as-tu rencontré Rémy ?

– Quelques mois plus tard, à la fête du village. À cette époque, je suis une oie blanche de vingt ans, secrétaire chez un vétérinaire. Je ne me doute de rien. Adèle m'accueille comme sa fille. Une date de mariage est rapidement fixée. Quand je m'installe à la scierie après les noces, le piège se referme sur moi. Je n'ai rien vu venir.

– De quel piège parles-tu, Marika ? demande Edi d'une voix très douce.

– Mon mari n'est pas l'homme que j'ai cru épouser. Entièrement sous la coupe de sa mère, c'est un être brutal et sans pitié. La famille Buster se nourrit de haine et Peter est son souffre-douleur. Chaque jour, Adèle et son fils le battent comme plâtre et lui font subir les pires humiliations.

– Mais comment fais-tu pour supporter cette situa-tion sans protester ? s'exclame l'infirmière, aba-sourdie.

– Je suis enceinte, gémit Marika. Ma lâcheté et la peur de perdre mon enfant m'empêchent de réagir.

Mon fils naît. Je me réfugie dans la lecture pour ne pas entendre les coups pleuvoir sur le pauvre Peter. Pour ne pas entendre ses cris et ses gémissements. Plus tard, quand Karlo grandit, il tombe à son tour sous la coupe d'Adèle. Je n'ai plus le droit de l'approcher. Bientôt, un trio infernal règne sur la maison et se partage le pouvoir. Quand je m'insurge, Adèle, Rémy et mon fils se liguent contre moi et menacent de me tuer.

— Ce que tu me dis est terrifiant !

Marika maîtrise avec difficulté les tremblements qui secouent ses épaules.

— Je pense que tu devines la suite. Après quelques années de mariage, Rémy me trompe avec une fille du village. Quand elle s'installe dans ma chambre, je suis évincée et reléguée dans l'écurie comme une bête indésirable.

— Et les marques que tu portais sur tout le corps en arrivant à l'hôpital ? Ton œil blessé ? Ton tympan crevé ? Ta fracture du pied ?

— C'est l'œuvre des quatre monstres qui se sont associés pour me détruire.

Edi, bouleversée, presse la main de son amie.

— C'est fini, Marika. Calme-toi, c'est fini tout ça.

Marika est hospitalisée depuis six mois lorsqu'un incendie ravage la grange de la scierie Buster. Quand les pompiers volontaires, dispersés dans les villages voisins, parviennent enfin sur les lieux, le bâtiment n'est plus qu'un tas de cendres. Le cadavre carbonisé de Peter est retrouvé dans les décombres. Une enquête judiciaire est ouverte. Tandis que des experts de la police scientifique se chargent de déterminer les causes de l'incendie, l'inspecteur Lunden enquête sur la famille. Il ne tarde pas à découvrir que Rémy a souscrit une assurance vie de cinquante mille couronnes sur la tête de sa femme et que sa mère en a pris une autre, d'un montant équivalent, sur la tête de Peter. En dépit des présomptions, faute de preuve, les experts sont dans l'incapacité de conclure si l'incendie est criminel ou s'il a été provoqué involontairement ou non par la victime.

Quand Marika apprend la nouvelle, elle se décide enfin à porter plainte contre son mari et sa belle-mère pour « coups et blessures volontaires, et traitements inhumains ». Son dossier médical et le témoignage du docteur Bergman corroborent sa déposition. L'inspecteur Lunden procède aux arrestations des deux bourreaux.

Au cours d'un procès retentissant qui bouleverse la Norvège, les experts psychiatres concluent qu'Adèle Buster est « perverse, sadique, machiavélique et dangereuse ». Elle est condamnée à treize ans de réclusion criminelle. Son fils, « un être faible, facilement manipulable », écope de dix années de prison pour « complot visant à nuire gravement à l'intégrité physique et psychologique de son épouse ». Karlo est condamné à son tour par la cour d'assises des mineurs, mais exempté de prison.

À l'énoncé du verdict, Adèle Buster s'est exclamée dans le prétoire : « Je vais enfin être heureuse en prison. Car depuis que j'ai quinze ans, la liberté pour moi, c'est de travailler comme une bête dix-huit heures par jour ! » Marika, elle, n'a jamais pleinement recouvré la santé. Elle travaille aujourd'hui à mi-temps dans une maison de retraite.

Opération « Colibri »

Caricatures échappées d'un mauvais spectacle de music-hall, les deux hommes qui vocifèrent et se chamaillent sont grotesques. Le premier est le sosie de Charlie Chaplin auquel on aurait retiré sa canne et son chapeau. Le second, fagoté dans un uniforme fait de bric et de broc, évoque le personnage inquiétant d'un conte de Grimm. Bientôt le ton monte.

— Souviens-toi ! Quand j'ai créé les SA, en 1921, au lendemain du traité de Versailles, la Reichswehr, l'armée du Reich, était à genoux. Elle ne comptait pas plus de cent mille hommes, assène celui qui a le visage couturé de cicatrices. Moi, je n'ai jamais accepté la défaite. En quinze ans, j'ai mobilisé une force considérable à travers le pays.

— Ne t'ai-je pas accordé tous les moyens pour y parvenir ? réplique l'autre en arpentant le vaste bureau, surchargé d'aigles et de dorures.

— N'ai-je pas fait de toi ce que tu es devenu ? lui rétorque le visiteur, agacé.

— C'est assez ! hurle Adolf Hitler, le chancelier d'Allemagne.

Ernst Röhm, le chef des SA, les Sturmabteilung, les Sections d'assaut, le seul à tutoyer Hitler, considère son vieil ami avec indulgence. Comme on s'apitoie sur un enfant gâté qui fait un caprice.

71

– Adolf, la Reichswehr est aux ordres d'officiers d'un autre âge. Des aristocrates prussiens défaitistes. Des salonnards galonnés. Les trois millions de SA que je dirige sont le sang et le sel de l'Allemagne.

– Il n'est pas question de dissoudre l'armée, s'obstine Hitler avec colère.

– Je demande de l'intégrer aux SA et de la diriger.

Un éclair traverse le cerveau enfiévré du Führer. Il imagine un instant les deux forces en présence sur un champ de bataille : les braillards de la SA, ballonnés de bière, agitant des torches et des drapeaux, d'un côté ; les soldats aguerris du Reich, de l'autre. En dépit de l'avantage du nombre – un pour trente –, les supplétifs de Röhm déguerpiraient sans coup férir.

– Cette question n'est pas d'actualité, insiste Hitler.

Dépité, l'homme dont la tête ressemble à une bille de bois posée sur un tronc court et ventru change brusquement de stratégie.

– La Reichswehr fait obstacle au programme du Parti. Elle veut restaurer l'ordre ancien.

– Elle veut laver l'Allemagne de l'humiliation de la défaite, rugit le chancelier. Comme nous tous !

– Elle n'y parviendra pas en faisant machine arrière. Dans national-socialisme, il y a « socialisme ». Qu'attendons-nous pour nationaliser les entreprises ? Tu sembles avoir oublié les objectifs de la révolution ?

Hitler est lucide. S'il s'est autrefois appuyé sur la classe ouvrière, il n'ignore pas que désormais sa propagande populiste n'est plus de mise. Ses alliances s'appuient aujourd'hui sur la bourgeoisie et les industriels. Ainsi, pour alimenter ses campagnes électorales, a-t-il collecté des sommes importantes auprès des magnats de la Ruhr. Il doit par ailleurs ménager le vieux maréchal Hindenburg, le président du Reich.

– Le pouvoir est conquis, il faut maintenant socialiser l'Allemagne, pérore Röhm, infatigable.

Conscient que son destin et sans doute celui de l'Allemagne se jouent à cet instant, Hitler hésite. Les officiers de la Reichswehr ne se sont pas encore prononcés en sa faveur. Attendent-ils qu'il désavoue Röhm pour le soutenir ouvertement ? Ou, au contraire, l'abandonneront-ils dès qu'ils l'estimeront isolé et affaibli ?

– Je vais y réfléchir, Ernst.

L'audience est terminée. Elle a duré cinq heures. Le chancelier, épuisé, reconduit son visiteur dans l'antichambre. Le chef des SA esquisse un garde-à-vous de fantaisie et claque des talons.

– À bientôt, Adolf. J'attends ta réponse. Nous avons fait de grandes choses ensemble. Continuons !

Comme un film projeté en vitesse accélérée, Hitler voit défiler dans sa mémoire les événements qui ont jalonné ses douze dernières années. Munich, le 9 novembre 1923 : le putsch manqué. En dépit de l'échec, Röhm ne désarme pas. Il ambitionne de reconstituer les Sections d'assaut et de créer un corps franc. Hitler s'oppose à cette stratégie aventureuse. Il veut fonder un parti politique et s'emparer du pouvoir par la voie des urnes. Désavoué, Röhm s'expatrie en Amérique du Sud. À La Paz, devenu conseiller de l'armée bolivienne, il mate dans le sang les mineurs en grève. Berlin, le 14 septembre 1930 : le vent tourne. Les députés nazis entrent en masse au Reichstag. L'hitlérisme triomphe. Röhm abandonne sans regret les déserts glacés de la Cordillère et regagne l'Allemagne. Hitler, devenu chancelier en 1933, l'accueille à bras ouverts. Il lui offre un portefeuille sans ministère et lui restitue le commandement des SA. Bientôt, des ralliements affluent de tout le pays. Contre une signature, chômeurs et anciens combattants frustrés reçoivent la carte du Parti et revêtent la chemise brune des Sections d'assaut. Un ordre nouveau, hors la loi, monopolise la rue et sème la terreur en toute impunité. Devenus un État dans l'État, les SA traquent intellectuels et communistes. Elles marginalisent et éradiquent les opposants. Elles pillent les boutiques juives. Elles rançonnent, kidnappent et emprisonnent dans des prisons spéciales. Et les SA parlent. Parlent beaucoup trop. Röhm et ses lieutenants sont devenus intarissables : déclarations intempestives, discours vengeurs, harangues démagogiques. Ce flot de paroles incontrôlées exaspère Hitler.

Au printemps 1934, les événements s'accélèrent. La santé de Hindenburg, le président du Reich et chef des armées, décline. Le temps venu, qui prendra la relève ? Hitler brigue la charge suprême, seul moyen à ses yeux de réaliser le grand dessein qu'il s'est fixé : élargir les frontières de l'Allemagne et reconstituer le Saint Empire germanique, de l'Oural à la Bretagne. Pour s'assurer des sentiments bienveillants de l'état-major à son égard, il embarque, le 12 avril, sur le croiseur *Deutschland*. Von Blomberg, ministre de la Guerre, le général von Fritsch et l'amiral Raeder sont à bord. La mer est grosse. Des rafales de neige balaient le pont. Après quatre jours d'âpres discussions, un accord secret est trouvé. En échange de la mise au pas des SA, l'armée soutiendra la candidature de Hitler à la succession du vieux président. Le chancelier est satisfait. Il n'envisage pas de recourir à la force. Il espère encore pouvoir convaincre Röhm de se soumettre de son plein gré à sa nouvelle alliance et limiter ses ambitions.

Cette question provisoirement réglée, Hitler resserre ses liens avec Heinrich Himmler, le chef des SS, la force montante de l'Allemagne. Vêtus du sinistre uniforme noir à tête de mort, s'autoproclamant gardiens de la pureté de la race, les membres de ce groupe d'élite haïssent les SA et sont déterminés à briser leur pouvoir. Avec méthode et patience, ils collectent informations et médisances sur leurs exactions et les transmettent, amplifiées, à Hitler. Ainsi le chancelier apprend-il que des conservateurs et des chrétiens sont prêts à s'allier aux SA contre lui ; que Röhm est en relation avec l'ambassadeur de France à Berlin. Les deux hommes comploteraient activement pour l'éliminer.

Deux éléments nouveaux vont conforter Hitler dans sa détermination à démanteler les Sections d'assaut. Le 14 juin, il rencontre Mussolini à Venise. Le Duce lui conseille de ne pas se laisser compromettre par des hommes encombrants qui entravent ses marges de manœuvre et discréditent sa politique. En clair, entre le passé et l'avenir, entre les SA et la Reichswehr, Hitler doit trancher rapidement en faveur de l'armée. Le 17 juin, le vice-chancelier von Papen prononce à l'université de Marburg un discours enflammé. Avec une extraordinaire liberté de langage, il déclare que le système du parti unique doit céder le pas à la démocratie. Il rappelle que l'Allemagne est chrétienne et déplore que l'on qualifie de réactionnaires des conservateurs qui ont toujours été des patriotes intègres. De tels propos dans la bouche du chancelier d'hier, du vice-chancelier d'aujourd'hui, provoquent une émotion considérable dans l'opinion. Que signifie cette sévère condamnation ? Hitler est-il disqualifié par Hindenburg ? Von Papen transmet-il au peuple un message de révolte ? Le chancelier ne décolère pas. Il interdit aux journaux de reproduire le discours et fait saisir ceux qui en ont rendu compte. Trois jours plus tard, Goebbels, le ministre de l'Information et de la Propagande, réplique haineusement au micro de la radio d'État :

– *Les critiqueurs n'ont pas encore compris notre magnanimité. Ils comprendront mieux, sans doute, notre rigueur ! Nous leur passerons sur le corps !*

Le 23 juin, une information, véhiculée en secret par les SS, circule au sein de l'état-major. Elle fait appel à la vigilance de tous, car Röhm fomenterait un coup d'État. Aussitôt, le général von Fritsch donne l'ordre à la garnison de Berlin de se préparer à défendre la légitimité du pouvoir. Les événements s'accélèrent encore. Le 25, le gouvernement décide que les Sections d'assaut prendront des vacances forcées pendant le mois de juillet et qu'elles ne devront pas porter l'uniforme durant cette période. L'Allemagne est au bord de l'implosion. Tandis que Röhm continue d'affirmer que Hitler est son ami indéfectible, les chefs SA conviennent de se réunir en congrès à Bad Wiessee, près de Munich. Et la machine SS ne connaît aucun répit. Himmler et Heydrich, responsable de la Gestapo, envoient déjà à leurs réseaux, sous plis cachetés, les listes de SA qu'ils devront bientôt éliminer.

Hitler s'est-il enfin décidé à sacrifier son plus fidèle compagnon pour la grandeur du Reich ? Pas encore. Il hésite. Il tergiverse. Alors, les SS brûlent les étapes.

Ils orchestrent une campagne de désinformation avec l'efficacité qui leur est coutumière. Et les éléments du complot qui va faire basculer l'Allemagne dans l'ordre fasciste s'ajustent bientôt comme les pièces d'un puzzle machiavélique. Le 26 juin, Sepp Dietrich, le chef de la garde personnelle SS du Führer, apporte à von Blomberg, le ministre de la Guerre, le plan d'un pseudo-putsch SA prévoyant la liquidation de tous les officiers supérieurs de la Reichswehr. Le jour même, la Gestapo arrête Edgar Jung, l'ami de von Papen et l'auteur présumé du discours de Marburg. Soupçonné d'avoir noué des contacts avec une puissance étrangère, il est atrocement torturé dans une cave de Berlin et fusillé sans autre forme de procès.

Le soir du 29 juin, Hitler est à Essen, à l'hôtel Dreesen, une auberge cossue plantée sur les bords du Rhin. Le lendemain, il a rendez-vous avec Röhm, à Bad Wiessee. Craignant que cette rencontre entre les deux amis ne provoque un revirement d'alliances, les comploteurs convergent précipitamment vers Essen. Le temps presse. Joseph Goebbels arrive le premier. À 21 h 30, il rejoint le chancelier sur la terrasse qui domine le fleuve. Il est grave, tendu, plus flageolant qu'à l'accoutumée.

– *Mein Führer*, celui qui frappe le premier a partie gagnée, déclare-t-il d'emblée.

Hitler observe, pensif, le paysage vallonné. La silhouette des châteaux romantiques se découpe dans la lumière du soir.

– Dans la lutte pour le pouvoir, le dernier round est toujours décisif. Nous sommes parvenus à cette étape, poursuit d'une voix rauque le ministre de la Propagande.

À cet instant, un orage éclate. Insensibles à la pluie qui ruisselle, Hitler et Goebbels observent les jeunes volontaires d'un camp de travail qui défilent au pas de l'oie et chantent, impavides, sous les fenêtres de l'hôtel. Quand enfin les deux hommes regagnent le salon, un motard casqué apporte une dépêche de Hermann Goering, arrivée par avion spécial. Goebbels feint de se retirer dans sa chambre. Hitler décachette fébrilement l'enveloppe. Le commandant en chef des forces aériennes du Reich l'informe que Karl Ernst a mis ses SA de Berlin en état d'alerte. Bouleversé, Hitler frémit dans son uniforme détrempé. Il ignore, naturellement, que l'information a été entièrement fabriquée, et que Ernst est à Brême, prêt à s'embarquer pour Madère en compagnie de sa jeune épouse. Quelques minutes plus tard, un nouveau message est apporté au Führer. Il provient de Himmler et annonce que, dans toute l'Allemagne, les SA sont en état d'alerte. C'est le moment attendu par Goebbels pour réapparaître dans le salon, une liasse de faux télégrammes à la main.

— La situation est critique, *mein Führer*. Des nouvelles alarmantes affluent de toutes parts.

— Je sais, grogne Hitler, je sais.

Peu après, Victor Lütze, un colonel SS, transfuge des SA, demande à s'entretenir avec le chancelier. Il vient de parcourir trois cents kilomètres en voiture, d'une seule traite et en un temps record. Hitler l'accueille chaleureusement.

— Röhm prépare un putsch contre vous, déclare d'emblée l'officier, le souffle court.

– Avez-vous les preuves de ce que vous avancez ? demande Hitler, encore incrédule.

– Oui, *mein Führer*. Voilà ce que Röhm m'a dit, il y a quelques jours, dans un accès de rage.

– Que vous a-t-il dit ?

– « Hitler est un traître. Si nous ne pouvons pas faire affaire avec lui, nous nous passerons de ce caporal ridicule », voilà ce qu'il m'a dit, affirme Lütze en tremblant.

Ces propos, comme toutes les informations que les SS vont habilement distiller à Hitler tout au long de la nuit, sont imaginaires.

À 22 h 30, Sepp Dietrich se présente à son tour à l'hôtel. Hitler lui ordonne de se rendre à Munich en avion pour rejoindre les deux cents hommes de sa garde. Deux heures plus tard, nouveau message de Goering, affirmant qu'un médecin s'est rendu au chevet du maréchal Hindenburg, à l'agonie. Cette fois, le visage de Hitler vire à la craie. Il grimace. Il s'impatiente. Impossible de différer davantage sa décision. Bientôt, la Reichswehr aura perdu son chef. Au téléphone, Himmler fait monter la pression d'un cran.

– Le putsch SA doit commencer aujourd'hui, à 16 heures. J'en ai eu confirmation.

La main de Hitler se crispe sur l'appareil.

– Ernst n'a pas rejoint Bad Wiessee, ajoute Himmler.

– Où est-il ?

– À Berlin ! Il va diriger le coup d'État.

Hitler raccroche, le corps parcouru de frissons, le visage dévoré de tics saccadés. Bien sûr, Goebbels ne dément pas le renseignement, sachant pourtant qu'au même instant, Ernst navigue déjà en mer

Baltique. Parvenu à ce point, le complot des SS et de la Gestapo est un chef-d'œuvre de méthode et d'efficacité.

— Tout est coordonné ! Tout est prémédité ! C'est un putsch ! Un putsch ! hurle Hitler, devenu hystérique.

— Que décidez-vous, *mein Führer* ?

— Plus de temps à perdre ! Tout le monde à Munich !

Au même moment, dans l'hôtel Hanselbauer de Bad Wiessee, un homme, torse nu, s'est retiré sur son balcon. Il hume l'air frais et parfumé de la forêt bavaroise. Après avoir veillé et vidé d'innombrables chopes de bière, entonné et scandé des hymnes guerriers avec ses officiers, aides de camp, chauffeurs et gardes, il sourit en songeant à son vieil ami, Adolf Hitler. Comme jadis, ainsi qu'ils le font depuis dix ans, ils régleront tout à l'heure les divergences mineures qui les séparent encore. Puis ils prépareront fraternellement le congrès du Parti qui se tiendra à Nuremberg, en septembre.

Il est 2 heures. Quand Röhm s'étend sur son lit après avoir avalé un somnifère, le trimoteur Ju-52 d'Adolf Hitler atterrit sur la piste de l'aérodrome de Munich. Au pied de l'appareil, le Führer remarque un camion militaire et deux véhicules blindés. Les soldats de la Reichswehr, casqués, fusil entre les genoux, se sont déplacés pour assurer la protection du chancelier du Reich. Quand l'officier commandant le détachement s'avance vers lui, Hitler déclare sur un ton qui n'admet aucune réplique :

— Merci de m'accueillir. Sachez maintenant que la

Reichswehr doit rester étrangère à ce qui se passe et va se passer. Elle n'a pas à se mêler de cela. C'est un ordre.

Puis, sur un ton plus bas, presque inaudible, Hitler ajoute :

— C'est le jour le plus mauvais de ma vie. Le plus dur. Mais, croyez-moi, je saurai faire justice. Je vais m'occuper de ces porcs.

Il fait quelques pas vers une voiture qui l'attend et dont le moteur tourne déjà.

— Avertissez immédiatement le général Adam de mes volontés et de mes intentions.

L'aube se lève. Les portières claquent. Le cortège s'ébranle. Quand il arrive devant le ministère bavarois de l'Intérieur, Hitler est le premier à sauter à terre. Des SS de noir vêtus montent la garde, prêts à intervenir, le regard fanatique. Au deuxième étage, le général SA Scheidhuber, préfet de police de Munich, somnole sur une chaise. Lorsqu'il aperçoit Hitler, il tente maladroitement de se lever, mais l'autre se jette déjà sur lui, vociférant, tirant sur sa cravate, arrachant ses galons.

— Traître ! Traître ! Ordure ! Qu'on l'enferme !

Dans le bureau voisin, la scène se reproduit entre Hitler et le général Schmidt.

— Salaud ! Vous êtes arrêté... Fusillez ce porc sur-le-champ !

Le jour est levé. Il est près de 6 heures. Ce sera une belle journée d'été, chaude et ensoleillée. Hitler ordonne l'arrestation de tous les chefs SA. Ceux qui se trouvent à Munich et les autres, convoqués par Röhm et qui vont arriver par petits groupes à la gare, dans la matinée. La chasse aux SA est ouverte. Les équipes de tueurs sont maintenant prêtes à entrer en action dans toute l'Allemagne.

La voiture du Führer est lancée vers Bad Wiessee. Elle traverse le pont de l'Isar et s'engage le long du lac de Tegern. Les Mercedes blindées de Goebbels, Hermann Hesser, Emil Maurice, et des SS en armes complètent le convoi. Toutes foncent vers la pension Hanselbauer. Quand ils sont à pied d'œuvre, les SS, revolver au poing, bondissent en courant vers le bâtiment dont les volets sont clos. L'herbe et la mousse étouffent le bruit des bottes. Un soldat force la porte d'un coup de pied. La meute se rue en masse pour la curée. Elle se répand, envahit les couloirs, hurle des ordres, lâche des rafales. La première chambre dans laquelle s'engouffrent les SS est celle du comte Spreti, général SA de Munich. Il est arraché de son lit et jeté, nu, sur le plancher. Les coups et les insultes pleuvent. La chambre voisine est occupée par Edmund Heines, un vieux nazi qui a participé au putsch de 1923. Nu lui aussi, il est enlacé à son jeune chauffeur. Quand il esquisse le geste de prendre une arme sur la table de nuit, Emil Maurice l'abat sans hésiter. Son chauffeur est traîné par les cheveux dans la cour de la pension et tué d'une balle dans la gorge. Bientôt, une dizaine de corps pantelants jonchent les couloirs et le jardin. Le visage ensanglanté par les coups de bottes, la mâchoire arrachée, un colonel s'empare d'une mitraille et la retourne contre lui. Les scènes de cauchemar se succèdent à une vitesse folle. L'état-major de Röhm est décapité.

Au premier étage de l'auberge, Hitler tambourine à la porte de Röhm.

– Ouvre !

Une voix pâteuse et ensommeillée interroge :

– Qui est là ?

– C'est moi, Adolf, ouvre !

– Quoi ? fait l'autre. Tu es déjà là ? Je ne t'attendais qu'à midi.

– Ouvre cette porte ! répète Hitler, en s'acharnant sur la poignée.

Röhm tire le loquet. Il apparaît, massif, torse nu, le visage rouge, gonflé de sommeil. Hitler cingle de sa cravache en peau d'hippopotame les pans de son manteau de cuir. Le visage cramoisi, il écume, il déverse un flot d'injures sur son camarade du temps passé. Röhm a bien souvent été témoin des colères légendaires de Hitler. Mais jamais aucune d'entre elles n'a atteint une telle ampleur. Röhm tente de protester, l'autre redouble de fureur et le pousse dans sa chambre. Quand la porte se referme, la voix du chancelier perd de son intensité. La conversation devient plus feutrée. Que se disent les deux hommes ? Personne ne connaîtra jamais le secret de cette dernière entrevue. Soudain Hitler se précipite dans le couloir. Il est blême, au paroxysme de l'exaspération. Il hurle :

– Ce porc me manque de respect ! Qu'on le mette immédiatement en état d'arrestation !

Sur le seuil de la pièce, Röhm gratte machinalement son crâne rasé. Il a sur le bras une robe de chambre, mais il est toujours en pantalon de pyjama, pieds et torse nus. Deux SS se saisissent de lui et l'entraînent au rez-de-chaussée de la pension.

Hitler, Goebbels, Lütze, Maurice et Dietrich se retrouvent dans le jardin. Face à eux, le lac est à peine ridé par une brise légère. Hitler se tait. Il semble effondré. Il a joué et il est gagnant. L'opération est terminée. Soudain, un bruit de moteur. Le camion de la garde personnelle de Röhm arrive de Munich. Lourdement armés, les SA sautent à terre. Ils regardent avec surprise les SS et la pension, plongée dans le silence. Ils hésitent. Les forces en présence sont d'égale importance. Chacun s'observe. Tout peut basculer. S'il est libéré, Röhm peut encore retourner la situation en sa faveur. Hitler fait quelques pas vers les SA. Dès qu'il commence à parler, sa voix s'affermit.

– Je suis votre Führer. Faites demi-tour. Retournez à Munich.

Des doigts se crispent sur la détente des armes. Les officiers SA se consultent du regard, et remontent dans le camion. Le véhicule démarre lentement. Pendant quelques minutes, on entend encore le bruit du moteur, puis c'est à nouveau le silence, la paix. Il ne reste plus qu'à rentrer à Munich avec les prisonniers et les cadavres.

Durant toute la matinée, à Munich, à l'arrivée des trains, des SS arrêtent les dignitaires SA. Ils les conduisent directement à la prison de Stadelheim et les entassent dans les cellules. Dans les rues avoisinantes, les soldats de la Reichswehr assistent aux scènes d'arrestation mais n'interviennent pas. À 10 heures, Hitler s'installe au siège munichois du Parti et prend connaissance des dépêches de Berlin. En exécution des consignes passées, Goering et Himmler ont étouffé le prétendu « mouvement d'insurrection fomenté par les SA ». Au même moment, Goebbels téléphone à Goering. Il prononce un seul mot : « Colibri ». C'est le signal. Les commandos de la mort entrent en action. Tandis que des valets de pied en livrée apportent régulièrement des sandwichs et de la bière, des hommes de la Gestapo déposent sur le bureau de Goering de petites fiches blanches qui comportent un ou plusieurs noms d'hommes arrêtés. Goering prend connaissance des fiches. La crinière en désordre, vêtu d'une blouse blanche, d'une culotte gris-bleu et de bottes noires qui lui montent au-dessus des genoux, il hurle avec une haine vindicative :

– À fusiller ! À fusiller ! À fusiller !

À la caserne de Lichterfelde, à Berlin, les prisonniers arrivent par paquets, menottes aux mains. Ils sont collés contre un mur déjà criblé de balles et éclaboussé de sang.

– Ordre du Führer ! aboie un officier.

Les hommes du peloton d'exécution les mettent en joue. Quelques heures plus tard, les canons de leurs armes, chauffés à blanc, leur brûlent les doigts.

À Munich, quand on lui demande ce que vont devenir les chefs SA emprisonnés, la réponse de Hitler cingle l'air comme un coup de sa cravache :

– Il faut fusiller tous ces chiens !

On tue dans toute l'Allemagne. La Gestapo et les SS agissent vite, méthodiquement. Le chiffre des victimes augmente d'heure en heure. Bientôt, il dépasse le millier. Von Papen est sur la liste, mais Goering l'épargne. Il est consigné chez lui. Le général von Schleicher, opposant de longue date au national-socialisme, est assassiné chez lui en même temps que sa femme, sous les yeux horrifiés de leur domestique, qui sera « suicidée » à son tour quelques minutes plus tard.

La machination SS a réussi bien au-delà de son attente. Le 1er juillet 1934, les SA et la droite conservatrice sont décapitées.

À la Maison Brune, Rudolf Hess pose à Hitler la question qui lui brûle les lèvres depuis l'aube :

– Que fait-on de Röhm ?

Le visage fermé, le Führer répond d'une voix tranchante :

– Je l'ai gracié en raison des services qu'il a rendus à la nation.

Ernst Röhm est épargné. S'il parvenait à reprendre le contrôle de ses troupes – trois millions de fanatiques, répartis à travers tout le pays –, l'Allemagne sombrerait dans la guerre civile. Conscients du danger, Goering, Himmler et Heydrich accentuent leur pression sur Hitler pour qu'il ordonne son exécution. Quels nouveaux arguments trouvent-ils pour le faire céder ? On l'ignore. Mais peu avant 13 heures, ils ont gagné. Le Führer téléphone au général SS Theodor Eicke et lui ordonne de supprimer Röhm, en l'invitant si possible à se suicider. Hermann Goering, satisfait, est rayonnant. Heinrich Himmler dissimule assez bien la joie qui le submerge.

Dès qu'il a raccroché, Eicke désigne deux officiers pour l'accompagner à la prison. Il est 14 h 30. Dans la cellule 474, Röhm est assis, torse nu, sur un lit de fer. La porte s'ouvre. Theodor Eicke entre. Il pose sur la table un revolver chargé d'une seule balle et une édition spéciale, toute fraîche, du *Völkischer Beobachter*, un quotidien national. Le journal annonce en gros caractères la destitution de Röhm et publie la liste des chefs SA fusillés la veille à Munich.

– Röhm, vous avez gâché votre existence, pérore Eicke. Le Führer n'a pas oublié son vieux compagnon de combat. C'est pourquoi il vous donne encore une occasion de tirer les conclusions qui s'imposent. Vous avez dix minutes.

Röhm ne répond pas. Il a le regard vague, un peu étonné. Il contemple un instant le revolver et détourne les yeux. Eicke sort, troublé. Au bout d'un quart d'heure, n'ayant entendu aucun coup de feu, le chef SS tire son pistolet de son étui. Le commandant Michael Lippert et le général Schmauser l'imitent aussitôt. Eicke et Lippert retournent dans la cellule. Schmauser reste dans le couloir.

— Röhm, tenez-vous prêt !

Debout, toujours torse nu, le fondateur des SA tient le journal à la main. Il semble hébété.

— Je ne peux plus attendre, prévient Eicke.

La bouche amère, celui qui est le seul dans toute l'Allemagne à tutoyer Hitler dévisage les deux officiers avec mépris.

Lippert s'approche. Sa main tremble. Il tire deux coups en pleine poitrine, à bout portant. Röhm s'écroule sur le dos, entre la table et le lit. Il balbutie :

— *Mein Führer ! Mein Führer !*

Theodor Eicke l'achève d'une balle au cœur. Il est 14 h 50. Les Sections d'assaut sont neutralisées. Leur chef gît dans une flaque de sang. Une page de l'histoire mouvementée de l'Allemagne est tournée. Durant la nuit suivante, le corps de Röhm est transporté à l'extérieur. Dans la cour de la prison de Stadelheim, pour y être enterré, selon les uns. Au crématorium du cimetière de l'Est, à Munich, selon les autres.

Le lendemain, Hitler reçoit les félicitations de Hindenburg en ces termes : « Je constate, d'après les rapports qui me sont présentés, que, par votre initiative résolue et votre courageuse intervention personnelle, vous avez étouffé dans l'œuf tous les agissements de haute trahison. Vous avez sauvé le peuple allemand d'un grand danger. Je vous en exprime ma profonde reconnaissance. » Peu après cette déclaration, le vieux maréchal rend l'âme. Mais l'a-t-il effectivement rédigée, ou Goebbels lui a-t-il complaisamment tenu la main ?

Hitler, plébiscité, lui succède avec 88 % des suffrages et cumule à présent les fonctions de président et de chancelier du Reich. Le parti, l'armée, les SS et le reliquat des Sections spéciales sont directement placés sous ses ordres. En une nuit, manipulé par les SS, il a balayé les obstacles intérieurs qui l'empêchaient encore d'accomplir le dessein qu'il s'était assigné au lendemain de la défaite de 1918 : réarmer à outrance, élargir les frontières de l'Allemagne, assujettir l'Europe à l'ordre nazi.

À cet instant, la chanson des SA trotte-t-elle dans la tête du dictateur ? « Nous aiguiserons nos longs couteaux sur le bord des trottoirs. Et nous débarrasserons l'Allemagne de la réaction. Ce sera la fin des officiers prussiens, la fin des membres du club des seigneurs, comme von Papen, le vice-chancelier du Reich, et commencerait vraiment la révolution national-socialiste, avec ou sans Hitler. Il y suffirait d'une nuit, la Nuit des longs couteaux... »

Une chose est sûre : à partir du 2 juillet 1934, des millions d'hommes, de femmes et d'enfants vont désormais vivre dans la terreur de voir un jour des hommes en noir surgir d'une voiture arrêtée devant chez eux. Car, depuis le complot, nul n'ignore qu'un cauchemar de cendres a envahi l'Allemagne. Qu'une meute de tueurs sans contrôle peut, sur un simple claquement de doigts, ouvrir aux innocents les portes de l'enfer...

Un monde parfait

— Centrale incendie. Vous avez appelé les pompiers, j'écoute.

Une voix de femme haletante s'égosille sur la ligne :

— Venez vite, une maison brûle.

— Donnez-moi précisément l'adresse de l'incendie.

— Derrière les hôpitaux, sur la route du Touquet.

— Soyez plus précise, madame, je vous en prie.

— J'en sais rien. C'est une villa isolée derrière les dunes. Y a pas d'adresse.

— Nous perdons du temps ! Concentrez-vous. Donnez-moi un repère, s'énerve l'opératrice.

À l'autre bout du fil, la femme semble bouleversée. Sa voix grimpe brusquement dans les aigus :

— À deux cents mètres du restaurant...

— Calmez-vous. Quel restaurant ?

— Les Vikings. À deux cents mètres au nord des Vikings. Sur la route, en retrait de la plage.

— C'est bien, merci. Une minute. Surtout, restez en ligne.

Des cliquetis de commutations et des bourdonnements électroniques interrompent le dialogue. Quelques instants plus tard, la standardiste intervient à nouveau. Sa voix est couverte par des bruits de sirènes :

– Madame, vous êtes avec moi ?

– Oui.

– Savez-vous si la maison est occupée ?

– Il y a un homme à l'intérieur. Jacques Privat. Je ne l'ai pas vu sortir.

L'opératrice respire bruyamment.

– On s'en occupe. Une équipe est en route. Êtes-vous une voisine ? Un membre de la famille ? Donnez-moi votre nom.

– ...

– Madame ?

– Oui.

– Donnez-moi votre nom, s'il vous plaît.

À l'autre bout du fil, la femme a raccroché.

Quand le camion-citerne arrive sur les lieux, il est déjà trop tard. La maison s'est transformée en torche. Les fenêtres crachent des langues de feu et la toiture s'est effondrée. Impossible de pénétrer à l'intérieur. Les pompiers mettent deux lances en batterie et attaquent le foyer à sa base. Une heure plus tard, une colonne de fumée âcre s'effiloche dans le ciel et des flammèches lèchent encore, çà et là, des débris calcinés.

Le capitaine de la brigade des pompiers, un médecin et Thomas Bertin, lieutenant de police, fouillent les décombres.

– On cherche un homme. C'est bien ça, capitaine ? demande Bertin.

– Oui, un certain Jacques Privat, confirme le pompier. Il n'aurait pas eu le temps de quitter la maison. Je n'ose pas imaginer dans quel état il est !

– Si toutefois il en reste quelque chose ! ajoute le médecin, en pataugeant dans le cloaque.

Soudain, le jeune policier écarte les bras. Les autres se figent sur place.

– Ne bougez plus. Il est là, enfoui sous la charpente.

Un crâne, couvert de peau parcheminée, apparaît derrière une poutre. Les yeux sont blancs comme de l'albâtre et un rictus grotesque a raidi ses mâchoires. Ses membres s'amalgament aux bois noircis.

L'estomac du capitaine se noue.

– Jamais rien vu de pareil en vingt ans de service.

– Allez-y, toubib, murmure le policier. J'ai besoin de savoir ce que vous en pensez pour mon rapport.

Le médecin s'accroupit près du cadavre. Au bout de quelques minutes, il se redresse et hausse les épaules.

– Brûlé vif. Sans doute surpris dans son sommeil. Une mort atroce. Que dire de plus ?

– Vous donnez le permis d'inhumer ?

– Pas d'objection. Sauf si l'expert de l'assurance en décide autrement.

– Bien.

Bertin attend que les haut-le-cœur qui malmènent le pompier se soient calmés pour lui demander :

– Qui vous a prévenu, Valmachère ?

– Une femme affolée. Elle a refusé de donner son nom, mais elle connaissait celui de la victime.

– Vous enregistrez toujours les appels au standard ?

– Naturellement.

– Récupérez le numéro de téléphone de cette femme et communiquez-le-moi, s'il vous plaît. Maintenant, dites à vos hommes de transporter le corps.

Le lieutenant tapote le bras de Valmachère.

– Un conseil : choisissez deux ou trois gars pas trop sensibles.

Le surlendemain, dans le cimetière de la commune, un groupe clairsemé assiste à l'enterrement. Comme le temps est radieux, les hommes ont desserré le nœud de leur cravate et les femmes ont enveloppé leur deuil dans de légères robes de crêpe noir. L'une d'entre elles se tient légèrement à l'écart. Son visage émacié est dissimulé sous une voilette. Est-ce pour cacher ses larmes ? Ou pour soustraire à la curiosité des autres une absence de chagrin ?

– La veuve, Monique Privat, souffle le brigadier Rocher à l'oreille de Bertin.

Les deux hommes, à l'ombre d'un chêne, assistent en retrait à la cérémonie.

– Et encore ? demande l'inspecteur.

– Cocue.

– Cocue ?

– De notoriété publique. Les Privat étaient séparés depuis quelques années. Jacques, le pharmacien, avait une maîtresse.

– Approche-toi d'elle. Rôde un peu. Observe les gens.

– Bien, chef.

– Rocher ?

– Oui, chef.

– Aie l'air triste.

Resté seul sous son arbre, Bertin compose le numéro que le capitaine des pompiers lui a communiqué. Après trois sonneries, une voix étouffée de femme grésille dans le combiné :

– Allô ?

N'ayant pas quitté le petit groupe des yeux, le policier a remarqué qu'à la seconde tonalité, une femme sortait discrètement de son sac un téléphone portable.

– Allô ! Vous assistez à l'enterrement ?

– Qui êtes-vous ? gémit la femme, en lançant autour d'elle des regards soupçonneux.

– Le lieutenant Bertin, de la police judiciaire. À qui ai-je l'honneur ?

– Katia Abadjian, pourquoi ?

– Je me trouve à vingt mètres de vous. Sous le grand chêne, près du crématorium. Je vous y attends après la mise en terre.

Bertin constate que la femme s'est retournée dans sa direction et qu'elle parle en masquant son téléphone.

– C'est entendu.

Katia Abadjian déconnecte son portable et tressaille longuement. Comme si une secousse électrique lui remontait le long de la colonne vertébrale.

Quinze minutes plus tard, le brigadier Rocher est de retour. Les mains derrière le dos, affectant l'affliction, il s'approche de l'officier.

– Mission accomplie.

– Explique-moi.

– Je me suis glissé dans le dos de la veuve. C'est une façon de parler, chef.

– J'ai bien compris.

– Quand elle s'est aperçue de ma présence et qu'elle a vu mon uniforme, elle m'a dit en catimini qu'elle voulait vous parler. Elle attend la réponse.

– Retourne la voir et dis-lui de passer au commissariat après le déjeuner.

– Message reçu.

– Rocher ?

– Oui, chef.

– Aie l'air moins triste. Tu fais bizarre.

Katia Abadjian a une quarantaine d'années. Elle est fine, menue, ses cheveux d'encre sont coupés court et ses yeux bleu marine lancent des éclairs.

— Croyez-vous que ce soit le bon endroit et le bon moment pour me convoquer ?

— Ici ou ailleurs, maintenant ou plus tard... badine Bertin. Je ne vous retiendrai pas longtemps.

— Que me voulez-vous ?

— Pourquoi n'avez-vous pas donné votre nom aux pompiers, en signalant l'incendie ?

— Jacques est... Jacques était un ami très cher. Quand j'ai vu sa maison en feu, j'ai aussitôt alerté la caserne. Que pouvais-je faire de plus ?

Bertin remarque que la femme porte un jonc en or à l'annulaire de sa main gauche.

— Vous ne répondez pas à ma question ?

— J'ai préféré la discrétion.

— Étiez-vous la maîtresse de Jacques Privat, madame Abadjian ?

La femme esquisse un pas de côté, comme pour mieux observer le groupe en noir qui franchit en ordre dispersé les portes du cimetière.

— Nous étions intimes.

— Pour quelle raison Privat n'a-t-il pas quitté sa villa ? Sa chambre se trouvait pourtant au rez-de-chaussée. Il avait largement le temps de s'enfuir.

Katia essuie sur sa joue une larme imaginaire.

— Jacques était dépressif. Il se bourrait de médicaments. J'imagine qu'il dormait profondément quand l'incendie s'est déclaré. De plus, il avait la fâcheuse habitude de lire à la bougie.

— Je constate que, pour survivre, votre ami ne mettait pas toutes les chances de son côté ! fait remarquer

Bertin. Avez-vous passé la nuit avec lui dans la maison ?

– Oui.

– D'où avez-vous téléphoné avant-hier matin ?

La jeune femme pose son regard gentiane sur une haie de cyprès et désigne d'un geste vague la direction du sud.

– Je me suis levée tôt pour acheter des cigarettes.

Pour en attester, elle sort de sa poche un paquet à peine entamé.

– Je ne fume plus depuis la mort de Jacques.

– Où étiez-vous ?

– Je revenais du bureau de tabac. Quand je me suis approchée de la maison en feu, j'ai tout de suite compris qu'il n'y avait plus rien à faire. Alors, j'ai appelé les pompiers.

– Savez-vous si la bougie brûlait encore au chevet de Privat quand vous êtes sortie ?

Katia se mordille les lèvres.

– Je n'en sais rien. Nous faisions chambre à part depuis un an. Jacques avait des crises d'angoisse qui m'empêchaient de dormir.

– Où avez-vous passé les deux dernières nuits ?

– À l'hôtel Neptune.

Le lieutenant referme le calepin sur lequel il prenait des notes.

– Quand puis-je vous revoir, madame Abadjian ?

– Je rentre chez moi, au Havre, après le déjeuner.

– En train ?

– Non, en voiture, pourquoi ?

– Soyez prudente sur la route, vous semblez boule-versée, ajoute le policier en lui tendant la main.

La femme s'éloigne. Parvenue devant la fosse, elle écarte les employés des pompes funèbres qui s'y affairent, ramasse une rose, et la laisse délicatement tomber sur le cercueil.

Bertin téléphone au brigadier Rocher.

– Tu es toujours sur le parking ?

– Oui, chef.

– Tu vas voir arriver une petite femme très jolie, brune aux yeux bleus. Note discrètement le numéro de la plaque minéralogique de sa voiture et rejoins-moi au commissariat.

– Entendu, chef.

– Je n'y comprends rien !

– Asseyez-vous, madame Privat, et acceptez mes sincères condoléances, dit Bertin. Maintenant, expliquez-moi ce qui vous amène.

– Je suis passée à la banque ce matin et les comptes de mon mari ont été vidés ! Regardez.

Monique Privat étale devant elle une liasse de bordereaux.

– Jacques n'a pas cessé de faire des retraits importants depuis trois ans sans m'en avertir.

Le policier constate, effectivement, que le compte de Privat a rapidement fondu. À raison de prélèvements d'environ trente mille euros tous les trois mois, près de quatre cent mille euros se sont évaporés. Soit la quasi-totalité du capital.

– S'agit-il d'un compte joint ?

– Oui, même si nous étions séparés, mon mari et moi. Nous avions décidé de divorcer avant Noël. La procédure était en cours.

– Savez-vous ce qu'il est advenu de cet argent ?

– Je n'en ai pas la moindre idée, s'exaspère la femme.

96

– Votre mari avait-il des goûts dispendieux ?

– Que voulez-vous dire ?

– Voiture de luxe, soirées au casino, croisières aux Galápagos... ce genre de choses.

Monique Privat éclate d'un rire sonore qui s'achève en un couinement désagréable.

– Jacques ? Il était triste, dénué de fantaisie et sans le moindre désir. En douze ans de mariage, il n'est jamais arrivé à me surprendre en quoi que ce soit.

– Si je vous dis Katia Abadjian, que répondez-vous ? demande le policier.

– Sa maîtresse. Une brave fille, je crois. Je l'ai aperçue ce matin au cimetière. Je n'ai jamais compris ce qu'elle pouvait bien trouver à mon mari.

La femme tapote les relevés bancaires.

– À moins que ?

– À moins que, en effet. Voulez-vous porter plainte contre X pour escroquerie et abus de confiance ?

– J'imagine que ça vous permettrait d'ouvrir une enquête ?

– Et de demander à un juge le permis d'exhumer la dépouille de votre mari et de faire pratiquer une autopsie, si vous en êtes d'accord.

Monique Privat semble hésiter. Son regard flotte un instant en direction de la baie vitrée, qui donne sur l'océan. À l'extérieur, des mouettes criaillent dans la lumière.

– C'est d'accord, je porte plainte. Après tout, ça ne m'engage à rien. Ah ! attendez. Il y a quinze jours, j'ai reçu quelque chose. Je n'en ai pas tenu compte jusqu'à présent, mais aujourd'hui...

Mme Privat extrait une lettre de son sac à main et la tend au lieutenant. Elle a été composée sur un ordinateur et est imprimée sur du papier ordinaire. « Chère madame, Mon intention n'est pas de vous importuner. C'est moi qui ai présenté mon amie Katia Abadjian à votre mari. Katia est un être bon et généreux. Elle saura rendre Jacques heureux. Ne lui en veuillez pas. Je souhaite que, vous aussi, vous reconstruisiez votre vie et trouviez, un jour, le compagnon que vous cherchez. Je vous prie d'agréer l'expression de ma considération et de mon respect. » La signature est illisible.

– D'où cette lettre a-t-elle été postée ? demande Bertin, en introduisant la feuille dans un photocopieur.

– Du Havre ou de Rouen, je ne m'en souviens plus.

– Chef, je viens d'avoir la réponse du service central des immatriculations, annonce fièrement le brigadier Rocher. C'est au sujet de la Golf de la femme brune aux yeux bleus, sur le parking du cimetière.

– Qu'est-ce que ça dit ? interroge Bertin.

Rocher prend quelques secondes pour répondre :

– La propriétaire du véhicule demeure au Havre. J'ai l'adresse.

– Excellent. Autre chose ?

– Oui. La femme s'appelle Sylvie Poivre...

Trois jours plus tard, le médecin légiste qui a pratiqué l'autopsie sur le corps de Jacques Privat se rend au commissariat pour remettre son rapport au lieutenant Bertin.

– Constat numéro un : Privat était bourré d'antidépresseurs.

– Constat numéro deux ? questionne le policier.

– Je n'ai pas trouvé de trace de suie dans la trachée artère. Privat n'est pas mort asphyxié. Les médicaments l'avaient déjà envoyé *ad patres* avant que l'incendie se déclare.

— Y a-t-il un constat numéro trois ?

— Oui, et non des moindres. La victime a été aspergée de benzène. Le corps a dû s'enflammer comme une torche et propager le feu à la maison.

— Conclusion ?

— La mort a été causée par l'absorption massive de médicaments toxiques et le cadavre a été volontairement incendié. Vous avez un homicide sur les bras, mon vieux.

— Merci, Rosenberg. Joli travail.

Fort de ces éléments, Thomas Bertin se rend au Havre, à l'adresse de Sylvie Poivre, alias Katia Abadjian, mandat d'amener en poche. Il gare son antique Coccinelle devant un immeuble de trois étages et ordonne au brigadier Rocher de ne pas en bouger. Puis il grimpe au deuxième et sonne à une porte. Une jolie adolescente en survêtement rose fluo surgit sur le seuil, un casque sur les oreilles.

— Bonjour.

— Bonjour, comment tu t'appelles ?

— Josiane. Josiane Poivre.

— Ta mère est là ?

— Pas encore rentrée de l'hôpital.

— Ah oui ! L'hôpital !

— Elle est infirmière. Vous êtes qui, vous ?

— Thomas. Je peux te parler une minute ?

La jeune fille a un mouvement de recul. Elle s'apprête à refermer la porte.

— Maman m'a dit de ne jamais ouvrir aux inconnus.

Bertin montre sa carte de police.

– Elle a bien raison. Mais, moi, je joue dans l'équipe des gentils. Tu n'as rien à craindre.

Le salon est propret. Un canapé en cuir beige, des fauteuils, un téléviseur à écran plat et un grand ficus, dont les branches feuillues retombent sur une table basse en verre fumé. L'adolescente se pose en équilibre sur le bras d'un fauteuil.

– C'est parce que Jacques est mort que vous êtes là ?

– Bingo ! Tu le connaissais bien, Jacques ?

– Je veux. Il vivait ici, avec nous, depuis trois ans.

– Comment était-il ?

– Abruti.

Josiane pouffe de rire. Ses joues s'empourprent.

– Excusez-moi. Je n'aurais pas dû dire ça. En fait, il était gentil.

L'adolescente redevient sérieuse.

– Mais abruti. Il se traînait du matin au soir dans l'appart' comme un zombi. Il prenait trop de médicaments pour soigner sa tumeur au cerveau.

Le policier croise nerveusement les jambes pour dissimuler un léger tressaillement.

– Tumeur au cerveau ? Tu es sûre de ça ?

Josiane dresse un doigt devant ses lèvres.

– Chut, c'est un secret ! Jacques ignorait qu'il avait un cancer. Seules ma mère et moi étions au courant, et ma mère m'avait fait jurer de ne le dire à personne. Aujourd'hui, ça n'a plus d'importance.

– Et tu arrivais à endurer tout ça ? demande Bertin.

– On se fait à tout, philosophe la jeune fille. Avant de tomber malade, Jacques était pharmacien. Il partait le matin. Il rentrait le soir. Il faisait des projets.

– De quel genre ?

– Il voulait acheter un grand voilier pour naviguer

avec nous autour du monde. Au début, on allait voir des bateaux d'occasion. À Saint-Malo, à Jersey et même aux Baléares. C'était cool.

En signe de compassion, Bertin lève les bras au ciel et les laisse retomber dans un grand soupir.

– Oui, et comme dit l'autre, le destin a en décidé autrement !

– C'est triste.

– Dis-moi, Josiane, tu t'entends bien avec ta mère ?

Un éclat de gaieté ravive d'un coup les yeux de la jeune fille.

– Elle est géniale. Elle sait faire une foule de choses. Tout le monde l'adore à l'hôpital. Pour moi, elle est un peu comme une grande sœur.

Le lieutenant tergiverse encore quelques minutes avant de poser la question qui, maintenant, lui brûle les lèvres.

– Et ton père ?

– Il vit très mal la séparation. Il refuse de l'admettre et de divorcer. Je l'encourage pourtant à rencontrer quelqu'un, mais il ne veut rien entendre. Il espère toujours qu'on reviendra vivre avec lui.

– Je vois. Il habite Le Havre ?

– À cent mètres d'ici.

Bertin consulte sa montre.

– Tu crois qu'en ce moment il est chez lui ?

– Oui. Il est infirmier comme maman, mais lui, il travaille la nuit.

Le lieutenant se glisse sur le cuir du canapé pour s'approcher doucement de la lycéenne.

– Écoute-moi, tu vas prendre quelques affaires et tu vas aller voir ton père.

– Quand ?

– Maintenant. Dès que tu seras prête.

Josiane bondit sur ses pieds. Une ombre de gravité assombrit d'un coup son visage juvénile.

– Qu'est-ce qui se passe ?

– Je dois rester seul une heure ou deux dans l'appartement. Un juge d'instruction m'a donné l'autorisation de chercher des choses.

Des larmes perlent au coin des yeux de l'adolescente. Un sanglot l'étouffe. Soudain, elle arrache son casque.

– Il n'en est pas question ! Qui me prouve que vous êtes policier ? Vous voulez que je m'en aille pour nous cambrioler !

Bertin sort sa carte tricolore et la glisse dans la main tremblante de Josiane.

– Tiens, prends ça. Va dans ta chambre. Enferme-toi et appelle le commissariat. Raconte calmement à un officier ce qui se passe ici, et demande-lui s'il connaît le lieutenant Thomas Bertin. Bertin, c'est moi.

La lycéenne réfléchit un instant et rend sa carte au policier.

– C'est bon. Je vous crois. Je file chez mon père.

– Merci de me laisser tes clés avant de partir. Merci aussi de ne pas rendre mon boulot encore plus difficile.

À peine Josiane Poivre s'est-elle élancée dans l'escalier, un sac de sport sur l'épaule, que Bertin fouille déjà l'armoire à pharmacie de la salle de bain. Il découvre sans surprise qu'elle contient une dizaine de boîtes de barbituriques et de neuroleptiques. Dans la chambre à coucher, il fracture un secrétaire fermé à clé, où il trouve sans difficulté les deux documents qu'il est venu chercher : une pile d'ordonnances en provenance de l'hôpital, vraisemblablement falsifiées, et des relevés bancaires. Ils font apparaître que d'importantes sommes d'argent ont été virées du compte de M. et Mme Privat sur celui de Sylvie Poivre. Le lieutenant appelle son adjoint sur son téléphone portable.

– Rocher, rapplique ici. Deuxième étage, porte droite.

– Bien, chef.

– Sois discret et n'oublie pas ta paire de menottes.

Arrêtée, accusée d'empoisonnement ayant entraîné la mort, escroquerie, faux et usage de faux, placée en détention préventive, Sylvie Poivre comparaît devant une cour d'assises. L'avocat de la défense plaide sans grande conviction l'incendie involontaire de la maison et le décès accidentel de Privat. Il tente aussi de justifier le détournement de fonds, en arguant que sa cliente avait l'intention de protéger les intérêts de son amant, dont les facultés mentales étaient altérées par la maladie. Sylvie Poivre clame son innocence. Mais les preuves à charge sont accablantes et le jury la condamne à une peine de vingt ans de réclusion criminelle.

Dès l'annonce du drame, Josiane a élu domicile chez son père. Bouleversée, traumatisée, la jeune fille consacre une partie de son temps libre à se rendre au parloir de la prison, où elle s'entretient longuement avec sa mère.

Avant de clore définitivement l'affaire, le lieutenant va interroger Norbert Poivre, le mari de la condamnée. Les joues creusées, le teint blême, les cheveux clairsemés, c'est un homme au bord du naufrage qui accueille Bertin dans un appartement transformé par sa fille en champ de bataille.

– Savez-vous que Sylvie abusait Privat sur nos liens véritables ? soupire Poivre d'une voix sans timbre. C'est à peine croyable quand on y réfléchit !

Devant l'air ahuri du policier, l'homme apporte des précisions.

– Pendant trois ans, elle lui a fait croire que j'étais son demi-frère. Le plus fort, c'est que Privat l'a crue. Il n'a eu de cesse, paraît-il, de vouloir me connaître. Naturellement, Sylvie trouvait toujours un prétexte pour différer la rencontre. C'est Josiane, cette petite peste, qui me l'a avoué récemment.

– Je suis sincèrement désolé, murmure Bertin.

– Vous pouvez l'être, car ça ne s'arrête pas là. Sylvie me parlait de Privat comme d'un malade sans famille, en phase terminale d'une tumeur cérébrale. Par charité chrétienne, elle l'aurait recueilli chez elle pour adoucir ses derniers jours. Bien sûr, je n'étais pas dupe. Mais quand même, vous vous rendez compte ?

– Difficilement, avoue sincèrement le lieutenant. Il va falloir tourner la page.

– Impossible, je n'en aurai jamais fini. Après une tentative de suicide pour accélérer la révision en appel de son procès, cette salope fait maintenant une grève de la faim dans sa cellule.

– Comment le savez-vous ?

– Josiane passe son temps au parloir.

L'infirmier grimace un sourire.

– Et, croyez-moi, la petite ne m'épargne aucun détail sur le martyre qu'endure sa mère ! Elle me tient responsable de la débâcle de la famille. Elle m'accuse de tous les maux. C'est quand même un comble !

Ébranlé par ce qu'il vient d'entendre, Bertin se lève, légèrement flageolant. En se dirigeant vers la porte, il écarte délicatement des vêtements féminins qui jonchent les meubles et le plancher.

– Josiane est une brave gosse. Elle souffre. Vous êtes là pour recevoir les coups. C'est votre rôle de père. Accrochez-vous, monsieur Poivre, un jour elle comprendra.

Six mois plus tard s'ouvre en cour d'assises le second procès de Sylvie Poivre. Dès l'ouverture des débats, un huissier transmet une lettre au président. Il décachette l'enveloppe et, agacé, parcourt rapidement le message. Mais il se ravise et recommence lentement sa lecture. Puis il s'empare de son marteau et assène trois coups secs.

– J'ai une communication urgente à vous adresser.

Le silence plombe aussitôt le tribunal.

– Je vous donne lecture d'une lettre qui vient de me parvenir : « Monsieur le président, À l'heure où ma femme, Sylvie Poivre, comparaît une seconde fois devant vous, je n'ai pas le cœur à lui faire porter plus longtemps le fardeau dont je suis responsable. Sylvie vient de purger un an de prison et j'estime qu'elle a suffisamment payé pour son infidélité. Pour le reste, libérez-la. Car c'est moi qui ai tué Jacques Privat. Je regrette sincèrement mon geste et j'implore sa famille de me pardonner. Quand vous lirez cette lettre, je ne serai plus de ce monde. Ayez pitié de mon âme. » La lettre est signée Norbert Poivre.

La cour interrompt le procès sur-le-champ et le président demande la comparution immédiate de Poivre. Mais il est trop tard. Celui qui vient de dénoncer son crime a tenté de mettre fin à ses jours et a été transporté d'urgence à l'hôpital, où il est entre la vie et la mort.

Le lieutenant Bertin accourt à son chevet, mais l'homme est plongé dans un profond coma. Ce coup de théâtre, unique dans les annales de la justice, électrise la presse. Sylvie est remise en liberté et assignée à résidence en attendant un complément d'information. Car seul Norbert Poivre, s'il survit, est aujourd'hui en mesure de faire la pleine lumière sur cet incroyable rebondissement.

Affublé d'une casaque verte, d'un masque, d'un bonnet et de chaussons aseptisés, Thomas Bertin observe l'homme qui respire faiblement devant lui. Un médecin et deux infirmières se tiennent à ses côtés dans la chambre de réanimation de l'hôpital. Le malade a été intubé et deux perfusions sont plantées dans ses bras. Le policier se rapproche du médecin.

– Quel est votre diagnostic, docteur ?

– Réservé. Très réservé. Ce matin, nous étions à Y-2 sur l'échelle de Glasgow.

– Ce qui pourrait se traduire en français par... ?

– ... Par une ouverture des yeux en réaction à la douleur. Le coma s'atténue.

– M. Poivre pourra-t-il parler ?

– Il est impossible d'évaluer encore l'ampleur des lésions neurologiques. Tout est envisageable. Y compris l'embolie cérébrale et la mort clinique, bien sûr.

– Bien sûr, grogne Bertin, en scrutant le visage impassible du gisant.

Et le lieutenant se rend, trois semaines durant, matin et soir, dans la chambre où Norbert Poivre lutte contre la mort.

— Que nous dit Glasgow aujourd'hui ? demande le policier à chacune de ses visites.

— M-6, c'est beaucoup mieux, informe le médecin. Le malade réagit maintenant à un ordre verbal. Tenez, regardez.

L'homme en blanc tapote l'épaule de son patient pour s'assurer qu'il n'est pas endormi.

— Ouvrez les yeux.

Le regard de Poivre papillonne sous la lumière crue des néons.

— Fermez-les.

L'homme obéit. Le médecin explique :

— Je renouvelle mon ordre trois fois et j'obtiens à chaque fois un résultat positif. Les progrès sont sensibles. Par contre, pour que vous puissiez l'interroger, il faudrait que nous atteignons V-5 : réponse verbale orientée.

Quinze jours plus tard, l'état du patient s'est encore amélioré. Il est classé V-4 sur l'échelle de Glasgow : réponse verbale désorientée. Le lieutenant Bertin décide malgré tout de tenter un interrogatoire.

— Norbert ?

Le malade entrouvre les yeux et émet un douloureux borborygme.

— Surtout, ne le fatiguez pas, ordonne le médecin. Je vous accorde cinq minutes. Pas une de plus.

— Que vous est-il arrivé, Norbert ? Expliquez-moi.

— Au... aucune idée, râle le malade.

— Vous êtes-vous suicidé ?

Le visage de Poivre se congestionne. Ses yeux tressautent dans ses orbites.

– Non... non. Pour... pourquoi j'aurais fait ça ?

Le policier redresse les oreillers du malade pour lui donner de l'air.

– Quel est votre dernier souvenir avant d'avoir eu conscience d'être ici ?

L'effort de concentration que fournit Norbert Poivre pour scruter les tréfonds de sa mémoire gonfle les veines de son front. Une infirmière s'inquiète.

– Ne le tourmentez pas, voyons. Vous voyez bien qu'il souffre. Ah, vous les flics, vous êtes tous les mêmes !

Bertin insiste.

– Votre dernier souvenir, Norbert ? C'est important.

– Di... dimanche midi. Avec Josiane. On mange.

– Vous déjeunez tous les deux. Que se passe-t-il ensuite ?

Les joues du malade se couvrent de larmes. Il hoquette.

– Noir... du noir... un trou noir.

Le médecin intervient et repousse Bertin sans ménagement.

– Ça suffit, maintenant. J'avais dit cinq minutes. Quittez cette chambre immédiatement.

Le lieutenant n'oppose aucune résistance. Il se contente de poser une question qui va faire basculer toute la suite de l'enquête.

– Docteur, je vous avais demandé de conserver précieusement le premier échantillon sanguin prélevé sur Poivre lors de son hospitalisation.

– Oui, le sang a été congelé et stocké.

– Pouvez-vous faire procéder à une analyse toxicologique ?

– Scientifiquement, rien ne s'y oppose.

– Eh bien, faites-le.

Le lendemain soir, sitôt en possession du résultat de l'analyse, Thomas Bertin se présente au domicile de Norbert Poivre. Quand Josiane lui ouvre la porte, une cascade de rap assourdissant lui brise les tympans.

– Arrête-moi ça, tu veux ?

L'adolescente s'exécute de mauvaise grâce.

– Qu'est-ce que vous me voulez encore ?

– Parler de tes talents de cuisinière.

– Je vous écoute.

Bertin entraîne la jeune fille dans le salon et libère un espace minimum, au milieu d'un chaos d'objets hétéroclites.

– Assieds-toi.

Josiane se tripote les cheveux et regarde ailleurs. Le lieutenant lui prend doucement le menton et tourne son visage vers lui.

– Je ne sais pas comment ton père va s'en sortir. Il risque de finir ses jours dans un fauteuil roulant.

La lycéenne hausse les épaules.

– Qu'est-ce que j'y peux, moi ! C'est lui qui s'est suicidé, après tout.

– Ton père a été empoisonné. Ce dimanche-là, pendant le déjeuner. Vous étiez seuls tous les deux. J'attends ton explication.

Le visage de Josiane prend une couleur ardoise. Elle balbutie :

– Vous êtes fou ? Qu'est-ce que... qu'est-ce que vous me racontez ?

– J'en ai la preuve. À l'hôpital, les médecins l'ont confirmé. Dis-moi comment tu t'es procuré le poison.

En un instant, Josiane redevient la petite fille vulnérable qu'elle n'a pas cessé d'être. Bertin lui attrape la main.

— Parle ! Tu as fait assez de gâchis comme ça ! Comment t'es-tu procuré le poison ?

Une gifle fouette le visage de l'adolescente.

— Réveille-toi, bon sang ! Tu n'es pas dans un jeu vidéo. Maintenant, ta console, c'est la vraie vie, tu comprends ça ? Tu as empoisonné ton père. Tu as voulu le tuer. Tu l'as chargé du meurtre de ta mère.

La gamine éclate en sanglots.

— Maman m'a donné un flacon, au parloir de la prison. Elle m'a dit ce que je devais en faire. Moi, j'ai refusé. J'ai dit que ce n'était pas bien. Qu'il ne fallait pas faire ça. Elle a pleuré. Elle m'a suppliée. Elle m'a dit qu'elle n'avait plus que moi au monde. Alors j'ai pris le flacon.

— Qu'est-ce que tu en as fait ensuite ?

— J'ai versé la poudre blanche dans le steak tartare de mon père, dimanche en préparant le déjeuner.

— Et la lettre adressée au président du tribunal, qui l'a envoyée ?

— Maman me l'a aussi donnée.

— Savais-tu ce qu'elle contenait ?

La gamine se révolte à travers ses larmes.

— Bien sûr que non ! Vous me prenez pour un monstre ? Maman m'a donné une enveloppe fermée. Je l'ai postée. J'ai compris plus tard, en regardant les nouvelles à la télé.

La voix de Bertin se radoucit.

— Mais pourquoi ? Pourquoi as-tu fait ça ?

— Je ne supportais plus de voir maman en prison. Je pleurais toutes les nuits. Elle me manquait trop. Je voulais qu'elle revienne.

Le lieutenant touche le bras de la jeune fille.

— C'est fini, Josiane. Viens avec moi et n'aie plus peur.

110

Le procès de Sylvie Poivre reprend dans les meilleurs délais. Aux premiers chefs d'accusation s'ajoute maintenant une nouvelle mise en examen pour complicité de tentative d'assassinat sur son mari. Les jurés de la cour d'assises portent de vingt à trente ans la peine d'emprisonnement, et l'alourdissent de dix-sept années de détention incompressibles.

Accusée de complot, d'association de malfaiteurs et de tentative de parricide, Josiane attend de comparaître devant un tribunal pour mineurs.

Du fond de sa cellule, rêve-t-elle parfois du grand bateau que Jacques Privat voulait acquérir pour les faire naviguer, elle et sa mère, sur toutes les mers du globe ? Rêve-t-elle d'un autre monde, où l'adultère, le meurtre, l'empoisonnement et le mensonge n'existeraient plus que dans les films et les romans ?

Requiem pour un saint

Le vieillard chétif, accroupi sur le sol, ressemble à
un mendiant égaré dans une maison bourgeoise. Une
pièce de tissu blanc ceint ses maigres épaules et ses
jambes d'oiseau frissonnent sous son pagne. Assis à
ses côtés, un homme argumente d'une voix lasse et
bourrue.

— C'est fini, j'ai envoyé ma lettre de démission à
Nehru ce matin. Je ne suis plus le vice-président de
son gouvernement.

L'ascète balaie l'argument d'un revers de main.

— Ne faites pas ça ! Revenez sur votre décision,
Patel, je vous en conjure.

— Non.

— N'abandonnez pas l'Inde au chaos. Nos frères
ennemis, hindous et musulmans, doivent se réconcilier. Donnez-leur un but et des visées communs.
Faites-les rêver. Offrez-leur un destin national.

Une immense lassitude creuse le visage de Vallahabai Patel, l'un des pères fondateurs du parti du
Congrès.

— C'est trop tard, Churchill a contaminé l'Union. Il
a placé un ver dans le fruit et rien ne pourra stopper
sa progression. La guerre civile est imminente.

Le vieil homme, qui semble de retour d'un pèlerinage exténuant mais salvateur, caresse sa moustache clairsemée. Une flamme s'allume soudain derrière ses lunettes rondes.

– Écoutez-moi, je n'ai pas prêché l'amour pour récolter la haine. Je n'ai pas combattu les Anglais en tissant du coton et en récoltant du sel dans la mer pour qu'aujourd'hui les rues de nos villes se couvrent de sang et de cadavres.

Patel, bouleversé, secoue la tête comme si un gong intérieur lui martelait les tempes.

– Non.

– M'abandonneriez-vous sur un tel bilan ?

– Non.

– Alors, reprenez vos fonctions et ramenez la paix.

Vallahabai Patel observe le yogi indomptable. Il hésite un instant et finit par céder.

– C'est d'accord, je vais m'y employer.

À cet instant, deux jeunes femmes vêtues de saris entrent dans le vaste salon où meubles rares et objets de valeur rivalisent de luxe. Abha, l'une d'elles, ramasse une montre sur le tapis et tapote le boîtier en nickel à l'adresse de son grand-père. L'ascète se redresse avec difficulté.

– Tu as raison, je suis en retard de dix minutes et je déteste faire attendre les fidèles.

Manou, l'autre femme, écarte les reliefs d'un repas à peine entamé : un verre de lait de chèvre, un autre de jus de carotte, un bol de légumes et une compote faite de beurre fondu, de jus d'aloès et de gingembre.

– Appuyez-vous sur moi, Père.

– Voyez mes bâtons de vieillesse, plaisante le vieil homme en s'appuyant sur les deux femmes. Mes petites-filles me soutiennent et me nourrissent comme du bétail. Avec du lait et des carottes !

114

– C'est le menu du cheval, confirme joyeusement Abha en entraînant son grand-père vers le jardin.

– Vous n'avez pas regardé une seule fois votre montre aujourd'hui, remarque à son tour Manou.

– Pourquoi la regarderais-je ? N'êtes-vous pas aussi les pendules qui rythment mes journées ?

Quand le trio apparaît dans le jardin, il est accueilli par une foule silencieuse de cinq cents personnes. L'ascète se détache des jeunes filles et gravit seul les marches de l'estrade. Il joint les mains en signe de salut. Les fidèles s'inclinent à leur tour. Tandis que le soleil bascule déjà derrière les palmiers, une douce litanie s'élève dans l'air parfumé. Soudain, un homme corpulent, vêtu d'un uniforme kaki sans signes distinctifs, s'approche de l'estrade en bousculant les spectateurs du premier rang. Manou l'aperçoit. Elle croit qu'il vient se prosterner et toucher les pieds du saint homme, comme cela arrive souvent au cours de la prière. Elle tente de l'en dissuader avec gentillesse.

– Frère, *Bapu* a déjà quinze minutes de retard. Restez où vous êtes. Laissez-le officier.

Pour écarter l'intrus, la jeune fille allonge le bras. L'autre la repousse avec brutalité. Elle perd l'équilibre et s'écroule au pied du podium. Une clameur de surprise et d'indignation s'élève. L'homme est maintenant à deux pas de l'ascète. Il brandit le pistolet qu'il dissimulait entre ses mains jointes et, sans hésiter, tire à trois reprises vers la poitrine nue et offerte. La foule se fige d'horreur. Aux deux premiers coups de feu, le vieillard vacille mais reste debout. Au troisième, qui le frappe de plein fouet, il s'affaisse lentement. Ses lunettes roulent sur le sol. Abha se précipite pour soutenir sa tête et lui prendre le pouls. Elle l'entend murmurer :

– *Hey Rama !* (Oh, mon Dieu !)

L'ascète émet un râle ultime, puis son visage vire au gris et son regard s'éteint. De l'écume mousse au coin de ses lèvres. Machinalement, la jeune fille ramasse la montre antique dans les plis du pagne maculé de sang. Le cadran indique 17 h 30.

Nous sommes le 30 janvier 1948. Mohandas Karamchand Gandhi, soixante-dix-neuf ans, achève ainsi tragiquement le cycle terrestre que nous lui connaissons. Car, selon les croyances hindouistes, la mort libère la quintessence de l'être et lui permet de reprendre vie sous une autre forme, en fonction de ses mérites. En qui le Mahatma Gandhi, le saint laïque adulé par six cents millions d'Indiens qui le surnommaient *Bapu*, « Père », celui qui répondait aux armes en ouvrant ses mains nues, s'est-il réincarné ? En colombe de la paix ? En nouveau combattant de la liberté ? À moins qu'il ne trône au panthéon des divinités intemporelles ?

La vie de Gandhi se lit comme un roman. À l'époque victorienne, où l'on affirme que le soleil ne se couche jamais sur l'Empire britannique, il voit le jour en 1869 dans un minuscule État de l'Inde occidentale, tel qu'il en existe des dizaines dans la colonie. Son père, qui assume les fonctions de Premier ministre, décède quelques années plus tard. Mais que l'on ne s'y trompe pas, la famille Gandhi est pauvre et la charge de Premier ministre est surtout honorifique. Néanmoins, pour assurer la succession de son défunt mari, la mère de Gandhi fait d'énormes sacrifices pour envoyer son fils faire des études de droit en Angleterre. Quand il quitte Bombay sur un paquebot de troisième classe, Mohandas est âgé de dix-neuf ans, déjà marié et père de famille. Il prend pension à Londres, dans un quartier modeste. Étudiant zélé, secrétaire d'une société végétarienne, le futur juriste s'imprègne de culture occidentale, obtient ses diplômes sans difficulté, et s'inscrit au barreau le 10 juin 1891. Pour autant, en dépit des efforts sincères qu'il déploie pour s'assimiler à la société britannique, Gandhi comprend vite que la couleur de sa peau crée entre lui et ses maîtres insulaires un fossé infranchissable. Citoyen subalterne condamné à un avenir médiocre, il regagne les Indes. Un conflit avec l'agent colonial qui contrôle le petit État dont son père était Premier ministre lui ôte tout espoir de prendre un jour la succession. Dépité, il ouvre un cabinet d'avocat à Bombay. Sans plus de succès. Un défaut de prononciation et un manque d'éloquence handicapent ses plaidoiries, les transformant parfois en saynètes risibles.

À vingt-trois ans, considéré par ses pairs comme un avocat « insignifiant, embarrassé et maladroit », Gandhi abandonne les prétoires et, pour subvenir aux besoins de sa famille, accepte à contrecœur d'occuper pendant un an un emploi de conseiller juridique dans une firme indienne, implantée en Afrique du Sud. Quelques mois plus tard, un incident apparemment banal va changer son destin et bouleverser l'Histoire. Gandhi est un train. Il va plaider à Pretoria, capitale du Transvaal, et son client lui a offert le voyage en première classe. Comme à son habitude, Mohandas est élégamment vêtu et sa présence nullement déplacée dans le luxueux compartiment. À Maritzburg, un voyageur prend place à ses côtés. C'est un Anglais de la City. Les deux hommes conversent bientôt sur un pied d'égalité. Ils parlent politique, art et littérature. Gandhi évoque ses souvenirs londoniens lorsqu'un contrôleur boer surgit dans le wagon et demande à voir les billets. Après avoir validé celui de l'Anglais, l'homme apostrophe Gandhi sur un ton méprisant :

– Que faites-vous ici ? Déguerpissez ! Nous avons, à l'arrière du train, un wagon réservé aux hommes de couleur.

Gandhi a peine à croire ce qu'il entend. Une expression d'incrédulité se peint sur son visage. Comme il hésite à se lever, l'Anglais, outré, intervient en sa faveur :

– Ce monsieur a un billet de première classe, tout comme moi, et nous voyageons ensemble. Laissez-le tranquille.

Le contrôleur renouvelle son ordre, cette fois avec véhémence.

– Un wagon de troisième classe accueille les *coolies*. Vous descendrez au prochain arrêt. Vous vous y installerez avec les vôtres.

En Afrique du Sud, au début du XXᵉ siècle, le terme péjoratif de *coolie* s'applique indistinctement à tout homme d'origine indienne. Ainsi y a-t-il des domestiques, des chauffeurs et des portefaix, mais aussi des médecins et des professeurs *coolies*.

Gandhi se ravise et décide de ne pas obtempérer. Faisant preuve d'un sang-froid impressionnant, il tend une nouvelle fois son billet au contrôleur.

– Faites votre travail, monsieur ! Si je voyageais en première avec un billet de troisième classe, je comprendrais votre colère. Ce n'est pas le cas, et je n'importune pas mon voisin, me semble-t-il. Vous n'avez pas le droit de me chasser d'ici.

Interloqué devant le calme et la détermination du voyageur, l'employé écume de rage.

– Les *coolies* avec les *coolies*, c'est la règle dans ce pays !

Puis il quitte précipitamment le compartiment. À la station suivante, deux policiers font irruption dans le wagon. Ils empoignent l'avocat par le col de sa redingote, le traînent sans ménagement dans le couloir du train, et le jettent sur le quai avec ses bagages, comme un mendiant indésirable.

Bien des années plus tard, un missionnaire chrétien demandera à Gandhi :

– Quelles ont été les expériences les plus décisives de votre vie ?

Et Gandhi répondra sans hésiter :

– Ce qui s'est passé une certaine nuit à la gare de Maritzburg.

Gandhi est meurtri. Irréparablement meurtri et humilié. Il jeûne, il prie, et réfléchit plusieurs nuits à l'alternative qui s'offre à lui. Ou bien il met à profit son éducation, ses titres universitaires, sa fonction d'avocat pour s'affranchir des siens et lier son sort à celui des colons. Ou bien il consacre sa vie, sans distraction ni faiblesse, à enseigner aux Boers, à ce contrôleur en particulier et à ses semblables, que les *coolies* sont des hommes qui méritent le respect. Une semaine de réflexion est nécessaire au frêle et timide jeune homme pour faire son choix. Enfin, quand sa décision est prise, il organise une réunion qui rassemble l'élite de la colonie indienne. En l'espace de quelques jours, l'orateur médiocre et emprunté s'est transformé en tribun.

– Certes, vous êtes persécutés..., lance-t-il sans colère à son public attentif.

Ceux qui le connaissent constatent, sidérés, que Gandhi est brusquement guéri de son bégaiement. Il poursuit d'une voix claire :

– ... Mais vous êtes, vous aussi, persécuteurs. Car la société indienne, fondée sur les castes et l'exclusion des parias, est contraire à l'ordre naturel. Ne vous plaignez donc pas : montrez-vous meilleurs que ceux qui vous oppressent et forcez leur respect.

Avec une fulgurante inspiration, Gandhi résume et martèle l'essentiel de ce qui deviendra le credo de sa pensée politique : le combat pour le respect des droits de l'homme dans la non-violence. Les conséquences de cette déclaration de guerre ne se font pas attendre. Pour les Blancs d'Afrique du Sud, il est devenu l'homme à abattre, le meneur, l'iconoclaste. Car Gandhi n'oublie pas qu'il est juriste. Avec une habileté souvent diabolique, il utilise les textes de loi pour pointer leurs contradictions internes et mettre les autorités en porte-à-faux.

Il était venu passer une année en Afrique, il y séjournera vingt et un ans, ayant appelé sa femme, Kasturbai, et ses enfants à venir le rejoindre. Sans relâche, avec une détermination infatigable, il multiplie les conférences, publie articles et brochures, défend devant les tribunaux les victimes de l'Apartheid.

– Je ne peux pas concevoir de dommage plus grand pour un homme que la perte de sa dignité personnelle, répète-t-il devant les milliers d'hommes et de femmes qui se pressent pour l'écouter.

Afin d'éviter de provoquer des émeutes, la police intervient le plus souvent à la fin des meetings. Elle arrête l'orateur et le jette en prison au prétexte qu'il trouble l'ordre public et prêche la sédition. Gandhi n'oppose aucune résistance. Lorsqu'il quitte les geôles infectes où il a côtoyé assassins et voleurs, sa notoriété et son prestige ont encore grandi. Même à Londres, on parle maintenant de ce M. Gandhi dont il faut se méfier.

Après une grande grève des mineurs qui a fait plusieurs morts, Mohandas organise à Durban une réunion publique. Plusieurs milliers d'Indiens sont venus l'acclamer car il sort une nouvelle fois de prison. Quand il apparaît sur l'estrade, une immense clameur de surprise et d'admiration le salue. Jusqu'à présent, le petit homme maigre et dégingandé avait prononcé ses discours en costume occidental. Cette fois, il se montre vêtu d'un pagne blanc, enroulé autour des jambes et des épaules, et d'une veste longue ; ses pieds nus sont chaussés de sandales. À la foule bouleversée, il explique qu'il a adopté la tenue indienne traditionnelle en signe de deuil pour ses camarades tués pendant la grève.

Les autorités sud-africaines tergiversent sur la méthode à adopter pour réduire au silence ce trublion vindicatif. Puisque les arrestations sont inefficaces et renforcent son pouvoir, pourquoi ne pas essayer de s'en faire un allié ? L'intraitable général Smuts lui accorde une audience et cède sur quelques points de droit social. En signe de reconnaissance, Gandhi se déchausse au terme de l'entretien et offre à son adversaire politique ses modestes sandales, fabriquées en prison. « J'ai porté ces sandales depuis lors bien des étés, bien que j'aie la conviction de n'être pas digne de marcher dans les chaussures d'un si grand homme », confiera bien des années plus tard le général anglais.

L'épisode le plus singulier du séjour de Gandhi en Afrique du Sud se situe pendant la guerre des Boers. L'avocat des droits de l'homme va-t-il exploiter le conflit au profit de la cause qu'il défend ? Car l'occasion est belle d'associer Boers et Indiens et de les opposer ensemble à l'oppresseur britannique. Fidèle à sa stratégie à long terme, Gandhi refuse cet amalgame. N'a-t-il pas inlassablement répété que les Indiens sont des citoyens britanniques à part entière et qu'à ce titre, ils ont les droits et les devoirs des Anglais ? Il se range donc dans le camp colonial et va même jusqu'à recruter dans sa communauté ambulanciers et infirmiers.

Quelques années plus tard, quand éclate la Première Guerre mondiale, Gandhi, âgé de quarante-cinq ans, est de retour en Inde. Il adopte la même ligne de conduite. Il prend la défense de l'Empire britannique, au grand dam de Lénine, qui lui reproche de s'être transformé en « sergent recruteur » et d'avoir levé une armée d'un million de ses compatriotes pour défaire les forces turques, alliées des Allemands. Mais à peine la victoire des Alliés est-elle acquise que le Mahatma fait savoir aux Anglais le prix de sa fidélité.

– Voilà ce que j'ai fait : en voici le salaire !

Le salaire, c'est l'autonomie de l'Inde au sein de l'Empire britannique. À l'origine, Gandhi ne réclame rien de plus. Puis survient le 13 avril 1919. Première grande journée de jeûne, première grande journée de grève, première grande journée de protestations pour l'Inde libre ! Début d'une croisade unique au monde qui devait se terminer, en 1947, par la victoire. Car Gandhi offre l'un des rares exemples d'homme d'action qui diffère les fins plutôt que de recourir pour les atteindre aux moyens qu'il dénonce. Pour exprimer cette apparente contradiction, il invente un mot :

Satyagraha. Hâtivement traduite par « non-violence », cette expression recouvre un sens beaucoup plus large, que l'avocat aux pieds nus expliquera quelques années plus tard : « Quand l'âme étreint la vérité, elle possède une force dont il faut savoir se servir pour sevrer l'adversaire de son erreur par la patience et la sympathie, pour éveiller chez lui un certain sentiment de chevalerie. »

De retour dans son pays, Gandhi découvre avec horreur que la société indienne est dans un état catastrophique. Depuis que les Anglais déversent sur le sous-continent le surplus bradé de leur industrie textile, faute d'emplois, un million de tisserands indiens ont été jetés à la rue. Fantômes squelettiques, enfants handicapés, êtres exsangues et divaguants hantent les bidonvilles et rôdent dans les faubourgs, malades et affamés. Révolté, Gandhi plaide pour un arrêt de l'importation des tissus britanniques et pour une réhabilitation de la main-d'œuvre locale.

– N'oubliez pas le principal, s'égosille l'avocat au cours de ses meetings, la machine est mauvaise en soi. Il faudra que nous arrivions peu à peu à nous en passer. Si, au lieu de l'accueillir comme un bienfait, nous la considérons comme un mal, elle finira par disparaître.

Joignant l'action à la parole, Gandhi réhabilite l'usage ancestral du rouet. Il file le coton, confectionne de ses mains pagnes et saris, et exhorte ses concitoyens à l'imiter en abandonnant le port des vêtements occidentaux, qui ruine leur économie et les rend misérables. À l'ébahissement des Anglais, l'exemple du Mahatma, utopiste et génial, porte ses fruits. Mieux :

dorénavant, troquer ses vêtements londoniens pour des tenues traditionnelles tissées à la maison revient à afficher son soutien à Gandhi. Les rues de Bombay et de Calcutta se transforment sans coup férir en forums politiques. Les stocks de tissus anglais, invendables, pourrissent dans les entrepôts. Gandhi a gagné pacifiquement sa première bataille décisive. Jamais un homme seul, ne disposant d'aucun moyen de communication de masse, n'aura infligé un tel revers économique à la première puissance européenne !

Fort de ce succès, l'avocat récidive, en 1919, en s'attaquant cette fois aux lois Rowlatt qui, loin de tenir compte de l'effort militaire fourni par les Indiens pendant la guerre, réduisent encore les droits civiques de la population. Le Mahatma décide de répondre à sa manière : par le jeûne, la grève et la prière. Le 6 avril, les principales villes du pays sont paralysées. Trois jours plus tard, Gandhi est arrêté et déporté avec deux chefs du Congrès. La provocation est insupportable. Les idéaux de non-violence volent alors en éclats. Des émeutes éclatent partout. Les locaux administratifs sont envahis. Les manifestants lynchent deux directeurs de banque, en égorgent un troisième, frappent et violent une directrice d'école. Le général Dyer ramène l'ordre colonial avec une violence inouïe. Dans la ville d'Amritsar, profitant du rassemblement de quinze ou vingt mille personnes venues écouter des harangues politiques, Dyer fait boucler la place, entourée de murailles, et ordonne à ses hommes d'ouvrir le feu sans discernement. Dans cette masse humaine compacte, chaque coup fait mouche. Les salves se succèdent pendant dix longues minutes. Les corps s'abattent dans un fleuve de sang. Les mères se couchent sur leurs enfants dans l'espoir vain de les protéger. Les hommes s'arrachent les ongles sur la pierre des murailles avant de tomber à leur tour. Au cessez-le-feu, du haut de son cheval, le général, satisfait, dénombre 379 morts et 1 137 blessés.

Pour Gandhi, le massacre d'Amritsar sonne l'heure de la lutte active. Mais toujours dans la stricte observance de la philosophie politique qu'il s'est tracée : la résistance passive, la désobéissance civique. Perpétuellement sur la brèche, proche des parias et des paysans, faisant alterner discours magistraux et actes symboliques, le Mahatma est de tous les combats. Ainsi, le 2 mars 1928, adresse-t-il une lettre au vice-roi, lui demandant d'abroger l'impôt sur le sel, particulièrement injuste. Car, en Inde, le commerce de cette denrée précieuse est sous le contrôle du gouvernement. Face à une fin de non-recevoir, Gandhi quitte son ashram et fait route, à pied, vers Dandee, un petit port du Sud, situé à trois cents kilomètres. Pieds nus dans ses sandales, la silhouette fourbue appuyée sur un bâton, le crâne rasé, l'ascète prématurément vieilli foule à grands pas les sentiers poussiéreux sous un soleil de plomb. Chaque kilomètre parcouru grossit la grappe des fidèles qui l'accompagnent. Le premier soir, ils sont soixante à s'être joints au cortège, à entourer le maître d'affection et à assurer sa protection. Vingt-quatre jours plus tard, au terme du voyage, c'est une foule de plusieurs milliers de personnes qui atteint les rives de l'océan. Parvenu sur la plage, Gandhi s'agenouille sur le sable. Il prie. Les pèlerins l'imitent. Seuls le croassement des corbeaux et le fracas des flots viennent troubler la litanie mystique. À l'aube, Gandhi s'avance dans les vagues et s'immerge totalement. La foule retient son souffle. Quelques hommes s'apprêtent déjà à lui porter secours, lorsque le Mahatma refait surface, un seau rempli d'eau de mer au bout du bras. Il dépose son trésor sur la plage et attend que le soleil l'assèche. Le lendemain, il recueille une poignée de sel et la brandit avec un cri de joie.

– Ce sel est à vous ! J'ai enfreint la loi, loi britannique, qui nous oblige à payer lourdement ce qui nous appartient.

L'Inde s'émerveille du prodige. Pauvres et riches, manœuvres et paysans, lettrés et mendiants, hindous et musulmans se précipitent vers la mer pour puiser à leur tour le précieux ingrédient, libéré comme par miracle de l'impôt britannique. Gandhi est arrêté, ainsi que soixante mille personnes. Mais les Anglais peuvent-ils bâillonner et entraver six cents millions d'Indiens ? Peuvent-ils punir des baigneurs pacifiques, dont le seul crime est de recueillir de l'eau pour en extraire le sel ? D'autant qu'à l'autre bout du monde, en Angleterre, la presse commente avec humour et admiration l'exploit du petit homme au crâne rasé. Churchill, Premier ministre de Sa Majesté, stigmatise en vain cette « oligarchie de fanatiques, de politiciens et de marchands avides ». Pour éviter une flambée de violence, il fait libérer les prisonniers et ouvre des négociations avec les rebelles.

En 1939, lorsque la Seconde Guerre mondiale éclate, Gandhi ne peut plus, après vingt ans de lutte et de mises au cachot, calquer sa conduite sur celle qu'il avait adoptée en 1914. Alors qu'en Asie de nombreux peuples pensent pouvoir conquérir leur indépendance en apportant leur soutien aux puissances de l'Axe, Gandhi se garde bien de passer à l'ennemi. Il se borne à lancer un manifeste, dans lequel il réaffirme sa fidélité à la Couronne. Mais il la conditionne à la libération future de son pays.

– Je prétends avoir été, pendant toute ma vie, l'ami entièrement désintéressé du peuple britannique, proclame-t-il solennellement. À un certain moment, j'aimais votre Empire, je pensais qu'il pouvait faire du bien à l'Inde. Lorsque j'ai constaté que ce n'était pas le cas, j'ai recouru et je continue à recourir à la méthode qui consiste à lutter contre l'impérialisme par la non-violence.

Et Gandhi lance un slogan, qui est repris avec ferveur par tous les Indiens du sous-continent, de Karachi à Madras :

– Messieurs les Anglais, *quit India* ! Quittez l'Inde !

Fidèle jusqu'au bout aux moyens qu'il s'est choisis pour atteindre ses fins, Gandhi parvient, deux ans après la fin du conflit mondial, à obtenir l'indépendance de son pays. Sans lutte armée. Sans larmes ni sang versés. Le 15 août 1947, lord Mountbatten, le vice-roi des Indes, amène solennellement le drapeau de l'Union Jack et salue la bannière du nouvel État. Les arguments inlassablement ressassés, le jeûne et la prière du petit avocat ont triomphé de la violence. Tandis que les foules en liesse envahissent les rues et clament leur allégresse, que fait Gandhi ? Répond-il aux acclamations du haut d'un balcon ? Conforte-t-il rapidement son pouvoir politique, puisque la victoire est presque entièrement due à son seul mérite ? Non, isolé dans sa chambre-cellule, le Mahatma pleure et se mortifie. Car, bien que libre et indépendante, la mère patrie est divisée. Pour éviter que les communautés hindoues et musulmanes, qui se haïssent depuis toujours, ne s'entredéchirent, Churchill a rétrocédé le joyau de l'Empire en le coupant en deux. À l'ouest et à l'est, il a créé le Pakistan, à majorité musulmane : deux zones séparées par des milliers de kilomètres, un État bicéphale et ingérable, au centre duquel s'étend l'Inde proprement dite, à majorité hindouiste. Gandhi s'est opposé de toutes ses faibles forces à la partition. Il s'est acharné à réconcilier hindous et musulmans, lisant des sourates du Coran à ses coreligionnaires, pardonnant aux musulmans leurs exactions. En vain. La haine a infusé pendant trop de siècles. Elle éclate et déborde dans chaque quartier. Les massacres se déchaînent. Les scènes d'horreur se multiplient. Agé de soixante-dix-huit ans, malade et affaibli, Gandhi se désespère. La haine va-t-elle l'emporter sur l'amour ?

– Se présenter en personne devant une foule hurlante n'est pas toujours suffisant, lance-t-il à Calcutta, où des Indiens musulmans ont été persécutés. Ce que ma parole et ma présence ne peuvent faire, mon jeûne peut le faire. Je commencerai donc à jeûner ce soir à 20 h 15, jusqu'à ce que Calcutta ait retrouvé son bon sens.

À l'heure dite, Gandhi cesse de s'alimenter. Dès le lendemain, les délégations affluent. On le supplie de renoncer à son jeûne. Il refuse. Cinq cents agents de police entreprennent à leur tour une grève de la faim. Les représentants des hindous, des chrétiens et des musulmans promettent qu'ils vivront en bonne intelligence si le Mahatma revient sur sa décision. Gandhi exige une promesse écrite et annonce que, si elle est violée, il se privera de toute nourriture jusqu'à ce que mort s'ensuive. La ville se calme. Des amis fortunés offrent alors au saint homme de l'héberger dans leur luxueuse villa de New Delhi, Birla House. Gandhi s'y installe, en septembre 1947, en compagnie de ses deux petites-filles. Il ne lui reste que cinq mois à vivre.

Quinze jours plus tôt, jour de l'Indépendance, dans la ville de Poona, au sud de Bombay, un spectacle insolite passe inaperçu. Comme partout dans le pays, une petite foule s'est rassemblée pour saluer les couleurs. Mais le drapeau qui glisse le long du mât ne ressemble en rien à celui qui symbolise l'Inde nouvelle. Celui-là est un triangle orange à croix gammée. Les hommes qui l'honorent appartiennent au RSSS, un groupuscule nationaliste hindou d'obédience fasciste. Leur chef est un journaliste de trente-sept ans, Nathuram Godse. À l'instar de Gandhi, Godse ne se console pas de la partition de l'Inde. Avec cette différence : il tient Gandhi pour responsable du désastre, de cette « calamité qui condamne des millions d'Indiens à d'horribles souffrances ». Tandis que la bannière à croix gammée flotte maintenant dans le ciel, Godse prête serment.

– À la patrie qui m'a donné le jour et où j'ai grandi, je jure que mon corps est prêt à mourir pour sa cause.

À cet instant, le sort en est jeté : le père spirituel de la nouvelle nation doit payer de sa vie sa « trahison ».

Godse fait jurer les cinq compagnons qui l'entourent, pour la plupart de jeunes activistes appartenant à d'obscures organisations nationalistes. Pour tuer Gandhi, les conspirateurs adoptent un plan d'action simple : se mêler au cercle des fidèles, se familiariser avec la demeure qu'occupe le Mahatma à New Delhi et, une fois la topographie des lieux assimilée, y déposer une bombe. Gopal Godse, le frère aîné de l'instigateur de l'attentat, employé dans un arsenal du gouvernement, se procure quatre grenades, deux pistolets de calibre 38 et une plaque de fulmicoton pour fabriquer la bombe.

La date du meurtre est fixée au 18 janvier. Les six

conjurés se mettent au travail. Pendant qu'ils feignent de prier et de jeûner dans le jardin de la villa, ils observent les déplacements des visiteurs et le comportement des gardes du corps. Le jour dit, ils s'habillent comme des pèlerins et se dirigent, à quelques minutes d'intervalle, vers la porte d'entrée de la maison. Comme un orage menace, la réunion de prière se déroule exceptionnellement dans un vaste salon, à l'intérieur du bâtiment. La foule est dense. Madandal Pahwa, l'homme chargé de l'exécution du plan, ne trouve place qu'au dernier rang. Impossible d'extraire la bombe, dissimulée sous sa veste, et de la mettre à feu sans se faire remarquer. La séance s'éternise. Rendu nerveux par la ferveur avec laquelle prient ses voisins, Pahwa perd peu à peu son sang-froid. La panique le gagne. Il se redresse, quitte le salon subrepticement et se débarrasse de sa charge artisanale, qui explose dans le jardin sans faire de blessés, à cinquante mètres de Gandhi. Tandis que la déflagration ébranle les murs et provoque la frayeur de l'assistance, le Mahatma, impassible, se borne à murmurer :

– Qu'est-ce que c'est ? Peu importe ! Ne vous inquiétez pas, écoutez-moi !

Pahwa est arrêté à la grille de la villa. Des témoins affirment avoir vu trois hommes s'enfuir dans une jeep et d'autres dans un taxi. L'Inde est bouleversée. À la suite de cet événement, la garde de Birla House est triplée. Bien qu'ils soient sûrs que Pahwa ne les dénoncera pas, les conspirateurs n'osent pas quitter leur hôtel. Gandhi, toujours imperturbablement calme, déclare à ses vingt gardes du corps supplémentaires :

– Si je dois mourir, aucune précaution ne pourra me sauver. Dieu seul peut me protéger.

Le 30 janvier 1948, les membres du RSSS se réunissent à nouveau. Ils jurent une dernière fois de détruire l'ennemi de l'hégémonie hindoue, le traître, celui qui cautionne la partition de l'Inde et soutient les musulmans. Nathuram Godse se chargera de la liquidation. Seul et armé d'un pistolet...

Quelques heures plus tard, Abha ramasse sur le sol la montre maculée de sang de son grand-père.

Tom Reiner, le vice-consul des États-Unis, qui assiste à la réunion de prière, ceinture l'assassin qui n'oppose aucune résistance. Afin d'être entendu des journalistes présents dans le jardin, il hurle aussi fort qu'il le peut :

– J'ai tué Gandhi ! Je n'ai aucun regret !

Avant que les gardes ne puissent intervenir, des fidèles s'emparent de Godse et le rouent de coups. Un homme le frappe à la tête à l'aide de sa canne. Le sang gicle. Un autre lui arrache le pistolet des mains et le met en joue. Godse prévient :

– Attention, vous risquez de blesser quelqu'un. Mettez le cran de sécurité !

– C'est toi que je vais tuer ! réplique le fidèle, hors de lui.

– Je n'y vois pas d'inconvénient, répond Godse calmement. J'ai fait ce que j'avais à faire.

Une escouade de policiers soustrait enfin Nathuram Godse à la foule déchaînée. Tandis que l'assassin de Gandhi est jeté en cellule, dans la vieille prison du Fort-Rouge, tout le système policier et judiciaire du pays est en état d'alerte pour retrouver ses complices. Des milliers d'agents et d'informateurs sont mobilisés. Portiers d'hôtels, employés des chemins de fer et des aéroports sont interrogés pendant que des inspecteurs en civil infiltrent les organisations clandestines ultra-nationalistes. En quelques semaines, tout le sous-continent est passé au peigne fin. Et, bientôt, les membres de la conspiration sont derrière les barreaux.

Durant le procès, non seulement Godse et ses complices ne manifestent aucun regret, mais ils utilisent le prétoire pour clamer haut et fort leurs convictions nationalistes. Ils dénoncent « les atrocités commises par les musulmans » et « la menace que faisait peser sur l'Inde le Pakistan, ce satellite britannique prêt à absorber le monde hindou ». La sentence – peine de mort pour Godse et emprisonnement à vie pour ses acolytes – divise cependant l'opinion publique. Pearl Buck, écrivain, prix Nobel et spécialiste de l'Asie, résume dans *Le Monde des Nations Unies* les sentiments des disciples du maître assassiné : « Si nous devions prendre à la lettre les enseignements de Gandhi, Godse ne devrait pas mourir par la violence. » Et Pearl Buck conclut son éditorial par ces mots : « Ose, ô Inde, être digne de ton Gandhi ! » Mais cette plaidoirie généreuse en faveur des comploteurs ne changera rien à l'application de la sentence.

L'Inde et le monde entier pleurent la disparition du saint laïc. Jamais sans doute mortel n'a eu droit à de telles obsèques. C'est tout un peuple qui accompagne la dépouille de Gandhi jusqu'au bûcher, où ses cendres sont dispersées au confluent des eaux sacrées du Gange et du fleuve Yamuna. Le Mahatma avait souhaité, pour sa part, que ses restes terrestres soient offerts aux rivières des dix-sept États qui composaient alors l'Union indienne. Fait curieux : en 1995, Tushar Gandhi, le petit-fils du défunt, a retrouvé intacte l'une des urnes, oubliée depuis près de cinquante ans dans le coffre de la Banque nationale. Après avoir fait appel à la Cour suprême pour entrer en sa possession, il a répandu, en présence de deux-mille cinq cents personnes, les dernières cendres de son grand-père dans les eaux du Gange.

Un espion tombé du ciel

Il est 5 h 20, ce 1er mai 1960. Les premiers rayons du soleil lèchent la crête des montagnes. Sur la base aérienne de Peshawar, au Pakistan, l'air sec est déjà saturé de chaleur. Engoncé dans sa combinaison pressurisée, portant à bout de bras une bouteille d'oxygène reliée à son casque, le lieutenant Gary Powers, du Détachement 10-10, se dirige vers son appareil. L'avion le plus performant du monde est le fruit du mariage improbable entre un planeur et un jet moderne. Un objet hybride de vingt-cinq mètres d'envergure, le double de sa longueur. Le seul engin volant capable de grimper en quelques minutes à plus de vingt-cinq mille mètres et de se maintenir à cette altitude des heures durant. C'est un U-2, l'avion top secret des forces aériennes américaines. La mission de Powers est exorbitante : relier pour la première fois Peshawar à Bodö, en Norvège, en survolant clandestinement l'Union soviétique. Un vol de six mille kilomètres au-dessus des bases de lancement des fusées balistiques.

En s'approchant de l'U-2-360, numéro de série 56-6693, le seul avion disponible pour cette mission, Powers sent une boule d'angoisse lui nouer la gorge. Cet appareil est le moins fiable de toute la flotte. Rail-

135

leusement baptisé « le Chien » par les pilotes, il s'est posé en flammes au Japon, neuf mois plus tôt, et ses défaillances techniques sont légendaires. Gary n'ignore pas non plus qu'en cas de panne moteur, ordre lui a été donné de mettre à feu le système de destruction en vol. La manœuvre consiste à activer une charge explosive de un kilo, capable de pulvériser l'appareil et de disperser ses débris à des kilomètres à la ronde. Pour s'éjecter à huit cents kilomètres-heure, le pilote dispose de soixante-dix secondes : le temps de débrancher le flux d'oxygène, de grimper sur le siège, de déverrouiller manuellement le cockpit et de se jeter en catastrophe hors de la carlingue. Une opération qui tient davantage de la roulette russe que de la procédure de sauvetage. D'autant qu'une rumeur circule parmi les officiers : pour éviter que pilote et appareil ne soient capturés par l'ennemi, le délai entre la mise à feu et l'explosion aurait été réduit par les ingénieurs à une poignée de secondes.

Bob, le mécanicien, agrippe le bras de Powers.

– Prêt ? On y va, Gary ?

Avant de gravir les onze marches de la passerelle, le lieutenant inspecte la tête de l'énorme caméra 70 mm, logée dans le ventre de l'avion. Six fois supérieure à la résolution de l'œil humain, elle est capable de photographier une page de journal à vingt kilomètres de distance.

Bob case le sac de survie derrière le siège du pilote. Il contient sept mille cinq cents roubles soviétiques, deux douzaines de napoléons, un assortiment de bracelets-montres et des bagues en or pour servir de monnaie d'échange, un couteau de chasse, un pistolet de calibre 22 long rifle muni d'un silencieux, des cartes détaillées et une bannière étoilée de la taille d'un poster, sur laquelle est inscrit en quatorze langues : « Je suis américain et je ne parle pas votre langue. J'ai besoin de manger, de dormir. Je ne vous ferai aucun mal. Je n'ai aucune hostilité contre votre peuple. Si vous m'aidez, vous serez récompensé. » Etrange objet dans les bagages d'un pilote de la CIA en mission d'espionnage !

La piste se transforme en fournaise. Gary se glisse dans l'habitacle exigu et, aussitôt, une bouffée de chaleur trempe son sous-vêtement. Le mécanicien ajuste le harnais et branche l'arrivée d'oxygène. Puis il ôte sa chemise et la déploie au-dessus du cockpit pour faire un peu d'ombre au pilote. Le décollage est imminent. Ne pouvant compter sur aucune aide radio, Powers devra naviguer au sextant et chaque minute qui passe fausse ses calculs préliminaires. Le visage ruisselant de sueur, la bouche en feu, il rêve du verre d'eau fraîche qui, dans neuf heures, récompensera l'accomplissement de sa mission.

À 6 h 10, le pare-brise d'une jeep militaire étincelle en bout de piste. Le véhicule s'immobilise devant l'avion et un homme svelte saute à terre. Le mécanicien dégringole de la passerelle et salue le colonel Shelton.

– Allez me chercher Powers, j'ai à lui parler.

– Bien, mon colonel.

Gary retire son casque. Shelton l'entraîne à l'écart pour ne pas être entendu du mécanicien.

– Je vous laisse cuire dans l'aquarium. J'en suis désolé. J'attends toujours l'autorisation de décollage de Washington. Si je ne l'ai pas obtenue dans vingt minutes, j'annule votre mission. Remontez à bord, je vous préviendrai par radio.

– Pourquoi vous être déplacé, mon colonel ? Vous auriez pu m'informer du retard par radio ?

– Oui, j'aurais pu, mais...

Shelton fouille ses poches. Il en extrait un dollar d'argent et le présente au lieutenant.

– ... Je voulais vous donner ça. Si toutefois vous voulez l'emporter ?

Le pilote hésite. Son regard passe du dollar, qui scintille au soleil, au visage impassible de l'officier. Il sait qu'une aiguille de curare est dissimulée à l'intérieur de la pièce factice.

– La mort est foudroyante.

Powers hésite toujours.

– Tandis que... en cas de capture ?

Le colonel hausse les épaules. Gary s'empare du dollar et le glisse dans une poche de sa combinaison.

– Bien, mon colonel. Maintenant, supposons le pire. Un avion non identifié se pose en Union soviétique et le pilote est fait prisonnier. Quelle histoire doit-il raconter ? Jusqu'où peut-il aller ?

Shelton esquisse une grimace. Il tapote l'endroit où se trouve le dollar.

– Je conseillerais au pilote dont vous parlez d'utiliser l'aiguille dès sa capture. Sans attendre le premier interrogatoire. Ou de dire tout ce qu'il sait aux Soviétiques. Parce que, de toute façon, il parlera.

Le chef de la base tourne brusquement les talons et saute dans sa jeep.

– Que Dieu vous garde, lieutenant.

À 6 h 26, Gary Powers met en marche le moteur Pratt & Whitney J57. Il contrôle les pressions d'huile, le carburant et le système hydraulique. Il règle le thermomètre sur la température au sol, vérifie le nombre de tours-minute, ferme le dôme et active la pressurisation. Il pousse enfin la manette des gaz et relâche les freins. Après une course de trois cents mètres, l'U-2 se cabre à quarante-cinq degrés et grimpe vers le ciel. En quelques minutes, l'azur s'assombrit. Quand l'altimètre indique quatre-vingt mille pieds, plus de vingt-six mille mètres, Powers stabilise son appareil. Une nouvelle fois, dans le plus grand secret, il vient de pulvériser le record du monde d'altitude. Trente minutes exactement après le décollage, alors qu'il s'approche de la frontière soviétique, le pilote manœuvre deux fois le contact de l'émetteur radio. C'est un signal codé, signifiant que les paramètres de bord sont normaux. Si la mission est annulée, l'opérateur de la base actionnera trois fois l'interrupteur. Une seule fois si le vol est maintenu. Au bout d'un instant, Powers capte le signal unique d'accusé de réception. C'est son dernier contact avec les siens. L'opération « Overflight » vient officiellement de débuter.

La veille, le 30 avril 1960, en fin de matinée, Dwight D. Eisenhower, président des États-Unis, Allen Dulles, directeur de la CIA, Christian Herter, secrétaire d'État, et Lyman Lemnitzer, chef d'état-major interarmes, sont réunis dans le Bureau ovale de la Maison Blanche, à Washington. Le président, que ses proches surnomment affectueusement « Ike », se laisse tomber dans un fauteuil. Son regard myosotis se pose sur un homme massif, dont la poitrine est couverte de décorations.

– Lyman, un point rapide sur les Russes, je vous prie.

– Attendons demain le défilé du 1er Mai, monsieur

le Président, suggère le général. Les Soviétiques exposeront sur la place Rouge leurs tout derniers gadgets.

– D'accord, mais que savons-nous aujourd'hui sur leurs armes stratégiques ?

– Khrouchtchev joue un double jeu. Il bluffe avec ses bombardiers lourds.

– Expliquez-vous.

– Il n'en possède qu'une escadrille. Une dizaine d'appareils tout au plus, équivalents à nos B-52. Ils repassent en boucle pendant les meetings aériens.

– Dans quel but ?

– Nous leurrer, monsieur le Président. Pendant que l'ennemi fabrique à la chaîne des fusées balistiques, nous engloutissons en pure perte des millions de dollars dans des armes obsolètes.

– Leurs missiles sont-ils déjà équipés de têtes nucléaires ?

– Les échantillons prélevés dans la haute atmosphère prouvent qu'effectivement, les Russes procèdent à des essais.

– Une menace directe pour le pays ?

– Très certainement. L'Alaska et la Californie sont à portée des bases du Kamchatka.

Une expression contrariée plisse soudain le front dégarni du président.

– Dulles, vous confirmez ?

Le directeur de la CIA tète son cigare et remplit la pièce de fumée bleue.

– L'opération « Overflight » démarre demain. Un U-2 décollera à l'aube du Pakistan. Il survolera l'Union soviétique et photographiera le cosmodrome de Tiouratam et les sites sensibles, à l'est de Moscou. Dès que j'aurai confirmation de l'existence des silos atomiques, je vous ferai parvenir mon rapport, monsieur le Président.

Sous l'effet d'une brusque colère, le visage d'Eisenhower s'empourpre.

– Annulez tout de suite cette mission. Je ne veux pas en entendre parler jusqu'aux élections.

Devant l'air ahuri du chef des services secrets, le président interpelle son secrétaire d'État.

– Rappelez l'ordre du jour à ces messieurs, Herter.

Un sourire légèrement ironique flotte sur les lèvres du diplomate. Comme s'il appréciait la situation. Comme si le bras de fer qui l'oppose à la CIA et aux militaires tournait, pour une fois, à son avantage.

– Vous n'ignorez pas que, le 15 mai prochain, une conférence sur la limitation de la prolifération des armes nucléaires se tient à Paris. La France, la Grande-Bretagne et l'Union soviétique participeront aux discussions. La préparation de cette réunion a nécessité des mois d'âpres négociations. De son succès dépend en grande partie la réélection du président...

Herter marque une pause. Avant de poursuivre, il dévisage tour à tour le chef d'état-major et le directeur de la CIA.

– ... et accessoirement la fin de la guerre froide et le retour à la paix dans le monde !

Un silence glacé accueille la tirade du secrétaire d'État. Ignorant sa présence, Lemnitzer s'adresse directement au président.

– Précisément, monsieur, il me semble capital d'évaluer l'état des forces ennemies avant la conférence. Grâce aux informations fournies par « Overflight », vous disposerez d'atouts inestimables pour défendre nos enjeux.

Eisenhower frappe du poing l'accoudoir de son fauteuil.

– Annulez le vol ! C'est un ordre. Imaginez-vous les effets désastreux que provoquerait la capture d'un U-2 sur le sol soviétique ? Les Russes ignorent encore que nous possédons un avion capable de voler à vingt-cinq mille mètres d'altitude. Ils ignorent que nous violons régulièrement leur espace aérien. Même s'il n'est pas dupe, Khrouchtchev n'est pas en mesure de prouver le contraire.

– Cet avion est fiable et il vole trop haut pour être intercepté.

– Je refuse de courir le risque. À une semaine de l'ouverture de la conférence, voulez-vous fournir aux Russes la preuve que nous les espionnons ? Voulez-vous compromettre ma réélection et provoquer une troisième guerre mondiale ?

Brillant comme une flaque de lumière au milieu de l'immensité, la mer d'Aral apparaît dans le coin gauche du cockpit. Des grappes de nuages s'effilochent et masquent en partie le premier objectif du pilote, le centre spatial de Tiouratam. Parvenu à la verticale du site, le lieutenant Powers déclenche la caméra automatique. Puis il rectifie son cap et, par mesure de sécurité, grimpe par paliers jusqu'à vingt-cinq mille mètres, là où l'avion est théoriquement hors de portée des radars, des chasseurs MIG-19 et des missiles sol-air SAM-14. Autre avantage de la très haute altitude : dans l'air raréfié de la stratosphère, le jet ne laisse derrière lui aucune traînée de condensation.

Soudain, trois heures après le décollage, l'U-2 se

cabre brusquement et perd de la vitesse. Powers débranche aussitôt le système de pilotage automatique et reprend les commandes manuelles. Il maugrée dans son casque :

– Ça y est, le Chien fait des siennes ! C'était trop beau ! Pourquoi Shelton m'a-t-il donné l'avion le plus pourri de l'escadrille ?

Après plusieurs tentatives infructueuses, l'officier comprend que, s'il veut mener sa mission à son terme, il devra piloter à la main jusqu'en Norvège. Six heures de tension. Six heures les yeux rivés sur les cadrans. Six heures à jongler entre cartes et sextant. Une heure plus tôt, il n'aurait pas hésité à regagner sa base. Mais l'U-2 s'est enfoncé de plus de deux mille kilomètres à l'intérieur du territoire soviétique et, au sud, des colonnes de nuages menaçants lui barrent l'horizon. À peine Gary a-t-il pris sa décision qu'un voyant rouge clignote sur le tableau de bord. L'avion glisse brutalement sur l'aile à une vitesse vertigineuse et l'aiguille de l'altimètre dégringole dangereusement. D'un seul coup, le ciel s'éclaircit. La terre bascule et se rapproche. Puis un éclair orange illumine le cockpit et un violent coup sourd ébranle le fuselage. Powers se retrouve cloué dans le fond de son siège. Avec l'énergie du désespoir, il tire sur le manche de toutes ses forces. En vain : ou bien le câble qui relie le manche au gouvernail de profondeur est coupé, ou bien l'avion a perdu sa queue. Engoncé dans sa combinaison, le pilote ouvre le robinet d'oxygène de secours et cherche à tâtons les contacts du dispositif de destruction. Il les trouve enfin, ouvre les clapets de sécurité et se ravise. Il décide de détacher d'abord son harnais avant de les actionner. Soixante-dix secondes, ce n'est pas long. Un coup d'œil sur l'altimètre lui indique que le jet a perdu seize mille mètres. Et la vrille se poursuit. Le cerveau du lieutenant se vide de toute pensée. La panique l'ankylose. Comme la voix lointaine d'un ami qui lui viendrait en aide, il s'entend murmurer :

– Du calme, Gary ! Réfléchis. Réfléchis très vite ou tu es perdu.

Son corps se détend. Ses idées s'organisent à nouveau. Il s'arrache de son siège et lève les bras pour atteindre le dôme du cockpit. Quand il le déverrouille, le couvercle de plexiglas est aussitôt arraché par le vent. La force centrifuge jette le pilote à moitié hors de l'avion. Si brutalement qu'il heurte le rétroviseur et que le masque de son casque se couvre de givre. Aveuglé, Gary essaie de remonter à bord. Ses bras battent l'air désespérément. Une pensée l'obsède : « Revenir coûte que coûte à l'intérieur. Actionner le dispositif de mise à feu. Détruire l'avion. Le détruire maintenant, et puis sauver ma peau. »

Powers se débat pour atteindre les contacts. Mais la vrille s'intensifie. L'accélération est trop forte. Une toupie prise de folie, qui arrache les tuyaux d'oxygène et aspire l'officier dans le vide.

Le 5 mai 1960, le président Eisenhower prend son petit déjeuner dans ses appartements de la Maison Blanche. En savourant son café, il feuillette distraitement les journaux, posés devant lui sur une table basse. Soudain, en page 7 du *New York Times*, un entrefilet attire son attention. Il s'agit de la traduction d'un article, publié la veille dans la *Pravda*, le quotidien officiel du régime soviétique. Bientôt, le sang du vieux général ne fait qu'un tour. Il s'étrangle, repose sa tasse, ajuste sa paire de lunettes et reprend la lecture de l'article, de la première à la dernière ligne.

– Qu'est-ce que ça veut dire ?

Le président se redresse. Le journal à la main, il se dirige vers la cheminée et tire le cordon d'une antique sonnette. Quelques instants plus tard, un officier d'ordonnance se fige au garde-à-vous sur le seuil de la porte.

– À vos ordres, monsieur le Président.

– Harry, convoquez immédiatement Dulles et Lemnitzer. Je veux les voir dans mon bureau à 9 heures.

– Bien, monsieur le Président.

Resté seul, Eisenhower fulmine. Il arpente le salon à grandes enjambées, relisant pour la troisième fois l'article à voix haute : « Selon la *Pravda*, datée d'hier, un avion espion américain a été abattu le 1er mai, jour de la fête du Travail, au-dessus de l'Union soviétique. Le pilote aurait trouvé la mort et l'appareil aurait été détruit. M. Nikita Khrouchtchev, Premier secrétaire du Parti communiste, a ordonné l'ouverture d'une enquête. Il va, par ailleurs, déposer une plainte contre le gouvernement américain et auprès du conseil de sécurité de l'ONU pour agression et violation de l'espace aérien. La Maison Blanche n'a pas encore commenté cette déclaration. »

Deux heures plus tard, le directeur de la CIA et le chef d'état-major interarmes sont réunis dans le Bureau ovale. Fixant les motifs du tapis, les épaules légèrement voûtées, les deux hommes laissent passer l'orage. Car Eisenhower ne décolère pas.

– J'avais formellement interdit tout survol de l'Union soviétique. De quoi s'agit-il ? J'exige des explications. Dulles, avez-vous, oui ou non, fait décoller un U-2 le 1er mai ?

– Non, monsieur le Président.

– Lemnitzer, même question.

Le général tripote nerveusement les cinq rangs de rubans qui décorent sa vareuse.

– J'ai annulé la mission « Overflight » après la réunion du 30 avril. Un contre-ordre codé a été transmis au Pakistan, via l'Allemagne.

– Avez-vous eu confirmation de l'annulation par la filière habituelle ?

– Non, monsieur le Président.

Eisenhower tambourine le plat de son bureau.

– Donc un U-2 a pu décoller en dépit de mon ordre ?

– Cette probabilité est envisageable. Depuis quelques jours, les transmissions sont incertaines avec l'Europe.

Un silence interminable plombe le Bureau ovale. Enfin, Eisenhower pointe un doigt accusateur vers le directeur de la CIA.

– Dulles, désamorcez cette bombe avant qu'elle nous saute à la gueule. Convoquez la presse. Niez tout. Inventez une histoire qui tienne la route. Enfumez Khrouchtchev et nos alliés !

Brusquement tiré de sa torpeur, Allen Dulles reprend vie. Il agite fébrilement les mains et grimace un sourire.

– J'en fais mon affaire. D'autant que les Russes affirment qu'avion et pilote sont en miettes.

– Quant à vous...

Eisenhower se dirige vers Lyman Lemnitzer et se campe devant lui.

– ... Je vous rappelle qu'à moins de réécrire la Constitution, je reste le chef suprême des forces armées de ce pays.

146

À 15 heures, répondant à l'invitation du service de presse de la NASA, une quarantaine de journalistes s'agglutinent devant une estrade, sur laquelle une jeune femme élégante tapote un micro. Les grosses caméras de télévision commencent à moudre leur pellicule et des flashes crépitent.

– Je m'appelle Jane Biondo. Je vous expose les faits. Le 1er mai, à 12 h 27, heure locale, un appareil de type U-2 appartenant à notre agence s'est accidentellement crashé en territoire soviétique. Le pilote, un civil du nom de Francis G. Palmer, a trouvé la mort.

Sur un écran tendu derrière l'estrade, la photographie d'un avion étrange apparaît, mélange de planeur et de chasseur à réaction. Peint en gris moucheté de blanc, il arbore la marque de la NASA et porte, sur les ailes, un numéro d'immatriculation. Les journalistes ignorent, bien entendu, que la photo a été prise à Washington, en fin de matinée, et que la peinture qui recouvre la moitié visible de l'avion est encore fraîche. La partie cachée, de couleur noire, est dépourvue de signes distinctifs.

– Voilà l'appareil, photographié il y a quelques mois sur la base d'Edwards, en Californie.

Un homme se dresse dans l'assistance et lève la main pour prendre la parole.

– Richard Sime, *Washington Post*. Quelle était la mission de l'U-2 ?

– Observation météorologique et étude des courants chauds en haute altitude, explique d'une voix ferme l'attachée de presse. Une mission de routine.

– John Lodge, *ABC News*. Comment expliquez-vous que l'avion se soit écrasé en Union soviétique ?

Jane Biondo entortille une mèche de cheveux entre ses doigts bagués d'or.

– L'avion a décollé de la base d'Incirlik, en Turquie. Il survolait l'Iran en direction de la mer Caspienne.

– Je répète ma question, insiste le journaliste. Pourquoi l'U-2 s'est-il crashé à l'Est ?

– Nous pensons que Francis Palmer a succombé à une défaillance du système d'alimentation en oxygène. Une panne malheureusement fréquente sur ce type d'appareil. En perdant connaissance aux commandes, Palmer a accidentellement modifié la trajectoire de l'avion, qui a poursuivi son vol en pilotage automatique. Avant d'être abattu près de la mer d'Aral par la chasse soviétique. C'est l'hypothèse que retiennent nos experts.

– Avons-nous la certitude que le pilote ait perdu la vie dans l'accident ?

– Oui. Il est mort asphyxié avant le crash. Vous avez lu, comme moi, que les Russes ont confirmé sa mort dans la presse.

– Barbara Spitzer, *Time Magazine*. Vous avez dit que le pilote était un civil.

– Je confirme.

Un vieil homme, un chapeau mou rejeté sur l'arrière du crâne, intervient à son tour.

– John Anderson, *Newsweek*. À quelle altitude volait l'avion ?

– L'altitude de croisière des U-2 est de quatorze mille mètres.

– Il était donc à portée des missiles SAM-14 ?

– Je vous le répète, John, l'U-2 survolait l'Iran quand le pilote a perdu le contrôle. Il n'était pas en territoire ennemi et n'avait donc aucune raison de craindre quoi que ce soit.

Anderson pose une dernière question :

– Cet incident peut-il avoir une répercussion quelconque sur le déroulement de la conférence de paix, prévue à Paris dans dix jours ?

Jane Biondo écarte les bras. Comme si elle cherchait à endiguer une dangereuse montée des eaux.

– Comment le Premier secrétaire Khrouchtchev pourrait-il tenir grief à notre gouvernement d'une défaillance technique, survenue sur un avion de la NASA en mission scientifique et piloté par un civil ? Le succès escompté de la conférence n'est en rien compromis.

Tandis que Jane Biondo s'éloigne d'une démarche féline, le vieux journaliste hoche la tête et griffonne à la hâte quelques mots dans son carnet de notes.

Deux jours plus tard, les quatre grandes agences de presse télégraphique diffusent simultanément une courte dépêche qui fait l'effet d'une bombe dans les salles de rédaction, de New York à San Francisco. Devant le Soviet suprême réuni au grand complet, Nikita Khrouchtchev a réaffirmé qu'une fusée SAM-14 avait abattu un avion espion américain. Puis, brandissant au-dessus de sa tête un agrandissement photographique représentant vingt-quatre pièces d'or, le maître du Kremlin a harangué les délégués en ces termes : « Camarades, je vais vous confier un secret. Nous tenons des morceaux intacts de l'avion. Voici de l'or retrouvé dans l'épave. Le pilote, sain et sauf, est entre nos mains. Il a confessé son crime. Il a avoué travailler pour la CIA. »

Une fièvre inimaginable secoue les rédactions. Les téléphones crépitent. Les journalistes courent dans tous les sens. Les rédacteurs en chef harcèlent leurs correspondants européens pour en savoir davantage. Les services de presse de la Maison Blanche, de la CIA et du Pentagone sont submergés d'appels. La diffusion des programmes de télévision est interrompue pour céder la place à des flashes spéciaux. Les radios repassent en boucle la déclaration de Khrouchtchev. La course des rotatives est stoppée net. On supprime les éditions en cours. Dans une panique inconcevable, les maquettistes rebâtissent la une des quotidiens. Bientôt, dans le pays, l'information couvre toute la surface des premières pages, du *New York Times* aux feuilles de chou du Middle-West.

En quelques minutes, l'incroyable révélation de Khrouchtchev a ébranlé la paix du monde.

Entortillé dans la toile de son parachute, Gary Powers est arraché du sol par une puissante étreinte. Quand il retire son casque et ouvre les yeux, il distingue les joyeux gaillards qui l'ont remis sur pied. Plus loin, un groupe de paysans se tient timidement à l'écart. Plus loin encore, sur le flanc d'un coteau couvert de vignes, les toits d'un village scintillent dans la lumière. Un Russe pointe un doigt vers les nuages. Un parachute se balance dans le ciel. Impossible de voir s'il supporte un homme. Les oreilles encore bourdonnantes, la vue légèrement brouillée, Gary essaie de mettre de l'ordre dans ses idées : « Je n'avais qu'un parachute à bord. Celui-là a dû servir à la récupération du premier étage du missile que les Russes ont tiré pour me descendre. »

Intrigués par le mutisme du rescapé, les paysans cessent de jacasser. Ils s'interrogent. L'un d'eux s'approche avec méfiance et fouille Gary au corps. Dans une poche de sa combinaison, il trouve le pistolet muni du silencieux. Il l'ausculte et découvre, gravé sous la crosse, le nom de son pays d'origine. Sa joie se communique aussitôt à tout le groupe. Des femmes se frappent les cuisses et se congratulent. Un adolescent enfourche une moto et démarre en trombe vers le village. Quelques minutes plus tard, il réapparaît, escortant une petite conduite intérieure. Deux hommes descendent du véhicule. D'un geste, ils invitent Powers à prendre place à l'arrière. La voiture regagne le village en cahotant. Dans un bureau de l'école communale, le prisonnier est déshabillé et le contenu de son sac de survie soigneusement répertorié. Allégé de sa combinaison pressurisée, Gary tâte discrètement les poches de sa salopette de vol. Le dollar factice en argent, qui dissimule l'aiguille de curare, a échappé à la fouille. Powers éprouve avec soulagement les contours de la pièce du bout des doigts, à travers le tissu.

Son cerveau travaille à toute vitesse. « Je suis une prise de choix qui intéresse le KGB. Je serai interrogé et torturé à Moscou. Pas par des miliciens, dans un village. J'ai du temps. Dix, vingt heures ? Deux jours, peut-être ? Ne pas paniquer. Rester en éveil. Saisir ma chance. M'échapper à la moindre occasion. »

Très vite, alors que ses pensées tournent en rond et butent sur la réalité, un sentiment d'impuissance accable le pilote. « Dès la prochaine fouille, les Russes trouveront le poison et le confisqueront. C'est maintenant ou jamais. L'occasion ne se présentera plus. »

Powers s'imagine soudain dans une cave obscure, allongé sur une table mortuaire, bras et jambes entravés. Trois hommes vêtus de blanc se penchent sur lui. Le premier hurle à son oreille des questions en russe. Le second les traduit en anglais. Le troisième agite devant ses yeux une fraise de dentiste.

L'ultime conseil du colonel Shelton lui revient en mémoire : « Si vous êtes pris, utilisez le curare avant le premier interrogatoire. Ou alors, dites aux Russes tout ce que vous savez. Parce que, de toute façon, vous parlerez. »

Occupés par la fouille du sac de survie, les miliciens ont relâché leur vigilance.

« Ça ne me prendra que quelques secondes. Je retire le dollar de ma poche. Je le cache dans le creux de ma main. J'extrais l'aiguille et je me pique. Oui, mais où dois-je planter l'aiguille ? »

Les officiers instructeurs de la CIA n'ont jamais apporté de réponse à cette question précise.

« Je me pique au cou. Oui, c'est ça ! Droit dans la carotide. »

— Dulles, votre fausse conférence de presse nous couvre de ridicule. Vous vous êtes fait posséder par Khrouchtchev !

Face à la fureur d'Eisenhower, l'homme de la CIA plaide piteusement sa cause.

— La photo qu'il a montrée aux Soviets est peut-être truquée.

— Certains détails ne s'inventent pas ! Les pilotes des U-2 emportent-ils, oui ou non, des pièces d'or en mission ? Répondez à ma question.

Dulles blêmit. Ses mains tremblent légèrement.

— Oui. Napoléons, roubles, pesos mexicains. Des monnaies d'échange en cas de crash près des frontières. Mais...

— Mais ?

– La photo des pièces ne prouve pas que Powers soit toujours vivant. Si Khrouchtchev détenait notre homme, il l'aurait déjà exhibé devant la presse.

Eisenhower arpente son bureau comme un fauve en cage. L'atmosphère est survoltée.

– Bien, admettons cette hypothèse. Qu'en est-il de l'U-2 ? À l'évidence, les Russes sont en sa possession. Quelles sont les procédures prévues en cas d'attaque ennemie ?

– Si l'avion est touché et que le pilote est dans l'incapacité de regagner sa base, la consigne est formelle : il détruit son appareil en vol et s'éjecte aussitôt. S'il est capturé, il dispose d'une dose de poison mortel. Nous laissons le choix à chacun d'en faire bon usage.

– Heureux de l'apprendre ! ricane Eisenhower. Puisque nos hommes ne sont pas des kamikazes, qu'est-ce qui vous prouve que Powers s'est suicidé ?

– C'est un soldat responsable et aguerri. S'il est tombé vivant aux mains des Russes, ce dont je doute, il a dû faire le choix qui s'imposait.

Contre toute attente, depuis son transfert à Moscou par avion spécial et sa détention dans la Loubianka, le siège sinistre du KGB, Powers n'a subi aucun mauvais traitement. Certes, son uniforme lui a été retiré, et son corps amaigri flotte désormais dans un pyjama trop grand et rapiécé. En abandonnant sa salopette de vol et le dollar d'argent aux mains de ses geôliers, Gary a eu un bref instant d'hésitation. Devait-il ou non leur signaler la présence du poison ? Pour ne pas risquer la mort accidentelle d'un innocent, fût-il ennemi, il a mis les Russes en garde. Et cette décision, qui l'a soulagé, lui a peut-être valu en même temps l'indulgence des

Russes. Dans cette prison réservée aux dissidents politiques, Gary dispose d'une cellule minuscule, éclairée jour et nuit par une ampoule électrique. L'étroite fenêtre est encore obscurcie par une rangée de barreaux et un double vitrage, opaque et renforcé. Les murs nus sont peints en gris. L'ameublement se réduit à un lit, une table en bois, une chaise et une étagère. Le prisonnier est autorisé à utiliser les toilettes extérieures trois fois par jour. Réveillé à 5 heures, il reçoit en guise de petit déjeuner une tranche de pain noir, un œuf et un bout de viande. À midi, il doit se contenter d'une soupe aux choux. Le soir, d'un bol d'eau tiède, dans lequel surnagent des épluchures.

Depuis son incarcération, le rythme des interrogatoires ne faiblit pas. Onze heures par jour, sept jours par semaine, Gary répond à un flot de questions. Deux hommes sont en charge de le faire parler. Vasaelliev, un major d'une trentaine d'années, et Chelepine, le chef du KGB, un colonel de dix ans son aîné. Comme dans les films policiers, les deux officiers se sont distribué les rôles. Vasaelliev est brusque et menaçant, Chelepine sympathique et compréhensif. Le méchant et le gentil ! La technique est parfaitement rodée. Un sténographe et un interprète complètent l'équipe.

Le colonel répète inlassablement les mêmes questions, d'une voix métallique et monocorde.

– Combien de vols avez-vous effectués au-dessus de l'Union soviétique ?

– C'était le premier.

– Combien ?

– Un seul.

– Quel est le nom de votre unité ?

– Le Détachement 10-10.

154

– Où est-il basé ?

– À Incirlik.

– Où se trouve Incirlik ?

– À Adana, en Turquie.

– Combien y a-t-il d'U-2 en Turquie ?

– Quatre ou cinq.

– Combien y a-t-il de pilotes américains ?

– Sept.

– Comment s'appellent-ils ?

– Je ne vous le dirai pas.

– Nous connaissons leurs noms. Vous feriez mieux de nous les dire.

– Si vous les connaissez, je n'ai pas besoin de vous les dire.

– Comment s'appelle le commandant du Détachement 10-10 ?

– Le colonel Shelton.

– Combien y a-t-il de pilotes sur la base ?

– Sept.

– Comment s'appellent-ils ?

– Je vous ai dit que je ne répondrais pas à cette question.

– Combien de vols avez-vous faits au-dessus de l'Union soviétique ?

– C'est le premier. Et probablement le dernier, d'ailleurs...

Et l'interrogatoire se poursuit sans relâche jusqu'à la nuit. Dès qu'il est reconduit dans sa cellule, Powers s'écroule, épuisé, sur sa paillasse. Roulé en boule, il tente, avant de sombrer dans un sommeil de plomb, de reconstituer mentalement le déroulement de la journée et d'organiser son système de défense. Jusqu'à ce jour, sa méthode lui a permis de sauvegarder les secrets militaires et d'échapper à la torture. Ratatiné sous sa

155

mince couverture, il rabâche comme une litanie les consignes qu'il s'est fixées : « Brouiller les pistes. Distiller alternativement le vrai et le faux. Répondre par la vérité aux questions anodines. Mémoriser tout ce que je dis. Développer en détail les informations sans importance pour mieux minimiser les autres. Garder le silence de temps en temps pour simuler la résistance. »

Mais des questions sans réponse taraudent le prisonnier depuis sa capture. Pourquoi, pour accomplir la mission la plus périlleuse de l'année, le colonel Shelton lui a-t-il confié l'U-2 360, « le Chien », l'avion le moins fiable de la base ? Pourquoi a-t-il retardé son vol de vingt-six minutes sur l'horaire prévu, alors que les directions de l'US Air Force et de la CIA avaient, la veille, agréé la mission ? Pour quelle mystérieuse raison son appareil est-il tombé en piqué, dès la panne du système de pilotage automatique, avant d'avoir été atteint par le missile ? Enfin, pourquoi, juste avant le décollage, Shelton s'est-il déplacé pour lui remettre avec insistance l'aiguille de curare ?

Une semaine avant l'ouverture de la conférence de Paris, une photographie de l'agence Tass, en provenance de Moscou, tombe sur les bélinographes des rédactions. Elle montre un homme d'une trentaine d'années, vêtu d'un pyjama rayé ; l'ombre d'une barbe naissante souligne son état de fatigue. Pour autant, l'expression de son visage est énigmatique : un imperceptible sourire retrousse, en effet, sa lèvre supérieure. Il tient un journal entre les mains. Si on observe le cliché à la loupe, on parvient à lire la date, imprimée en russe sur la première page : 8 mai 1960. Une légende, brève et cinglante, accompagne la photo : « Francis G. Palmer, l'espion américain, a confessé ses crimes. » Seule consolation pour les Américains, dans ce fiasco sans précédent : le lieutenant Gary Powers a réussi à préserver jusqu'à présent sa véritable identité !

En fin de journée, le président des États-Unis rencontre Christian Herter sur les pelouses de la Maison Blanche. Entre les deux hommes, la tension est palpable.

– De mieux en mieux, Powers est vivant ! peste Eisenhower. Et Khrouchtchev exige maintenant des excuses officielles. Je suis embourbé jusqu'au cou dans cette histoire. Que me conseillez-vous ?

– Si vous cédez, autant vous planter un poignard dans le cœur.

– Comment puis-je nier l'évidence, Chris ? Nous espionnons les Russes. Nous avons mis le feu aux poudres !

En proie à une violente agitation, Eisenhower extrait de sa poche le télégramme incendiaire que Khrouchtchev lui a adressé. Il le brandit sous les yeux de Herter, qui tente de l'apaiser.

– Qu'en pensent Dulles et Lemnitzer ?

– Ne me parlez plus de ces deux incapables.

– Dulles affirmait pourtant avoir la situation bien en main, se moque le secrétaire d'État.

– Foutaises !

– Quelles sont les réactions de Londres et de Paris ?

– Prévisibles. MacMillan me soutient et de Gaulle jubile. Les Bolcheviques français ne décolèrent pas, nous accusant de provoquer les Soviétiques pour briser la détente.

Christian Herter allume une cigarette.

– Chargez Dulles. Exigez sa démission. Virez-le. Faites-lui porter la responsabilité de l'opération « Overflight ». Dites aux Russes qu'il a outrepassé vos ordres. Qu'il a décidé seul de l'envoi de l'U-2.

Eisenhower réfléchit un instant. Herter émet devant lui des volutes de fumée.

– Non, l'effet serait catastrophique. Je confesserais mon impuissance. Autant dire à Khrouchtchev : « Excuse-moi, mon petit gars, dans ce pays, c'est la CIA qui gouverne. Moi, je ne suis bon qu'à gracier la dinde de Noël. » Vous imaginez la réaction de nos alliés et de mes électeurs ?

Herter s'éloigne du président, tourne en rond et revient sur ses pas.

– Vous avez raison, Ike. Pas de déclaration. Pas d'excuses. Silence radio. Au fait, une idée bizarre m'a effleuré l'esprit. L'U-2 de Powers a été intercepté à basse altitude, alors qu'il est capable de voler à plus de vingt-cinq mille mètres. Sa caméra est tombée, presque intacte, entre les mains des Russes. Il ne s'est pas suicidé pour s'éviter la torture. Enfin, sur la photo diffusée par Tass, je trouve qu'il affiche un petit sourire... comment dire ? Légèrement ironique.

– Venez-en aux faits.

– Si Powers était un agent double, il ne s'y serait pas pris autrement pour passer à l'Est.

– Vous parlez sérieusement ?

– C'est une explication qui en vaut une autre.

Le front du général se couvre d'une toile de fines rides blanches. Herter vient exactement de dire ce qu'il redoutait d'entendre.

Le 16 mai, arguant une agression contre son pays et une absence de repentir, Khrouchtchev quitte avec fracas la conférence de Paris. Le scandale provoque un arrêt brutal du processus de détente entre les deux blocs et ravive la guerre froide. Dès lors, plus aucune information ne filtre de la prison où croupit Gary Powers. En août, un entrefilet sibyllin, inséré dans la *Pravda,* annonce que le procès du pilote espion va s'ouvrir à Moscou.

Aveuglé par les flashes des photographes et les projecteurs de la télévision, un homme blafard et amaigri s'avance d'un pas mal assuré dans l'immense salle d'un théâtre de style néoclassique. Mikhail Grinev, avocat de la défense, et Alexei Rudenko, procureur général, observent avec attention l'entrée du pilote américain. Les juges militaires, trois généraux en uniforme, se tiennent plus loin sur une estrade. Lorsque Gary Powers prend place dans le box des accusés, le président déclare ouverte la section militaire spéciale de la Cour suprême de l'URSS. Un millier de spectateurs et des centaines de journalistes étrangers assistent au procès.

– Accusé, quand avez-vous reçu l'ordre de survoler le territoire de l'Union soviétique ? demande Rudenko.

– Le matin du 1er mai.

En mentant dès sa première réponse, Powers espère mettre en alerte le correspondant de la CIA, qui se trouve probablement quelque part dans la salle.

– Aviez-vous des marques ou des signes distinctifs sur l'U-2 avant le vol ?

– Je ne m'en souviens pas.

– Vous n'avez pas regardé l'avion que vous alliez piloter ? s'énerve Rudenko.

– J'avais revêtu ma tenue de vol spéciale. Je voyais

mal à travers la visière de mon casque, et j'étais préoccupé par ma mission.

— Au cours de l'instruction, vous avez déclaré que l'absence de marques était destinée à cacher la nationalité d'origine de votre avion.

Powers se raidit. Il se penche vers son avocat et lui murmure à l'oreille.

— Je n'ai jamais dit cela, intervenez.

Grinev, un homme chauve qui porte bouc et lunettes d'écaille, balaie discrètement l'objection d'un revers de main. Il chuchote :

— Taisez-vous. N'agacez pas Rudenko. La question est sans importance.

— Accusé, répondez !

Résigné, Powers hausse les épaules.

— Personnellement, je n'ai pas vu de marques sur mon avion, mais tous les autres U-2 de la base en portaient.

— Piloter un avion sans marques est une violation des lois internationales. Cela aggrave votre cas et compromet les États-Unis. Reconnaissez-vous avoir rempli une mission d'espionnage pour le compte de votre pays ?

— Oui.

Une rumeur parcourt la salle, brillamment éclairée par une cinquantaine de lustres en cristal.

— À quelle altitude volait votre avion lorsqu'il a été touché par une fusée ?

— L'altitude maximum de l'U-2 est de dix-huit mille mètres.

En mentant une nouvelle fois, Powers espère signifier clairement aux siens qu'il n'a livré aux Russes aucun secret militaire important.

— Vous mentez ! hurle le procureur. Vous mentez

et vous insultez cette cour. Des journalistes américains ont écrit que l'U-2 pouvait atteindre le double. Cherchez-vous à abuser le tribunal ?

– Les journalistes ne pilotent pas d'U-2, moi si, répond sèchement Powers.

– Qui vous a donné l'aiguille empoisonnée ?

– Le colonel Shelton, pendant le briefing.

– Pourquoi ?

– Pour le cas où je serais pris et torturé.

– Cela signifie-t-il que vos supérieurs vous ont ordonné de sacrifier votre vie au cours de ce vol ?

– Non.

– Vous ont-ils dit que la torture était employée en Union soviétique ?

– Je ne me rappelle pas qu'ils me l'aient dit, mais je le redoutais.

– Avez-vous été torturé ?

– Non.

– Avez-vous été maltraité en détention et au cours de l'instruction ?

– Non.

– L'audience est suspendue jusqu'à demain, ordonne le procureur.

Et le simulacre de procès se poursuit ainsi pendant trois jours. Le 19 août, après s'être retirée pour délibérer pendant plus de quatre heures, la cour réapparaît dans la salle des Colonnes.

Gary Powers se tient debout, les mains crispées sur la barre de bois qui clôture son box. Le juge lit le verdict. Au fur et à mesure qu'il égrène les griefs, l'assistance devient plus silencieuse encore.

– Ayant entendu les témoignages et examiné les pièces à conviction, il a été prouvé que l'accusé a été pendant une longue période un agent actif de la Central Intelligence Agency des États-Unis. L'accusé a pénétré dans l'espace aérien soviétique, à bord d'un avion de renseignement U-2. Il a recueilli des informations d'importance stratégique, qui constituent un secret militaire de l'État soviétique, commettant ainsi un crime grave prévu par l'article 2 de la loi.

Les photographes se mettent en place. Powers décide de ne manifester aucune émotion, quelle que soit la sentence. Mais les phalanges de ses doigts blanchissent. Le juge poursuit :

– La peine de mort...

Gary n'entend pas le reste. Son cœur se bloque. Son sang reflue. Ses yeux fouillent la salle, à la recherche d'un improbable regard ami. Le juge termine l'énoncé de la sentence d'une voix monocorde.

– ... est prévue pour punir un crime de cette gravité...

Le magistrat marque une pause, savourant son effet.

– ... Cependant, compte tenu de la confession sincère de l'accusé, la cour commue la peine capitale en dix ans de détention : trois ans d'emprisonnement et sept ans de captivité en camp de travail. Accusé, qu'avez-vous à dire ?

Abasourdi, Gary a juste la force de bredouiller :

– J'exprime devant la cour mon profond regret et mon repentir.

Le public se lève bruyamment. Lorsque deux gardes extirpent Powers de son box, il ignore si le tonnerre d'applaudissements qui roule dans la salle salue la clémence du verdict ou, au contraire, exprime la colère d'un public frustré.

Le lieutenant Powers purge la première année de sa peine dans la prison de Vladimir, à environ deux cent cinquante kilomètres de Moscou. Il partage une cellule sordide avec un prisonnier politique letton. Conversant en anglais, les deux hommes sympathisent et se réconfortent mutuellement. Mais, bientôt, la neurasthénie gagne l'Américain. Il ignore que, depuis le début de sa captivité, son père multiplie les initiatives pour obtenir sa libération. Robert Kennedy, le ministre de la Justice et frère du président nouvellement élu, accède à la requête et obtient l'échange de Powers contre le colonel Rudolf Abel, un célèbre agent du KGB, détenu aux États-Unis. L'opération se déroule dans le plus grand secret, à Berlin, sur le pont Check Point Charlie.

Le 12 février 1962, Gary rentre à Washington. En guise de remise de décoration et de parade grandiose, il est accueilli par une presse hostile. Elle l'accuse de trahison et déplore son échange contre l'espion russe, le jugeant désavantageux pour le pays. Escamoté par des agents de la CIA dès sa descente d'avion, Powers est assigné à résidence dans une ferme isolée. Ausculté par des médecins, jaugé par des psychiatres, il est soumis au détecteur de mensonge et interrogé sur les circonstances du crash de son avion et ses conditions de détention.

– Avez-vous des fonds sur un compte numéroté dans une banque suisse ?

– S'est-il produit quoi que ce soit en Russie qui pourrait permettre de vous faire chanter ?

– Êtes-vous un agent double ?

Sans se départir de son calme, Gary rabâche les mêmes explications, qui, loin de convaincre, semblent au contraire accréditer la thèse du lavage de cerveau.

Après environ deux mois de débriefing intensif, Powers comparaît devant une commission d'enquête du Congrès américain. Chargée de déterminer la culpabilité éventuelle du pilote, elle le blanchit finalement de toutes les accusations. Réhabilité, remis en liberté, il démissionne de la CIA et trouve un emploi de pilote d'essai dans une firme aéronautique. Dix ans plus tard, ayant atteint la limite d'âge, il entre au service d'une chaîne de télévision, en qualité de pilote d'hélicoptère. Le 1er août 1977, son appareil s'écrase sans raison apparente sur un faubourg de Los Angeles. Powers est tué sur le coup et les experts sont incapables de déterminer la cause de l'accident.

C'est sur cette nouvelle énigme que s'achève le destin exceptionnel et tragique de l'espion américain le plus célèbre de son temps.

On sait aujourd'hui que l'atterrissage forcé de son avion était destiné à saboter la conférence sur le désarmement. Car non seulement les faucons américains craignaient un assouplissement de la tension avec l'Union soviétique, mais ils reprochaient aussi à Eisenhower d'avoir refusé de soutenir le soulèvement hongrois de 1956, inspiré par la CIA, et qui aurait pu provoquer une guerre atomique. Eisenhower endossa pleinement la responsabilité du scandale. Discrédité dans l'opinion, sa carrière politique ruinée, il se retira de la vie publique six mois après le crash de l'avion. Non sans avoir fustigé à mots à peine voilés les instigateurs du complot. Ainsi, dans son discours d'adieux à la nation, mit-il en garde ses concitoyens contre « la possibilité de l'ascension désastreuse d'un pouvoir illégitime, aux ordres d'un complexe militaro-industriel ».

Une autre information accablante accrédite la thèse du complot. Lors d'une audience secrète au Congrès, Allen Dulles avoua que l'U-2 de Gary Powers n'avait pas été abattu par un missile soviétique, mais qu'il était « tombé en panne de carburant, après n'avoir couvert qu'un tiers du trajet prévu initialement ». Le procès-verbal de cette confession n'a été rendu public qu'en 1975.

Enfin, après l'éviction de Khrouchtchev de la tête du Kremlin, partisan lui aussi d'un dégel des relations entre les deux blocs, deux éléments nouveaux peuvent laisser penser que certains extrémistes de l'armée américaine aient pu faire alliance avec les durs du régime soviétique pour dresser les deux pays l'un contre l'autre. L'étrange affaire d'espionnage de William Hamilton et Vernon Ferguson, tout d'abord. Ces deux cryptologistes de la National Security Agency, un obscur organisme de contre-espionnage lié à la CIA, disparaissent sans explication, deux mois après le crash de l'U-2. Ils refont brusquement surface à Moscou et donnent une conférence de presse, au cours de laquelle ils affirment avoir communiqué au KGB un grand nombre d'informations secrètes, dont certaines concernent notamment l'opération « Overflight ».

Autre élément troublant : en 1957, alors que les U-2 sont basés au Japon, un fusilier marin est affecté à l'unité radar. Deux ans plus tard, il se fait démobiliser pour raisons personnelles et passe en Union soviétique. Le 31 octobre 1959, il se présente à l'ambassade des États-Unis à Moscou, où il fait savoir qu'il a vendu aux Soviétiques des documents ayant trait à l'espionnage aérien américain. Ce jeune homme s'appelle Lee Harvey Oswald. Il se rendra célèbre quelques années plus tard en assassinant le président John F. Kennedy.

Mais ceci est une autre histoire...

L'honneur du colonel

Il fait nuit. Six hommes silencieux se sont réunis dans le salon désuet d'un pavillon en meulière, à Meudon, une banlieue sans histoire dans le sud de Paris. Certains se connaissent de longue date. Ceux qui se rencontrent pour la première fois s'observent avec curiosité.

Le brun à la fine moustache se fait appeler Georges. C'est Georges Watin, dit « la Boiteuse », un homme violent et incontrôlable ; depuis son expulsion d'Algérie, il erre dans la capitale, un chapeau à large bord rabattu sur les yeux et une idée fixe en tête. Assis à ses côtés, blond, fragile, Serge Bernier, dit « Bernard », replie avec soin un imperméable d'une blancheur immaculée ; si on lui demande s'il a vraiment combattu en Corée aux côtés des Américains, il sourit timidement. Ses yeux de glace se posent sur son voisin, Louis de Condé, dit « Petitou », un sobriquet étrange pour désigner l'héritier d'une des plus nobles familles de France ; une touche de tristesse passionnée danse telle une flamme dans son regard fixe. En face de lui, taillé comme une armoire à glace, les cheveux coupés dru, Gérard Buisines, alias « Gérard Leclerc », un tireur d'élite, un tueur au sang froid ; ses grosses mains tripotent une cigarette mal éteinte. Assis à cali-

167

fourchon sur une chaise retournée, Jacques Prévost, dit « Jean-Mars de Brémonville », consulte sa montre machinalement ; son visage de Pierrot lunaire est trompeur : parachutiste couvert de décorations, il a sauté sur Diên Biên Phu et survécu aux geôles du Viêtnam. Enfin, adossé à la porte, le lieutenant Alain Bougrenet de La Tocnaye, descendant des croisés et des chouans, dévisage les autres avec satisfaction ; dur, inflexible, il a pris part, en avril 1961, au putsch des généraux d'Alger. C'est le responsable exécutif du complot.

À 20 h 30, trois coups sont frappés à la porte. Les six hommes se figent. Buisines vérifie la présence du pistolet qui pend sous son aisselle. La Tocnaye va ouvrir. Un homme en imperméable et chapeau de toile se présente.

– Didier.

– Entrez.

À son arrivée, tous se lèvent respectueusement. Certains saluent militairement. Watin et Petitou tendent la main.

Le visage du visiteur est calme, et son sourire empreint de gravité. Il s'assoit sur l'unique chaise restée vide et retire son chapeau. Âgé de trente-six ans, polytechnicien, lieutenant-colonel, ingénieur au Centre d'essais en vol de Colomb-Béchar, cet homme s'appelle de son vrai nom Jean-Marie Bastien-Thiry. Responsable des prototypes d'armes nouvelles, il a inventé la fusée SS/11, un missile antichars révolutionnaire, acheté à des milliers d'exemplaires par l'armée américaine. C'est le chef de la conjuration.

– Après l'échec de Pont-sur-Seine, il n'est plus

question de tenter l'affaire sur la route entre Paris et Colombey.

La voix est précise, posée, mathématique.

– Pourquoi ? demande La Tocnaye.

– Parce qu'à présent, de Gaulle prend presque toujours, à Villacoublay, un hélicoptère ou un avion qui l'emmène jusqu'à l'aérodrome de Saint-Dizier.

– Et pour aller de Saint-Dizier à Colombey ? intervient Prévost.

– Il s'y rend en voiture.

– Alors, pourquoi pas là ?

– Parce que c'est très gardé, trop loin et à découvert.

Un éclair d'exaltation illumine le regard clair de Bastien-Thiry.

– J'estime que c'est à Paris qu'on a le plus de chances de réussir. Je me suis penché sur le problème du renseignement. J'ai minuté les itinéraires que nous devrons emprunter pour intercepter le convoi présidentiel. C'est possible.

Les hommes se taisent. Dans les profondeurs des cerveaux, une machine noire se met en marche. Le colonel poursuit :

– Je suis averti à chaque fois que le Guide – le nom que par dérision les comploteurs donnent à de Gaulle – quitte l'Élysée. Le cortège se compose de deux ou trois voitures, escortées par deux motards.

– L'itinéraire ?

– Deux sont possibles : l'un passe par Meudon, l'autre par Le Petit-Clamart. Selon la direction que choisira de Gaulle, un ou plusieurs guetteurs seront chargés d'avertir le commando.

Bastien-Thiry se tourne vers La Tocnaye.

– Si vous le voulez bien, nous verrons les détails tactiques avec vous dans un instant.

– Dois-je viser la cible ? interroge Gérard Buisines avec impatience.

– Négatif, tranche le colonel. Nous prendrons de Gaulle vivant. Nous procéderons à une mise en arrestation et nous le traduirons devant une Haute Cour clandestine. Il sera jugé par nos pairs, et vraisemblablement condamné à mort.

Buisines est éberlué.

– Il serait tellement plus simple de tirer dans le pare-brise.

– Et le chauffeur ? Nous voulons atteindre de Gaulle, et lui seul. Visez les pneus pour stopper la voiture.

– Vous voulez vraiment l'enlever ? demande encore le tireur d'élite, incrédule.

– Oui.

La Tocnaye n'en croit pas davantage ses oreilles, mais il décide de ne pas intervenir. Après tout, c'est lui qui dirigera l'opération sur le terrain. C'est lui qui donnera à ses hommes les dernières instructions. Pourquoi exécuterait-il un scénario aussi alambiqué, alors qu'une rafale décisive peut résoudre la question ?

Jacques Prévost dit alors ce que les autres pensent en silence.

– Mon colonel, sauf votre respect, ne croyez-vous pas que... qu'enlever de Gaulle à un kilomètre de la tour Eiffel, neutraliser son escorte, le véhiculer à travers Paris, le mettre au secret dans une planque... enfin, faire tout ça pour le plaisir d'organiser un simulacre de procès, c'est prendre beaucoup de risques inutiles ?

– Notre action doit avoir un effet psychologique incontestable, dit Bastien-Thiry. Nous devons réveiller l'opinion publique. Nous devons expliquer aux Français le sens profond de notre engagement.

– Et si Mme de Gaulle est touchée dans la fusillade ? insiste Buisines qui poursuit son idée.

– Ça ne se produira pas si vous visez les parties basses de la DS.

– Après tout, Yvonne n'a-t-elle pas épousé son mari pour le meilleur et pour le pire ? s'amuse la Boiteuse.

Quelques rires exagérés ponctuent la remarque. Le colonel ramène le silence en levant une main.

– Je rappelle les consignes : je suis posté avenue de la Libération, à la hauteur du château d'eau. Je déclenche le tir en agitant un journal s'il fait suffisamment jour, une torche électrique si la nuit est tombée.

Alain Bougrenet de La Tocnaye est préoccupé.

– Quelle est la disposition des voitures ?

– Au Pavé Blanc, la camionnette 403 bleue, avec Magade, Louis de Condé et Bertin. Cette voiture doit se placer en travers de la chaussée dès que la DS présidentielle est passée, afin d'interdire l'accès à l'escorte policière.

– Et si les motards ouvrent le feu ? demande Buisines.

– On réplique aussitôt.

– Où se trouvent les autres véhicules ? se renseigne La Tocnaye.

– Dans la rue du Bois, à une centaine de mètres. Vous, Watin et Prévost, vous vous tiendrez en embuscade pour stopper le convoi si le tir de l'estafette ne l'a pas arrêté. Enfin, à bord d'une 2CV, Naudin assurera une mission de liaison.

– Bien, mon colonel, résume La Tocnaye. La DS de De Gaulle est immobilisée. Que faisons-nous ?

– Nous nous emparons de lui et nous l'emmenons à Chaville, à une vingtaine de minutes du Petit-Clamart. Nous devrions pouvoir y arriver sans encombre, avant que des barrages ne bloquent les ponts.

– Admettons. Que faisons-nous à Chaville ?

– Des dossiers ont été constitués pour étayer le procès que nous ouvrirons dès que de Gaulle sera entre nos mains.

– Quels dossiers, s'il vous plaît ? demande Louis de Condé.

– Les pièces à charge : la fusillade d'Alger, l'exode forcé des Français d'Algérie, les tortures infligées par la police gaulliste, le génocide consécutif aux accords d'Évian, ainsi qu'un dossier concernant l'Alliance atlantique. Des juges d'instruction – deux généraux et quatre colonels en activité – désignés par le Conseil national de la Résistance procéderont à un interrogatoire en règle. Les propos échangés au cours des séances seront enregistrés et communiqués ultérieurement aux Français.

– Que se passera-t-il au terme du procès ?

– Une sentence sera rendue et nous procéderons, vous et moi, à l'exécution dans la forêt de Chaville.

– Vous êtes bien légaliste, mon colonel ! raille quelqu'un dans le groupe. Une grenade ou deux, lancées sur la voiture, feraient tout aussi bien l'affaire.

Bastien-Thiry esquisse un sourire.

– Nous agirons le 22 août. Il est vraisemblable que de Gaulle regagnera Colombey dans la soirée, après être venu présider, à Paris, le conseil des ministres. Merci, messieurs.

Le colonel se lève, recoiffe son chapeau de toile et se dirige lentement vers la porte. Spontanément, les six hommes se redressent et le regardent s'éloigner en silence. L'équipe est soudée.

Curieuse équipe en vérité ! Car qu'y a-t-il de commun entre un aristocrate et un légionnaire, entre un brillant ingénieur et une tête brûlée, entre un propriétaire pied-noir et un héros de la guerre de Corée, sinon la haine envers De Gaulle, tenu pour responsable de la perte de l'Algérie française ? La volonté d'éliminer le Général est le ciment qui soude ces hommes si dissemblables. Feignant d'ignorer que le président de la République est l'élu de la nation au suffrage universel, Bastien-Thiry, notamment, dénie sa légitimité. Il l'accuse de ne pas avoir veillé à préserver l'intégrité territoriale de la nation, d'avoir abandonné et livré plus d'un million de ses concitoyens aux « bourreaux » et aux « égorgeurs » du FLN. Il l'accuse de trahir le monde libre, en permettant à l'idéologie communiste de prendre pied en Afrique du Nord, devenue sans défense. Il fustige enfin l'autoritarisme du chef de l'État. Reprenant à son compte la doctrine de saint Thomas d'Aquin, Bastien-Thiry justifie par avance son acte « tyrannicide » au nom de la légalité républicaine.

Le 22 août 1962, le conseil des ministres vient de se terminer. La DS présidentielle se range devant le perron de l'Élysée. À 19 h 45, le président de la République et Mme de Gaulle prennent place sur la banquette arrière, tandis que le colonel de Boissieu s'installe à l'avant. Le général de Bonneval, l'aide de camp du président, s'approche de la portière de Boissieu.

– Quel itinéraire comptez-vous prendre ?

173

Pour éviter les fuites éventuelles, le gendre de De Gaulle a coutume de décider seul du parcours des déplacements au dernier moment.

– Étant donné que je suis passé ce matin par la porte de Châtillon, je passerai ce soir par Meudon.

– Vous êtes en retard sur le plan de vol de l'avion du GLAM. La nuit va tomber. L'itinéraire de Meudon est toujours plus encombré, avertit le général.

De Boissieu remercie et remonte sa vitre.

– Prenez l'itinéraire de ce matin, Marroux, lance-t-il au chauffeur, par l'avenue de la Libération.

Précédant une voiture de police et suivie par deux motards, la DS franchit le pont Alexandre-III. Elle s'engage dans le boulevard des Invalides, remonte l'avenue du Maine et se dirige bientôt vers la nationale 306. Les premières lueurs du crépuscule incendient déjà le ciel de Paris. L'air est doux, la circulation fluide, car la plupart des Parisiens profitent de leur dernière semaine de congés payés. Pour s'assurer que la voiture des gardes du corps le suit de près, Marroux, le chauffeur, un gendarme de quarante-huit ans, jette un coup d'œil dans son rétroviseur. Tout va bien. L'autre Citroën roule derrière, à une trentaine de mètres.

– Il fait trop sombre, je ne verrai pas bien le signal, maugrée Serge Bernier, le regard fixé sur la silhouette de Bastien-Thiry.

Posté à deux cents mètres près du château d'eau, le colonel est à peine visible.

– On aurait dû faire le coup ce matin, grogne-t-il en serrant entre ses genoux un pistolet-mitrailleur Sterling, dissimulé sous une veste en cuir. Deux chargeurs supplémentaires reposent à ses pieds, sur le sol de la camionnette.

À l'autre bout de l'avenue, rue du Bois, au volant d'une ID-19, La Tocnaye s'inquiète à son tour. Un couple d'amoureux, tendrement enlacés, s'embrasse au coin de l'avenue et lui bouche la vue.

– Allez, circulez les tourtereaux !

Il hésite, prêt à intervenir, puis il se ravise.

À 20 h 05, Bastien-Thiry regarde avec anxiété cahoter l'autobus de Clamart. Si le cortège présidentiel survient à cet instant, il va faire obstacle aux tireurs et l'opération devra être reportée. Après un bref arrêt à la station Charles-Debry, le bus redémarre et poursuit sa route vers le rond-point. Soudain, un bolide noir surgit à vive allure. Puis un second, phares allumés, encadré par les motos pétaradantes de la Garde républicaine. Bastien-Thiry se tourne brusquement en direction de l'estafette. Il déplie son journal et l'agite dans tous les sens. Rien. À raison de vingt-cinq mètres par seconde, le cortège avale l'avenue à toute vitesse.

– Qu'est-ce que tu fous, Bernier ? hurle le colonel comme si l'autre pouvait l'entendre.

Serge Bernier se frotte les yeux. La présence du couple d'amoureux le déconcentre et il a oublié de se munir de sa paire de jumelles, pendue à un crochet à l'intérieur de l'estafette. Quand il vrille son regard une nouvelle fois dans l'obscurité, il aperçoit enfin un rectangle blanc qui tourbillonne au loin. Au même instant, il découvre la DS qui fonce à moins de cent mètres. Alors, il déverrouille la porte arrière, alerte les autres et crie aux amoureux :

– Tirez-vous de là, vous allez vous faire tuer !

Buisines et Sari, un mercenaire hongrois, bondissent et ouvrent immédiatement le feu au fusil-mitrailleur.

Bernier saute sur le trottoir et vide un premier chargeur. Il l'éjecte et enclenche dans l'arme celui qu'il tient coincé entre ses dents. Une Panhard vient alors se loger dans sa ligne de mire. Elle descend l'avenue en sens inverse. M. et Mme Fillon et leurs trois enfants sont à son bord. Les balles perforent les tôles de tous côtés. Le chauffeur, touché, hurle. La voiture fait une embardée, la femme se couche sur les enfants pour les protéger.

À l'arrière de la DS, le chef de l'État lit un journal du soir. Son épouse observe distraitement les rues vides de la banlieue, qui s'étirent vers Versailles et Villacoublay. À l'avant, son gendre et le chauffeur échangent quelques mots à voix basse. Depuis qu'il s'est engagé dans Le Petit-Clamart, Marroux maintient sa vitesse à cent à l'heure. Soudain, sur la droite de l'avenue, la porte arrière d'une camionnette se soulève et des langues de feu s'en échappent aussitôt. Des balles crépitent sur la chaussée. Deux d'entre elles atteignent le flanc droit de la voiture et le sommet du réservoir. La Citroën tangue dangereusement.

— Un pneu crevé à l'avant gauche, annonce Marroux d'une voix calme.

Il maintient sa trajectoire sans ralentir.

— Un autre crevé à l'arrière, avertit encore le chauffeur en s'arc-boutant sur le volant.

— Foncez tout droit, prenez le milieu de l'avenue ! ordonne l'aide de camp en se retournant vers les passagers.

— On tire sur nous. Penchez-vous en avant.

Imperturbable, de Gaulle replie tranquillement son

journal. Ce n'est que lorsqu'une nouvelle rafale cingle la carrosserie et perfore une vitre qu'il consent à obéir.

– L'un de vous est-il blessé ? demande de Boissieu.

– Non, grince de Gaulle.

La voiture slalome en frôlant les trottoirs. Elle roule sur les jantes et projette de part et d'autre des gerbes d'étincelles. Le tintamarre est insupportable. Le caoutchouc des pneus fond. La pédale de l'accélérateur est écrasée jusqu'au plancher. Vingt mètres plus loin, les occupants de l'autre Citroën retiennent leur souffle.

– La voiture du Général est touchée ! hurle le commissaire Puissant à l'adresse du chauffeur.

– Collez-vous à son pare-chocs ! Vous la pousserez si elle tombe en panne.

Les visages du commissaire Djouer et du médecin militaire Degos, assis à l'arrière, sont devenus livides.

À cet instant, la vie d'un homme et le destin de la France sont entre les mains d'une poignée de tireurs.

Des tireurs curieusement maladroits ! Car les rafales des mitraillettes arrosent les magasins qui bordent l'avenue sans parvenir à stopper le cortège. Un poste de télévision explose, touché en plein écran. Au Trianon Bar, sept fauteuils sont déchiquetés et, sur une table, un verre de vin vole en éclats. Miraculeusement, aucun consommateur n'est blessé. Plus loin, ce sont des bateaux, exposés dans une vitrine, qui se couvrent d'impacts. Et la DS zigzagante du général de Gaulle poursuit sa route sans ralentir.

Ehrman et Herry, les motards, se sont couchés sur les guidons de leurs engins et remontent la Citroën des commissaires. Herry coince la manette des gaz en croisant sa main gauche et dégaine son arme. La camionnette repérée, il la met en joue. Quand il tire, il est violemment expulsé de son siège et roule sur le sol comme un pantin désarticulé. La moto va s'encastrer sous un camion. Une balle a atteint le policier à la tête, sans transpercer son casque ; il en sera quitte pour des commotions. Dans la DS de protection, le commissaire Puissant alerte l'état-major de la police. Dans la voiture de tête, recroquevillé sur la banquette, de Gaulle demande d'une voix tranquille :

– Pourquoi les policiers ne tirent-ils pas ?

– Ils tirent, mon général. Ils prennent surtout les balles pour nous, répond le colonel de Boissieu en se cramponnant à la portière.

Posté en embuscade à l'angle de la rue du Bois et de l'avenue de la Libération, Bougrenet de la Tocnaye embraye la première vitesse de son ID-19 dès qu'il entend claquer les premières rafales. Quand il débouche sur l'avenue, la voiture présidentielle frôle son capot et disparaît. La Tocnaye enrage. Il se lance à la poursuite des fuyards, tandis que la Boiteuse ouvre le feu au pistolet-mitrailleur. La glace arrière de la DS s'étoile. La Tocnaye hurle de joie.

– Tu l'as eu !

À cet instant, n'ayant pas pris le soin de fermer sa portière, la Boiteuse est éjecté dans un virage. La Tocnaye l'agrippe par le bras et le tire in extremis à l'intérieur. Leur voiture s'intercale maintenant entre celle de la police et la moto d'Ehrman.

– Merde ! braille la Boiteuse, dont l'arme s'est enrayée.

Au carrefour de Clamart, une patrouille de policiers en tenue bondit hors d'un fourgon et court sur la chaussée. C'est fini. La dernière occasion de tuer de Gaulle s'envole. Le complot a échoué. Il n'est plus question d'espérer rattraper le cortège. Il vient de s'engager sur l'autoroute du Sud.

La Tocnaye décroche. Il tourne violemment à droite et, pneus hurlants, passe en trombe devant le bar de l'Aviation. Puis il ralentit et s'engage à faible allure sur la route de Verrières.

— On va à Passy, chez Ghislaine, grogne le chauffeur en tambourinant sur le volant.

Les tirs ont brusquement cessé. Le colonel de Boissieu se retourne à nouveau vers ses beaux-parents.

— Tout va bien ? Vous n'êtes pas blessés ?

Le Général se redresse et déplie son journal avec ostentation. Yvonne de Gaulle se tapote les joues en silence.

— Marroux, peut-on atteindre Villacoublay dans l'état où est la voiture ?

— Oui, mon colonel, nous y arriverons.

Une dizaine de minutes plus tard, le cortège stoppe devant l'avion du GLAM qui attend ses passagers pour les emmener à Saint-Dizier. Le chef de l'État contemple longuement la DS fumante. Puis il montre à son gendre les impacts des balles qui constellent la carrosserie.

— Cette fois, c'était... tangent, vous ne croyez pas ? Mais ces messieurs ne savent pas tirer !

À peine arrivé à sa destination, Alain Bougrenet de La Tocnaye s'enquiert auprès de son amie Ghislaine des dernières informations.

— Je suis restée suspendue à la radio toute la soirée.

À voir le visage grave et tendu de la jeune femme, La Tocnaye comprend immédiatement qu'il a échoué. Ghislaine confirme.

– Le dernier flash spécial d'Europe 1 a annoncé que « le président de la République a pris l'avion pour se rendre à Colombey-les-Deux-Églises, comme prévu ». De Gaulle est indemne.

Le lieutenant-colonel Jean-Marie Bastien-Thiry, le cerveau du complot, regagne rapidement son domicile de Bourg-la-Reine, à bord de sa Simca 1000. Lui aussi ressasse les causes de son échec. Elles sont simples. Dans l'obscurité, Bernier n'a pas capté son message assez rapidement. Il a hésité. Il a perdu une poignée de secondes avant de réagir. Quand les premières rafales ont giclé, la voiture présidentielle était trop près du commando, les angles de tir trop fermés. Il n'y aura pas de nouvelle tentative. Bastien-Thiry ne l'ignore pas. Le lendemain, tandis qu'il prépare sa valise pour se rendre en mission en Angleterre, Geneviève, son épouse, regarde le reportage de l'attentat à la télévision.

– Il faut que tu le saches, Le Petit-Clamart, c'est moi ! lance le colonel avec désinvolture.

Son épouse ne réagit pas. Une idée effleure cependant son esprit : son mari va-t-il profiter du meeting aérien de Farnborough pour prendre la fuite ? Non, elle sait que Jean-Marie n'est pas homme à se dérober. Il fera face à ses responsabilités. Il affrontera ses juges. Il ira jusqu'au bout de son idéal. Il est prêt à en payer le prix.

Quelques semaines plus tard, un conjuré subalterne est arrêté par hasard pour un délit mineur. Sous la pression des policiers, il avoue sa participation à l'attentat et donne les noms de ses complices. Tous les noms. Une rafle s'organise. Bastien-Thiry, La Tocnaye, Buisines, Prévost et quelques autres sont arrêtés. Louis de Condé, Watin et Bernier parviennent à s'exiler.

Le 28 janvier 1963, un procès fracassant s'ouvre devant la Cour militaire de justice, dans une salle sinistre et sans fenêtres du Fort-Neuf, à Vincennes. La France entière suit avec passion les débats à la radio, et dévore les comptes rendus d'audiences que donnent dans les quotidiens les plus belles plumes de la presse nationale. Dès les premières confrontations, le lieutenant-colonel Bastien-Thiry s'érige en porte-parole du commando. Il n'est pas question pour cet homme, transfiguré par ses idéaux, de plaider sa défense comme un vulgaire malfrat. Bien au contraire, il utilise le prétoire comme le forum dans lequel il peut exprimer publiquement ses convictions morales et politiques. Ainsi, lorsque le juge lui demande la raison qui l'a amené à vouloir tuer de Gaulle, il répond d'une voix claire et posée :

– La Constitution confirmant l'appartenance à la nation des départements français d'Algérie et du Sahara rendait le président de la République responsable, sous peine de haute trahison, de l'intégrité territoriale de la nation.

En une phrase, le colonel félon tente de retourner la situation en sa faveur. De comploteur, il se transforme en défenseur des institutions républicaines. Le traître n'est plus celui qu'on croit. Ce n'est pas lui, c'est de Gaulle. Le magistrat est stupéfait. Il demande au prévenu de s'expliquer.

– Le but affiché par l'actuel chef de l'État, faire de l'Algérie un État indépendant, dénote à notre avis un sens personnel démesuré et une très forte imprégnation matérialiste et marxiste.

Cette fois, de Gaulle est présenté à l'opinion comme un despote et un agent de Moscou. Et le colonel poursuit en évoquant le sort réservé aux harkis et aux pieds-noirs.

– Il existait en Algérie une collectivité nationale française nombreuse, dynamique et florissante. La plus grande partie d'entre elle fut contrainte de s'exiler dans des conditions qui furent pires que celles de la débâcle de 1940.

Ainsi, à en croire Bastien-Thiry, de Gaulle, en menant une politique anticonstitutionnelle, a abandonné à un sort tragique ses concitoyens et ses amis, contraignant les uns à la perte de leurs biens, livrant les autres à leurs bourreaux. Durant de longues heures, le colonel développe le thème de l'abandon des Français d'Algérie et des Algériens francophiles. Puis ses avocats appellent à la barre des soldats perdus, des pieds-noirs meurtris, des victimes inconsolables. Leurs témoignages offusquent l'opinion, qui ignore l'ampleur des massacres et des tortures commis durant la guerre d'indépendance. Un pan obscur de notre histoire s'éclaire d'un coup d'une lumière noire.

– Avez-vous quelque chose à ajouter ? demande le magistrat.

Bastien-Thiry conteste une dernière fois la légitimité du président de la République :

– Mon acte est un coup d'État pour que la France revienne à la légalité républicaine.

L'avocat général, maître Gerthoffer, réplique :

– Monsieur, dois-je vous rappeler les résultats du référendum du 8 janvier 1961 ? Avec 17 447 000 voix contre 5 817 775, le peuple de France a reconnu aux Algériens le droit de choisir, par voie de consultation au suffrage universel direct, leur destin politique.

Ainsi mandaté, le gouvernement s'est efforcé de parvenir à une solution ménageant le plus possible les intérêts d'une minorité européenne. Après de multiples difficultés, il est parvenu aux accords d'Évian, approuvés par le référendum du 8 avril 1962.

Le sort de Bastien-Thiry est maintenant scellé. Dans une atmosphère glaciale où chacun retient son souffle, le juge rend le verdict.

– Certes, vous ne teniez pas vous-même d'arme à la main, mais vous étiez le chef d'un commando dont le but était d'assassiner le président de la République. Ce crime est extrêmement grave, car vous n'ignorez pas que, si vous aviez réussi, une guerre civile aurait pu endeuiller la France plus cruellement encore que celle qui a endeuillé l'Algérie.

Le juge marque une pause interminable. Les stylos des reporters et des chroniqueurs judiciaires restent suspendus au-dessus des carnets.

– Votre responsabilité est écrasante.

Nouvelle pause.

– Aussi, en toute conscience, j'ai le pénible devoir de requérir contre vous, Alain Bougrenet de La Tocnaye et Gérard Buisines, la peine de mort.

Bastien-Thiry adresse un regard très doux à son épouse, comme pour s'excuser. Le visage de cette dernière s'est figé dans une expression qui exprime toute la détresse du monde.

– Voilà, c'est terminé. J'ai perdu, murmure l'accusé à l'oreille de son beau-père.

– Gardez espoir, vous serez gracié.

– Non, de Gaulle ne me pardonnera jamais ce que j'ai dit sur lui.

Effectivement, lorsque les avocats des condamnés se présentent à l'Élysée pour solliciter leur recours en grâce, plusieurs personnalités gaullistes sont déjà intervenues en leur faveur. De Gaulle accepte de gracier La Tocnaye et Buisines. Mais il demeure inflexible sur le sort qui attend l'instigateur du complot.

– Bastien-Thiry ? Non, il est le chef.

L'assassinat par l'OAS du banquier Laffont, survenu durant le procès, a-t-il influencé la décision de De Gaulle ? C'est possible. À moins que le Général n'ait envisagé une autre alternative : la grâce médicale. En effet, trois ans avant l'attentat, Bastien-Thiry avait souffert, au Sahara, d'un état dépressif grave qui avait motivé son admission dans une maison de repos. À la prison de la Santé où il est incarcéré, les médecins examinent le condamné et concluent que « sa structure mentale est marquée par la certitude qu'il a de la valeur morale et intellectuelle ». Et ils ajoutent : « Le patient plaide coupable, car la hantise de sortir diminué de l'Histoire le poursuit jour et nuit. »

Les amis de Bastien-Thiry, eux, ne renoncent pas. Ils mettent sur pied une opération commando pour le faire évader par hélicoptère. Mais, le jour convenu, le détenu le plus célèbre de France demande à être transféré au quartier médical de la prison. A-t-il décidé en son âme et conscience qu'un officier ne recule pas devant la mort ? Probablement.

Nous sommes le 11 mars 1963. À 4 heures du matin, le procureur général Gerthoffer, le conseiller Reboul, le docteur Petit, M. Marty, directeur de la prison de Fresnes, maîtres Tixier-Vignancour, Richard Dupuy et Le Coroller pénètrent dans la cellule où dort

Bastien-Thiry. Le condamné se réveille en sursaut. Il a compris.

— Et mes amis ? interroge-t-il.

— Ils sont graciés, mon colonel, murmure Dupuy.

— C'est bien. Je suis heureux pour eux.

Dans un silence impressionnant, Bastien-Thiry s'habille avec calme. Puis il assiste à la messe, dite par le R.P. Thorel, aumônier des Invalides. Dans une cellule voisine, une chapelle de fortune a été aménagée à la hâte. Contrairement à l'usage de l'époque, il ne s'agit pas d'un office abrégé, mais d'une cérémonie complète. Lors de la communion, Bastien-Thiry partage en deux l'hostie consacrée que lui offre le prêtre. Il en glisse une moitié sous sa langue et dépose l'autre entre les mains de l'officiant.

— Remettez ceci à ma femme quand tout sera fini. Qu'elle communie à son tour dans la matinée.

Après lecture de l'Évangile de Jean, le R.P. Thorel referme sa bible.

— La messe du Christ est terminée. La vôtre commence.

Avant de quitter sa cellule, Bastien-Thiry s'adresse à ses avocats :

— Prenez soin de Geneviève et de mes enfants. C'est ma dernière volonté.

Les hommes de loi promettent de faire le nécessaire aussi longtemps qu'ils vivront. Comme libéré d'un fardeau, le condamné semble ensuite indifférent au sort qui lui est réservé. Son regard, qui semble éclairé par une flamme intérieure, se tourne vers les barreaux qui obstruent la lucarne de sa cellule. Il se perd un instant dans la nuit constellée puis revient se fixer sur les hommes qui l'accompagnent.

— Il faut y aller, je crois.

Il pleut sur la ville. Des coups de vent frais secouent les arbres bourgeonnants. Bastien-Thiry prend place dans un fourgon cellulaire, et un convoi de quinze voitures de police, escorté par trente-cinq motards, prend la direction du fort d'Ivry, qui abrite le service photo et cinématographique des armées. À l'approche des premières voitures, les lourdes portes en bois du fort s'ouvrent. Un chemin étroit, bordé de ronces et de broussailles, conduit à un terre-plein. Un poteau a été fiché en terre. Le condamné s'en approche d'un pas presque solennel, sous une fine pluie glacée. Il est 6 h 38 lorsque Bastien-Thiry aperçoit le peloton d'exécution. Il n'est pas constitué par de jeunes soldats du contingent, mais par des hommes d'âge mûr en tenue de camouflage. Des professionnels, sans aucun doute.

Bastien-Thiry frissonne.

– Puis-je avoir une capote ? demande-t-il à l'officier qui commande le groupe.

On lui remet un manteau bleu d'aviateur, sans marques ni galons puisqu'il a été dégradé dès son arrestation. Puis, conformément au règlement, on lui attache les mains dans le dos. Le prisonnier a été autorisé à conserver son chapelet, enroulé autour des doigts. Il prie à voix basse.

– Non, pas ça !

L'officier éloigne le bandeau qu'il s'apprêtait à lui passer devant les yeux. Il se recule d'une dizaine de pas et ordonne de mettre en joue. La salve retentit. L'officier s'approche, pistolet au poing, pour donner le coup de grâce.

Maître Tixier-Vignancour confiera plus tard qu'à cet instant, le visage de Bastien-Thiry était celui d'un « adolescent plein de noblesse et de pureté ». Et Richard Dupuy s'interrogera pour savoir si, en organisant l'attentat du Petit-Clamart, Bastien-Thiry n'avait pas avant tout comploté contre lui-même.

Quant au général de Gaulle, il aura cette pensée, rapportée par un officier supérieur, compagnon de la Libération : « Les Français ont besoin de martyrs. Il faut qu'ils les choisissent bien. J'aurais pu leur donner un de ces cons de généraux qui jouent au ballon dans la cour de la prison de Tulle. Je leur ai donné Bastien-Thiry. Celui-là, ils pourront en faire un martyr s'ils le veulent. Il le mérite. »

Le bagagiste de Schiphol

Omar Safrioui, un bagagiste de vingt-sept ans, gare sa Fiat Bravo sur un parking réservé au personnel de l'aéroport de Schiphol, dans la banlieue d'Amsterdam. Il est 6 h 30, le 9 février 2002. Le jour se lève sur un ciel plombé de neige. Safrioui coupe le moteur et retire de la boîte à gants deux badges qu'il s'accroche autour du cou. Il ouvre le coffre de sa voiture, s'empare d'une combinaison orange et s'éloigne en frissonnant. Parvenu devant un long bâtiment défraîchi, il déverrouille la porte en introduisant l'un de ses badges dans le système sécurisé. Puis il se dirige vers une cafétéria, dont les baies vitrées donnent sur une piste. Là, une douzaine d'hommes frileusement regroupés autour d'un comptoir soufflent sur leurs doigts pour les réchauffer. Un immense Africain jovial l'accueille d'une grande claque sur l'épaule.

– Un café, Omar ? Je te l'offre.

Un sourire de gratitude éclaire les traits du bagagiste.

– Merci, Nabil, j'en ai besoin. On commence par quoi ce matin ?

– Un 747 de la Varig. Décollage 9 h 10. On est cinq gars.

– Dis-moi, on va pas chômer !

Le géant éclate d'un rire sonore en exhibant deux rangées de dents aussi blanches que les touches d'un piano.

– Tu l'as dit, mon frère !

Une fois le contenu de son gobelet rapidement avalé, Safrioui emboîte le pas aux autres. Avant de franchir un portique équipé de rayons X, il dépose dans une corbeille en plastique trousseau de clés et téléphone portable. Puis il présente machinalement son second badge à l'officier de la police de l'air.

– Bonjour, chef.

– Salut, Omar, froid ce matin ?

Depuis la tragédie de New York, en septembre 2001, les contrôles de sécurité ont été étendus à l'ensemble du personnel de l'aéroport. Les travailleurs qui ont librement accès aux bagages et aux avions ont fait l'objet d'une enquête. Plus approfondie et rigoureuse s'ils sont de confession musulmane. Seuls ceux dont le passé et le mode de vie ont été agréés par la police de l'air ont été maintenus dans leurs fonctions. Les autres ont été discrètement déplacés vers des tâches subalternes, estimées moins sensibles. Omar, comme la plupart de ses compagnons originaires d'Afrique du Nord, a passé le test avec succès. C'est pourquoi le policier ne jette qu'un coup d'œil distrait et fatigué sur sa carte. Un contrôle de routine. Un rituel matinal.

Vêtu de sa combinaison matelassée, une chapka enfoncée sur les oreilles, Omar Safrioui grimpe dans un minibus et se blottit contre deux hommes emmitouflés d'écharpes. Gestes à l'appui, ils commentent en arabe le match de foot de la veille. Le bagagiste ferme un instant les yeux. Dans la chaleur bienfaisante, il se laisse envahir par un sentiment de réconfortante fraternité. Comment peut-il imaginer que, dans quelques heures, son existence tranquille va virer au cauchemar ?

À 17 heures, une fois sa journée de travail achevée, Omar Safrioui va récupérer sa voiture sur le parking de l'aéroport. Il marche le dos voûté sous l'effet de la fatigue et des rafales de vent. Quand il glisse sa clé dans la serrure, il ne prête pas attention aux trois hommes qui avancent vers lui avec précaution. Pour quelle raison serait-il sur ses gardes ?

– Plus un geste ! Les mains sur la tête !

L'ordre se dissout dans les bourrasques. Omar s'assoit sur le siège du conducteur. Il claque la portière et met en marche. Avant d'enclencher une vitesse, il jette machinalement un regard dans le rétroviseur. Un homme se tient à l'arrière, dans son champ de vision. Il semble braquer une arme dans sa direction. Safrioui se retourne. Deux autres inconnus le mettent en joue. L'un d'eux s'approche de sa vitre d'un bond.

– J'ai dit mains sur la tête. Sortez lentement.

Affolé, Omar s'exécute. L'homme l'empoigne par le col, le tire hors du véhicule, vrille un de ses bras dans le dos et le maintient fermement. Safrioui se rebiffe.

– Lâchez-moi, vous me faites mal.

Les deux autres se précipitent. Une carte tricolore jaillit d'une poche et danse devant les yeux du bagagiste.

– Police criminelle.

Omar est abasourdi. Une douleur aiguë lui déchire l'épaule.

– Qu'est-ce que vous me voulez ?

– Fouille-le.

Un policier entrave le suspect. Un autre colle le canon d'un revolver sur sa tempe, tandis que le troisième le fouille au corps sans ménagement. Il se redresse.

– Rien. Il n'est pas armé.

Les trois policiers s'apaisent aussitôt. Leurs muscles se relâchent, comme s'ils évacuaient d'un coup une tension accumulée depuis des heures. Celui qui semble être le chef desserre son étreinte et tripote les badges qu'Omar porte autour du cou.

– Je suis l'inspecteur Peter Brink. Êtes-vous Omar Safrioui ?

– C'est écrit là-dessus. Qu'est-ce que j'ai fait ?

– Ouvrez le coffre.

– Le coffre ?

– Prenez vos clés et ouvrez le coffre de la voiture.

Le bagagiste contourne la Fiat. Le chef le met en garde :

– Ne jouez pas les héros, Omar. Ça n'en vaut plus la peine.

Les policiers s'éloignent de dix pas, comme s'ils craignaient une explosion. La porte du coffre bascule vers le haut. Safrioui se fige sur place. Une expression de stupeur et d'incrédulité lui arrache une grimace. Ses mâchoires mâchent l'air. Brink s'approche.

– Écartez-vous.

Un pistolet-mitrailleur Skorpion, de fabrication tchèque, et un Colt 45 sont à moitié dissimulés sous une couverture usagée.

Brink s'adresse à l'un de ses adjoints.

– Cadenasse-le. On l'embarque.

Une paire de menottes claque sur les poignets d'Omar.

Transporté sous bonne garde dans les locaux de la police criminelle, à Amsterdam, Omar Safrioui clame son innocence à Jan Wilder, le commissaire qui l'interroge. En réponse à chaque question, le bagagiste dodeline de la tête avec impuissance et répète inlassablement :

– Je n'ai rien fait, je vous le jure. Je n'ai jamais eu d'armes. Quelqu'un les a mises dans ma voiture. C'est un coup monté.

Deux heures plus tard, après avoir reçu un appel téléphonique, Wilder disparaît dans une pièce voisine. Quand il retourne auprès du prisonnier, un sac en plastique opaque en main, son expression s'est brusquement durcie.

– C'est terminé, Safrioui, tu es fait. Inutile de mentir. La police scientifique a fouillé ta voiture. Et tu sais ce qu'elle a trouvé sous ta roue de secours ?

Les larmes aux yeux, Omar agite devant lui ses poignets menottés.

– Comment voulez-vous que je le sache ? Ce matin, mon coffre contenait ma combinaison et une paire de bottes. Rien d'autre.

– Ah oui ? Tu appelles ça des bottes ?

Wilder vide le contenu du sac : cinq pains de tolite, un explosif très puissant fabriqué en Serbie, un détonateur, une liasse de tracts rédigés en arabe et un catalogue d'uniformes anglais et pakistanais se répandent sur la table.

Tandis qu'Omar Safrioui est maintenu en garde à vue et qu'un juge antiterroriste est saisi de l'affaire, la presse consacre ses gros titres à l'arrestation du « dangereux terroriste ». Elle révèle que l'homme a été arrêté grâce au témoignage de Henri Kroos, un ancien militaire reconverti dans le gardiennage : « Tôt ce matin, je me trouvais sur le parking de l'aéroport de Schiphol, déclare Kroos aux reporters, garé à cinq ou six mètres d'un homme qui s'affairait devant le coffre de sa voiture. Soudain, quelque chose a brillé et a attiré mon attention. C'était le canon d'une arme de guerre. Un fusil d'assaut ou une mitraillette. Je suis un ancien soldat, je connais ces choses-là. Comme l'homme était de type maghrébin et qu'il se trouvait à proximité de l'aérogare et des avions, je n'ai pas hésité. Je l'ai immédiatement signalé à la police. »

Pour mener l'enquête, deux équipes se partagent la tâche. Le commissaire Wilder se charge de remonter la filière terroriste, de toute évidence la plus probable. Quant à l'inspecteur Brink, il concentre ses efforts sur la personnalité du suspect et sur son entourage. Très vite, les deux policiers se heurtent à une énigme. Les empreintes digitales de Safrioui sont introuvables sur les armes récupérées dans sa voiture. Aucune paire de gants n'a été découverte et les bagagistes affirment qu'Omar n'en porte pas. Dans ces conditions, comment le suspect a-t-il pu manipuler des objets métalliques sans laisser de traces ? L'examen des appels passés par Safrioui sur son téléphone portable apporte, en revanche, davantage de satisfaction au commissaire Wilder. Huit jours avant sa capture, Omar a communiqué avec un certain Yasser, agent de pistes, qui a eu maille à partir, cinq ans plus tôt, avec un juge antiterroriste. Suspecté d'appartenir à une organisation islamiste et de préparer un attentat dans un stade de football, Yasser a été arrêté et mis en examen. Puis rapidement innocenté. Cet indice alimente néanmoins la virulente campagne de presse menée contre Safrioui, et il conforte l'officier dans ses convictions.

– Je sais que tu travailles avec Yasser. Pour quel réseau ? Al-Qaida ? Le FIS ? Les Tchétchènes ?

– Je le connais à peine, s'insurge Omar. On boit juste un café ensemble de temps en temps. Nos grands-parents sont originaires du même bled en Algérie. Ça crée des liens, mais ça s'arrête là.

Après s'être renseigné, Wilder apprend que Yasser a gagné l'Algérie le lendemain de la conversation téléphonique. Est-il allé chercher des ordres auprès de ses chefs ? A-t-il pris la fuite avant l'attentat ? Ou, au contraire, s'agit-il d'une simple coïncidence ? Car le policier se heurte à une nouvelle énigme : Safrioui ne figure dans aucun dossier terroriste. Aucune note des Renseignements généraux ne mentionne son nom. Aucune appartenance au moindre réseau. Rien à Interpol. Pas de trace de sympathies islamistes. Encore moins d'exaltation fanatique ou de prosélytisme à signaler. Le suspect a un passé irréprochable, et les rapports élogieux de ses employeurs l'attestent. En bon musulman, Omar respecte le jeûne du ramadan et, le vendredi, profitant de sa pause déjeuner, il se rend à la mosquée pour prendre part à la prière. Mais sa pratique religieuse s'arrête là. Une autre chose étonne le commissaire : bien qu'appréhendé en flagrant délit, le jeune homme ne cesse de crier son innocence avec des accents de poignante sincérité.

– C'est une machination. Sortez-moi d'ici. Retrouvez celui qui a mis les armes dans ma voiture.

De son côté, l'inspecteur Peter Brink se rend dans la famille du suspect pour enquêter. S'il constate que les parents d'Omar sont des gens sans histoires, employés tous deux aux chemins de fer hollandais, il découvre qu'une tragédie a endeuillé la famille quelques mois plus tôt. Aïcha, l'épouse d'Omar, s'est donné la mort dans des conditions atroces, dans leur pavillon de banlieue. Dépressive, suicidaire, elle s'est aspergée de White Spirit et s'est immolée par le feu. Seuls témoins du drame : Omar et Ahmed, leur fils âgé de un an. L'enquête policière et l'expertise des assurances ont confirmé la véracité des faits et Omar n'a pas été inquiété. Depuis la disparition tragique de sa femme, il s'est relogé. Quand il est au travail, une cousine prend soin de son jeune fils.

Brink inspecte les ruines calcinées du pavillon et décide de rendre visite aux parents de la victime. À peine a-t-il exhibé sa carte tricolore que Fatima Masud, la mère d'Aïcha, se répand en invectives contre son gendre :

– Ne me parlez plus de ce diable ! Il est là où il doit être : en prison ! Quand j'ai appris qu'il allait commettre un massacre, j'ai tout de suite pensé à ma fille.

Stupéfait par la véhémence des propos, Brink tente d'en savoir davantage.

– Que voulez-vous dire ?

– Ce fou a tué ma fille ! vitupère Mme Masud. Voilà ce que je veux dire. Et qu'il s'apprêtait à faire sauter l'aéroport.

– L'enquête a pourtant établi que votre fille s'était suicidée par le feu.

Le visage de la femme se couvre de larmes. Elle hoquette ostensiblement en tirant sur les plis de sa vaste jupe.

– Oui, vous avez raison. Elle a préféré rejoindre le paradis plutôt que de vivre sous le toit d'un fanatique.

– Omar Safrioui maltraitait-il votre fille ? hasarde l'inspecteur, totalement désorienté.

– Non. C'était pire encore.

– Pire ?

– Omar l'obligeait à vivre en esclave, selon le Coran des talibans. Il l'enfermait à la maison avec interdiction d'en sortir. Ou alors voilée de noir de la tête aux pieds. Mon Aïcha devait traiter ce monstre comme son seigneur et maître.

L'image que la femme donne de son gendre correspond si peu à celle décrite par les collègues de travail du jeune homme qu'instinctivement, Brink joue la provocation.

– Madame Masud, à l'heure actuelle, aucun chef d'accusation n'a été retenu contre M. Safrioui. Il clame son innocence depuis trois jours, et l'enquête suit son cours.

– Je sais. Je l'ai lu dans les journaux. Mais c'est un terroriste ! Un manipulateur ! Qu'est-ce que vous attendez pour le faire condamner ? D'ailleurs, notre avocat va porter plainte.

– Une plainte ? Une plainte contre qui ?

La femme renifle bruyamment.

– Contre Omar, pour dénonciation calomnieuse. Il ment. Il prétend que quelqu'un a mis les armes dans sa voiture.

Un sentiment de malaise s'empare de l'inspecteur. Tandis qu'il prend rapidement congé de Mme Masud, une nouvelle idée effleure son esprit. Pour en avoir confirmation, il réalise sur-le-champ une rapide enquête de voisinage dans le quartier qu'habitait

Safrioui avant le drame. Et les témoignages qu'il recueille des uns et des autres confirment son intuition.

— Aïcha ? Oui, bien sûr que je l'ai connue, confesse une matrone sur le pas de sa porte. Comment a-t-elle pu faire une chose pareille ? Je n'arrive toujours pas à le croire.

— Parlez-moi d'elle, insiste Brink.

— Une jeune femme charmante, serviable, gentille avec tout le monde.

Le policier bafouille un peu.

— Comment était-elle... habillée ? Pour faire ses courses, par exemple.

— Habillée ?

— Oui. À l'algérienne ou à l'européenne ? Quels vêtements portait-elle, si vous préférez ?

La commère éclate de rire.

— Aïcha avait une vingtaine d'années. Elle était moderne, jolie à voir. Toujours bien mise, soignée, avec une touche de maquillage.

— Jamais de voile ?

— Un petit foulard rouge parfois ou un chapeau cloche. Et en jeans et baskets dès les beaux jours. Comment aurais-je pu deviner qu'elle était dépressive ? Si j'avais su !

— Je vous remercie.

Peter Brink regagne aussitôt le commissariat et contacte le juge chargé de l'affaire. Il demande l'autorisation de consulter la liste des communications téléphoniques passées par Henri Kroos, celui qui prétend avoir vu Safrioui charger des armes dans sa voiture. En attendant de l'obtenir, il épluche le casier judiciaire de l'ancien militaire, dans la banque informatisée de la police criminelle. Puis il convoque Kroos au prétexte de vérifier avec lui certains détails de sa déposition.

Par ailleurs, à l'issue de quatre jours de garde à vue, Omar Safrioui est mis en examen pour « association de malfaiteurs en relation avec une entreprise terroriste » et « infraction à la législation sur les armes ». Le prévenu est écroué à la prison de haute sécurité d'Amsterdam. Pour justifier sa décision, le juge déclare à la presse qu'« Omar Safrioui disposait d'un badge lui permettant de circuler dans toutes les zones sécurisées de l'aéroport et de réceptionner facilement des colis en provenance de l'étranger ». Les journaux font leurs choux gras de cette information. Ils stigmatisent à l'occasion les travailleurs de la communauté maghrébine qui occupent des fonctions sensibles dans l'administration du pays.

— Asseyez-vous, monsieur Kroos.

L'homme a un cou de taureau et de larges mains couvertes de poils roux. Une cicatrice violacée lui barre le front.

— J'ai pas trop de temps, vous savez.

— Ce ne sera pas long.

— Que voulez-vous savoir ?

Dans son bureau du commissariat, Brink retourne sa chaise et s'assoit à califourchon.

— Deux ou trois choses.

Il feuillette une liasse de papiers imprimés.

— Je lis ici que vous êtes agent de sécurité à l'Air Europ Fret Landing.

— Positif.

— Une entreprise basée à l'aéroport.

— Exact.

– Y occupez-vous un emploi à plein temps ?

– Non. J'y travaille une nuit sur deux.

– Bien. Et que faites-vous de vos nuits de liberté ?

Kroos écarquille des yeux ronds. Le policier reste impassible.

– Je lis, toujours ici, que les films pornographiques dans lesquels vous avez exercé vos talents vous ont valu l'intérêt de la police des mœurs.

– C'est une histoire ancienne, maugrée le vigile. J'ai lâché ça depuis trois ans. Et puis, ça n'avait rien d'illégal.

– Sauf quand une jeune fille mineure est violentée dans un tournage, bien sûr.

– J'ai été blanchi. Le producteur du film est en taule.

Brink feint d'avoir perdu le fil de sa pensée. Un silence pesant s'installe dans le bureau.

– Excusez-moi. Je lis encore que vous avez été condamné pour plusieurs délits : extorsion de fonds et racket.

Une bouffée de colère empourpre les joues du gardien. Il se lève d'un bond.

– C'est une calomnie ! L'affaire n'a pas été jugée.

– Pas encore.

– Écoutez-moi bien, j'en ai assez de vos questions. J'ai servi fidèlement mon pays pendant quinze ans. Je me suis battu en Bosnie dans les forces de l'ONU. J'ai été blessé et je vous ai permis de capturer un terroriste. Ça ne vous suffit pas ?

– Asseyez-vous, monsieur Kroos, je n'en ai pas fini.

Le vigile se laisse tomber lourdement sur sa chaise. Les phalanges de ses poings virent au blanc.

– Pendant la semaine qui a précédé la « capture »,

comme vous dites, du dangereux terroriste, vous avez passé trente-sept appels depuis votre téléphone portable.

– C'est un abus de pouvoir, coasse Kroos. Vous n'avez pas le droit.

– Mandat de perquisition, signé du juge, avertit Brink en agitant sous ses yeux une feuille de papier bleu. Sur ces trente-sept communications, trente-six concernaient un certain Theo Van Brust. La dernière conversation que vous avez eue avec lui date du matin de l'arrestation de Safrioui. À 4 h 38 très précisément. Ma question est simple : qui est Van Brust ?

– Une vague relation.

– Vous avez raison, monsieur Kroos. Vous connaissez à peine Van Brust, mais vous l'appelez néanmoins trente-six fois dans la semaine, y compris à 4 heures du matin.

– C'est un ami, c'est tout. Vous pouvez vérifier.

– Merci, je tâcherai d'y penser. Vous pouvez disposer.

L'ex-militaire bondit hors de son siège et traverse la pièce à grandes enjambées.

– Monsieur Kroos ?

L'homme se retourne, furibond.

– Quoi encore ?

– J'observe que votre ami est un homme très matinal.

– Allez vous faire foutre, inspecteur.

Theo Van Brust est détective privé et gérant d'une auto-école. Si son bilan comptable intéresse les services fiscaux, il ne s'est rendu coupable d'aucun délit majeur et ne possède pas de casier judiciaire. Brink le convoque néanmoins au commissariat. Dès les premières questions, l'homme s'avère buté et agressif.

– Je n'ai rien à faire ici. Je connais mes droits.

– Pour quelles raisons Kroos vous a-t-il téléphoné trente-six fois dans la semaine ?

– On joue aux courses. On partage les mises et les gains. On échange des tuyaux. On se téléphone, quoi !

– Y compris à 4 h 38 du matin ? s'étonne l'inspecteur.

– Cette nuit-là, Kroos finissait son travail dans son entrepôt. Moi, j'étais sur une affaire d'adultère. Pour photographier un type qui trompait sa femme, je me planquais dans ma voiture, devant un immeuble. Henri m'a appelé sur mon portable.

Très vite, l'interrogatoire tourne court. Peter Brink est parvenu à assembler les premières pièces du puzzle. À réunir des morceaux épars, des fragments de figures qui émergent maintenant comme des îlots de vie dans un grand espace blanc. Mais l'ensemble du tableau échappe encore au policier. Bien qu'il ait l'intuition qu'un dénominateur commun associe Fatima Masud, Henri Kroos et Theo Van Brust, aucun lien, aucune corrélation ne lui permet de le prouver.

Le lendemain matin, un paquet mal ficelé atterrit sur le bureau de l'inspecteur. Il contient une cassette vidéo et une lettre, hâtivement griffonnée. Le chaînon manquant. Brink déchiffre le message avec difficulté : « Je m'appelle Elias. Je suis le petit frère d'Omar. Je veux vous aider à prouver son innocence. J'ai vu votre nom et j'ai lu ce que vous dites dans les journaux. Vous êtes différent des autres flics. Je vous envoie le film du mariage d'Omar et d'Aïcha. Ça pourra vous aider. »

Brink place fébrilement la cassette dans un magnétoscope et coupe le son pour faire taire un déluge de rires, de flûtes et de tambours. Il scrute l'écran à la recherche du détail insolite. Vingt minutes plus tard, rien de particulier n'a encore capté son attention. Les mariés virevoltent dans une salle de bal. Aïcha, resplendissante dans une robe immaculée, une coiffe rehaussée de pièces d'argent encadrant son visage, est pendue au bras de son époux, sobrement vêtu d'un costume noir. Autour d'eux, parmi une foule nombreuse, Brink distingue les membres de la famille qu'il a rencontrés. Les parents d'Omar et Fatima Masud. Soudain, une ombre familière passe devant la caméra. Le policier presse la télécommande et revient en arrière. Qui est-ce ? N'appartenant sans doute pas au cercle des intimes, l'homme a échappé à la persévérance de l'opérateur. Les minutes s'égrènent en sarabandes et en festivités. Enfin, lorsque la cérémonie s'achève, les commensaux forment une longue file pour remercier et congratuler la famille d'Aïcha. Brink stoppe brusquement le déroulement du film. Le visage de l'homme entraperçu une heure plus tôt vient de réapparaître. Mais cette fois, cadré de face et en gros plan. L'inspecteur fige l'image et presse la touche de l'imprimante reliée à la machine.

– Vous n'êtes pas qu'un joueur matinal, monsieur Theo Van Brust ! Vous avez bien d'autres talents.

Fatima Masud tourne et retourne la photo entre ses mains, joliment décorées au henné. Les traits de son visage expriment la candeur et l'incompréhension.

– Ben oui, c'est Theo. Theo Van Brust. Qu'est-ce que vous lui voulez ?

– Van Brust est-il un ami proche de la famille ? demande Brink, qui a du mal à contrôler son excitation.

– C'est le meilleur ami de mon frère, Hamad. Ils se sont connus au lycée, pourquoi ?

– Où est Hamad ?

– En Algérie, dans la région d'Oran. Nos parents sont restés au pays. Mon frère leur rend visite chaque année pour fêter avec eux la fin du ramadan.

– Quand est-il parti ?

La femme réfléchit. Elle compte sur ses doigts.

– Ça fera une semaine demain.

Brink sort de sa poche un agenda miniature et vérifie.

– Jeudi. Jeudi dernier. Le 9 février.

– Oui.

– À quelle heure a-t-il pris l'avion ?

– Le premier vol du matin. Vers 7 heures, je crois.

– Et Omar, votre gendre, a été arrêté le jour même, en fin d'après-midi. Nous sommes bien d'accord ?

Fatima hausse les épaules, déconcertée par des questions dont le sens lui échappe.

– Oui, le jour même.

– Theo vous rend-il parfois de petits... ou de grands services ? interroge Brink, soucieux de ne pas éveiller trop vite les soupçons de la femme.

– Ah, ça oui, on peut toujours compter sur lui ! Quand Aïcha est décédée dans la maison, c'est lui qui nous a trouvé un autre expert.

– Pour quoi faire ?

Un sanglot étrangle Mme Masud. Un frisson glacé lui secoue les épaules.

– Pour vérifier dans les ruines de la maison qu'Omar avait tué ma fille.

Pour l'encourager à poursuivre, l'inspecteur tapote affectueusement les mains de la femme.

– Calmez-vous, Fatima, j'en ai bientôt fini. Encore une ou deux questions et je vous laisse tranquille. Qu'a conclu cet expert ?

– Qu'Aïcha s'était bien suicidée, gémit la femme.

– Pour autant, vous ne l'avez pas cru ?

– Non.

– Theo Van Brust ne l'a pas cru ?

– Non.

– Votre frère, Hamad, ne l'a pas cru non plus ?

– Non.

– Ont-ils dit qu'ils allaient venger Aïcha d'une manière ou d'une autre ?

– Je crois que oui, pleurniche Fatima. Parce qu'Omar est un terroriste.

– Votre frère et Theo vous ont-ils dit comment ils comptaient s'y prendre ?

– Chez nous, les hommes ne parlent jamais de ça devant les femmes.

– Ont-ils dit qu'ils allaient tuer Omar ?

Mme Masud enfouit son visage entre ses mains et pousse un cri d'animal blessé.

Depuis quarante-huit heures qu'ils sont en garde à vue, Henri Kroos et Theo Van Brust se cramponnent à leur version des faits. Interrogés séparément par le commissaire Wilder et l'inspecteur Brink, ils n'en démordent pas : ils n'ont rien à voir avec cette affaire, ils exigent d'être libérés. Pour obtenir des aveux, les policiers utilisent alors une méthode éculée mais inusable : diviser pour mieux régner, monter les complices l'un contre l'autre, plaider le faux pour savoir le vrai. Au cœur de la seconde nuit, la tactique porte ses fruits.

– On arrête de jouer, Van Brust. Kroos a craqué. Il a signé sa déposition, pérore Wilder en enfouissant des papiers dans sa poche. Tu t'expliqueras demain devant le juge. Je te mets en cellule.

– Qu'est-ce que ça signifie ? s'emporte le vigile.

– Que Kroos témoignera devant la cour. Il confirmera qu'avec Hamad Salim, tu as déposé les armes et les explosifs dans la voiture de Safrioui.

– Ce salaud a tout inventé, se défend Van Brust à bout de nerfs. Hamad lui a donné cinq mille euros pour faire le coup.

– Et toi, tu es blanc comme neige, naturellement ? raille le policier.

– Je connaissais vaguement ce taré. Je l'ai contacté et il a accepté pour de l'argent.

– Et puis, comme par hasard, Salim a disparu par le premier avion ?

– C'est lui qui a fourni les armes. C'était chaud. Il ne pouvait pas s'éterniser à Amsterdam.

Wilder tend au vigile un bloc de papier et un stylo.

– Tu vas m'écrire tout ça noir sur blanc.

Une heure plus tard, le mode opératoire de la machination est consigné dans ses moindres détails. Persuadé qu'Omar Safrioui a tué sa nièce, en dépit des preuves qui attestent du contraire, Hamad Salim décide de la venger. Pour parvenir à ses fins, il fait appel à Theo Van Brust, son ami peu soucieux d'agir dans la légalité. Au terme de discussions orageuses, Van Brust parvient à convaincre Salim que, pour châtier le coupable avec la sévérité qui convient, une longue et humiliante peine de prison est préférable à une exécution sommaire. Profitant du climat de psychose et d'insécurité qui règne dans le pays depuis les attentats de New York, les deux compères mettent au point un complot. L'emploi qu'occupe Omar à l'aéroport leur facilite la tâche. Reste à se procurer les armes pour confondre le terroriste imaginaire et à trouver l'homme qui se chargera de la basse besogne. Salim fournit les premières, Van Brust recrute le second.

Le 9 février, dès 6 heures du matin, les trois complices s'embusquent à l'intérieur d'une voiture, stationnée sur le parking de l'aéroport. Salim est parvenu à subtiliser, quelques jours plus tôt, la clé de contact de la Fiat de son neveu pour s'en faire faire un double. Ainsi, à peine Safrioui a-t-il pénétré dans le bâtiment pour prendre son service que Henri Kroos se précipite vers sa voiture, un sac de sport à la main. Muni de gants, il ouvre le coffre sans difficulté et dissimule le contenu du sac à l'intérieur. Pour crédibiliser la thèse de l'acte terroriste, Van Brust a imaginé adjoindre aux armes et aux explosifs des tracts en langue arabe et un catalogue d'uniformes militaires. Son forfait accompli, le trio se disperse rapidement : Van Brust rentre chez lui ; Salim se rend à l'aérogare et saute dans un avion en partance pour Alger ; Kroos appelle la police, dénonce Safrioui en donnant le numéro de la plaque minéralogique de sa voiture, et regagne l'entrepôt où il est vigile.

Durant les jours qui suivent, la cabale semble fonctionner à la perfection. Omar est arrêté. Le commissaire Wilder embourbe son enquête dans les milieux islamistes. Le juge prononce hâtivement des chefs d'accusation et fait incarcérer le suspect. Et la presse unanime fustige le terroriste. La date du procès est fixée. Les conspirateurs anticipent leur succès. À n'en pas douter, Omar Safrioui sera condamné à purger une lourde peine, et Aïcha sera vengée. Nous connaissons la suite...

Henri Kroos et Theo Van Brust sont inculpés de « dénonciation calomnieuse » et « dénonciation d'un crime ou délit imaginaire », et condamnés à cinq ans d'emprisonnement, dont deux avec sursis. Fatima Masud et son mari établissent qu'ils n'ont pas participé directement à la conjuration. Ils sont innocentés, même s'ils s'entêtent à attribuer à leur gendre la responsabilité de la mort de leur fille. Hamad Salim est arrêté par Europol à Marseille, et remis à la police néerlandaise. Il se targue d'être le seul instigateur du complot et n'exprime aucun regret. Par contre, il refuse obstinément de révéler la provenance des armes, des explosifs et du détonateur. Dans l'attente de clore l'instruction, le juge le maintient en détention préventive. Omar Safrioui bénéficie, lui, d'une libération immédiate et d'excuses parcimonieuses.

– La justice et la police ont fait leur travail, déclare le magistrat sans une trace d'humour. L'institution prouve qu'elle peut instruire à charge et à décharge, pour peu qu'elle s'en donne les moyens.

Jamais en reste, les tabloïds consacrent, une fois encore, leurs gros titres à la menace terroriste qui pèse sur le pays. Dans les articles, en tous points identiques aux précédents, seul le nom de Salim a remplacé celui de Safrioui.

Omar sort meurtri du cauchemar. Grâce aux indemnités qu'il a obtenues à l'issue du procès, il s'est octroyé une année de congé sabbatique. On dit que des promeneurs, solitaires et transis, l'auraient aperçu à plusieurs reprises sur une plage du Nord, son fils perché sur ses épaules. Le regard embué du bagagiste semblait flotter loin vers l'horizon. Comme s'il cherchait, dans le blanc et la répétition des vagues, une réponse indicible à la férocité des hommes.

Liquidez Trotski !

En mars 1939, trois hommes sont réunis au Kremlin, dans une pièce froide et mal éclairée. Trois hommes qui se sont octroyé le droit de vie ou de mort sur des millions de leurs concitoyens. Le premier s'appelle Lavrenti Pavlovitch Beria. Un nom qui inspire la terreur, du Caucase au Kamchatka. Chef du NKVD, le Commissariat du peuple de l'Intérieur, l'ancêtre du KGB, les services secrets de l'Union soviétique, il est le principal rouage de la machine totalitaire. C'est lui qui, depuis les années trente, orchestre purges, procès truqués et déportations. Le deuxième, Pavel Soudoplatov, est un solide gaillard de trente-deux ans. Membre des services de sécurité de l'URSS dès 1921, il a récemment tué de ses mains un opposant au régime. La stature et la physionomie du troisième personnage sont célèbres dans le monde entier. Râblé, le cheveu dru, d'épaisses moustaches retombant sur une bouche rarement souriante, c'est Joseph Djougachvili, alias Staline, « l'homme d'acier » en russe, le maître du pays.

Beria désigne Soudoplatov, qui se tient timidement en retrait.

– Camarade Staline, je suggère de nommer Pavel directeur adjoint du Département étranger du NKVD.

Le chef du Kremlin tire sur sa pipe.

– Vous connaissez mes priorités, Beria ?

– Précisément. Je veux charger Soudoplatov de liquider Trotski.

L'œil de Staline s'allume d'un éclat sombre. Toute son attention est brusquement en éveil.

– Continuez.

Le front dégarni, des lorgnons posés en équilibre sur le nez, Beria arpente le vaste bureau du Kremlin.

– Soudoplatov aurait pour mission de mobiliser toutes les ressources de l'organisation pour éliminer l'ennemi public numéro un.

– Il n'existe aucune figure politique importante dans le mouvement trotskiste, tranche Staline avec agacement.

Beria enchérit.

– En dehors de Trotski lui-même, naturellement.

– Si on l'élimine, tout danger disparaîtra, concède le dictateur.

Soudoplatov croit voir flotter sur les lèvres de Staline l'ombre d'un sourire. Comme si la perspective de l'élimination de son redoutable rival anticipait sa joie.

– La guerre éclatera bientôt en Europe. Si on ne règle pas la question rapidement, on s'exposera à voir nos alliés hésiter à nous soutenir. Il faut en finir avec Trotski dans l'année.

Staline s'approche de Soudoplatov et le jauge longuement en silence.

– Vous prendrez la tête des troupes de choc pour que l'action contre Trotski soit une réussite.

L'agent des services secrets dissimule avec difficulté son émotion.

– Puis-je recruter d'anciens combattants qui ont

participé aux opérations de guérilla, au cours de la guerre civile espagnole ?

– Sélectionnez le personnel le plus qualifié. C'est votre travail et votre devoir envers le Parti. On vous procurera l'aide et le soutien nécessaires. Vous dépendrez directement du camarade Beria. Vous prendrez personnellement les dispositions pour envoyer au Mexique l'équipe de votre choix. Vous rédigerez les rapports de votre main.

Soudoplatov se fige dans un garde-à-vous involontaire.

– Je saurai me montrer digne de votre confiance. Les jours de Trotski sont désormais comptés.

Staline dévisage alternativement Beria et Soudoplatov. La phrase qu'il prononce ensuite, et qui clôt la réunion secrète, tombe comme une menace à peine voilée :

– Ne me décevez pas.

Au même moment, à Coyoacán, une banlieue pauvre de Mexico, Lev Davidovitch Bronstein, dit Léon Trotski, jette son dévolu sur une vieille maison de style colonial, bâtie à l'angle de deux rues chaotiques et poussiéreuses. Des cabanes misérables, peuplées d'Indiens en guenilles, s'égrènent dans les champs alentour.

Depuis son expulsion d'Union soviétique, le père fondateur de la IVe Internationale a sollicité en vain la Suisse, l'Angleterre, le Danemark et la Suède de lui accorder le droit d'asile. Craignant la vindicte de Staline, ces pays ont frileusement répondu par la négative. Plus généreuse en apparence, la France lui a entrouvert ses portes. Mais dès leur accession au pouvoir, les communistes du Front populaire ont banni à leur tour le leader historique de la révolution d'Octobre. Rejeté de toutes parts, condamné à l'errance, exposé au châtiment des agents de Staline, Trotski a finalement trouvé refuge au Mexique, à la condition qu'il s'engage à se tenir à l'écart de la politique intérieure du pays.

Entouré de Nathalie, sa seconde épouse, de Sieva, son petit-fils, de Robert Sheldon Harte, son secrétaire particulier, et d'une douzaine de fidèles collaborateurs faisant également office de gardes du corps, « le Vieux » – comme l'appellent affectueusement ses compagnons – aménage la maison de Coyoacán qu'il vient d'acquérir en forteresse. Les portes sont blindées et lourdement verrouillées. Des sacs de sable sont empilés contre les murs. Un système d'alarme est mis en place et une tour de garde est même érigée à l'entrée du bâtiment. Le gouvernement mexicain n'est pas en reste pour assurer la protection de son illustre hôte. Un poste de police est construit de l'autre côté de la rue, dans lequel cinq agents solidement armés se relaient jour et nuit. Tout cela coûte cher. Les trotskistes du monde entier subviennent aux dépenses du petit groupe, qui déploie une activité intellectuelle fébrile. Des visiteurs affluent de toutes parts vers le sanctuaire mexicain : réfugiés politiques, professeurs libéraux, journalistes, historiens et, à l'occasion, quelques membres du Congrès américain. Chaque nouvel arrivant est une source de savoir pour le Vieux, qui écoute, interroge, prend des notes et questionne de nouveau. Sa curiosité est sans limite et sa capacité d'absorber les informations stupéfie son entourage. Des discussions et des débats passionnés rythment les journées de la maisonnée et donnent matière à des livres, articles, tracts et pamphlets, que des sympathisants font ensuite circuler sous le manteau à travers l'Europe et les États-Unis. Car le Vieux n'a rien perdu de son aura. Cet homme à la barbichette méphistophélique, aux yeux pétillants d'intelligence, est un orateur-né qui manie la parole et la plume avec une égale maîtrise. Nul n'ignore que c'est à lui que les bolcheviks doivent la réussite du coup d'État de novembre. C'est encore lui qui, des hordes rouges de la révolution, a su tirer une armée disciplinée et remporter la victoire sur l'armée blanche.

À la mort de Lénine, une lutte sans merci s'est engagée pour la succession. La patience et la ténacité de Staline ont eu raison du talent de Trotski. Évincé du Parti communiste, exilé au Caucase, il est chassé de Russie et mis hors la loi. Ses partisans, diabolisés, sont déportés en masse dans les goulags de Sibérie. Déjà, en Europe, le NKVD, le bras armé de Staline, a voulu l'abattre. Et il ne s'est pas contenté de s'en prendre à sa personne. Trois des enfants qu'il a eus d'un premier mariage sont morts dans des circonstances mystérieuses : sa fille, Zénaïde, tuberculeuse, s'est suicidée en Suède ; son fils, Léon, est mort dans une clinique, à Paris ; et Serge a été déporté avec sa mère.

En s'installant au Mexique, le Vieux a conscience que la distance géographique qu'il met entre Moscou et lui est un obstacle dérisoire pour contrer la détermination du dictateur. Ainsi, après avoir fortifié sa maison, écrit-il au président de la République du Mexique : « Le sort m'a accordé un sursis. Il sera de courte durée. »

– Sylvia, voici Jacques. Jacques Mornard Vander-drechd.

Ruby Weill, une journaliste, fait les présentations.

– Jacques, voici Sylvia Agelof, l'amie américaine dont je vous ai parlé.

Vêtu avec une élégance ostentatoire, Mornard se penche pour frôler des lèvres la main laiteuse qui se tend vers lui.

– Je suis sincèrement charmé de faire votre connaissance.

Le visage de Sylvia s'empourpre. L'œil myope, les cheveux tirés en chignon, le corps frêle et maladif fagoté dans une robe bon marché, la jeune fille semble hypnotisée par le charme qui émane de l'inconnu. Mornard se montre aussitôt volubile. Il brasse l'air autour de lui et entraîne avec désinvolture l'Américaine dans les rues de Paris.

– Ruby m'a dit que vous êtes psychologue et philosophe. J'en suis fort impressionné, moi qui me cherche encore, roucoule le bellâtre.

Quelques instants plus tard, Ruby Weill s'éclipse sous un prétexte futile.

– Je vous laisse. Donnez-moi vite de vos nouvelles.

Âgé de vingt-cinq ans, Jacques Mornard Vander-drechd est un séducteur irrésistible. Se prétendant belge et fils d'ambassadeur, attiré par le journalisme et les affaires, il parcourt le monde et dépense sans compter.

Quelques heures plus tard, le couple est attablé dans un bon restaurant de la capitale. Durant le service des hors-d'œuvre, Mornard est prévenant et spirituel. Quand vient le gigot, il oriente la conversation sur des sujets plus intimes. Au dessert, il presse déjà la main de la jeune fille et lui susurre des mots doux à l'oreille.

Quant à Sylvia, elle est littéralement subjuguée par ce bel aventurier tombé du ciel.

Cette idylle entre des jeunes gens aussi dissemblables soulève bien des questions. Quel charme caché, quel sortilège secret Jacques peut-il bien trouver à ce bas-bleu disgracieux et naïf ? Aucun sans doute si des ordres, venus de Moscou, ne l'obligeaient à se prêter au jeu de la séduction. Car Jacques Mornard Vanderdrechd, de son vrai nom Ramón Mercader, est un activiste espagnol au service du renseignement soviétique. Sa mère, républicaine marxiste, s'est rendue célèbre par l'audace de ses missions de sabotage pendant la guerre d'Espagne. Accueillie à Moscou après la victoire de Franco, elle est devenue la maîtresse du colonel Eitingon, l'agent du NKVD chargé par Pavel Soudoplatov de l'assassinat de Trotski. C'est elle qui a recruté son fils. Ruby Weill, l'entremetteuse qui a arrangé la rencontre entre Jacques et Sylvia, est la secrétaire du directeur du *Daily Worker*, l'organe du Parti communiste américain, tout acquis à Staline. Si les comploteurs de Moscou ont jeté leur dévolu sur Sylvia Agelof, c'est parce qu'à leurs yeux la jeune philosophe possède deux qualités rares : elle appartient aux groupes américains de la IVe Internationale et sa sœur, Ruth, a travaillé, à Mexico, au secrétariat de Trotski. Comment trouver meilleur intermédiaire pour introduire Mercader dans la forteresse de Coyoacán ?

Dans la nuit du 24 au 25 mai 1940, la maison de Trotski est parfaitement tranquille. Robert Sheldon Harte, le secrétaire particulier, assure seul la garde et veille sur le sommeil des autres. Léon et Nathalie se sont retirés dans leur chambre et leur petit-fils dort dans la pièce voisine. Un couple d'amis français, Alfred et Marguerite Rosmer, et trois domestiques mexicains occupent des pièces à l'étage. Soudain, une violente fusillade déchire la nuit. Des crépitements d'armes automatiques. Des meubles brisés. Des cris. Un fracas insoutenable. Mû par un réflexe de survie, Trotski glisse sur le sol et entraîne sa femme sous le lit. À peine le couple s'est-il recroquevillé dans l'ombre qu'un homme en uniforme fait irruption dans la chambre et arrose de courtes rafales de fusil-mitrailleur le matelas et les oreillers. En un instant, les murs et le plancher sont criblés de balles. Puis l'homme prend la fuite. Une dernière bousculade dans le jardin et deux voitures démarrent sur les chapeaux de roues. Le silence retombe enfin.

Une demi-heure plus tard, le colonel Salazar, chef du service secret de la direction de la police mexicaine, accourt sur les lieux de l'attentat. Il se heurte à des policiers décontenancés.

– Où étiez-vous ? Pourquoi n'êtes-vous pas intervenus ?

– Nous avons accouru dès les premiers coups de feu, mon colonel, marmonne, penaud, un sergent. Mais les attaquants étaient une vingtaine. Ils portaient des uniformes de la police et de l'armée. Au début, on a cru qu'ils étaient des nôtres, venus en renfort. Jusqu'à ce qu'ils nous pointent leurs armes sur le ventre.

– Et les six gardes de Trotski ? Et la porte blindée ? rugit le colonel.

Le sergent hausse les épaules en signe d'impuissance.

– Les hommes déguisés ont sonné à la porte et quelqu'un leur a ouvert.

Salazar pose enfin la question qui lui brûle la gorge.

– Le commando a-t-il tué Trotski ?

– Non, mon colonel. Il n'y a aucune victime.

La réponse du sergent surprend l'officier, car les murs du hall d'entrée sont grêlés de dizaines d'impacts. Il se rue dans la chambre des Trotski et découvre le couple, très calme, assis sur le lit en pyjamas. Leurs visages sont parfaitement sereins.

– Quand les coups de feu ont cessé, nous nous sommes aperçus qu'avant de partir, les assaillants avaient déposé une bombe incendiaire devant la chambre de notre petit-fils, explique Trotski. Mes collaborateurs ont réussi à l'éteindre avant qu'elle n'embrase la maison.

– La porte d'entrée n'a pas été forcée. Qui était de garde cette nuit ? demande le colonel.

– Bob, enfin Robert Harte, mon secrétaire, dit Trotski. Il a dû penser qu'il avait affaire à d'authentiques policiers. Il a disparu. Les bandits l'ont enlevé.

– Je vais me charger personnellement de le retrouver, rassure Salazar.

Avant de prendre congé, le chef des services secrets de la police pose une dernière question.

– Monsieur Trotski, soupçonnez-vous quelqu'un d'avoir organisé cet attentat ?

Le Vieux n'hésite pas une seconde.

– L'auteur de l'attentat, c'est Joseph Staline !

Quand il regagne son bureau et démarre son enquête, une série de questions obnubilent Salazar. Comment Trotski et les siens sont-ils sortis indemnes d'un tel mitraillage ? Pourquoi le Vieux a-t-il immédiatement désigné Staline comme l'auteur de l'attentat ? Pourquoi Robert Harte a-t-il ouvert la porte à des

219

inconnus ? Connaissait-il les assaillants ? Pour quelle raison, enfin, a-t-il mystérieusement disparu ? Bien qu'il s'en défende, le colonel ne peut s'empêcher de soupçonner Trotski d'avoir organisé une habile mise en scène. Après tout, il est facile d'imaginer tout le parti qu'il va pouvoir tirer de l'agression. En accusant Staline d'un acte criminel particulièrement odieux, le vieux chef rebelle affaiblit Moscou et conforte son prestige international.

L'enquête piétine. Jusqu'au jour où un informateur surprend une conversation entre receveurs dans un autobus : ils parlent de l'attentat et des uniformes portés par les assaillants, et prétendent que c'est un juge qui les a prêtés au commando. Salazar remonte rapidement la filière et découvre qu'un certain capitaine Nestor Sanchez, ex-commandant des Brigades internationales, faisait partie de l'expédition. Sanchez passe aux aveux et dénonce à son tour un peintre communiste, David Segueiros, comme le chef de la bande. Ce dernier explique qu'après avoir désarmé les policiers, le groupe s'est fait ouvrir la porte d'entrée par leur complice, Robert Harte. Trotski s'insurge à l'idée que son fidèle secrétaire ait pu le trahir et attenter à sa vie. D'autant que Harte est retrouvé peu après par la police dans une maison abandonnée, tué de deux balles dans la tête. Une mort qui ressemble à une exécution sommaire. La vérité ne sera connue que cinquante-quatre ans plus tard. En 1994, au crépuscule de sa vie, Pavel Soudoplatov avouera que Harte travaillait effectivement pour le compte du NKVD. Par mesure de sécurité, après le fiasco de la mission, Moscou aurait donné l'ordre à Sanchez de supprimer le secrétaire, devenu trop gênant.

Le coup de force ayant lamentablement avorté,

Beria et Soudoplatov décident d'appliquer leur plan B dans les meilleurs délais. Un homme seul s'introduira dans la maison mexicaine de Trotski. Il l'éliminera à l'arme blanche et prendra la fuite. Staline donne son aval à cette nouvelle opération, mais laisse entendre à ses agents qu'il ne tolérera pas un autre échec.

Quelques mois plus tôt, un couple étroitement enlacé musarde dans le centre de Mexico. Pendue au bras de son amant, Sylvia Agelov semble préoccupée.

— Je ne comprends toujours pas pourquoi tu as brusquement changé de nationalité et pourquoi tu t'es affublé d'un faux nom, interroge la jeune femme avec une pointe d'agacement. Pourquoi te faire appeler Jacson et te prétendre canadien, ça n'a aucun sens !

Ramón Mercader, alias Jacques Mornard Vanderdrechd, écarte l'objection avec désinvolture.

— Frank Jacson, ça sonne bien, tu ne trouves pas ?

— Autre chose encore.

Mercader resserre son étreinte.

— Je t'écoute.

— Hier, j'ai voulu te faire une surprise en allant te surprendre à ton bureau. Je me suis rendue à l'adresse que tu m'avais indiquée.

— Et ?

— Edificia Ermita, n° 820, récite Sylvia. Je me suis cassé le nez. Cet immeuble n'existe pas. J'attends une explication.

Le dandy colle ses lèvres à celles de sa maîtresse. Tout en l'embrassant fougueusement, il lui glisse dans la main une épaisse liasse de billets.

— Tiens, prends ça, c'est pour toi. Trois mille dollars. J'aimerais que tu renouvelles ta garde-robe.

Sylvia, éberluée, contemple la fortune. Elle hésite un instant et l'enfouit dans son sac.

– Tu es trop généreux.

Aussitôt après, une ombre voile son regard de myope.

– Dis-moi la vérité, Jacques. Es-tu un agent de l'Intelligence Service ?

Mercader éclate d'un rire joyeux.

– Veux-tu m'épouser ?

Une question chassant l'autre, l'Américaine se blottit tendrement contre l'épaule de son amant. Aveuglée par son bonheur, elle décide de renoncer à élucider le tissu de bizarreries et d'incohérences dans lequel se complaît l'homme de sa vie. Quelle importance, après tout ? Depuis qu'ils se sont retrouvés à New York, puis à Mexico, les jeunes gens filent le parfait amour.

À tel point que, lorsque Sylvia se rend dans la maison fortifiée des Trotski, elle parle de Frank Jacson comme de son mari. Trotski a accueilli avec joie la sœur de son ancienne secrétaire. Comme Sylvia parle russe, il lui a même proposé de se joindre à son équipe et elle a accepté. Ainsi, des mois durant, Mercader vient-il chercher sa fiancée, le soir, en voiture. Faisant preuve d'une extrême prudence, il l'attend patiemment à la porte. Il n'ignore pas que la moindre maladresse de sa part peut attirer la suspicion des gardes et lui interdire définitivement l'accès de la maison. Exaltée par la fréquentation quotidienne de Trotski, Sylvia essaie de transmettre ses convictions révolutionnaires à son amant.

– Pourquoi ne t'intéresses-tu pas à la politique ? C'est important. Seule la IVe Internationale parviendra à éviter qu'une guerre n'éclate en Europe, plaide-t-elle avec passion.

Mercader joue l'indifférence blasée.

– Tu sais, moi, en dehors du sport et des voitures !

– Je vais te faire rencontrer des amis. Peut-être sauront-ils te convaincre mieux que moi de partager une noble cause ?

Mercader se détourne pour dissimuler la joie qui l'envahit.

– Pourquoi pas ? De qui s'agit-il ?

– D'un couple de Français. Alfred et Marguerite Rosmer, des amis de Trotski.

La rencontre a lieu quelques jours plus tard. Comme celui qui se fait appeler Frank Jacson se montre charmant et enjoué, à son habitude, des liens de sympathie ne tardent pas à s'établir entre les deux couples. Disposant d'une puissante et confortable voiture, Frank véhicule ses nouveaux amis à travers le pays et leur rend bientôt une multitude de petits services. Pour ne pas éveiller leur méfiance, il se garde bien néanmoins de faire la moindre allusion à Léon Trotski.

En mars 1940, Sylvia rentre à New York pour répondre à des obligations familiales. Avant de partir, elle fait promettre à son amant de se tenir à l'écart de la maison de Coyoacán.

– Je ne voudrais pas qu'avec ton faux passeport et ton nom d'emprunt tu n'attires des ennuis à l'entourage de Trotski.

Mercader s'y engage de bonne grâce.

– Qu'irais-je faire chez Trotski ? Je ne le connais pas.

Quelques semaines plus tard, l'occasion patiemment attendue se présente enfin. Alfred Rosmer tombe brusquement malade. Son épouse demande à Mercader de venir le chercher à la villa pour l'emmener à l'hôpital. À l'heure convenue, Ramón gare sa voiture dans la cour. Bientôt, il aperçoit Trotski qui vient nourrir ses lapins dans le jardin. Le Vieux s'approche et serre la main du visiteur. Après s'être maintenu à une distance polie, Mercader engage la conversation.

– J'ai un cadeau pour votre petit-fils dans le coffre de la voiture. Sylvia a oublié de le lui donner avant de partir.

Mercader va chercher le cadeau, un planeur en balsa, et l'offre à Trotski.

– Si vous le permettez, je montrerai à Seria comment s'en servir.

Visiblement ému par cette généreuse attention, le Vieux invite le jeune homme à se joindre à son équipe pour boire une tasse de thé. Après avoir conduit Alfred Rosmer à l'hôpital, Mercader attend quinze jours avant de revenir à la villa. Puis, prétextant un voyage, il prête sa voiture aux gardes du corps de Trotski, afin qu'ils puissent l'utiliser en son absence.

Un mois plus tard, de retour de New York, Sylvia remarque que l'humeur de son amant s'est assombrie. Il est devenu taciturne, préoccupé. Il s'attarde au lit jusque tard dans la matinée. Pour le distraire, la jeune femme l'invite à l'accompagner chez Trotski. Le résultat est spectaculaire. À peine Mercader a-t-il franchi le seuil de la villa qu'il retrouve aussitôt sa joie de vivre. Il s'anime, brasse des idées, propose même au vieux chef de jouer en Bourse et d'offrir ses futurs gains à la IVe Internationale. Cet enthousiasme naïf amuse Trotski, mais irrite son épouse.

– Le mari de Sylvia ne m'inspire aucune confiance. Il est totalement dénué de conscience politique et j'ignore ce qu'il manigance.

– Ne t'inquiète pas, c'est un enfant gâté.

– Un jeune bourgeois sans consistance, bougonne Nathalie. Qui est-il, après tout ? Nous ne savons rien de lui. Il se dit belge élevé en France, mais il parle espagnol sans le moindre accent.

Le 17 août, au prétexte de lui faire lire le brouillon d'un article qu'il vient de rédiger, Mercader demande à parler seul à seul à Trotski. Bien que le ciel soit dégagé et la chaleur caniculaire, le dandy s'est coiffé d'un chapeau et transporte un lourd imperméable, enroulé sur son bras. Intrigué par cet accoutrement, le Vieux ironise :

– Que craignez-vous, Frank ? Un ouragan ? Une tornade ?

– Un simple orage, répond Mercader, embarrassé. La radio annonce de la pluie en fin de journée.

Trotski sourit et invite le visiteur à l'accompagner dans son bureau. Absorbé par le texte, il feuillette, biffe, rature des passages, couvre les marges de notes.

– Il vous faut travailler davantage, mon ami. Tel qu'il se présente, votre essai est impubliable.

Jacson s'est négligemment assis sur un coin du bureau et domine Trotski de toute sa hauteur. Il a gardé son chapeau bien vissé sur la tête et ne s'est pas défait de son imperméable.

Soudain mal à l'aise, Trotski abrège la visite et fixe un nouveau rendez-vous :

– Revenez me voir mardi avec vos corrections.

Le Vieux rejoint Nathalie dans sa chambre. L'étrange comportement du mari de Sylvia l'a troublé.

Le jour dit, vers 13 heures, Mercader se présente au seuil de la villa. Une fois encore, en dépit d'un soleil

225

resplendissant, il s'est affublé d'un chapeau et d'un imperméable. Son teint est terreux, maladif. Nathalie s'en inquiète.

– Vous semblez souffrant. Voulez-vous prendre une tasse de thé ?

– Merci. Mais j'accepterais volontiers un verre d'eau.

Il le boit. Nathalie l'interroge.

– Votre article est-il prêt ?

Maintenant son imperméable étroitement collé au corps, Jacson exhibe quelques feuillets. Nathalie le félicite.

– Ah ! Vous l'avez dactylographié, c'est bien. Léon Davidovitch a mauvaise vue et déteste les manuscrits mal présentés.

À cet instant, Trotski rentre du jardin où il était allé nourrir ses lapins. Quand il aperçoit Mercader, il s'adresse en russe à sa compagne.

– Rassure-toi, c'est la dernière fois que je reçois Jacson. Il rentre demain à New York avec Sylvia.

Nathalie acquiesce d'un mouvement de tête. Le Vieux retire ses gants et tend la main à Jacson.

– Bonjour ! Venez à l'intérieur, je vais lire votre article.

Nathalie accompagne les deux hommes jusqu'au bureau et referme la porte sur eux. Trois ou quatre minutes plus tard, un hurlement terrifiant déchire la quiétude de la maison. Mercader a tiré un pic à glace, caché dans les plis de son imperméable, et a frappé le vieux chef de toutes ses forces à l'arrière du crâne. Il espérait qu'en assénant un coup décisif, sa victime périrait sans donner l'alerte et qu'il pourrait quitter la maison subrepticement. C'était sans compter sur l'instinct de survie ni l'extraordinaire robustesse de Trotski. Le crâne broyé, le visage ensanglanté, il se redresse d'un bond et lance au meurtrier tous les objets qui lui tombent sous la main, livres, encrier, dictaphone. Mercader écarte les projectiles et se rapproche, le pic à la main, pour frapper à nouveau. Trotski l'empoigne par les revers. Il lui arrache son arme et le mord. Maintenant, les deux hommes luttent sauvagement. Lorsque Trotski parvient à se dégager, son épouse et les gardes se ruent dans le bureau.

– Qu'est-il arrivé ? hurle Nathalie, en soutenant son mari, qui s'est adossé, titubant, au chambranle de la porte.

Durant un instant, la femme se demande si Léon n'a pas été blessé par un morceau du plafond qui se serait détaché. Mais calmement, sans colère, le Vieux murmure à son oreille :

– C'est Jacson ! (Puis, avec une pointe de fierté :) Je ne me suis pas laissé faire. Je me suis battu. Je suis resté debout.

Il chancelle et s'effondre sur le parquet. Un flot de sang jaillit à l'arrière de sa tête. Nathalie l'entoure de ses bras et couvre son visage de baisers. Trotski a encore la force de chuchoter :

– Je t'aime.

Sa femme s'incline vers lui. Elle place un oreiller sous sa tête, essuie le sang, va chercher de la glace qu'elle place sur la blessure.

Pendant ce temps, les gardes du corps, Charles Cornell, Harold Robins et Hansen, le secrétaire, ont bondi sur Jacson et le rouent de coups.

– Ne le tuez pas, faites-le parler ! Je dois savoir, ordonne Trotski.

– Je vais lui triturer les os et lui trouer le corps

de balles s'il ne me dit pas qui l'a envoyé, répond Hansen.

– Qui t'a envoyé ? C'est le NKVD, avoue-le !

– Non, gémit Jacson. C'est... c'est un homme qui m'a obligé à le faire.

– Quel homme ?

– Un homme qui détient ma mère en otage. Il l'a empoisonnée. Il a menacé de la tuer si je n'agressais pas Trotski.

Il ajoute en suffoquant :

– Sylvia n'a rien à voir avec tout ça.

Les coups redoublent. Coups de poings et coups de crosses. Le nez brisé, les arcades sourcilières ouvertes, Mercader hoquette et crache du sang.

– Je ne l'ai pas fait sur ordre de Moscou. Tuez-moi ! Tuez-moi !

Pendant ce temps, on est allé chercher en toute hâte le docteur Dutren. Il examine la blessure de Trotski et déclare qu'elle n'est pas grave. Mais en se tournant vers son secrétaire, le Vieux dit en anglais, pour que sa femme ne comprenne pas :

– Je sens ici que c'est la fin... Cette fois, ils y sont parvenus. Prenez soin de Nathalie, elle a été à mes côtés pendant de longues, longues années.

Une ambulance arrive. Nathalie et Hansen s'assoient près du blessé. La voiture s'élance, sirène hurlante, à une vitesse folle à travers la ville. Des cordons de police motorisée escortent l'ambulance à travers le flot grondant de la circulation. À l'hôpital, on porte Trotski dans une chambre. On le dépose sur un lit. Des médecins l'entourent. Une infirmière lui coupe les cheveux autour de la blessure. Trotski a encore la force de plaisanter.

– Tu vois, dit-il à Nathalie, le coiffeur est quand même venu.

En effet, quelques heures plus tôt, sa femme lui a demandé de prendre rendez-vous avec un coiffeur. Le mourant marmonne encore :

– Je suis sûr du triomphe de la IVe Internationale.

Des infirmières lui retirent sa montre du poignet et commencent à le dévêtir pour l'emmener au bloc opératoire. Trotski proteste :

– Non, je ne veux pas qu'elles me déshabillent. Fais-le, toi, demande-t-il à Nathalie.

Elle s'exécute. Elle pose ses lèvres sur les siennes. Il lui rend son baiser. Il perd connaissance. Cinq chirurgiens pratiquent une trépanation. La blessure mesure sept centimètres de profondeur. La voûte crânienne s'est affaissée, les os sont brisés, avec enfoncement et projection d'esquilles dans le cerveau. Trotski survit à l'opération, mais il ne reprend pas conscience. Il lutte contre la mort pendant plus de vingt-quatre heures.

Le 21 août 1940, à 19 h 25, les médecins constatent la mort du chef révolutionnaire. Il est âgé de soixante ans. L'autopsie révèle un cerveau d'une dimension exceptionnelle, pesant un kilo cinq cent soixante grammes. Nathalie décrira plus tard la dernière image qu'elle garde de son mari : « Ils le soulevèrent, la tête s'inclina sur l'épaule et les bras tombèrent tout le long du corps comme dans la *Descente de croix* du Titien. Mais au lieu d'une couronne d'épines, Léon Davidovitch portait un bandage. Ses traits conservèrent toute leur pureté et leur fierté. Il sembla qu'à tout moment il allait se dresser pour décider encore lui-même de son sort. »

Le 22 août, selon la coutume mexicaine, un imposant cortège funéraire marche derrière le cercueil qui transporte le corps de Trotski à travers les principales avenues de la capitale. Des foules silencieuses, nu-pieds et en haillons, se sont massées sur les trottoirs. Les trotskistes américains demandent que la dépouille soit transportée aux États-Unis, mais le Département d'État refuse le visa de Trotski, même mort. Pendant cinq jours, le corps est exposé et environ trois cent mille personnes lui rendent hommage, tandis que les rues des faubourgs résonnent du *Gran Corrido de Léon Trotski*, une balade populaire composée par un barde anonyme.

Le 27, le corps est incinéré, et les cendres enterrées dans la cour de la petite forteresse de Coyoacán. Au-dessus de la tombe, on dresse une pierre blanche rectangulaire, sur laquelle on déploie un drapeau rouge.

Interrogé par la police, Frank Jacson affirme s'appeler Jacques Mornard. Ainsi, reprenant sa première fausse identité, il se dit citoyen belge, fils d'ambassadeur et né à Téhéran. Mais les enquêteurs découvrent qu'en fait Jacson est le nom d'un Canadien, tué en Espagne pendant la guerre civile. Par quelle filière l'assassin de Trotski est-il entré en possession du passeport d'un ancien membre des Brigades internationales ? L'ombre de Staline et du NKVD plane bien évidemment sur ce drame qui bouleverse la planète. Mais Moscou dément avec véhémence avoir commandité le crime. Quant à Ramón Mercader, alias Jacques Mornard, alias Frank Jacson, il adopte, durant toute la durée de son procès, une stratégie de défense tout à fait surprenante. Il prétend avoir tué Trotski en état de légitime défense. Selon Jacson, Trotski lui aurait ordonné quelques semaines plus tôt de se rendre en Union soviétique pour assassiner Staline. Comme Jacson aurait opposé un refus catégorique, Trotski, pour le punir, aurait tenté de lui tirer une balle dans la tête dans son bureau.

Par ce jeu machiavélique, inversant la cible et le commanditaire du complot, Mercader cherche à susciter l'ambiguïté, à ternir l'image de Trotski et à dédouaner du même coup la responsabilité des services soviétiques. Même si cet argument invraisemblable ne trompe personne, Mercader s'en tient à cette version des faits jusqu'à sa condamnation à vingt ans de prison. Sylvia Agelof, manipulée par son amant dès leur première rencontre, est rapidement innocentée. Choquée, blessée, traumatisée, elle terminera ses jours accablée par le poids d'une culpabilité inguérissable.

Parmi ceux qui essaient d'élucider le meurtre de Trotski, un anarchiste, Carlo Tresca, est sur le point de rassembler les preuves pour confondre Beria et le NKVD. Moscou, informé de l'avancée de son enquête, le condamne à mort *in absenta* comme ennemi de la classe ouvrière. Un soir d'avril 1943, alors qu'il sort d'un immeuble de New York, Tresca est écrasé par une voiture. Des témoins oculaires affirment que le conducteur a volontairement foncé sur le malheureux avant de prendre la fuite.

Le 13 mai 1960, Ramón Mercader est libéré après avoir purgé l'intégralité de sa peine dans des conditions de détention relativement privilégiées. En mettant à sa disposition un avion pour l'emmener à Cuba puis à Moscou via la Tchécoslovaquie, et en lui décernant dès son arrivée la médaille d'or de héros de l'Union soviétique, le Kremlin reconnaît implicitement avoir commandité le meurtre. Après la mort de Staline, Soudoplatov, accusé d'être le complice de Beria, est incarcéré. Il est libéré le 21 août 1964, après quinze ans de captivité. Il faudra attendre 1966 et sa communication au XXIIIᵉ Congrès du Parti communiste pour avoir enfin la confirmation officielle de l'implication des services secrets soviétiques dans l'assassinat du vieux leader : « Nous avons accompli avec succès la mission confiée par le Comité central du PC en ce qui concerne l'élimination de Trotski... Par décision particulière, en juin 1941, nous avons été tous les deux [il s'agit de lui et d'Eitingon] décorés pour cette action. »

Dans le même temps, Ramón Mercader sera, lui, appelé à Cuba par Fidel Castro pour occuper la fonction de conseiller auprès du ministère des Affaires intérieures. Il mourra à La Havane le 18 octobre 1968. Son corps sera rapatrié et enterré discrètement à Moscou.

Un cœur en hiver

Charles Greenfield tourne en rond dans un salon privé de l'aéroport de Chicago. Il fulmine. Il est 9 h 30 et Bob Young, le propriétaire d'Aircraft Control, à qui il doit remettre un chèque de huit cent mille dollars pour l'achat d'un avion de tourisme, ne s'est toujours pas manifesté.

Au même moment, à l'autre bout de la ville, William Sloame, le directeur local du FBI, s'inquiète de l'absence de l'agent Mary Young, une spécialiste des mafias russes. Mary avait promis d'assister à la conférence du matin, mais elle n'a même pas pris la peine de lui téléphoner pour s'excuser de son retard.

Tandis que Greenfield et Sloame s'impatientent chacun de leur côté, Angela Carter, professeur de littérature anglaise au collège Sainte-Agnès, inscrit à l'encre rouge le nom de Dana Young sur la liste des élèves absentes.

À 9 h 35, le jeune Teddy Katz, témoin de Jéhovah, sonne à la porte d'une luxueuse villa. Comme personne ne répond et que la maison semble vide, Katz se penche pour glisser sous la porte une brochure qui vante les mérites de sa secte. Lorsque ses mains s'imprègnent de sang, il hurle de terreur.

– Allez vous évanouir ailleurs, Patti, grogne l'enquêteur Stanley à l'adresse d'une jeune policière prête à défaillir.

La scène du triple crime ressemble à un cauchemar. Un tableau de Jérôme Bosch. Une vision d'apocalypse imaginée par un peintre dément. Dans le hall d'entrée de la maison, le corps sans vie de Bob Young a basculé grotesquement sur une console chinoise. Plus loin dans le salon, Stanley découvre le cadavre d'une femme écartelée sur la moquette. Une décharge de chevrotine lui a déchiqueté le thorax. Ses beaux yeux bleus, ouverts sur la nuit, expriment l'incompréhension et la stupeur. Le pire reste à venir.

– Restez où vous êtes, Patti, n'approchez pas. Appelez plutôt des ambulances et le médecin légiste, ordonne le détective.

La troisième victime, une adolescente d'une quinzaine d'années, gît dans la cuisine, au pied d'un mur balafré de sang. Ce qui reste de son visage est une bouillie sauvage qui n'a plus rien d'humain.

– Les victimes ont été abattues à bout portant au moyen d'un fusil de chasse à canon scié de calibre 12, muni d'un silencieux, conclut le médecin légiste en tirant un drap pour recouvrir la dernière dépouille. Une arme en vente partout dans le pays.

– Pouvez-vous déterminer dans quel ordre les membres de la famille ont été tués ? demande le détective Paul Stanley.

– Bob Young a été touché au niveau des reins, alors qu'il se dirigeait vers la porte donnant sur la rue. Mary, son épouse, a reçu une décharge mortelle qui l'a frappée de plein fouet à la poitrine. Enfin, leur fille, Dana...

– J'ai vu. Elle a été massacrée, s'agace le policier.

Comme si l'assassin avait cherché à effacer toute trace de son identité.

– Oui, la salve a été tirée de bas en haut, à une distance d'environ cinquante centimètres.

Avant de démarrer son enquête, Paul Stanley doit s'acquitter d'une tâche extrêmement pénible : informer Jo Young, le fils aîné de la famille, de la tragédie qui fait désormais de lui un orphelin. Il contacte le jeune homme, pensionnaire dans une université privée d'Indianapolis.

– Mais pourquoi ? Pourquoi eux ? C'est inconcevable, hoquette le garçon au téléphone.

– Je suis sincèrement désolé, Jo, mais j'ai besoin de vous voir à Chicago dès que possible, bredouille le détective, peu enclin à exprimer ses sentiments.

– D'accord, je prends le premier avion. Je serai à la maison avant ce soir, sanglote l'étudiant en raccrochant.

Dans l'attente de faire la connaissance de l'unique survivant de la famille, Stanley retourne sur les lieux des crimes pour établir la chronologie des événements. Se référant aux taches de sang, aux trajectoires des décharges de chevrotine, à l'emplacement des objets brisés et aux rapports d'autopsie, il en déduit qu'un homme, connu des Young, s'est vraisemblablement présenté seul à la porte de la villa, la veille vers 19 heures. Le tueur avait dissimulé son arme dans une housse ou dans un sac de sport. Lorsqu'il a pénétré dans la salle à manger, la famille s'apprêtait à dîner. Les Young ont dû l'inviter à partager leur repas comme le laisse penser la présence d'une quatrième assiette dépareillée, posée de guingois au bout de la table.

Que s'est-il produit ensuite ? Dana se trouvait dans la cuisine, occupée à faire bouillir de l'eau pour préparer des spaghettis. Bob et Mary prenaient un apéritif au salon. Ont-ils proposé au visiteur de se joindre à eux ? Probablement, mais ce dernier a dû décliner l'invitation. Les verres à peine entamés laissent supposer que l'assassin s'est rapidement emparé de son arme et qu'il a fait feu sur la femme sans la moindre hésitation. Son expression de surprise et de stupeur le prouve. Une lampe brisée et un guéridon renversé font penser que Bob a dû essayer de neutraliser l'agresseur. Les deux hommes se sont battus, mais, ne parvenant pas à prendre le dessus, Bob s'est précipité vers le hall dans l'espoir d'alerter les voisins. Il a été abattu d'un tir dans le dos, avant même d'atteindre la porte. Le détective suppose ensuite que le tueur a calmement rechargé son fusil et qu'il s'est dirigé vers la cuisine pour y surprendre Dana. L'adolescente n'avait pas dû entendre les déflagrations, assourdies par le silencieux. Si les événements se sont produits comme l'imagine le détective, deux éléments sont néanmoins intrigants : pourquoi l'assassin n'a-t-il rien dérobé dans la villa, alors que des bijoux et des objets de valeur étaient à sa portée ? Pourquoi, d'autre part, s'est-il acharné sur Dana, en déchargeant son arme sur son visage à bout portant ? Le médecin légiste n'ayant pas constaté d'agressions sexuelles sur les cadavres des deux femmes, et si le vol n'est pas le mobile du massacre, comment expliquer enfin que le tueur ait pu commettre un acte d'une telle sauvagerie sans raison apparente ?

Quelques heures plus tard, Paul Stanley accueille dans la morgue de la police de Chicago Jo Young, à peine débarqué de son avion.

– Je dois vous demander d'identifier vos parents. C'est une épreuve cruelle, avertit le policier.

Jo Young est un gaillard d'une vingtaine d'années. Ses traits juvéniles, presque poupins, contrastent étrangement avec sa carrure athlétique. Un visage d'enfant sur un corps de boxeur.

– Votre père ?

Stanley a tiré le drap qui recouvrait le visage blafard mais serein de Bob Young. L'étudiant hoche la tête et frissonne dans la pièce glaciale.

– Votre mère ?

À la vue des cheveux blonds vaporeux, les lèvres du garçon se pincent douloureusement.

– Oui, c'est bien elle.

– Merci, Jo. Nous en avons fini. J'ai encore quelques papiers à vous faire signer.

– Pourquoi ne puis-je pas voir Dana ?

– Des camarades du collège Sainte-Agnès ont formellement identifié ses bagues et ses vêtements.

– Est-elle... est-elle irregardable ?

Le policier tapote le bras de l'étudiant.

– Sortons d'ici.

Les deux hommes quittent la morgue.

– Souhaitez-vous qu'une assistante sociale vous aide à régler les obsèques ?

– Mes parents avaient pris des dispositions.

– C'est mieux comme ça. Qu'allez-vous faire maintenant ?

– Retourner à Indianapolis finir mes études et tâcher d'oublier.

– Les souvenirs vous colleront à la peau, Jo.

À peine le policier a-t-il prononcé ces mots qu'il les regrette amèrement.

– Excusez-moi. Je voulais dire qu'un soutien psychologique vous aiderait peut-être à surmonter l'épreuve.

– Merci, j'ai des amis fidèles.

Le garçon tend une main molle au détective et s'éloigne d'une démarche pataude.

– Drôle de gars ! murmure le détective pour lui-même.

Puisque le mobile du triple meurtre n'est ni le vol ni le viol, Paul Stanley envisage l'hypothèse d'un règlement de comptes. Certes, le mode opératoire ressemble à une exécution, mais l'emploi d'un fusil de chasse à canon scié est tout à fait inhabituel, les tueurs à gages préférant des armes de poing de gros calibre. Muni d'un mandat de perquisition, l'enquêteur se rend à nouveau dans la villa des Young. Tandis que des experts de la police scientifique passent au peigne fin les derniers indices, Stanley épluche les comptes en banque du chef de famille. Il découvre rapidement qu'en moins de dix ans, Bob s'était octroyé un quasi-monopole dans la vente d'avions de tourisme dans l'agglomération de Chicago. Des concurrents moins dynamiques ou moins chanceux auraient-ils pris ombrage de sa réussite et cherché à l'éliminer ? D'autant que le retrait fréquent de grosses sommes en espèces donne à penser que, pour acquérir de nouveaux marchés, Young n'hésitait pas à distribuer généreusement commissions et pots-de-vin à des intermédiaires. Stanley demande à un collègue de la brigade financière de creuser cette piste et de lui faire un rapport.

L'activité professionnelle de Mary Young est autrement plus problématique. Employée du FBI en charge du démantèlement des mafias russes à Chicago, elle était très exposée, même si elle n'était pas agent de terrain. Stanley se rend au siège local de l'Agence et s'entretient avec William Sloame, son directeur.

– J'ai recruté Mary à sa sortie de l'université. Elle possède un diplôme supérieur de russe et une licence de psychologie, l'informe Sloame en ouvrant un épais dossier marqué « confidentiel ». C'était un excellent élément. Très douée.

– En quoi consistaient ses activités ? demande le détective.

– Essentiellement l'écoute téléphonique des mafieux que nous localisons.

– Était-elle connue des voyous russes ?

Sloame adresse un signe embarrassé en direction de la fenêtre.

– Pour tout vous dire, j'ai eu un regrettable incident l'année dernière.

– Dites-m'en davantage, insiste le policier.

– Un de mes agents, infiltré dans une bande, a été démasqué. Nous avons retrouvé son corps dans un égout, abominablement torturé.

– A-t-il parlé ? A-t-il donné Mary ?

Le directeur referme son dossier avec agacement.

– Si vous étiez ligoté dans une cage en compagnie d'une cinquantaine de rats affamés qui vous dévorent vivant, résisteriez-vous longtemps à un interrogatoire, monsieur Stanley ?

– Oui, je comprends. Je suppose que l'enquête est du ressort du FBI ?

– Objectif prioritaire, bien sûr, réplique Sloame. Mais, franchement, je n'imagine pas les Russes procéder de cette manière. Je veux dire : le massacre de toute une famille avec un fusil de chasse. S'ils avaient voulu se venger, ils auraient commencé par enlever la fille de Mary, puis ils se seraient sans doute attaqués à son fils. C'est comme cela qu'ils procèdent.

Le directeur se lève d'un bond. Il fait craquer ses phalanges et pousse le policier vers la sortie.

– Poursuivez votre enquête, Paul, je vous tiendrai au courant.

Reste à Stanley à fouiller le court passé de Dana, la dernière victime de la tuerie. En interrogeant ses amies de collège, le policier découvre que l'adolescente avait eu une relation amoureuse avec un garçon de son âge.

– Oui, Jimmy ! Dana l'a rendu fou, pépie l'une des deux gamines que le détective a convoquées au commissariat.

– Expliquez-moi ça.

– Elle jouait avec lui.

– Elle le faisait tourner en bourrique, si vous préférez, ajoute la seconde fille en ricanant.

– Jimmy... comment dire ? Le père de Jimmy était plombier, explique la rousse, comme si cette profession représentait à ses yeux un handicap insurmontable.

– Je ne vois pas le rapport, s'énerve maintenant le policier.

– Jimmy n'avait jamais un sou. Dana lui payait le cinéma et le fast-food. Mais elle se dédommageait d'une autre manière. Par exemple, pour se rendre au collège, elle empruntait la voiture de sport de son frère...

– ... tandis que le pauvre Jimmy pédalait derrière sur son vélo, intervient la blonde aux mèches décolorées.

– Plutôt sympa, votre copine ! s'exclame Stanley, abasourdi.

– Une petite peste.

La fille se reprend.

– Pardon, je suis désolée. Je n'aurais pas dû dire ça. Quand je pense qu'elle est morte !

– Qui s'est lassé de l'autre le premier ?

– Dana a jeté Jimmy comme une vieille chaussette, à la fin du premier trimestre.

– Comment a-t-il réagi ?

– Mal. Un soir, Dana est rentrée chez elle avec un œil poché. Sa mère s'est fâchée. Son père a voulu porter plainte. Finalement, il s'est contenté de déposer une main courante au poste de police.

– Et ensuite, que s'est-il passé ? demande Stanley.

– Quand Jimmy a crevé un pneu de la voiture du frère de Dana, M. Young est allé voir son père. Ça s'est très mal passé.

– M. Warchasky, le père de Jimmy, lui a dit que les riches n'avaient pas tous les droits, précise la rousse, que, de toute évidence, ces ragots réjouissent.

– Il lui a dit que sa fille était une garce et qu'elle avait bien mérité de se faire corriger ou un truc de ce genre, glousse la blonde.

– Comment tout cela s'est-il terminé ?

Une des gamines fait le geste de froisser des billets de banque entre ses doigts.

– M. Young a mis fin à l'escalade. À sa manière.

Légèrement écœuré par ce qu'il vient d'entendre, Paul Stanley congédie les collégiennes et se rend dans l'entreprise de plomberie où Warchasky est employé.

– C'est de l'histoire ancienne ! annonce d'emblée le père de Jimmy. Mon gosse a souffert, mais la petite ne méritait pas de mourir de cette manière.

– Comment êtes-vous au courant ?

– J'ai pas fait d'études, mais je regarde la télé.

– Avez-vous menacé Young quand il est venu vous voir ? demande Stanley.

– Oui. Je lui ai dit que sa fille et lui iraient pourrir en enfer. Si j'avais su...

– Des menaces précises, je veux dire.

– Pourquoi l'aurais-je menacé ? s'exclame le plombier en écartant les bras. Après tout, c'était Jimmy qui avait cogné Dana, pas le contraire.

– Pourquoi Young vous a-t-il donné de l'argent ? s'impatiente le détective.

Jerry Warchasky rentre la tête dans ses épaules. Il hésite, regarde ses pieds.

– J'ai pas compris. Il a tiré mille dollars de sa poche, m'a dit : « Laissez ma famille en dehors de ça ! » et il est parti.

– Mais vous avez pris cet argent, insiste Stanley.

– Vous avez raison, j'aurais dû le lui envoyer à la figure, mais c'était l'anniversaire du gosse. Avec le fric, je lui ai payé une mobylette d'occasion, explique le plombier d'un air penaud.

D'un geste vif, Stanley repousse Warchasky contre le mur de l'atelier et lui presse deux doigts sur la gorge.

– Avez-vous massacré la famille Young ?

Le policier se recule. Le plombier ouvre la bouche si grand qu'il exhibe d'un coup toutes ses molaires.

– Vous êtes complètement cinglé, ma parole !

Deux mois plus tard, aucune des pistes n'a abouti et l'enquête piétine. En décortiquant les comptes de la société Aircraft Control, la brigade financière a mis au jour plus d'irrégularités qu'il n'en aurait fallu pour faire condamner Bob Young à une lourde amende, voire à une peine de prison. Comptabilité truquée, trafic d'influences, concurrence déloyale..., la liste des infractions au droit des sociétés est interminable. Pour autant, aucun élément ne permet à Paul Stanley de lier les pratiques frauduleuses du marchand d'avions à une éventuelle vengeance de ses rivaux. Comme l'investigation menée par le FBI n'a pas permis non plus de démontrer l'implication des mafias russes dans le triple assassinat, le détective reprend de zéro les éléments de son enquête.

Pour ce faire, il doit exploiter le seul indice qu'a pu lui fournir l'expert de la police scientifique : le silencieux du fusil de chasse, qui a servi à la tuerie, aurait été confectionné de façon artisanale dans de la fibre de carbone. De minuscules fragments ont été retrouvés sur les corps des victimes et analysés. Tandis que le laboratoire tente d'en déterminer l'origine précise, Stanley décide de reprendre contact avec Jo Young, dont il est sans nouvelles depuis le drame. Le policier estime, en effet, avoir trop rapidement négligé cette source d'informations. Il se rend donc à Indianapolis, à six cents kilomètres de Chicago, et rencontre l'étudiant dans l'appartement en duplex qu'il vient d'acquérir en héritant de la fortune de ses parents.

– Dois-je comprendre que votre enquête est au point mort ? raille aussitôt le garçon, alors que le détective prend place dans un salon de la taille d'une piscine olympique.

Feignant de ne pas avoir entendu le sarcasme, Stanley s'extasie sur le luxe des lieux.

– Utilisez-vous un skate-board pour vous déplacer de votre chambre à la cuisine ?

– Très drôle, inspecteur, croasse l'étudiant. J'ai à faire. Que puis-je pour vous ? Vous êtes-vous déplacé jusqu'ici pour venir plaisanter ?

Paul Stanley agite les mains devant lui en signe d'impuissance.

– Avez-vous réfléchi à un quelconque suspect ? À quelqu'un qui aurait pu en vouloir à votre père ?

Jo secoue les épaules comme si un courant d'air glacé lui caressait l'échine.

– À votre mère ?

– Si j'avais soupçonné qui que ce soit, je vous l'aurais dit.

– À votre sœur ?

– Non ! hurle le garçon, brusquement excédé. Nous étions une famille unie et heureuse. Et à cause de votre incompétence, celui qui a commis cette monstruosité est toujours en liberté.

Décontenancé par la soudaine agressivité de son interlocuteur, le détective se lève pour partir.

– Bien sûr, excusez-moi.

Parvenu sur le seuil, Stanley se retourne.

– Je constate néanmoins que vous êtes parvenu à surmonter votre chagrin avec courage. Félicitations.

La porte claque déjà sur le dos du détective.

De retour à son hôtel, Paul Stanley décide de prolonger de quelques jours son séjour à Indianapolis. L'attitude de Jo Young l'intrigue. Certes, l'afflux brutal et imprévu de richesse a pu lui tourner la tête et modifier temporairement sa personnalité. Mais ce que le policier s'explique difficilement, c'est le mélange de crainte et d'arrogance que l'étudiant a manifesté à son égard. Comme s'il cherchait à écourter sa visite par tous les moyens.

Le lendemain matin, Paul se rend à l'agence de la compagnie aérienne où Jo Young se fournissait en billets d'avion pour rendre visite à ses parents à Chicago, deux fois par mois. Depuis l'attentat contre les tours jumelles de New York, le nom et la destination des passagers sont conservés un an dans l'ordinateur. Lorsque l'employée du comptoir lui communique la liste des déplacements de Jo, Stanley constate sans surprise qu'il n'a pas voyagé pendant la semaine des meurtres. Alors Stanley prend le garçon en filature dès la sortie de son immeuble. Il le suit discrètement partout où il se rend et s'aperçoit bientôt que son emploi du temps est réglé comme du papier à musique. Cours de droit à l'université le matin ; cours de pilotage aéronautique ou entraînement sur un terrain de base-ball l'après-midi. Les soirées sont consacrées aux restaurants de luxe et aux boîtes de nuit. Le policier remarque aussi que deux jeunes gens ne quittent pas d'une semelle le nouveau millionnaire : une fille, vraisemblablement sa petite amie, et un garçon, avec lequel Jo ne cesse de se chamailler. Stanley parvient rapidement à identifier les inconnus : Laura Emerson et Ricky Volker. Enfin, en détaillant le compte bancaire de Jo Young, le détective découvre avec étonnement que ce dernier a gratifié Volker de cinq cent mille dollars, à peine son héritage en poche.

Ne pouvant espérer collecter davantage d'informations sur l'étrange trio, Paul Stanley obtient d'un juge l'autorisation de mettre la ligne téléphonique de

Young sur écoute. Il demande ensuite à un collègue d'Indianapolis de maintenir une surveillance. Puis il regagne Chicago.

– Eurêka ! s'exclame l'expert de la police scientifique. J'ai trouvé d'où proviennent les éclats de carbone relevés sur les victimes du carnage.

– C'est pas trop tôt, plaisante Stanley. Je t'écoute.

– Tu ne t'imagines pas les difficultés que j'ai pu rencontrer pour y arriver.

– Je te féliciterai quand j'en saurai plus.

– Connais-tu les battes Easton ?

Le détective ouvre des yeux ronds.

– Ce sont les battes de base-ball les plus chères du monde, poursuit l'expert. De petites merveilles à tirage limité, en aluminium octane. Elles coûtent la moitié de ton salaire mensuel.

– Continue, l'encourage Stanley.

– Eh bien, figure-toi que les housses d'emballage des battes Easton BT 1010 Z, et elles seules, sont fabriquées avec du carbone identique à celui analysé sur les victimes. L'une d'entre elles a servi de silencieux au fusil à canon scié.

Le détective n'essaie même pas de dissimuler sa déception.

– Combien y a-t-il de ces trucs en circulation ?

– Quelques milliers à travers le pays. Pas davantage, j'imagine.

– Des équipements pour professionnels ?

– Oui, pour la plupart.

– D'accord. Contacte l'usine qui fabrique ces battes. Demande à un responsable de te procurer la liste des dépositaires qui les vendent à Chicago et à

246

Indianapolis. Appelle ensuite les gérants de ces magasins et dis-leur de te donner le nom des clients privés qui en ont acheté.

L'expert scientifique fait mine de s'évanouir.

– Tu parles sérieusement ?

– Si tu élimines les clubs professionnels, tu devrais arriver à une centaine de noms.

Stanley se fend d'un sourire juvénile.

– Comme tu es un ami, je t'accorde quarante-huit heures !

La semaine suivante, tandis que l'expert scientifique s'escrime toujours au téléphone, Paul Stanley reçoit un appel dans son bureau.

– Ici Martin Finn, police criminelle d'Indianapolis. J'ai du nouveau pour toi. Le fils Young vient d'échapper à un accident d'avion et, apparemment, le torchon brûle entre lui et son meilleur copain. Amène-toi ici, tu en sauras plus.

Trois heures plus tard, Paul Stanley a rejoint Finn dans la capitale de l'Indiana. Un casque sur les oreilles, il écoute une conversation téléphonique, enregistrée la veille entre Young et Volker :

– Tu es un beau salaud ! Quand je pense à tout ce que j'ai fait pour toi !

La voix suraiguë du garçon excédé est celle de Young.

– Mais enfin, Jo... qu'est-ce qui t'arrive ? Qu'est-ce que tu me reproches ? répond Volker en pleurnichant.

– Je viens de recevoir le rapport d'expertise de mon assurance, voilà ce qui m'arrive.

– Je ne comprends toujours pas, dit l'autre.

– Mon avion ne s'est pas crashé. Il a été saboté, vocifère Young, au bord de la crise de nerfs. Saboté par quelqu'un qui connaît très bien les avions et les hélicoptères, si tu vois qui je veux dire.

– Mais... tu... tu es sain et sauf, c'est bien là l'essentiel.

– Uniquement parce que j'avais loué mon zinc à un couple de touristes, rencontré par hasard à l'aéroclub. J'aurais dû mourir à leur place.

– Je... je suis ton ami. Ton seul ami, se défend Volker. Comment me crois-tu capable d'une chose pareille ?

Un rire hystérique crépite dans l'écouteur, qui fait sursauter Stanley. Young se déchaîne.

– Pourquoi je t'en crois capable ? Pourquoi je t'en crois capable ? répète l'étudiant. Tu te fous du monde !

Un déclic. La communication est interrompue. Martin Finn coupe le magnétophone.

– Intéressant, tu ne trouves pas ? J'ai demandé une copie de l'expertise de l'assurance. Le bimoteur de Young a effectivement été saboté. Les câbles des commandes de dérive ont été grossièrement sectionnés. Deux morts : un couple en voyage de noces, qui avait eu la mauvaise idée de se trouver au mauvais endroit au mauvais moment.

– Hypothèse numéro un, énonce Stanley. Volker a voulu tuer Young pour ne pas avoir à lui rembourser les cinq cent mille dollars.

– Hypothèse numéro deux : c'est beaucoup plus compliqué que cela, dit l'autre.

Alors que Stanley se dirige déjà vers la porte, Finn le retient.

– Autre chose : le jeune Young a convolé en justes noces la semaine dernière. L'heureuse élue se nomme Laura Emerson.

Dans l'ascenseur qui le hisse au trente-cinquième étage, le détective vérifie le fonctionnement de son arme avant de répondre à un appel sur son portable.

– Stanley, j'écoute.

– C'est David. Je suis enfin venu à bout de ma liste.

– Et ?

– Et ton type, Jo Young, a acheté une batte Easton BT 1010 Z dans un magasin de sport d'Indianapolis, le 5 mars dernier.

– Joli travail.

– Que me voulez-vous encore ? demande Young en reconnaissant l'enquêteur derrière la porte entrebâillée.

– Que vous m'accordiez un petit entretien.

En deux mois, l'étudiant s'est métamorphosé. Des cernes mauves lui pochent les paupières et sa silhouette s'est allégée de quelques kilos. Il s'est affalé dans un canapé en cuir et son regard brouillé exprime la terreur.

– J'en sais un peu plus sur les circonstances de la mort de votre sœur et de vos parents, dit l'inspecteur. Mais j'ai besoin encore d'un ou deux éclaircissements pour boucler l'affaire.

– Et vous comptez sur moi pour vous les fournir ?

– Pourquoi avez-vous prêté ou offert un demi-million de dollars à Ricky Volker ?

Young grimace de dépit.

– Si j'avais su, j'aurais mieux fait de me casser une jambe.

– Le referiez-vous aujourd'hui ? provoque l'inspecteur.

L'étudiant se claquemure brusquement dans un

silence de plomb. Puis, lentement, il refait surface comme un noyé qui a touché le fond.

– Que savez-vous sur la mort de mes parents ?

– Leur assassin a utilisé un fusil muni d'un silencieux, fabriqué à partir d'une housse de batte de base-ball de compétition de marque Easton. Un modèle très rare, identique à celui que vous possédez, et qui doit se trouver quelque part dans cet appartement.

– Oui, caché sous mon lit. Modèle BT 1010 Z, murmure le garçon en basculant sur le canapé.

– Voulez-vous que j'appelle un psychologue de la police pour vous aider ?

Le visage de Young est moiré de taches violacées mais ses joues sont sèches. Il respire difficilement.

– Je préfère en finir. Seul à seul avec vous, et rapidement.

– Prenez votre temps, souffle Stanley. Ne me cachez aucun détail.

Le jeune homme vacille, comme si son corps sans force allait s'effondrer.

– Pendant deux ans, grâce à l'argent de poche que me donnaient mes parents, j'ai payé à Ricky des cours de pilotage d'hélicoptère. Nous avons fait le coup dès qu'il a obtenu sa licence. Ricky a loué un appareil sous un faux nom.

– Ainsi, pas de trace de votre voyage éclair dans les compagnies aériennes. Pas d'images compromettantes, filmées par les caméras de surveillance aux stations de péage des autoroutes.

Young hoche la tête. Ses yeux, réduits à deux traits rouges, clignotent dans la lumière crue qui baigne le salon.

– À Chicago, Ricky a posé l'hélicoptère sur un terrain de basket, à deux blocs de la maison. Il m'a attendu. J'ai agi seul. Fin de l'histoire.

Paul Stanley est stupéfait. Non par la nature de la confession, mais par la facilité avec laquelle il l'a obtenue. Le garçon s'est débridé comme une plaie gorgée de pus. Sans opposer la moindre résistance.

— Laura avait organisé notre alibi, poursuit Young d'une voix sans timbre. Elle avait acheté trois billets nominatifs pour un concert de rock. Nous étions censés ne pas nous être quittés de toute la soirée.

Soudain, le tueur fou éclate d'un rire nerveux.

— Je n'ai même pas eu à utiliser cette excuse ! Vous ne m'avez pas soupçonné. Jusqu'à aujourd'hui !

— Ricky a reçu en échange cinq cent mille dollars et vous avez épousé Laura, c'est bien ça ? interroge Stanley.

— Oui, sous le régime de la communauté des biens, grince l'étudiant. Le dernier survivant garde tout. Imaginez maintenant que je meure. Dans un accident d'avion, par exemple : ma veuve éplorée hérite de ma fortune jusqu'au dernier cent.

— Parce que Ricky et Laura...

Le détective accouple deux doigts d'une façon obscène.

— ... m'ont manipulé dès le début comme une marionnette, hurle Young, tout à coup menaçant. Deux jours après le mariage, ils couchaient ensemble presque sous mes yeux. Qu'est-ce que vous croyez, détective Stanley ? Si je lâche le morceau, c'est pour les faire plonger.

— C'est vous qui teniez le fusil, Jo, chuchote le policier. C'est vous qui avez tiré à trois reprises. C'est vous qui irez griller sur une chaise électrique.

— Laura et Ricky penseront à moi pendant dix ou

quinze ans dans un pénitencier, riposte le garçon, hargneux. Du moins, je l'espère.

– Un grand jury en décidera.

Paul Stanley se lève et marche à pas lents à travers le salon. De longues minutes s'écoulent sans bruit. Puis il s'approche du canapé où Young est avachi.

– Nous pouvons en rester là, Jo. Vous êtes en état d'arrestation pour le meurtre de vos parents et de votre sœur. Je vais vous lire vos droits et je vous emmènerai au poste de police.

Pendant que l'inspecteur récite le texte de la loi, Young demeure parfaitement impassible.

– Mais si vous le souhaitez, vous pouvez aussi me dire pourquoi vous avez fait ça, pendant que nous sommes encore seuls.

– Quand un homme et une femme n'aiment pas l'enfant qu'ils ont conçu, ils méritent de mourir.

– Qu'est-ce qui vous permet d'affirmer que vos parents ne vous aimaient pas ?

Young s'agite comme pour se libérer d'un corset de plâtre invisible.

– Parce que j'ai subi leur injustice pendant vingt ans. Amour, tendresse, attention, écoute... tout était pour Dana. La princesse Dana ! La petite Dana gentille. La petite Dana obéissante, serviable, affectueuse. La petite Dana fielleuse et hypocrite, oui ! explose l'étudiant. Mes parents me tenaient à l'écart pour mieux se l'approprier. Ils m'ont placé dans une école privée, comme on dépose un colis encombrant, quand j'avais huit ans. J'y restais enfermé une partie des vacances. Puis ç'a été le collège et l'université, à six cents kilomètres de la maison. Ma haine ne date pas d'hier !

– Chacun porte sa croix, dit Stanley, décidé à ne

pas s'apitoyer sur le sort du garçon. La vôtre était taillée dans du bois de rose, il me semble. Vous ne manquiez de rien.

– Vous avez raison. Je ne manquais que de l'essentiel. Un geste affectueux, un mot d'encouragement, un sourire complice. Des détails insignifiants de ce genre.

– Auriez-vous fait ce que vous avez fait si vous n'aviez pas convoité l'argent de vos parents ?

– À Chicago, j'enviais les familles pauvres. L'été, je voyais les parents et les enfants des quartiers déshérités pique-niquer ensemble sur le trottoir, devant chez eux. Ils riaient. Chez nous, on ne riait pas. On montrait aux autres qu'on avait des dents saines.

– Pauvre gosse ! lâche le détective malgré lui. Il se reprend aussitôt. Quand avez-vous pris votre décision ?

– Il y a deux ans. Le jour de mon dix-huitième anniversaire.

Jo Young s'approche de la baie vitrée qui domine la ville. Son regard chavire. Stanley se glisse dans son dos pour capter son murmure.

– Il faisait beau. La pelouse du jardin était couverte d'une centaine d'inconnus. Des hommes d'affaires, les huiles du FBI. Le buffet regorgeait de victuailles hors de prix. Un orchestre mariachi ressassait des rengaines idiotes. J'étais seul. Plus seul que je ne l'étais dans ma chambre d'étudiant. Mes parents s'étaient installés au bord de la piscine. Dana était assise entre eux deux, comme un chien dans sa niche. Ma mère comparait avec elle les nuances de leurs vernis à ongles. Mon père comptait ses millions dans sa tête.

Des larmes silencieuses roulent enfin sur les joues du garçon.

– Vas-y, Jo, vide ton sac, souffle le policier.

— Puis l'heure du grand show est arrivée ! Mon père est venu me chercher. Il a regardé sa montre et il m'a dit : « Lève la tête ! » Une flottille d'avions de tourisme a rappliqué dans le ciel en battant des ailes et en tirant une banderole où était écrit un immense « Bon anniversaire ! » en lettres dorées. J'ai eu honte. Les figurants ont applaudi. Quand mon père a vanté les mérites des avions, j'ai compris qu'il allait faire passer les frais de la fête sur son budget publicitaire. Puis un camion-grue s'est pointé. Il a déposé devant moi un gros truc emballé de cellophane avec un ruban bleu. Mon cadeau : une petite bagnole de sport japonaise. Quand elle l'a vue, Dana a tapé joyeusement dans ses mains. Elle a dit : « Chouette, la voiture pour aller au collège ! » J'ai couru m'enfermer dans ma chambre. Ma décision était prise. Vous connaissez la suite.

— Viens, Jo, il faut y aller maintenant, dit Stanley en poussant l'étudiant par les épaules.

Comme un iceberg cache dans la noirceur des profondeurs son histoire secrète, chaque famille enfouit son lot de haines impénétrables, ses non-dits, ses plaies à vif. Ses glaciations du cœur.

La station de Gleiwitz

Le 1er septembre 1939, à 10 heures du matin, la famille Wilsser est réunie dans le salon de son appartement berlinois. La mère essuie ses mains pleines de farine sur son tablier. Les enfants, sagement assis sur un coin du tapis, attendent que leur père mette en marche le gros poste de radio qui trône sur le buffet. L'homme pointe un doigt comiquement menaçant vers ses trois enfants.

– Taisez-vous, je ne veux pas vous entendre. Le Führer va parler dans quelques instants.

– Oui, père ! braillent en chœur les gamins.

L'homme actionne quelques boutons en bakélite. Des lampes rouges et vertes s'allument et une voix nasillarde et exaltée emplit déjà la pièce :

– ... *Un groupe de soldats polonais s'est emparé la nuit dernière, peu avant 20 heures, du bâtiment de Radio Gleiwitz. Seuls quelques employés se trouvaient à cette heure-là en service...*

La femme se laisse tomber sur le divan, à côté de son mari.

– Oh, mon Dieu, Franz, que se passe-t-il ?

La voix d'Hitler envahit tout l'espace du salon. Comme un souffle maléfique, chargé de bruit et de fureur :

– ... Il est manifeste que les assaillants polonais connaissaient parfaitement les lieux. Ils ont attaqué le personnel et ont fait irruption dans le studio, assommant ceux qu'ils rencontraient sur leur chemin. Les agresseurs ont coupé la ligne de relais de Breslau et lu au micro un discours de propagande préparé à l'avance, en polonais et en allemand...

L'homme prend la main de sa femme dans les siennes et la presse instinctivement.

– Gertrude ! Cette fois, c'est la guerre !

– Et tu seras mobilisé !

Le chancelier allemand martèle ses phrases. Comme pour enfoncer autant de clous dans le crâne des auditeurs :

– ... Ils ont déclaré que la ville et la station radio étaient aux Polonais. Ils ont insulté l'Allemagne, faisant mention du Breslau et du Dantzig polonais...

Les membres de la famille se sont figés. Une fillette se retourne vers ses parents, recroquevillés l'un contre l'autre, et les dévisage avec inquiétude.

– ... J'ai donc décidé de recourir au même langage contre la Pologne. Pour mettre fin à ces folles menées, il ne me reste pas d'autre moyen que d'opposer dès maintenant la force à la force.

À cet instant, la voix d'Adolf Hitler se brouille. Chargée de parasites et de grésillements, elle se dissout dans le salon puis se perd dans l'immensité du grand Reich. Il est 10 h 10. La famille Wilsser ignore bien entendu que, depuis six heures, les divisions blindées de la Wehrmacht ont franchi la frontière polonaise.

La Seconde Guerre mondiale vient de commencer, déclenchée par cette « odieuse provocation polonaise ».

C'est du moins la thèse qu'Hitler n'aura de cesse de rappeler tout au long d'un conflit qui provoquera, en six ans, la mort de plus de cinquante millions de personnes, civiles et militaires. Et la chronologie des événements confère à l'argument d'Hitler une apparente cohérence. En effet, par le jeu des alliances, en déclarant la guerre à l'Allemagne trois jours après l'incident, la France et l'Angleterre seront accusées d'avoir provoqué l'embrasement et la ruine d'une partie de la planète.

La réalité historique est, on le sait, très différente de cette version des faits. Car depuis l'annexion de l'Autriche sans coup férir, le dictateur ambitionne de poursuivre l'extension du Troisième Reich aux pays limitrophes. Un an plus tôt, arguant que trois millions de ses compatriotes « subissent à chaque instant dans les Sudètes les plus cruelles souffrances », Hitler a revendiqué pour eux le droit à l'autodétermination et l'incorporation à l'Allemagne des territoires tchécoslovaques où ils sont majoritaires. Face à la menace imminente d'un conflit au cœur de l'Europe, le Premier ministre britannique, Neville Chamberlain, a multiplié les gestes d'apaisement. Il a fait savoir à Hitler qu'il était disposé à accepter une rectification des frontières. Alliée de la Tchécoslovaquie dans le cadre de la Petite Entente, la France n'est pas plus disposée à compromettre la paix pour défendre l'intégralité de ce petit pays. Le 29 septembre 1938, Hitler accueille Mussolini en gare de Munich. Chamberlain et Daladier, le président du Conseil de la République française, arrivent chacun de leur côté en avion. La conférence s'ouvre à 12 h 30 au Führerhaus, sur la place Royale de la capitale bavaroise. En son for intérieur, Daladier est déterminé à ne pas céder au tyran, sachant que la moindre concession l'encouragera à poursuivre ses visées impérialistes sur les pays voisins, puis à s'attaquer aux démocraties dès qu'il disposera de l'armement suffisant. Mais Daladier est également sensible à la pression de l'opinion pacifiste, majoritaire en France. Les tergiversations de Chamberlain ont vite raison de sa volonté. Il signe le « compromis » présenté par Mussolini, par lequel le gouvernement de Prague est tenu d'évacuer les Sudètes et de démanteler les forteresses qui défendent ses frontières. Au nom d'une paix bien improbable, les Alliés abandonnent la Tchécoslovaquie aux nazis. Cette déroute diplomatique préfigure la débâcle militaire française à venir.

Le 15 mars 1939, violant les accords de Munich, le Führer cède à son appétit territorial. Il envahit la Tchécoslovaquie, s'empare des Sudètes, annexe la Bohême-Moravie, et crée la Slovaquie, pays indépendant assujetti au Reich. Deux mois plus tard, il signe le « pacte d'acier » avec le Duce et, en août, ratifie un traité de non-agression avec l'Union soviétique. Les Alliés sont stupéfaits par la nouvelle. Ils ignorent pourtant que les deux dictateurs ont adjoint au pacte un protocole confidentiel, qui prévoit le dépeçage de la Pologne.

La Pologne que, sur l'échiquier torride qu'est devenue l'Europe, Hitler convoite comme une pièce capitale. C'est le dernier obstacle qui retarde encore sa progression vers l'est. Ses proches, notamment le maréchal Goering, désavouent son projet. Ils estiment que l'Allemagne manque de matières premières et de ressources alimentaires pour s'engager dans une guerre mondiale. Si Hitler se fait fort de vaincre les réticences de son état-major, il éprouve, comme il le fait depuis son arrivée au pouvoir, le besoin de justifier sa politique extérieure auprès de la population. La tâche est aisée dans une Allemagne où il n'existe aucun organe de presse ou d'information qui ne se fasse l'écho de la propagande officielle. De plus, le maître de Berlin connaît la vieille inimitié des Allemands à l'endroit des Polonais. Reste à trouver le prétexte qui autorisera le passage à l'acte. L'étincelle qui mettra le feu aux poudres et déclenchera le cataclysme. Le déclic capable de retourner une opinion publique encore hostile à la guerre. Fabriqué de toutes pièces dans le plus grand secret, le complot prend forme au mois d'août 1939. C'est un coup de dé aux conséquences incalculables. Une provocation hors de proportion avec les événements qu'elle va engendrer. Une mascarade à peine croyable baptisée « opération Himmler ».

– Prenez place, mon cher Alfred. Mettez-vous à l'aise.

L'homme qui invite Alfred Naujocks à s'asseoir dans son bureau de la Prinz-Albrechtstrasse, à Berlin, est grand, maigre, le visage en lame de couteau. Le bas des manches de son uniforme porte les lettres SD, brodées en blanc dans un triangle noir. C'est Reinhard Heydrich, le chef du Service de sécurité du Reich, chargé de repérer et d'éliminer les opposants à l'ordre national-socialiste. Avant de devenir le maître de toutes les polices, de l'espionnage et de la Gestapo, il est pour l'heure chargé par Hitler d'organiser et de mener à bien l'« opération Himmler ».

Naujocks s'exécute, surpris de l'affabilité inattendue du dignitaire nazi. Heydrich extrait un dossier d'un tiroir et le dépose sur son bureau.

– J'ai une mission pour vous. Exactement dans vos cordes.

Alfred Helmut Naujocks est entré dans les SS en 1931. Cet ancien mécanicien a été recruté quatre ans plus tôt par Heydrich et incorporé dans le SD. Avant de s'imposer comme le spécialiste des coups tordus et des machinations, il fut « boxeur de rue », traquant les communistes dans les rues de Berlin.

– L'importance de cette mission dépasse tout ce que notre département a entrepris jusqu'à présent, poursuit le chef de la Sécurité.

La voix de l'homme au visage d'aigle devient brusquement cassante.

– Il s'agit d'un raid de commando. Trop d'intérêts politiques et militaires sont attachés à son résultat pour qu'un échec soit même envisageable.

Naujocks réfrène une grimace.

– Vous pouvez compter sur moi, *mein Oberführer*.

Heydrich change à nouveau de registre.

– Je me sens un peu nerveux, je vous le confesse. Le Führer accorde à cette affaire la plus haute priorité. Il ne tolérerait ni discussion ni modification du plan. Autant vous dire que mon sort est entre vos mains...

Le timbre haut perché d'Heydrich s'envenime.

– ... et je déteste ça !

– Comptez sur moi, répète Naujocks, enchanté de constater le désarroi de son supérieur.

Car entre les deux hommes, l'antipathie est réciproque. Heydrich, le bourgeois, considère l'autre comme un exécuteur de basses œuvres, un homme de main lié à la racaille. Naujocks, le prolétaire qui se veut fin stratège, méprise les beuveries et les débordements auxquels s'adonne le protégé d'Himmler.

– Il s'agit de la Pologne. Nous serons en guerre la semaine prochaine, lâche Heydrich.

Naujocks dissimule le brusque intérêt que suscite cette nouvelle. Il se tait, laissant le chef du SD poursuivre.

– Pour entrer en guerre, nous devons avoir un motif crédible, une excuse. C'est là que vous intervenez.

Tassé sur son siège, Alfred Naujocks ne laisse paraître aucune émotion. L'autre continue :

– Vous savez qu'il y a eu au cours de ces derniers mois des dizaines d'incidents irritants le long de la frontière. Mais rien de suffisamment sérieux. Rien qui puisse mettre le feu aux poudres. C'est vous qui allumerez la mèche.

Cette fois, Naujocks tressaille. Il a le pressentiment d'un danger imminent.

– Très bien. Que dois-je faire, *mein Oberführer* ?

Heydrich déplie son corps dégingandé et s'approche d'une carte murale. Il s'empare d'une règle et la pointe sur la frontière polonaise.

– Une petite localité se trouve ici : Gleiwitz. Peut-être en avez-vous entendu parler ? En tout cas, vous avez dû lire ce nom sur le cadran de votre radio. Une station locale sans réelle importance. Gleiwitz est en Allemagne, bien entendu. Imaginez maintenant que des troupes polonaises attaquent la station et l'occupent le temps de diffuser un message dénonçant le Führer comme fauteur de guerre.

Totalement abasourdi, Naujocks hoche la tête. Heydrich vrille son regard dans le sien.

– Ce serait une sérieuse, une très sérieuse provocation, vous ne trouvez pas ? Nous établirions la preuve que les Polonais ont agressé l'Allemagne.

– Sans aucun doute, balbutie Naujocks, qui n'en croit pas ses oreilles.

– Surtout si on trouve sur les lieux quelques cadavres et que, par hasard, le réseau radiophonique du Reich a relayé à l'ensemble du pays le message haineux des Polonais.

Naujocks est pétrifié devant l'enjeu et la hardiesse du projet. Heydrich s'impatiente.

– Pensez-vous pouvoir organiser un tel incident ?

– J'aimerais vous garantir le succès, finit par dire Naujocks. Mais avant d'examiner plus attentivement les données du problème, je tiens à vous dire que les risques d'échec sont considérables.

Cette évidence agace le SS.

– Merci de me le rappeler.

– Mais si vous me faites confiance, je ferai de mon mieux.

– Si vous échouez, vous mourrez. Je mourrai aussi, et d'autres encore.

Heydrich balaie sèchement cette hypothèse d'un geste de la main.

– Cela n'a pas la moindre importance. Un échec anéantirait les efforts accomplis, depuis des années, par des milliers de gens et ce serait une honte indélébile pour le Führer et pour l'Allemagne.

– Oui, je comprends.

– Avez-vous des objections d'ordre... moral ?

Une grimace pince les lèvres de Naujocks.

– Non, bien entendu.

– Je n'ai, de toute façon, pas envisagé que vous puissiez refuser, glapit le chef de la Sécurité. Vous n'avez pas le choix. Vous irez jusqu'au bout. Passons maintenant aux détails pratiques.

Contraint, forcé, mis au pied du mur, Alfred Naujocks accepte la mission. Par mesure de confidentialité, il limite à sept le nombre des participants, s'incluant dans l'équipe. Il recrute quatre hommes appartenant aux SS. Les deux autres, chargés de la radiodiffusion du faux message, sont fournis par Heydrich : un technicien et un speaker, qui s'exprime sans accent en polonais.

Naujocks est reçu une dernière fois par le chef de la Sécurité. Il prête solennellement serment de ne jamais divulguer le secret de l'« opération Himmler ». Les vingt autres personnes du Reich mises dans la confidence du complot ont, elles aussi, juré de garder le silence sous peine de mort.

Le week-end des 27 et 28 août 1939 est caniculaire. À la recherche d'un peu de fraîcheur, les Berlinois s'égaillent dans les bois environnants. Mais à la chaleur étouffante de l'été s'ajoute maintenant le poids d'une guerre devenue imminente. D'autant que le gouvernement vient de décréter que « le rationnement des produits alimentaires, du savon, des chaussures, des textiles et du charbon entrera en vigueur dès le début de la semaine ».

Au même moment, à Gleiwitz, deux Ford noires, moteur V8, se garent devant l'Oberchlesischer Hof, la meilleure auberge de la bourgade. Sept hommes, des civils, en descendent, portant chacun deux grosses valises. À la réception, ils s'inscrivent sous de faux noms comme ingénieurs des mines. Officiellement, ils se rendent à Gleiwitz pour procéder à des prélèvements géologiques aux abords de la frontière. Naujocks s'octroie la chambre numéro 7 et invite les autres à venir aussitôt l'y rejoindre. Deux hommes s'assoient sur le lit, trois sur des chaises, le dernier s'adosse à la cheminée, et Naujocks s'installe sur le rebord de la fenêtre. Le commando ignore encore les détails de l'opération. La voix de Naujocks couvre bientôt le gazouillis des oiseaux.

– Nous y sommes, messieurs. Une des deux malles qui se trouvent dans le coffre de ma voiture contient des uniformes de l'armée polonaise, des armes légères et divers accessoires. Ce soir, à 19 heures, nous serons dans le bois de Ratibor, à quelques kilomètres de notre objectif. Là, nous nous changerons. À 19 h 30 précises, nous laisserons derrière nous nos vêtements civils et toute trace de notre identité. Nous nous partagerons les objets que nous placerons dans les poches de nos uniformes : des cigarettes, des allumettes polonaises, des lettres, des papiers d'identité, des journaux. Nous ne devrons jamais révéler à qui que ce soit notre véritable identité.

Tendus comme des arcs, les six hommes échangent des regards muets. Naujocks se tourne vers le technicien radio qu'a recruté Heydrich.

– Karl, le poste émetteur se trouve dans la seconde malle. Vous en prendrez possession. Berlin donnera le signal quand nous serons dans les bois.

Naujocks poursuit d'une voix monocorde, administrative.

– Nous nous rendrons ensuite à la station et nous maîtriserons son personnel. Il n'y aura pas plus de cinq ou six personnes en service. Vous ne prononcerez pas un mot et vous leur laisserez penser que nous sommes des Polonais. Une fois à l'intérieur, Karl et Heinrich, vous resterez à mes côtés.

Celui qui se prénomme Heinrich lève timidement la main.

— Que suis-je censé faire ?

— Karl connectera la ligne de Breslau. Vous, vous prononcerez au micro, en polonais et en allemand, un texte court.

Naujocks sort de sa poche une feuille de papier. Il la déplie et la tend au speaker.

— Quand vous lirez cette déclaration, je tirerai plusieurs coups de feu dans le studio. Gardez votre sang-froid. Ne vous déconcentrez pas.

L'appréhension se lit sur le visage d'un homme assis sur le lit. Il hésite, puis finit par poser la question qui s'étrangle dans sa gorge :

— Devons-nous tuer les techniciens allemands de la station ?

Dans la chambre, le silence s'est fait pesant. L'angoisse est palpable.

Naujocks ne cache pas son agacement. Il reprend en boxant l'air devant lui :

— Nous ne devons pas rester plus de cinq minutes sur place et je ne m'attends pas à rencontrer d'opposition. Mais si la police surgit, n'hésitez pas à tirer. Quoi qu'il arrive, nous devons fuir. Si l'un de vous est capturé, il doit prétendre qu'il est polonais. Le quartier général, à Berlin, a prévu cette éventualité et demandera que le prisonnier lui soit remis pour l'interroger. Nebe, le commissaire du département spécial, l'enverra chercher en avion dans la journée.

Naujocks quitte le rebord de la fenêtre et arpente la chambre.

— Souvenez-vous : à 19 h 30, ce soir, vous devenez des Polonais et vous tirez sur quiconque essaiera de vous barrer le chemin. Même si vous tuez quelqu'un, il n'y aura ni poursuite ni enquête.

Puis le chef du commando évoque un autre élément du complot :

– Vous trouverez un cadavre en sortant de la station. Ne vous en préoccupez pas. Un autre département s'en charge. Une Opel noire arrivera devant l'entrée du bâtiment, quelques minutes après nous, et un corps, revêtu d'un uniforme polonais, sera jeté sur les marches. Maintenant, allez vous reposer. Retrouvons-nous dans le hall de l'hôtel à 18 h 30.

C'est Heinrich Müller, le chef de la Gestapo de Oppeln, une ville des environs, qui a été chargé par Reinhard Heydrich de fournir le vrai faux cadavre polonais. Il convient en effet de crédibiliser l'« opération Himmler ». D'abuser l'opinion publique en laissant croire que les techniciens de la station radio ont résisté à l'agression ennemie. Qu'ils se sont battus héroïquement pour la défense du Reich.

Lorsque Naujocks a rencontré Müller pour régler la question, ce dernier a éclaté d'un rire épais.

– En ce qui me concerne, je vous fournirai le corps du délit. Il a déjà été choisi dans un camp juif. Il portera pour nom de code « Conserve en boîte ». Je le déposerai encore chaud devant la station et je disparaîtrai aussitôt après.

Une fois la guerre terminée, quand il témoignera sur le banc des accusés, au procès de Nuremberg, Alfred Naujocks décrira Müller comme l'« un des personnages les plus horribles qu'il eût jamais connus ». Cette appréciation venant d'un officier SS, auteur lui-même de crimes abominables, la personnalité de Müller glace le sang...

266

À 19 heures, les deux Ford noires du commando s'arrêtent dans une clairière, dans le bois de Ratibor. Il fait encore jour. Les sept hommes bondissent hors des voitures, ouvrent les coffres en silence et extraient de la première malle les uniformes polonais et sept Luger P-08 Parabellum, de calibre 8,97 mm. Ils se changent sans prononcer un mot, essayant chacun de s'approprier l'uniforme qui lui convient le mieux. Le résultat n'est guère concluant : manches trop grandes pour les uns, bas de pantalons découvrant les chaussettes pour d'autres. Plusieurs hommes veulent procéder à des échanges. Naujocks s'impatiente, indiquant par signes d'en rester là. Karl, l'opérateur radio, se colle un casque sur les oreilles. Il branche le poste émetteur-récepteur sur une batterie et met le contact. À 19 h 27, il sursaute. Il vient de capter le signal de Berlin. Selon le code convenu, Reinhard Heydrich donne son accord pour déclencher l'« opération Himmler ». À cet instant, Naujocks se dirige vers sa Ford et se glisse derrière le volant. Karl court vers lui.

– Que dois-je faire de la radio ?

Naujocks ne répond pas. Rien n'a été prévu. Alors Karl abandonne l'appareil dans la clairière et saute à son tour dans la voiture, qui démarre aussitôt.

La nuit tombe quand les berlines stoppent devant la grande porte vitrée de la station émettrice de Gleiwitz. Naujocks en tête, pistolet au poing, franchit d'un bond les six marches du perron. Karl et Heinrich lui emboîtent le pas. Les autres se tiennent à l'arrière, prêts à tirer. Dans le hall, un homme portant un uniforme bleu marine reste bouche bée devant le groupe de soldats polonais qui fait irruption. Avant qu'il ait pu donner l'alerte, Naujocks s'empare de lui et lui cogne la tête contre le mur à deux reprises. Le technicien s'ef-

fondre, évanoui. Puis Naujocks s'élance dans le couloir de droite et surgit dans une pièce violemment
éclairée. Un autre homme s'y trouve. Un coup de
crosse sur la nuque le réduit au silence.

– Par ici, vite !

Karl entraîne son chef vers le studio. Heinrich s'installe devant le micro. Il sort de sa poche le texte qu'il
doit lire. Ses mains et ses lèvres tremblent violemment. De son côté, Karl s'active pour connecter
l'émetteur de Gleiwitz sur le réseau national, afin que
le message soit entendu de toute l'Allemagne. Il
s'agite, lève et baisse des manettes, tripote des boutons, s'énerve.

– Qu'y a-t-il ? demande Naujocks.

– Je n'arrive pas à trouver la manette de connexion,
hurle l'opérateur radio, complètement paniqué.

– Trouvez-la, imbécile ! braille à son tour le chef
nazi. Vous n'y connaissez donc rien !

– Je connais mon affaire, mais je vous répète que
je ne trouve pas le commutateur, s'égosille Karl.

En une poignée de minutes, l'opération vire au
désastre.

– Pouvez-vous au moins émettre sur la fréquence
locale ? demande Naujocks, qui s'efforce de conserver
son calme.

Karl s'acharne sur des fiches de couleur, qu'il
branche et débranche frénétiquement.

– Oui, grince le technicien. Mais le texte ne sera
pas entendu en dehors du village.

Naujocks réfléchit. Les secondes s'égrènent. Les
quatre SS chargés de surveiller les portes s'agitent
dans tous les sens.

– Eh bien faites-le. Faites quelque chose. Il faut que
ce sacré texte soit lu coûte que coûte.

268

Karl s'affaire encore sous une console, puis il revient au pas de charge vers les autres et adresse un signe à Heinrich.

– Dites-moi quand vous serez prêt, j'ouvrirai l'antenne.

– Prêt ? demande Naujocks au speaker.

– Prêt, bredouille Heinrich, blanc comme un linge.

– Alors, allez-y.

Heinrich commence à lire son texte très rapidement en polonais. Soudain, des coups de feu claquent dans le studio. C'est Naujocks qui vide le chargeur de son Luger en direction du plafond.

Le speaker interrompt un instant sa déclaration, interloqué, puis la reprend en bafouillant. Il force la voix et s'époumone à travers la fumée lorsqu'il donne ensuite lecture de la version allemande. Quand il a terminé, son front ruisselle de sueur.

– Tous aux voitures ! ordonne Naujocks en ratissant l'espace d'un grand geste du bras.

Le commando dégringole les marches extérieures en ordre dispersé. Parvenu au pied de l'escalier, il bute sur un corps pantelant. Un homme grand et long, vêtu d'un uniforme polonais, la « conserve en boîte » que Müller a déposée. « L'homme était vivant mais complètement inconscient, racontera plus tard Naujocks au procès de Nuremberg. J'ai pu me rendre compte qu'il vivait non à son regard mais à son souffle. Je n'ai pas vu de trace de balles, mais il avait le visage couvert de sang. » Quand la police de Gleiwitz arrive quelques minutes plus tard, c'est bien un cadavre qu'elle découvre devant l'entrée de la station.

Le 1er septembre 1939, Alfred Naujocks pénètre dans le bureau de Reinhard Heydrich, à Berlin. Pas rasé et les traits défaits, il n'a pas fermé l'œil depuis deux jours. Il n'a pas cessé non plus de se répéter que l'« opération Himmler », menée sous ses ordres, est un échec retentissant. Privé d'une diffusion nationale, le message provocateur a été uniquement capté par une poignée d'auditeurs de Gleiwitz. L'impact de la machination, dans laquelle sont impliqués les plus hauts dignitaires du régime, est insignifiant. Le prétexte recherché par le Führer pour s'attaquer à la Pologne s'est transformé, à cause de lui, en mascarade grotesque et anonyme.

– Félicitations, mon cher Alfred !

Le ton enjoué du chef du SD dissipe d'un coup ses idées sombres.

Alors qu'il imagine déjà sa carrière ruinée et sa vie menacée, Naujocks est accueilli jovialement. Si tant est qu'Heydrich puisse témoigner de la sympathie pour un subordonné.

– Dommage, bien sûr, pour le contretemps. Mais vous vous êtes correctement acquitté de votre mission. Regardez, vos exploits n'ont pas échappé à la première page du *Volkischer Beobachter*.

Heydrich déplie le journal et lit le grand titre ainsi que le début de l'article : « Des agresseurs attaquent la radio de Gleiwitz. La nuit dernière, peu avant 20 heures, un groupe de soldats polonais s'est emparé du bâtiment. Seuls quelques employés se trouvaient à cette heure-là en service. Il est manifeste que les assaillants polonais connaissaient parfaitement les lieux. Ils ont attaqué le personnel et fait irruption dans le studio, assommant ceux qu'ils rencontraient sur leur chemin. Les agresseurs ont coupé la ligne du relais de

Breslau et ont lu au micro un discours de propagande préparé à l'avance, en polonais et en allemand. »

Tandis que Naujocks affecte la modestie, Heydrich résume le sentiment qui prévaut à la Chancellerie :

– Hitler est très content. Il m'a téléphoné ce matin, à 5 heures, pour me féliciter. Il s'adressera à la nation dans le courant de la matinée. L'« opération Himmler » a pleinement rempli son but.

Quarante-cinq minutes après l'appel du Führer, les forces du Reich déferlent sur la Pologne. La supériorité allemande est écrasante : soixante divisions dont six blindées, soit plus d'un million et demi d'hommes accompagnés de trois mille chars et appuyés par deux mille cinq cents bombardiers et chasseurs de la Luftwaffe. Encerclée de tous côtés par les troupes allemandes arrivant de Prusse orientale, de l'Ouest et de Slovaquie, l'armée polonaise, composée de onze brigades de cavalerie et d'une quarantaine de divisions non motorisées, ne peut différer longtemps une reddition inévitable.

À 9 heures, l'Angleterre et la France lancent un ultimatum au Reich, exigeant l'arrêt des hostilités et le retrait immédiat des troupes engagées en Pologne. L'Italie se déclare neutre dans le conflit. Le même jour, le paquebot S/S *Athenia* de treize mille cinq cents tonnes est torpillé par un sous-marin U-30 allemand. Cent douze des mille cent trois passagers périssent en mer, dont soixante-neuf femmes et seize enfants.

À 10 h 12, Franz Wilsser coupe le gros poste de radio qui trône dans le salon de son appartement berlinois. Ses trois enfants, assis sur un coin du tapis, cessent de s'agiter et le dévisagent anxieusement.

– C'est la guerre, papa ?

– Oui, les enfants, cette fois, c'est la guerre.

– Que Dieu nous protège et protège l'Allemagne, murmure Gertrude Wilsser en se signant subrepticement.

– Tu vas partir au front, papa ? Tu vas être soldat ? demande une fillette.

– Pas encore, rassure-toi.

Franz Wilsser quitte la pièce et va s'enfermer dans son bureau pour mettre de l'ordre dans ses papiers et rédiger son testament.

Deux jours plus tard, l'Allemagne repousse l'ultimatum des Alliés. La Grande-Bretagne, la France, ainsi que l'Inde, l'Australie, l'Afrique du Sud et la Nouvelle-Zélande déclarent conjointement la guerre à l'Allemagne. La Seconde Guerre mondiale vient officiellement de commencer. Les puissances occidentales mobilisent. La France lance une timide offensive dans la Sarre, sans résultats. Le même jour, de l'autre côté de la planète, les États-Unis proclament leur neutralité dans le conflit.

Quinze jours après le début des combats, la Wehrmacht progresse toujours. D'autant que, le 17 septembre, l'Armée rouge viole à son tour le territoire polonais. À Varsovie, le 27, en dépit d'une résistance héroïque, soixante mille personnes sont écrasées sous les bombes de mille cent cinquante bombardiers à croix gammée. La Pologne s'effondre et capitule le jour même. Elle est dépecée entre l'Allemagne et l'URSS, selon les termes du protocole secret signé en août entre les deux pays.

En véritable joueur de poker, Hitler a parié sur le succès de l'« opération Himmler », prétexte à une invasion éclair de la Pologne. Pour ce faire, il n'a pas hésité non plus à dégarnir dangereusement ses frontières occidentales, misant du même coup sur les atermoiements des états-majors français et britannique. Car, si les Alliés avaient honoré leurs engagements vis-à-vis de la Pologne et lui avaient porté secours, ils seraient sans doute parvenus à défaire la vingtaine de divisions allemandes stationnées à l'ouest. Ni Londres ni Paris n'ont saisi l'occasion. Les deux puissances mondiales ont déclaré la guerre sans la faire. La France s'est installée dans la « drôle de guerre », convaincue de l'inviolabilité de la ligne Maginot et de sa stratégie défensive. Londres a tergiversé et n'a pris la pleine mesure des ambitions allemandes que lorsqu'une pluie de bombes s'est abattue sur les villes du royaume.

Le complot imaginé par Heydrich et mis en œuvre par Naujocks aura ainsi dépassé toutes les espérances d'Hitler et causé la perte de millions de vies humaines.

invasion échut de la Pologne. Tout ce fait, il n'a pas
hésité non plus à heurter dangereusement ses frontières occidentales, infant du même coup sur les atermoiements des états-majors français et britannique.
Car si les Alliés avaient donné leurs engagements
vis-à-vis de la Pologne, lui avaient porté secours, ils
seraient sans doute parvenus à délivrer à vingtaine de
divisions allemandes stationnées à l'ouest. Et Londres
ni Paris n'ont saisi l'occasion. Les deux puissances
mondiales ont déclaré la guerre sans le faire. La
France s'est installée dans la « drôle de guerre »,
convaincue de l'invulnérabilité de la ligne Maginot et de
sa tactique défensive. Londres a toujours eu à pris
le plein mesure des ambitions allemandes que fere...
un important pluie de bombes s'est abattue sur les villes du
royaume.

Le complot fomenté par Heydrich et mis en œuvre
par Neujocks aura ainsi dégagé toutes les explications
d'Hitler et coûté la perte de millions de vies humaines.

Des femmes sous influence

– Comment comptez-vous occuper votre journée, chérie ? claironne Stanley Burton en terminant ses ablutions dans sa salle de bain couverte de marbre et de dorures.

– Je vais musarder dans les boutiques de Bond Street dans le but délibéré de soulager vos comptes en banque. J'inviterai ensuite une amie à déjeuner dans un restaurant snob et ruineux. Puis, après un passage chez le coiffeur et l'esthéticienne, je rejoindrai mon jeune amant dans son studio sordide.

Voilà ce que Gill Burton aurait pu répondre à son mari, ce 15 juin 1953, si elle avait eu l'audace de lui dire tout à trac la vérité. Au lieu de quoi, elle se contente de badiner :

– Rien de particulier, chéri. J'ai rendez-vous avec Mary Ashworth à la Tate Gallery. Je tiens absolument à lui faire admirer l'exposition d'un jeune peintre dont on commence à beaucoup parler, Francis Bacon. Je serai de retour en fin d'après-midi. Et vous ?

– Je file tout à l'heure à Milan. Je vous téléphonerai en arrivant.

– Je vous souhaite de fructueuses négociations, ironise la jeune femme. Quelle proie va, cette fois, tomber entre vos griffes ?

– Papier ! Une usine de pâte à papier qui bat de l'aile.

– Je compte sur vous pour la faire décoller !

Stanley Burton glousse et s'étrangle en se brossant les dents.

– J'attends votre appel avec impatience, raille encore la jeune femme en claquant derrière elle la porte du somptueux appartement.

Si l'alchimie qui unit certains couples est parfois un mystère aux yeux des autres, l'itinéraire des Burton est, lui, d'une banale limpidité. Argent et pouvoir d'une part, jeunesse et beauté de l'autre sont les béquilles qui soutiennent depuis cinq ans les époux disparates. À l'âge de quinze ans, fille d'ouvriers, Gill Philips n'est encore qu'une gamine efflanquée lorsqu'elle décroche le titre de « Miss Brighton » lors des vacances d'été. Pendant quelques années, l'adolescente pose en tenue légère dans des magazines bon marché, et finit par décrocher un emploi de mannequin dans une obscure agence londonienne. Vivotant dans un studio, elle s'épuise pendant une dizaine d'années entre castings douteux et cachets symboliques. Quand elle atteint l'âge de trente ans, sa carrière s'est fanée sans qu'elle ait eu le sentiment de l'avoir commencée. Elle est hôtesse d'accueil dans un salon professionnel quand un sexagénaire jovial s'arrête sur son stand. Célibataire têtu et requin de la finance, Stanley Burton achète à bas prix des entreprises en perdition et les revend avec profit, allégées d'une partie de leur personnel. Le regard du banquier croise celui du mannequin. Comme deux lames d'acier qui se frottent et étincellent, leurs yeux luttent quelques secondes. Puis,

Burton baisse brusquement sa garde et éclate de rire. En signe de reddition, la jeune femme sourit à son tour. Sans qu'un mot ne soit prononcé, un accord est scellé entre ces deux êtres que tout oppose en apparence. Six mois plus tard, après avoir accompagné son amant au Kenya, Gill Philips devient officiellement Mme Gill Burton. Pendant trois ans, le couple se grise de sorties et de voyages. Comme pour compenser ses années d'humiliation, Gill dépense sans compter et se repaît de luxe. Jusqu'à ce que le crâne chauve et la taille ventripotente de son mari lui deviennent insupportables.

Une nouvelle année s'écoule. Gill trompe son ennui de cocktails mondains en expositions. Elle fréquente les salles des ventes, chine chez les antiquaires, joue au bridge et monte à cheval. Un matin, à la recherche d'une nouvelle distraction, elle décide de faire remettre à neuf son appartement. Une équipe de peintres prend possession des lieux. Gill observe avec intérêt le va-et-vient fébrile des ouvriers et son regard s'arrête bientôt sur un jeune homme ébouriffé, d'une étrange beauté. Profitant d'un moment où il est seul dans une pièce, perché sur un escabeau, elle s'approche de lui et demande avec désinvolture :

– Comment vous appelez-vous ?

– David. David Marsch, répond le garçon en plongeant son pinceau dans un pot de peinture.

En interrogeant le peintre, Gill se découvre avec lui d'étranges affinités. Lui aussi a traîné une enfance sans espoir dans les faubourgs déshérités de Londres. Lui aussi a rêvé de respect et de reconnaissance, de gloire et de fortune. Lui aussi a perdu peu à peu son combat et ses illusions face à des hommes tels que Stanley.

– Avez-vous une passion, David ? Je veux dire : quelque chose qui vous tienne à cœur, en dehors de décorer les murs des appartements bourgeois de Covent Garden ?

– J'écris, maugrée le garçon sans se retourner.

– Et qu'écrivez-vous ?

– Je termine un roman.

L'intérêt de Gill est piqué au vif.

– Me laisserez-vous lire un jour quelques pages de votre œuvre ? demande la femme en minaudant. J'adore la littérature. J'admire les auteurs qui créent des personnages, qui imaginent des univers, qui donnent vie aux fantômes.

Intrigué, Marsch se retourne. La femme en robe vaporeuse qui se tient en contrebas est une blonde élancée. Ses yeux de chatte, gris moucheté de vert, plongent dans les siens.

– Pourquoi pas ? bredouille le jeune homme, intimidé. Mais il faudra venir chez moi. Je ne prête à personne mon manuscrit.

– Vous avez raison. Si vous m'invitez, je viendrai chez vous.

– Je vous préviens, vous allez être surprise, ricane David.

– De quoi serai-je surprise ? Avez-vous un lit rond ou à baldaquin ?

Du haut de son échelle, David Marsch balaie d'un geste agacé le luxueux salon.

– Chez moi, c'est un peu différent. J'habite une chambre de bonne sans chauffage, dans un quartier indien.

– Ça n'a aucune importance ! Bien au contraire, je trouve cette proposition très excitante ! s'exclame la séductrice en frappant dans ses mains.

Le fragile équilibre dans lequel l'existence frustrée de Gill s'était installée vient brusquement de basculer.

Au désespoir et au ravissement de Gill Burton, la passade qu'elle avait décidé de s'octroyer avec le jeune peintre s'est transformée en passion amoureuse. Deux fois par semaine, elle s'échappe de son quartier résidentiel et se rue dans un taxi pour rejoindre son amant, à la périphérie de la ville. Après l'amour, David lit à voix basse quelques pages de son livre. Gill s'émerveille. Chaque mot soigneusement choisi, chaque phrase adroitement balancée la replongent dans l'atmosphère de son enfance. Elle revit avec un réalisme bouleversant la tristesse des faubourgs, les fins de mois difficiles, la lutte au quotidien.

— Tu gâches ton temps et ton talent, pleurniche Gill à chacune de ses visites. Si tu pouvais disposer d'un an ou deux pour finir ton roman, tu ferais un chef-d'œuvre.

— Si tu as confiance en moi, j'y arriverai un jour, se persuade David sans trop y croire.

— J'aimerais pouvoir t'aider davantage. Mon mari est trop riche pour compter ses millions, mais il contrôle toutes mes dépenses. Bien sûr, si nous vivions ensemble...

— Oui, mais c'est impossible ! réplique le garçon, avec un mélange de fol espoir et de résignation.

Un jour qu'elle musarde dans le quartier où réside son amant, en attendant son rendez-vous galant, Gill Burton repère une boutique modeste qui vante les mérites d'une technique de massage oriental. Amusée et intriguée, elle entre. Une femme de son âge l'accueille avec chaleur.

– Bonjour, je m'appelle Mina Khapoor. Que puis-je pour vous ? gazouille l'esthéticienne.

– Je suis épuisée et à bout de nerfs. J'ai besoin de me détendre. Parlez-moi de votre massage miracle.

La jeune Indienne installe sa cliente dans un profond sofa. Des accords de sitar et de tambourin flottent dans l'air saturé d'encens.

– Savez-vous que le visage est une zone très riche en points énergétiques ? Nous allons commencer par là. Relaxez-vous. Pensez à une chose agréable. À l'homme que vous aimez par exemple !

L'expérience est concluante. Une heure plus tard, quand elle quitte la boutique, Gill est métamorphosée. Une délicieuse sensation de bien-être irrigue son corps, et son angoisse s'est dissipée comme par magie. C'est pourquoi, quelques jours plus tard, elle pousse à nouveau la porte de la boutique.

– Votre massage m'a régénérée. Je me sens en pleine forme.

– J'en suis enchantée. Je vais maintenant m'occuper de votre dos.

Lorsque la séance est terminée, Mina Khapoor offre une tasse de thé à sa cliente. Bientôt, dans l'atmosphère exotique du salon, les deux femmes échangent des confidences.

– Vous n'habitez pas le quartier, n'est-ce pas ? demande l'esthéticienne.

– Je ne fais qu'y passer deux ou trois fois par semaine, confesse Gill avec un sourire complice.

Mina lui tapote la main affectueusement.

– Oui, je comprends. Un peu de tendresse dans un monde de brutes !

– On peut le dire comme cela. Mais au fait, que vous est-il arrivé, vous êtes-vous blessée ? Je n'ai pas encore osé vous le demander.

Gill Burton désigne, sur le visage de l'Indienne, des marques rouges, des marbrures violacées.

– Ah, ça ! C'est une peinture abstraite. Une œuvre signée Shashi !

– Un homme vous frappe et vous vous laissez faire sans réagir ? s'indigne l'ancien mannequin. Pourquoi n'allez-vous pas porter plainte au commissariat ?

– Parce que vous perdriez aussitôt votre esthéticienne et les bienfaits de ses massages, réplique Mina en s'efforçant de sourire. À tout prendre, je préfère les gifles à un coup de couteau ou à des brûlures de cigarette.

– Que voulez-vous dire ? demande Gill, soudain horrifiée.

– Shashi, mon mari, voudrait me voir enfermée du matin au soir à la maison. Sa jalousie a empiré quand j'ai ouvert mon institut. Ma vie s'est transformée en cauchemar. Et demander le divorce reviendrait à signer mon arrêt de mort.

– Faites pression sur les collègues de travail de votre mari. Plaignez-vous à ses amis.

Mina éclate d'un rire presque enfantin.

– Shashi truque des combats de boxe et falsifie des passeports. Vous imaginez les gens qu'il peut fréquenter ? Non, personne ne pourra jamais me venir en aide.

Au fil des mois, à force d'échanger petits secrets et confidences, l'amitié qui lie les deux femmes se renforce peu à peu. Le lundi, jour de fermeture de l'institut de beauté, il n'est pas rare qu'elles passent de longues heures à flâner ensemble dans les boutiques de mode. Dès que l'occasion se présente, Gill trouve un prétexte pour offrir une robe ou une paire de chaussures à sa nouvelle amie. Naturellement, Mina n'ignore maintenant plus rien du passé de sa bienfaitrice, de l'échec de son mariage, et de la passion dévastatrice qu'elle éprouve à l'égard de son amant, l'apprenti écrivain. Un après-midi, la jeune Indienne semble contrariée. Elle accroche le bras de Gill et lui murmure à l'oreille :

– As-tu dit à ton mari ou à David que nous nous connaissions ?

Déconcerté, l'ancien mannequin réfléchit une seconde.

– Non, je n'en ai pas éprouvé le besoin, pourquoi ?

– Donc, mis à part les vendeuses des magasins et les serveurs des restaurants que nous fréquentons, personne ne nous a vues ensemble.

Gill écarquille les yeux.

– Non, je ne crois pas. Mais où veux-tu en venir ?

– Tu viens de Covent Garden et moi d'un quartier pauvre. Ton mari est banquier, le mien est un faussaire. Tu es une Anglaise bon teint et je suis une Indienne. Nous n'avons strictement rien en commun.

Gill, embarrassée, dévisage son amie avec gravité.

– Faut-il être semblable pour partager des sentiments ?

Mina accentue son étreinte.

– Non, bien sûr ! Notre amitié n'est pas en cause. Mais hier soir, une idée bizarre m'a traversé l'esprit. Une idée folle, comme on peut en avoir quand on est dépressive.

– Explique-toi.

– Shashi venait de quitter l'appartement après

282

m'avoir giflée. Comme j'étais seule, je suis allée au cinéma.

– Et alors ? maugrée Gill. Ton histoire devient incohérente. Je n'y comprends plus rien.

L'autre poursuit :

– J'ai vu un film d'Hitchcock, *L'Inconnu du Nord-Express*. Il date d'un an ou deux, je crois.

– Viens-en aux faits, s'agace Gill. Pourquoi tous ces mystères ?

– Oh, rien, oublie ça, tu veux bien ? dit l'Indienne en orientant brusquement la conversation sur un autre sujet.

Mais le cœur n'y est plus, et bientôt les deux femmes se séparent en promettant de se téléphoner.

Intriguée par les propos énigmatiques de son amie, Gill Burton gagne l'obscurité d'une salle de cinéma où l'on donne le film en question. Au bout de quelques minutes, un frisson glacé lui secoue l'échine. Les paroles obscures de Mina s'éclairent soudain d'un jour nouveau. Le film relate la rencontre fortuite entre deux inconnus, Guy Haines et Bruno Anthony, dans le wagon-restaurant d'un train. Après avoir sympathisé, Anthony propose à Haines un marché très spécial. Il assassinera Miriam, la femme de Guy, qui l'empêche de divorcer pour épouser Ann dont celui-ci est épris. À charge de revanche, Guy tuera le père de Bruno que celui-ci déteste. De cette façon, l'un et l'autre parviendront à se débarrasser de leurs gêneurs respectifs sans prendre le moindre risque. Comment la police pourra-t-elle, en effet, établir le lien qui associe, par crimes interposés, de parfaits inconnus ? D'autant que, naturellement, les comploteurs auront pris soin de se forger de solides alibis.

Gill assiste avec fascination et épouvante à l'exécution du plan machiavélique. Des gouttes de sueur perlent sur ses tempes. Son cœur frappe à tout rompre dans sa poitrine. Bien que la stratégie imaginée par Anthony échoue, et qu'Hitchcock fasse triompher le bien, Gill est bouleversée. Mina a-t-elle été sérieuse en mentionnant ce film ? Veut-elle s'en inspirer ? Lui a-t-elle réellement demandé de tuer Shashi, tandis qu'elle se chargerait d'éliminer Stanley ? S'agit-il d'une blague ou d'une proposition ?

Pour en avoir le cœur net, elle se précipite sans plus attendre dans la boutique de son amie.

— Très drôle ! J'apprécie ton sens de l'humour. Je viens de voir *L'Inconnu du Nord-Express*, glapit Gill. Veux-tu nous transformer en assassins ?

— Un scénario machiavélique mais efficace ! réplique l'esthéticienne très calmement. Dommage que, dans le film, Guy Haines n'ait pas eu le courage d'aller jusqu'au bout !

— Tu aurais voulu qu'il tue le père de Bruno ? Es-tu donc dénuée de toute moralité ?

— Dommage qu'Hitchcock ait changé la fin de l'histoire, écrite, je crois, par Raymond Chandler, poursuit Mina.

— Et qui... ?

— ... qui prévoyait le succès du complot.

Gill s'effondre sur une chaise.

— Tu es complètement folle. Tu me proposes de tuer ton mari et toi le mien, c'est bien ça ?

— Réfléchis, nous sommes toutes les deux des victimes sans espoir. Qu'avons-nous à perdre ? Shashi me bat comme plâtre et me terrorise. Stanley te traite comme un objet et t'empêche d'être heureuse.

— Nous pourrions fuir ou divorcer, plaide Gill.

— Où que j'aille, mon mari me tuera. Quant à toi, veux-tu partager la misère de David dans sa chambre de bonne ? Votre amour ne ferait pas long feu.

— Non, bien sûr, admet Gill, déconcertée par cet argument.

— Écoute, dit Mina. Qui irait chercher dans la haute bourgeoisie l'assassin d'un faussaire minable, qui se terre dans un quartier indien ? Et qui soupçonnerait une pauvre esthéticienne d'avoir tué un banquier ? Dans les deux cas, il n'y aurait aucun mobile. Aucune relation de cause à effet. Rien qui pourrait nous démasquer.

Soudain excédée, Gill se rebiffe.

— Je crois que tu es épuisée, Mina. Repose-toi et retrouve tes esprits !

Durant les mois qui suivent cette étrange conversation, les événements donnent malheureusement du poids à l'ahurissante proposition de Mina Khapoor. Stanley Burton soupçonne son épouse de lui être infidèle et ne manque pas une occasion de l'humilier en public, raillant ses origines modestes et sa carrière de mannequin raté. À ses activités délictueuses, Shashi a ajouté le trafic de stupéfiants et son caractère irascible s'est encore aigri. Sombrant du purgatoire en enfer, les deux femmes analysent une nouvelle fois leur pitoyable situation.

— D'accord, allons plus loin, propose un jour Gill à son amie. Imaginons que je te délivre de ton mari. Comment devrai-je m'y prendre ?

– Il faut que sa mort fasse penser à un règlement de comptes entre voyous. Je t'indiquerai le nom du pub où il passe ses soirées à jouer aux cartes. Il te suffira de l'attendre à la sortie et de le tuer.

– Le tuer avec quoi ?

– Une arme à feu quelconque.

Gill ricane nerveusement.

– Parce que, bien sûr, tu t'imagines que les armoires de ma chambre sont pleines de pistolets !

– Mon mari en possède un. Je l'ai vu le cacher au-dessus de la chasse d'eau, dans la salle de bain. Naturellement, il n'est pas question que tu l'utilises. Je me le réserve pour tuer Stanley.

À cet instant, Gill bondit sur ses pieds.

– Ne cherche plus, je crois avoir une idée.

Le week-end suivant, Gill Burton se rend seule chez ses parents, qui vivent dans une banlieue ouvrière, à l'est de Londres. Dès le repas terminé, Gill descend dans la cave du pavillon pour fouiller les cartons dans lesquels s'entassent les vieilleries de la famille.

– Que cherches-tu au juste ? lui demande son père.

– Les albums de photos, mes cahiers d'écolière, mes vieux jouets.

– Tout est là. Sur ces étagères, il y a mes souvenirs et ceux qui ont appartenu à ton grand-père.

– D'accord, papa, accorde-moi une heure, je fais le tri dans tout ça et je monte vous rejoindre, maman et toi, pour prendre le thé.

Une fois seule, Gill se précipite vers les paquets qu'a désignés son père. Elle cherche fébrilement un objet précis dont elle connaît l'existence : le revolver Enfield MK1 que son grand-père avait conservé après son passage dans l'armée des Indes. Dans le passé, son père le lui a montré à plusieurs reprises et l'a même autorisée à s'en servir en rase campagne, le jour de ses seize ans. Après avoir remué des kilos de vieux papiers, Gill découvre le revolver, glissé dans un holster. Elle le soupèse et le trouve lourd. Le barillet contient quatre balles de 38 mm. La jeune femme récupère un ours en peluche dans un autre carton. Elle défait une couture, glisse l'arme à l'intérieur, remet le reste bien à sa place, et rejoint ses parents, son ours et un album de photos sous le bras.

– As-tu trouvé ton bonheur ? l'interroge sa mère.

– Oui, j'ai trouvé ce que j'étais venue chercher, répond Gill en enfouissant les objets dans un sac de voyage.

Gill a minutieusement repéré les lieux qui entourent le pub, dans lequel Shashi Khapoor a pris ses habitudes. Elle remarque que l'endroit est désert après 22 heures et que la bouche d'une station de métro est à proximité. Elle s'est également familiarisée avec le visage de celui qu'elle doit abattre. D'abord en examinant des photos, puis en se risquant à croiser son regard, un soir, à la sortie du bar. Il importe à présent que les deux femmes conviennent d'une date pour exécuter leur premier forfait.

– Mon mari part la semaine prochaine aux États-Unis, annonce Gill à son amie. Il est temps de te trouver un alibi.

– J'en ai un pour jeudi. J'ai été engagée pour masser un groupe de touristes françaises dans leurs chambres d'hôtel. Je ferai traîner les choses jusqu'à minuit et je trouverai le moyen de me faire repérer du concierge.

– N'en fais pas trop, sois prudente, recommande Gill, soudain inquiète.

– Compte sur moi, tout se passera bien.

– Que ferons-nous ensuite ?

– Nous cesserons de nous voir pendant trois semaines. Après, tu passeras à l'institut comme si tu étais une cliente ordinaire. Si tout va bien, nous préparerons la seconde étape de notre plan.

Les jeunes femmes s'étreignent avec émotion. Tandis que Gill commence à s'éloigner, Mina lui prodigue un ultime conseil.

– Surtout, ne laisse pas Shashi s'approcher de toi. C'est un homme très dangereux.

Vers 23 heures, une femme mince, vêtue de noir, droguée ou prostituée peut-être, rôde devant le pub Arlington. Une perruque brune lui cache le front et elle presse entre ses mains tremblantes un petit sac informe. L'ombre vire au coin de la rue et revient sur ses pas. Soudain, la porte du pub s'ouvre à toute volée et libère un homme au teint sombre. Il fait quelques pas sur le trottoir et s'arrête pour allumer une cigarette. La femme marche vers lui d'un air décidé. L'homme lève les yeux vers elle.

– Tu prends combien, ma poule ?

La femme sort un objet de son sac. Un éclair bleuté étincelle à la lueur d'un réverbère. L'homme se fige. La femme presse la détente. Un cliquetis métallique se produit. L'homme se rapproche par bonds. La femme actionne une seconde fois la gâchette de l'arme. Sans plus de succès. Quand l'Indien se jette sur elle, un coup de feu lui perfore la poitrine. La femme tire à nouveau à deux reprises dans le corps pantelant et disparaît au coin de la rue. Elle arrache aussitôt sa perruque et dégringole quatre à quatre les marches du métro.

Le lendemain, à la page des faits divers, les journaux relatent l'événement en ne lui accordant que deux courtes lignes.

Gill patiente durant trois interminables semaines. Par mesure de prudence, pour ne pas risquer d'être aperçue dans le quartier indien, elle s'abstient aussi de revoir son amant. Ayant constaté que Mina disposait d'un alibi irréfutable, la police oriente rapidement son enquête vers les milieux mafieux de la capitale. La première partie de la conjuration s'est déroulée comme l'avaient prévu ses organisatrices. Reste à passer à l'étape suivante.

— Tu es resplendissante, totalement transformée, s'extasie Gill en retrouvant Mina dans une cafétéria.

— Oui, tu as changé ma vie. Je suis enfin libre. Tu le seras bientôt à ton tour, murmure l'esthéticienne en pétrissant affectueusement les mains de son amie.

Un silence lourd s'installe ensuite entre les deux femmes. Gill s'impatiente.

— Comment comptes-tu t'organiser ?

— Ma tâche est difficile. Ton mari a un chauffeur et deux assistantes. Il est rarement seul. Je ne pourrai pas agir comme toi, à visage découvert. Je vais devoir l'attirer dans un piège.

— Je t'écoute, quel est ton plan ? demande Gill, avec dans la voix une pointe d'inquiétude et d'agacement.

— J'envisage de séduire Stanley dans le bar d'un hôtel de luxe, puis de l'attirer dans une chambre pour lui régler son compte.

Gill dévisage son amie avec perplexité.

– Ça ne marchera pas. Stanley ne fréquente pas les bars et je doute qu'il se laisse facilement séduire par une inconnue.

– Très bien, c'est sans importance, j'ai prévu autre chose. Mais j'aurai besoin de ta collaboration.

– Il n'en est pas question ! se révolte l'ancien mannequin. Je ne dois pas être mêlée à ce que tu vas faire.

– Ne te fâche pas. Tu n'auras qu'à donner rendez-vous à ton mari dans un palace. Une demi-heure plus tard, tu lui téléphoneras pour lui dire qu'un incident grave t'empêche de le rejoindre. Tu ne seras en aucun cas impliquée dans la suite des événements.

– Je n'aime pas ce scénario.

– Quelle est la date de votre anniversaire de mariage ? demande Mina, qui poursuit son idée.

– Le 15 septembre.

– Nous saisirons ce prétexte. C'est à peine dans trois mois.

– Je ne veux pas attendre.

Mina s'emporte à son tour.

– Que proposes-tu si tu n'es pas d'accord ?

Le visage de Gill se fane sous l'effet de la contrariété.

– Ne serais-tu pas en train de me rejouer le film d'Hitchcock, où l'un des complices ne tient pas sa promesse ? Je te rappelle que c'est toi qui m'as entraînée dans cette histoire absurde.

– Ne gâche pas tout en perdant ton sang-froid ! s'exclame Mina.

Le sourire rassurant de la jeune Indienne n'apaise pas les doutes qui tenaillent le mannequin.

Après d'âpres négociations, les deux femmes se mettent enfin d'accord sur une stratégie. Pour célébrer dignement leur septième anniversaire de mariage, Gill demandera à son mari de leur réserver une suite à l'hôtel Draycott, un palace de style victorien, situé dans un quartier tranquille. Au jour et à l'heure du rendez-vous, Gill se présentera, affolée, au service des urgences du National Hospital, prétextant un trouble oculaire et une légère douleur dans un bras. Ce sont les symptômes les plus fréquents d'un début d'attaque cérébrale. L'interne de garde la retiendra vraisemblablement en observation pour lui faire subir les premiers examens et établir un diagnostic. Gill téléphonera aussitôt à Stanley, à la réception du Draycott, pour le tenir informé de la situation.

– À cet instant, j'attendrai ton mari à proximité de l'hôtel, déguisée en coursier sur un vélomoteur, précise Mina. Dès qu'il en sortira pour aller te rejoindre, je l'abattrai avec l'arme de Shashi et je prendrai la fuite. Je me débarrasserai du pistolet en le jetant dans la Tamise, et je rentrerai chez moi comme si de rien n'était. De ton côté, tu auras un alibi indestructible.

Gill approuve ce plan du bout des lèvres.

Le 15 septembre 1955, à 21 h 30, un médecin accompagne une femme blonde dans les couloirs du National Hospital.

– Fausse alerte, madame Burton ! Aucun risque d'attaque cérébrale. Les résultats des radios et des analyses sont formels, mais votre tension est faible. Prenez quelques jours de repos, vous semblez épuisée.

Les traits pâles et tirés, la démarche légèrement vacillante, Gill se laisse guider par le médecin. Bien que déclaré sain, son cerveau est en ébullition. Les événements se sont-ils déroulés comme Mina les avait prévus ? Dès l'arrivée de Gill dans le service des urgences, un interne l'a prise en charge pour établir rapidement un diagnostic. Avant d'être conduite en salle de radiologie, elle a demandé à une infirmière d'appeler pour elle la réception de l'hôtel Draycott pour parler à son mari. Quelques minutes plus tard, la voix irritée de Stanley a vibré à ses oreilles :

– Qu'est-ce que tu racontes ? Tu ne viens pas me rejoindre ! Un problème vasculaire ? Décidément, rien n'est simple avec toi ! C'est bon, j'arrive !

Gill s'est ensuite effondrée, comme balayée par une lame de fond. Que s'est-il passé ensuite, après son appel ? Mina a-t-elle eu le courage de tuer un homme de sang-froid ?

– Attendez ici, votre mari ne va sans doute pas tarder ! dit le médecin en installant Gill dans une salle d'attente.

La femme s'écroule sur une banquette et se prend la tête à deux mains, incapable de retenir ses larmes.

– Qu'ai-je fait, mon Dieu ? Je suis un monstre !

Soudain, une ambulance, sirène hurlante, stoppe devant l'entrée de l'hôpital. Des hommes en blanc jaillissent des portières. Un brancard est roulé à toute vitesse à l'extérieur. Des exclamations paniquées retentissent dans le couloir.

Gill redresse la tête.

– Blessures par balles devant l'hôtel Draycott, braille un ambulancier. Trois impacts. Pouls faible, respiration saccadée, hémorragie interne. On l'emmène au bloc.

Gill Burton bondit sur ses pieds. Elle se rue à la rencontre des secouristes. Quand, hors d'haleine, elle parvient à les rattraper, elle identifie aussitôt le visage du blessé. Stanley gît, inanimé, sur la civière, une perfusion plantée dans le bras. Son torse est trempé de sang. Il halète douloureusement.

– C'est mon mari ! Faites quelque chose, vite ! Sauvez-le, je vous en supplie ! s'égosille la femme avant de s'évanouir.

Après de multiples interventions chirurgicales, trois mois d'hospitalisation et une longue convalescence, Stanley Burton est autorisé à regagner son domicile dans un fauteuil roulant. La moelle épinière a été lésée par le trajet d'une balle et le malade a perdu l'usage de ses jambes. Veillé par des infirmières qui se relaient nuit et jour à son chevet, Burton est dès lors condamné à une vie sédentaire.

L'événement a une répercussion extraordinaire. Il ne peut s'agir d'une agression crapuleuse, puisque la montre et le portefeuille du banquier n'ont pas disparu. Il ne peut s'agir non plus d'un acte terroriste, car Stanley Burton clamait partout son désintérêt pour la politique. Avant de retenir l'hypothèse d'un règlement de comptes dans les milieux d'affaires, les enquêteurs interrogent Gill longuement.

– Pour quelle raison avez-vous donné rendez-vous à votre mari à l'hôtel Draycott ?

– Pour y fêter notre septième anniversaire de mariage.

– Que faisiez-vous à 20 heures ?

– Je me faisais examiner au National Hospital, car je ressentais une violente douleur dans un bras.

– Mais vous n'étiez pas malade, insiste l'inspecteur. Les examens n'ont rien révélé d'anormal.

L'interrogatoire se poursuit ainsi pendant plusieurs heures, car l'emploi du temps de Gill Burton semble suspect aux policiers.

– Avez-vous engagé un tueur à gages pour vous débarrasser de votre mari ?

– Comment osez-vous me poser une question pareille ? s'insurge la jeune femme.

– Vous êtes-vous fabriqué un alibi en vous rendant à l'hôpital ?

Gill menace de porter plainte pour harcèlement policier. Comme les inspecteurs ne constatent aucun mouvement d'argent sur son compte bancaire, faute d'indices et de preuves, ils cessent de l'inquiéter et concentrent leurs efforts en direction des banquiers véreux de la capitale.

Confinée dans sa prison dorée, pétrie de remords, transformée en garde-malade, Gill rompt tout contact avec Mina Khapoor, qui se garde bien, de son côté, de lui donner signe de vie. Six mois après la tentative d'assassinat, elle prend le risque de revoir son amant dans sa maison de campagne. Mais le cœur n'y est plus. Le charme est brisé. Les mots du jeune écrivain, autrefois bouleversants, ne trouvent aucun écho en elle. Comme si ses souvenirs d'enfance s'étaient dissous dans le fiel de son cœur. Sa jeunesse s'est consumée, sa vie est un fiasco. Gill offre une forte somme à son amant et le congédie. Après le décès de Stanley Burton, en 1966, Gill mène une vie monastique, distribuant son trop-plein d'argent à des œuvres de bienfaisance, venant en aide aux jeunes filles défavorisées et aux artistes débutants. Elle s'éteint à son tour en 2001.

La vérité éclate lorsque le notaire de la famille Burton prend possession du testament. Outre la liste des dons divers que la défunte lègue aux associations caritatives, le document contient le récit de la conjuration.

Ordre est donné à l'homme de loi de le divulguer intégralement à la presse. Sa confession n'omet aucun détail, à l'exception des véritables noms de sa complice et de son amant. Le texte se termine par ces mots : « J'ai vécu un demi-siècle avec mon secret pour compagnon de cellule. Je demande aujourd'hui pardon à tous ceux dont j'ai brisé la vie. Que Dieu et... Alfred Hitchcock aient pitié de mon âme. »

La nuit qui ébranla la République

Le froid vif pique les doigts et les visages des milliers de manifestants réunis à Paris sur la place de la Concorde. Le martèlement des cannes à bout ferré des Camelots du Roi cadence les vociférations des anciens combattants de Verdun et du Chemin des Dames. Frigorifiés dans leurs voitures à pneus, leurs uniformes bleu horizon constellés de médailles, ils protestent contre l'éviction de Jean Chiappe, le préfet de police. Trépignant à leurs côtés, les ligueurs d'Action française paradent sous une forêt bruissante de drapeaux à fleurs de lys. Plus loin, les Croix de Feu et les Jeunesses patriotes scandent des slogans haineux à l'égard d'Édouard Daladier, récemment nommé président du Conseil. Nous sommes le 6 février 1934. Le scandale provoqué par l'affaire Stavisky, qui a dévoilé publiquement la corruption de certains milieux politiques et financiers, a exacerbé aussi la colère des militants d'extrême droite.

– À bas les voleurs et les francs-maçons ! hurlent de jeunes hommes surexcités, un béret noir vissé sur la tête.

Un autre insurgé au crâne rasé insulte la République en brandissant sa canne.

– À bas la Gueuse ! Vive le roi !

À 20 heures, un autobus incendié déclenche une répression d'une rare brutalité. Les policiers quittent brusquement le pont de la Concorde depuis lequel ils protégeaient l'Assemblée nationale et chargent à cheval, sabre au clair. La mêlée est confuse et sanglante. Des coups de feu claquent de part et d'autre. Les chevaux, affolés, ruent et caracolent sous une grêle de projectiles. Bientôt, vingt manifestants gisent sans vie sur les pavés et mille autres, sévèrement blessés, sont évacués vers les hôpitaux.

Quand le calme retombe enfin sur Paris endeuillé, la France est définitivement coupée en deux. Extrême droite et gauche pro-soviétique se vouent mutuellement aux gémonies. Seule la mobilisation générale contre l'Allemagne nazie, quelques années plus tard, calmera les esprits et évitera que n'éclate une guerre civile. Pour autant, cette nuit d'horreur aura d'étranges répercussions. Elle va souder une partie des ligues fascistes et permettre la création de la Cagoule, une organisation terroriste d'une redoutable efficacité. Et elle va susciter la plus formidable conspiration jamais imaginée pour renverser la République...

Vers le milieu des années 30, la France est aux abois. Appauvrie, exsangue, elle n'en finit pas de panser les plaies causées par la Grande Guerre. Près d'un million et demi d'hommes, jeunes pour la plupart, ont péri au champ d'honneur. L'euphorie de la victoire a vite fait place au désenchantement. Fermes, usines et ateliers tournent au ralenti. La production stagne. Les faillites prolifèrent. À cause d'un franc surévalué, les exportations françaises s'effondrent. Les caisses de l'État sont vides. L'inflation rogne les salaires et l'épargne. Le chômage s'installe partout. De soixante mille en 1931, le nombre des demandeurs d'emploi passe à trois cent soixante-dix mille trois ans plus tard, pour atteindre cinq cent mille en 1935. Et depuis le krach de la Bourse américaine, en 1929, la crise est planétaire. Dans ce climat délétère, l'instabilité chronique du système parlementaire, propre à la IIIe République, exacerbe les tensions populaires. En cinq ans, une vingtaine d'équipes gouvernementales se sont succédé au pouvoir, sans parvenir à redresser la situation.

Pour contrer l'influence des organisations d'extrême droite, trois éminents professeurs créent, au lendemain du 6 février 1934, le Comité d'action antifasciste et de vigilance, auquel appartiendront André Malraux et André Gide. Au cours des mois suivants, un rapprochement analogue s'opère entre les forces politiques de gauche. Socialistes, communistes et radicaux constituent le Front populaire et s'unissent sur un programme commun qui peut se résumer à trois mots simples : « Paix, pain, liberté ! » En mai 1936, Léon Blum, qui dirige la SFIO, la Section française de l'Internationale ouvrière, est élu triomphalement et préside bientôt le gouvernement. Un mois plus tard, il décrète la dissolution des ligues. Seul le colonel de La Rocque, le chef des Croix de Feu, consent à se soumettre. Fort d'un million d'adhérents, il décide de se maintenir dans la légalité et fonde le Parti social français, dont le but déclaré est de conquérir le pouvoir lors des futures élections. Les autres organisations d'extrême droite entrent dans la clandestinité. Elles vont, dès lors, se mobiliser pour faire aboutir secrètement deux objectifs : lutter contre la montée du péril hitlérien en réactivant l'armée, et empêcher un éventuel coup de force des communistes. Car le pacifisme prôné par la gauche et les liens ombilicaux qui unissent les dirigeants du Parti communiste à l'Union soviétique demeurent, aux yeux de la droite, les dangers prioritaires qu'il lui faut combattre.

À la fin de l'hiver 1936, un banquet réunit, dans un restaurant parisien, une cinquantaine d'anciens combattants. Tous appartiennent à l'Association des décorés au péril de leur vie.

– Le Front populaire va jeter la France dans un puits sans fond ! assène d'une voix aigre le général Lavigne-Delville, un vieux cavalier qui peut se targuer d'avoir été parmi les derniers à charger l'ennemi à cheval, en 1914.

– Vous avez raison, mais il existe à travers le pays des centaines de mouvements nationaux. Ils patientent. Ils attendent un signal fort pour sortir de l'ombre, réplique Eugène Deloncle, installé à ses côtés à la table d'honneur.

L'œil étincelant, la mâchoire épaisse, le front dégarni, Deloncle dirige d'une poigne de fer le CSAR, le Comité secret d'action révolutionnaire, un groupement clandestin d'extrême droite. Fils d'un capitaine au long cours et d'une mère corse, c'est un brillant polytechnicien. Héros de la Grande Guerre, chevalier de la Légion d'honneur, il est membre des conseils d'administration d'une demi-douzaine de firmes prestigieuses.

– Quelle force représenteraient ces organisations si elles parvenaient à se fédérer ? demande le général, dont l'intérêt s'est éveillé.

– Une force considérable sans aucun doute...

Eugène Deloncle marque une pause et chuchote à l'oreille du général :

– ... à la condition, toutefois, que la fédération dont vous parlez agisse sur le terrain et demeure secrète.

Le général Lavigne-Delville dissimule avec difficulté le frisson d'excitation qui lui chatouille la nuque. L'analyse de Deloncle le frappe au cœur. Une idée germe aussitôt dans son esprit.

Dès le lendemain, le général convoque chez lui Deloncle, le colonel Groussard et le docteur Henri Martin. La Cagoule va naître de la volonté commune à ces quatre hommes de renverser la République.

Fatigué de l'attentisme et des discours stériles de Maurras, le leader de l'Action française, le colonel Groussard a jeté son dévolu sur Jacques Doriot. Exclu du Parti communiste, ce militant fougueux a fondé le Parti populaire français, une vaste organisation populiste d'extrême droite qui compte dans ses rangs des intellectuels comme Drieu La Rochelle. Groussard est, par ailleurs, consterné par la propagande pacifiste qui, selon lui, « contamine » l'armée française. Quand éclatera une nouvelle guerre, car elle semble inéluctable, les officiers se coucheront devant l'ennemi, assure-t-il. D'autant que, depuis l'arrivée au pouvoir du Front populaire, des cellules communistes se sont implantées dans les casernes et sapent le moral des troupes. Pour contrecarrer la menace d'une révolution bolchevique, Groussard, avec l'aval de ses supérieurs, parcourt inlassablement les régions militaires. Il blâme le défaitisme, fustige les communistes, endoctrine les recrues du contingent, et crée bientôt des groupes d'autodéfense, véritables armées dans l'armée capables, le moment venu, de s'insurger contre un gouvernement « vendu à Moscou, aux juifs et aux francs-maçons ».

Surnommé « le comploteur du siècle » par l'historien Pierre Péan, le docteur Henri Martin, médecin réputé, est lui aussi un anticommuniste acharné. Depuis des années, il collecte et compile toutes sortes d'informations qui lui permettront de dénoncer, preuves à l'appui, une conspiration stalinienne ourdie dans les plus hautes sphères du pouvoir.

– Si l'armée ne se ressaisit pas, nous serons contraints de faire comme les officiers japonais ! clame Groussard. Nous envahirons le ministère de la Défense et nous passerons par les armes les responsables de la décadence.

Deloncle et Martin opinent du chef, réjouis de la détermination du colonel.

– Il serait opportun que chaque organisation détache un type qui s'intéresse aux renseignements. Ainsi pourrions-nous regrouper et recouper les informations sur les activités communistes, propose Martin, soudain revigoré.

– Moi, je connais de jeunes officiers qui veulent lutter contre le communisme. Ils établiront la liste des éléments nuisibles dans chaque caserne, renchérit le colonel.

– Très bien. Nous allons créer un conseil supérieur qui chapeautera l'ensemble des organisations, parmi lesquelles on recrutera les adhérents, propose à son tour Eugène Deloncle, gagné par l'enthousiasme.

– Oui, une organisation pyramidale..., approuve Lavigne-Delville.

– ... composée de bureaux et de cellules parfaitement étanches, poursuit Deloncle. Chaque cellule comprendra de huit à seize hommes. Trois cellules constitueront une unité. Trois unités un bataillon...

– ... trois bataillons feront un régiment, et ainsi de suite jusqu'à ce que nous possédions une division, reprend Groussard, satisfait de voir que les structures de la future confédération s'inspirent de celles en vigueur dans l'armée.

– Les recrues s'appelleront des « abonnés » et ne recevront d'ordre que de leurs chefs directs. Les dirigeants au plan national se dissimuleront sous des noms de guerre, dit encore Henri Martin.

Quelque temps plus tard, l'organisation recense douze mille hommes à Paris et environ trente mille sur l'ensemble du territoire. Elle regroupe essentiellement l'Organisation secrète d'action révolutionnaire nationale, que dirige Eugène Deloncle, et l'Union des comités d'autodéfense, une association légale fondée par le général Duseigneur et qui vise à infiltrer l'armée. Quand l'existence de la confrérie commence à faire parler d'elle, Maurice Pujo la brocarde dans *L'Action française* sous le nom de « la Cagoule », une appellation que les conjurés finiront eux-mêmes par adopter.

Dans ses notes inédites, le docteur Henri Martin a raconté de quelle manière les nouveaux « abonnés » étaient admis dans les rangs de l'organisation.

Une voiture roule dans la nuit. Le futur adhérent, assis à l'arrière, les yeux bandés, ignore sa destination. On ne lui enlève le bandeau qu'une fois parvenu dans l'appartement de celui qui sera son chef direct. Un drapeau tricolore est posé sur une table, faiblement éclairé par une lampe de bureau. Tout autour, une poignée d'hommes sont dissimulés dans l'ombre. Parmi eux se trouvent les parrains du postulant. Ce dernier lève le bras droit et répète la formule que lui souffle son chef :

— Je jure sur l'honneur fidélité, obéissance, discipline à l'organisation. Je jure de garder le secret et de ne jamais chercher à connaître l'identité des chefs.

— En cas de trahison, tu seras jugé, menace le chef de cellule. Sache que le tribunal suprême ne rend que deux verdicts : l'acquittement ou la mort.

Parfois, le ton change quand on estime que l'« abonné » doit être mis en garde de manière plus directe :

— Si tu parles, on te crèvera la paillasse sans hésiter !

Ne serait-ce que pour fournir la preuve de leur détermination et effrayer les nouveaux membres, les cagoulards mettent à plusieurs reprises leur menace à exécution. Ainsi Léon Jean-Baptiste et Maurice Juif, deux « abonnés » chargés d'acheter des armes pour l'organisation, seront-ils froidement abattus, accusés d'avoir détourné à leur profit une partie des fonds.

En 1937, le réseau de Deloncle est devenu une machine de guerre souterraine parfaitement huilée. Reste, pour exécuter son projet, à trouver de l'argent et des armes. Les dirigeants de la Cagoule prennent contact avec le maréchal Franchet d'Esperey, l'ancien chef de l'armée d'Orient, célèbre pour son patriotisme fanatique et l'aversion qu'il porte aux communistes. Deloncle le sollicite pour obtenir des recommandations auprès des grands patrons de l'industrie, sympathisants nationalistes. Mais Franchet d'Esperey doute de la détermination de son interlocuteur et le met à l'épreuve.

– Je connais l'esprit de votre organisation et votre patriotisme, dit le maréchal à Deloncle. Mais je ne m'engagerai à vous cautionner sur ce point que lorsque vous m'aurez fourni la preuve que vous êtes sérieux et prêt à aller jusqu'au bout de votre mission.

En termes à peine voilés, le maréchal réclame la tête d'un « agent communiste », avant de demander à ses amis d'ouvrir leurs coffres-forts. Sans argent, point d'armes, et sans armes, pas de coup d'État.

Deloncle choisit soigneusement sa victime. Bientôt, sa préférence se porte sur Dimitri Navachine, un talentueux économiste d'origine russe au parcours tortueux. Car, bien que socialiste déclaré, proche des Russes blancs et du Front populaire, Navachine a discrètement dirigé pendant quelques années la Banque commerciale pour l'Europe du Nord, un établissement acheté en 1925 par le gouvernement soviétique. Comment expliquer cet étrange double jeu ? Navachine cherche-t-il à aider son pays d'origine, même s'il condamne publiquement son régime politique ? Ou est-il un agent stalinien bien mal dissimulé ? Deloncle ne s'embarrasse pas à démêler le vrai du faux. Navachine est la cible parfaite. Et puis l'annonce de son assassinat ébranlera l'opinion publique et convaincra Franchet d'Esperey de lui accorder sa confiance.

Le 24 janvier 1937, Navachine promène son chien sur l'avenue du Parc-des-Princes. Soudain, un inconnu bondit sur lui et le saisit au collet. Navachine roule sur le sol. Le chien, un fox-terrier, aboie furieusement et plante ses crocs dans le bras de l'agresseur. L'homme se dégage, tire un revolver de sa poche, et abat l'animal. Navachine se redresse en titubant, le visage congestionné. L'inconnu se précipite à nouveau sur lui et lui enfonce un poignard dans le cœur à plusieurs reprises. La scène n'a pas duré plus de deux minutes. Il n'y a eu aucun témoin.

En commanditant ce meurtre, la Cagoule obtient immédiatement l'effet escompté. Le scandale est retentissant dans les milieux d'affaires et la peur s'empare de tous ceux qui, de près ou de loin, entretiennent des relations avec des firmes soviétiques.

Quelques jours plus tard, le maréchal Franchet d'Esperey, rasséréné, signe de sa main quelques billets qui portent la mention : « Vous devez porter foi au porteur de cette lettre. » Grâce à ce sésame, quelques capitaines d'industrie ouvrent aussitôt leurs comptes en banque aux cagoulards et se montrent plus que généreux.

Pour convertir en armes les fortunes généreusement octroyées par les industriels, les cagoulards se tournent tout d'abord vers l'Espagne, où les armées de Franco mettent à mal forces loyalistes et Brigades internationales. Puis ils proposent un marché aux fascistes italiens de Mussolini : la livraison d'armes sophistiquées en échange d'« actes dirigés contre des personnes gênantes ». En d'autres termes, Deloncle et les siens proposent au Duce de se charger d'exécuter ses basses besognes. Le commandant Navale, chef du centre de contre-espionnage à Turin, organise les transactions. Un prix est fixé. Cent fusils Beretta semi-automatiques contre la « liquidation physique de Carlo Rosselli ». Antifasciste notoire, interné pendant cinq ans en Italie, évadé, Rosselli s'est battu en Espagne aux côtés des républicains. Blessé, il est en convalescence à

Bagnoles-de-l'Orne où son frère, Nello, l'a rejoint. C'est là que les attendent les quatre tueurs de la Cagoule.

Le 9 juin 1937, la voiture des frères Rosselli roule paisiblement sur une route de campagne déserte. Une voiture les dépasse à vive allure, stoppe cent mètres plus loin et se met en travers. Carlo s'inquiète aussitôt. Il a déjà déjoué plusieurs tentatives d'attentat. Il écrase la pédale de frein, enclenche la marche arrière et accélère. Trop tard, le piège s'est refermé ! Une seconde voiture s'avance lentement au milieu de la route.

– Reste ici, je vais aller voir de quoi il retourne, propose Nello à son frère.

L'Italien s'avance vers la voiture qui barre le passage et dont le capot est relevé. L'homme qui feint de réparer quelque chose dans le moteur se redresse brusquement, pointe un pistolet, et tire sans la moindre hésitation. Nello s'écroule. Sans perdre un instant, l'assassin court vers Carlo et lui loge trois balles dans le crâne. Mission accomplie. Les cent fusils Beretta promis par les fascistes italiens vont grossir un arsenal déjà considérable, stocké dans des caches disséminées à travers tout Paris.

À l'automne 1937, les comptables de la Cagoule répertorient une vingtaine de mitrailleuses lourdes, des armes antichars, deux cent cinquante fusils-mitrailleurs, des milliers de fusils modernes et de pistolets, cinq mille grenades, plusieurs dizaines de milliers de cartouches et quelques tonnes d'explosifs. Pour utiliser cette terrifiante force de frappe avec le maximum d'efficacité, les « abonnés » s'entraînent sans relâche sous les ordres d'officiers d'active, qui prennent à peine le soin de se dissimuler lorsque les exercices se déroulent à Saint-Denis ou à Montrouge. Une énorme masse d'informations logistiques sont, par ailleurs, collectées grâce à d'innombrables complicités. Ainsi, les hommes de la Cagoule n'ignorent rien des canalisations d'eau, du réseau électrique, des centraux téléphoniques, des postes émetteurs de la TSF, du trafic des gares et du métro. Quand l'heure du grand soir sera venue, les combattants gagneront les zones stratégiques, proches du palais de l'Élysée et des ministères sensibles, en se glissant dans les égouts. Tandis que les groupes d'autodéfense du colonel Groussard neutraliseront forts et casernes, les renforts et l'intendance seront acheminés sur les lieux des combats en réquisitionnant des autobus. Eugène Deloncle explique ainsi sa stratégie :

– Quand les troupes illégales ont à attaquer un gouvernement qui dispose d'éléments armés importants, celui-ci est a priori plus fort. La seule arme de ces troupes illégales est la surprise et la rapidité. On ne peut bénéficier de l'effet de surprise qu'en amenant les troupes insurrectionnelles sur leur lieu d'emploi en un temps relativement court, avant que les forces gouvernementales disciplinées puissent se trouver en nombre sur leurs positions.

Soixante-dix ans plus tard, cette leçon de guérilla urbaine est toujours appliquée lors des coups de force qui bouleversent périodiquement l'Afrique ou l'Amérique latine.

Afin de créer une atmosphère de psychose dans la capitale, la Cagoule organise, le 11 septembre 1937, à 22 h 15, deux attentats simultanés. Le premier détruit quatre étages de l'immeuble de la Confédération générale du patronat français et tue deux agents de la force publique. Le second frappe le siège de l'Union des industries métallurgiques mais, fort heureusement, ne fait pas de victimes.

Ainsi le complot a-t-il été minutieusement conçu jusque dans ses moindres détails et Deloncle ne doute pas un instant de sa réussite. Mais que se passera-t-il ensuite, une fois la République proprement balayée ? On promulguera une « révolution nationale » totalitaire, inspirée du régime fasciste italien, et un certain nombre d'hommes politiques seront liquidés physiquement dès la prise du pouvoir. Les noms de Léon Blum, Marx Dormoy, Roger Salengro, Vincent Auriol et d'une dizaine d'autres ont été retrouvés sur une liste, établie en juin 1936. Les personnalités jugées les moins dangereuses ou les moins « compromises » seront retenues en otages dans des caves secrètes, spécialement aménagées dans des pavillons de la banlieue parisienne.

Sur l'échiquier du pouvoir, Eugène Deloncle a disposé ses pièces. Pour jouer le premier coup et faire basculer la partie à son avantage, il a imaginé un plan machiavélique : intoxiquer l'armée en lui faisant croire que son organisation a démasqué un complot communiste. Si les militaires tombent dans le piège, ils persuaderont Édouard Daladier de décréter l'état de siège au nom du salut de la patrie. Dans cette stratégie, dès que les militaires auront obtenu les pleins pouvoirs, le ministre de la Guerre et les généraux fidèles à la République seront rapidement neutralisés par les cagoulards.

Durant le mois de novembre 1937, la rumeur de la préparation d'un putsch communiste se propage dans les antichambres des ministères et dans les casernes. Pour berner l'état-major, les hommes de Deloncle font circuler auprès des comités d'autodéfense une note ultrasecrète, avec l'espoir qu'elle sera interceptée et communiquée à l'Élysée. Le contenu du message est ahurissant : « Le Parti communiste prépare une action armée en vue de prendre le pouvoir. Georgi Dimitrov, le secrétaire général de l'Internationale communiste, dirigera les opérations en personne au nom du Komintern. En provenance d'Amsterdam, il atterrira sur un aérodrome de la banlieue parisienne. » Quelques jours plus tard, un complément d'information est à nouveau divulgué sous le manteau dans les casernes : « Tous les éléments ressortissant de l'obédience Dimitrov ont été alertés à Paris et en province. Partout, ils sont groupés. Un véritable plan de rupture des communications a été établi. Troupes de choc : 18 000 hommes, dont 4 500 Français seulement. L'élément étranger serait composé en majeure partie des hommes de la Brigade internationale, d'Espagnols et d'Italiens antifascistes, et de nombreux Tchécoslovaques. Le Parti communiste n'interviendra que le lendemain. Le président de la République, M. Albert Lebrun, sera exécuté ainsi que les officiers de sa maison militaire. Tous les officiers généraux de la place de Paris seront passés par les armes ou détenus à Vincennes. »

Les cagoulards en font-ils trop ? Les renseignements qu'ils divulguent de façon faussement confidentielle sont précis, tellement précis qu'ils sèment parfois le doute parmi les officiers affiliés aux groupes d'autodéfense comme parmi les militaires loyalistes. Certains cependant mordent à l'hameçon. À l'Élysée, un capitaine chargé de la sécurité du chef de l'État prend peur et téléphone à Deloncle.

– Je détiens une information concernant la préparation d'un putsch communiste.

Le chef de la Cagoule jubile intérieurement. Une proie est ferrée.

– Oui, la menace se précise, dit Deloncle. L'attaque aura lieu au cours de la nuit du 15 au 16 novembre. Cette date a été choisie car les officiers et les sous-officiers mariés ne couchent pas dans leurs casernes cette nuit-là.

– Je ne peux prendre aucune initiative, confesse l'officier.

– Alors, alertez vos supérieurs ! conseille Deloncle en affectant une voix angoissée.

– Ils sont au courant de la rumeur, mais ils ne bougent pas.

Après un long silence, l'officier chuchote dans l'appareil :

– Vous êtes un patriote, n'est-ce pas ?

– Oui, blessé en 1916, chevalier dans l'ordre de la Légion d'honneur.

– Alors, faites placer trois mitrailleuses dans la rue du Faubourg-Saint-Honoré, de manière à pouvoir flanquer les abords de l'Élysée et contrecarrer une attaque communiste.

– Très bien. Je prendrai des dispositions dans ce sens.

– Protégez aussi la Banque de France, recommande l'officier. Et il ajoute à voix basse : Bien sûr, cette conversation est strictement confidentielle.

– Elle n'a jamais eu lieu, mon capitaine, le rassure Deloncle en raccrochant le combiné.

À quelques jours de la date fixée, il devient urgent pour les cagoulards d'accentuer leurs pressions. Le 12 novembre, le général Duffieux, inspecteur général de l'infanterie, transmet une note dactylographiée au général Gamelin, dans laquelle il exprime son inquiétude. Mais aucune disposition n'est encore prise par le gouvernement pour se défendre du « coup de force communiste ». Le 15, à 22 heures, les ultimes reconnaissances ont été effectuées par les conjurés et des postes de combat pour fusils-mitrailleurs prévus aux abords des ministères. Deux heures plus tard, Deloncle et le général Duseigneur, qui dirige les groupes d'auto-défense, jouent leur va-tout. Ils se rendent rue de Bourgogne, à deux pas de l'hôtel du ministère de la Guerre, et sonnent à la porte de l'appartement d'un colonel qui occupe de hautes fonctions dans l'état-major. Le colonel reçoit les visiteurs en tenue de campagne, revolver au ceinturon. Il est accompagné de l'un de ses adjoints.

– L'heure est tragique, dit Deloncle en pénétrant dans le salon. La révolution va éclater. À 1 h 30 cette nuit, après l'arrêt des transports publics, les troupes communistes se mettront en route par les couloirs du métro. Elles progresseront ainsi vers les centres vitaux, en même temps que les unités de surface.

Le colonel écoute attentivement. Une palette de sentiments contradictoires colore son visage. Il se tourne vers Duseigneur.

– Confirmez-vous cette information, mon général ?

– Oui. J'ai d'ailleurs pris l'initiative de mettre en batterie des mitrailleuses autour de l'Élysée et le gros de nos troupes attend aux portes de Paris.

À cet instant, Duseigneur ne ment pas. Il omet simplement de préciser que seules les troupes des cagoulards ont pris position, la menace communiste étant imaginaire.

– Savez-vous quelle sera la stratégie des rebelles ? demande le colonel, soudain désorienté.

Deloncle trace grossièrement du doigt un plan de Paris sur la vitre qui recouvre une table basse posée devant lui.

– Voilà ! L'attaque comporte une brusque offensive de la périphérie contre le centre où se trouvent les points vitaux, notamment, dans le VII\ue arrondissement, le gouvernement militaire de Paris, le ministère de la Guerre et celui des PTT, et dans le VIII\ue arrondissement, l'Élysée et le ministère de l'Intérieur.

– Y aura-t-il une ou plusieurs attaques ? interroge l'adjoint du colonel.

– Trois attaques concentriques. La première partira du bois de Boulogne et se dirigera vers l'est, avec une légère inclinaison au sud, énonce Duseigneur. La seconde sera lancée du bois de Vincennes, et la troisième ira de la banlieue sud en direction du nord. En quelques heures, Paris sera pris en tenaille.

Coup de bluff extraordinaire : pour donner du poids à leur scénario, les comploteurs divulguent exactement les modalités de leur propre stratégie. Une fois l'état de siège décrété, ils misent, pour mener à bien leur opération, sur la lenteur de la mise en place du dispositif de défense et sur une adhésion à leur cause des soldats « patriotes » et indécis.

– Je vois, grogne le colonel. Que savez-vous d'autre ?

Avec un sang-froid désarmant, Deloncle continue à dévoiler son propre plan.

– Des autobus et des camions à ordures seront rapidement blindés avec des tôles préparées à l'avance.

313

Armés de mitrailleuses, de lance-flammes et même de canons antichars, ils convergeront, chargés de rebelles, vers les zones névralgiques.

Une fois encore, en surchargeant leur récit de détails, les comploteurs sèment le trouble dans l'esprit du colonel. Comment Duseigneur et Deloncle, même s'ils sont informés par les espions qu'ils ont essaimés dans les milieux politiques et militaires, peuvent-ils être en possession de tels renseignements ?

— Puis-je utiliser votre téléphone ? demande brusquement le chef de la Cagoule, pour accentuer le sentiment d'urgence qu'il s'efforce de créer.

— Faites.

Deloncle se précipite vers le combiné et compose aussitôt un numéro. Il échange quelques phrases codées, lance un regard désespéré à l'adresse du colonel, et appelle un autre correspondant. Pendant ce temps, Duseigneur poursuit sa plaidoirie.

— Colonel, je vous en conjure, rendez-vous sur-le-champ au ministère de la Guerre, qui est à deux pas d'ici. Allez avertir Daladier. Dans un instant, il sera trop tard. Chaque minute perdue est une tragédie.

Le colonel s'est figé dans le fond de son siège, paralysé par le poids de ses responsabilités, incapable de prendre une décision. Duseigneur revient à la charge avec plus de vigueur.

— Le ministre ne sera pas surpris. Par l'intermédiaire d'un homme politique de haut rang, nous lui avons fait parvenir cet après-midi un document confidentiel.

L'idée fixe des cagoulards est de pénétrer dans le ministère de la Guerre, de réveiller Daladier et de le persuader de décréter l'état de siège. En cas de refus, Deloncle menacera le ministre avec une arme, cachée dans sa botte, et attendra l'arrivée d'un commando, embusqué dans une voiture dans une rue voisine. Les comploteurs s'empareront alors du code spécial donnant accès au poste de radio émetteur du ministère et transmettront à l'ensemble des régions militaires l'ordre d'état de siège, plaçant ainsi les préfets devant le fait accompli. Bien entendu, pour exécuter ce plan audacieux, il importe de convaincre le colonel de se rendre au ministère de la Guerre. Or, ce dernier tergiverse encore. À cet instant, à l'autre bout du salon, Deloncle raccroche brutalement le téléphone.

– Les communistes ont ouvert le feu ! s'écrie-t-il en agitant les bras. Leurs troupes marchent sur le palais de l'Élysée. On entend des détonations dans tout Paris !

– Réagissez, colonel, je vous en conjure ! rugit Duseigneur en sautant sur ses pieds.

Le colonel se lève à son tour et empoigne le téléphone.

– M. Daladier est-il dans ses appartements ? demande-t-il à un officier de permanence.

Le cœur de Deloncle bondit dans sa poitrine. Jamais il n'a été aussi près d'atteindre son but.

– Non, ne le dérangez pas, poursuit le colonel d'une voix tendue. Je voulais simplement m'assurer qu'il pouvait être joint, le cas échéant.

Le chef de la Cagoule est abasourdi. Son dernier espoir vient de s'envoler.

– Mais, mon colonel, vous... vous ne faites rien pour arrêter un coup d'État bolchevique ?

– J'attends d'avoir l'écho par mes hommes des premiers événements, réplique sèchement le colonel. Je réagirai au moment opportun.

Puis l'officier bascule dans son fauteuil, ferme les

yeux, et feint de s'endormir. Pour les cagoulards, la partie est perdue. Leur incroyable coup de bluff a échoué. Comme s'ils espéraient du colonel une réaction de dernière heure, un revirement miraculeux, ils ne se résignent pas à quitter son appartement. Leur esprit vagabonde. Ils imaginent la déception qui doit s'emparer de leurs troupes, réparties dans tout Paris, et qui attendent en vain le signal de l'assaut.

Bientôt, les premières lueurs de l'aube courent sur les toits en zinc de la ville. Le colonel s'ébroue et tire sa montre de gousset. Il se lève, passe sans dire un mot devant Deloncle et Duseigneur, se dirige vers le téléphone et passe trois ou quatre appels.

— J'attends vos explications ! Il n'y a pas de révolution, pas de putsch, pas de communistes ! hurle-t-il. Vous vous êtes payé ma tête. Vous avez failli jeter la France dans une aventure dont le vainqueur eût été finalement le Parti communiste.

— Je vous assure que nos craintes étaient légitimes et parfaitement fondées, se défend Deloncle.

Le colonel dévisage les deux hommes avec mépris.

— J'ai bien réfléchi. Soit le plan a été mis entre vos mains par la police pour vous obliger à vous démasquer. Soit vous en êtes les auteurs, dans le but d'entraîner l'armée dans une aventure qui aurait détruit la République, vocifère l'officier. Cette dernière hypothèse est celle que je retiens. Vous êtes des criminels ! Vous aurez à vous expliquer devant la justice de ce pays. Maintenant, veuillez quitter mon appartement.

Quand, dans les premières heures de la matinée, Deloncle et Duseigneur regagnent leur quartier général, ils savent que la Cagoule a cessé d'être une organi-

316

sation capable d'agir sur le plan national. Ils savent aussi qu'ils vont devoir répondre de leurs actes. D'autant que, quelques mois plus tôt, une valise contenant des documents compromettants, expédiée par l'« abonné » Maurice Juif, qui se savait condamné par ses anciens amis, a été découverte par la police à la consigne de la gare de Lille. Le commissaire Jobard, qui dirige l'enquête, a chargé des indicateurs d'infiltrer l'organisation. Bientôt, un convoi d'armes est intercepté à la frontière suisse et permet de remonter à la source. Des stocks d'armes sont découverts. Plusieurs chefs de la Cagoule s'enfuient précipitamment en Espagne.

Le 16 novembre, la police investit la villa La Futaie, à Rueil-Malmaison. Elle découvre, cachée dans la cave, la cellule secrète dans laquelle Léon Blum, Vincent Auriol et les autres devaient être exécutés après le coup d'État. Eugène Deloncle et le général Duseigneur sont arrêtés et conduits à la prison de la Santé. Deloncle hurle à la provocation et maintient la thèse d'un complot communiste. Des mouvements nationalistes manifestent contre le « traitement indigne » réservé aux héros de la Grande Guerre. La presse de droite prend la défense de la Cagoule et relaie ses arguments : « On peut présumer, écrit Deloncle dans un journal ultraconservateur, que, dans la nuit du 15 au 16 novembre, sans les organisations anticommunistes que j'avais mises debout avec le général Duseigneur, Paris aurait connu les horreurs d'une insurrection. Les communistes, nous voyant prévenus et n'escomptant plus l'effet de surprise, renoncèrent à leur action. Notre but était donc atteint : nous avions sauvé Paris d'une révolution stalinienne. »

Le 14 juillet 1938, Marx Dormoy, le ministre de

l'Intérieur, enterre définitivement ce tissu de mensonges. Il annonce que les chefs de la Cagoule sont responsables des assassinats du Russe Navachine, des frères Rosselli, des trafiquants d'armes Maurice Juif et Léon Jean-Baptiste, ainsi que des attentats perpétrés contre les deux immeubles parisiens. Devant autant de preuves à charge, la presse nationaliste abandonne Deloncle et la presse de gauche, notamment communiste, se déchaîne pour fustiger les traîtres.

Quand la guerre éclate, en septembre 1939, le gouvernement décide de libérer les comploteurs pour qu'ils aillent rejoindre leurs unités combattantes. Deloncle est affecté à l'état-major de la marine. Quelques mois plus tard, à l'heure de l'armistice, les cagoulards optent pour l'un ou l'autre camp. Plusieurs d'entre eux, dont le docteur Martin, font le choix de la Résistance. D'autres se rapprochent de Pétain et des Allemands. Eugène Deloncle fonde le Mouvement social révolutionnaire, d'inspiration fasciste, et, en juin 1941, la Légion des volontaires français contre le bolchevisme, qui a pour vocation de recruter et d'expédier de jeunes Français pour garnir le front russe. Mais, en stratège opportuniste, Deloncle fait volte-face dès le début de la débâcle allemande. Il se rend en Espagne, où il cherche à établir des contacts avec les Alliés. Puis il noue des relations secrètes avec l'amiral Canaris, le chef du contre-espionnage militaire allemand, qui soutient un complot contre Hitler. Ce lien est découvert. Le 7 janvier 1944, un commando de la Gestapo envahit l'appartement de Deloncle. Louis, son fils, tente de résister. Il est foudroyé d'une balle dans la tête. Deloncle surgit, revolver au poing, et fait feu sur les Allemands. Il est balayé par une rafale de mitraillette. Grièvement blessé, transporté à l'hôpital Marmottan, il est pris en charge par un interne en chirurgie, qui diagnostique six impacts de balles au niveau de l'abdomen.

— J'ai toujours servi mon pays. Je n'ai jamais trahi la France ! râle Deloncle, le visage livide et couvert de sueurs froides.

L'interne fait appeler le chirurgien de garde pour savoir si le blessé est encore opérable.

— Les Allemands ont tué mon fils, dit encore Deloncle. J'en ai moi-même tué deux avant d'être touché.

Ainsi, jusque sur son lit d'agonie, le chef historique de la Cagoule réaffirme-t-il ses convictions « patriotiques ».

Vingt ans après la disparition d'Eugène Deloncle, enquêtant sur les agissements de la Cagoule, l'historien J.-R. Tournoux a recueilli le témoignage d'un ancien « abonné » :

— Aujourd'hui encore, j'ai peur, confessait ce dernier. J'ai peur de mes anciens compagnons, ou, du moins, de quelques-uns d'entre eux : les tueurs. Si l'on sonne chez moi, très tôt ou très tard, je guette le visiteur par le judas. Je me tiens toujours de profil, car je connais leur méthode : des rafales de mitraillette tirées à travers la porte...

Le complot des amis

En quelques bonds énergiques, Luis Garcia gravit la falaise escarpée. Parvenu au sommet, il s'avance sur une corniche et contemple longuement la mer houleuse dans la lumière d'été. De grands oiseaux marins se balancent dans le ciel.

– Manuel, amène-toi ici ! crie Luis à l'adresse d'un jeune homme qui se prélasse en contrebas sur la plage.

L'ordre se dissout dans les rafales de vent. Avec l'impétuosité de la jeunesse, Luis s'impatiente.

– Manuel, viens plonger avec moi, vieux flemmard !

Pas de réponse. Le jeune homme s'est assoupi au soleil. Alors Luis se résigne à se jeter seul dans le vide. Au pied de la falaise, une grosse vague écumante balaie le sable à intervalles réguliers. Puis le ressac l'entraîne au large et la crique se vide. Luis calcule qu'il dispose d'une vingtaine de secondes pour plonger sans risque. En clignant des yeux, il apprécie le déplacement de la vague et la profondeur de l'eau qui ne cesse de varier. Il mouline des bras. Soudain, alors qu'il prend son élan, une vision fulgurante lui traverse l'esprit. Maria ! La fille cadette de son patron ! L'image de son visage juvénile danse un instant devant ses yeux. Luis a rendez-vous le soir même chez les parents de la jeune fille. Va-t-il céder ? Va-t-il s'engager à lui passer la bague au doigt alors que mille aventures l'appellent encore dans tous les ports du monde ? Pour chasser cette question, qui le hante depuis trois bonnes semaines, Luis bondit sans réfléchir.

L'air chaud siffle à ses oreilles. Le temps se fige. La mer fonce vers lui. En une fraction de seconde, le jeune homme réalise, épouvanté, qu'il a sauté trop tôt. La vague s'est retirée. Quand elle déferlera de nouveau sur la plage, il se sera écrasé sur le sable compact. Un cri d'horreur s'étrangle dans sa gorge. Ses bras battent l'air désespérément. Les mains projetées en avant, le plongeur percute avec violence la surface de l'eau. Sa tête heurte le fond. Un craquement sec se répercute à travers son corps, suivi d'une décharge électrique, légère et désagréable. Les membres flasques, Luis gît sur le fond sablonneux. Instinctivement, il bloque sa respiration. Son cerveau ordonne. Toute sa volonté s'exacerbe. En vain. Aucune réaction. Ses bras inertes flottent devant lui comme des branches mortes. Trente secondes s'écoulent. La vague se retire. Un carré de ciel bleu apparaît un instant au-dessus de sa tête. Les oiseaux virevoltent. Le soleil se diffracte dans l'écume. Tout espoir n'est pas perdu. Un paquet de mer le submerge de nouveau. Ses poumons brûlent. Des images de sa courte vie défilent dans sa tête, comme s'il feuilletait à toute vitesse un album de photos. Images de femmes et de bateaux. Images de ports et de tempêtes. Images de Maria...

Soudain, il lui semble qu'une force inconnue lui arrache le crâne. Manuel l'a empoigné par les cheveux et le tire hors de l'eau.

– Arrête tes conneries. Tu m'as foutu la trouille.

Luis sourit, le visage de son ami penché sur lui.

– Ça suffit maintenant, tu n'es vraiment pas drôle. Allez, secoue-toi ! insiste Manuel en attrapant la tête du plongeur et en la maintenant à la surface.

Luis est immobile. Une poupée de chiffon. Une marionnette brisée, ballottée par les flots. Seuls ses yeux fous roulent dans ses orbites. Manuel s'alarme.

– Tu fais le malin, c'est ça ? Tu te fous de ma gueule ?

Luis bascule faiblement la tête de droite à gauche.

– Bouge les bras.

– Peux pas.

– Bouge les jambes, merde ! hurle maintenant Manuel.

– Peux pas non plus.

Manuel s'affole. Il écarte des vagues le corps foudroyé de son ami et l'installe à l'abri sur le rivage, dans le haut de la crique.

– T'angoisse pas, mon pote. Respire lentement, ça va aller. Je ne serai pas long.

Luis Garcia vit à l'horizontale la suite de cette journée cauchemardesque du 23 août 1968. Il n'a aucune sensation quand les pompiers du village ramassent ses jambes et ses bras morts et les allongent sur un brancard. Aucune sensation quand la civière glisse le long des couloirs de l'hôpital. Au plafond, les néons verdâtres se gravent sur ses rétines comme des points de suspension. Dans le service des soins intensifs, deux infirmières s'activent en silence. Gestes précis, professionnels, efficaces. Minerve, prise de sang, perfusion, électrocardiogramme. Le cerveau de Luis bourdonne

323

d'idées confuses. Comme s'il assistait en spectateur au drame qu'il subit. Comme s'il était incapable de réaliser que les portes de l'enfer se sont ouvertes en grand pour cueillir son avenir. Quand il quitte la salle de radiologie, un médecin s'approche de lui et lui tapote l'épaule.

– Vous avez eu de la chance dans votre malheur. Vous auriez pu vous tuer ou vous retrouver *locked in syndrome*.

Luis dévisage l'homme en blanc.

– Que voulez-vous dire ?

– Vous avez un traumatisme cervical haut. C'est grave. Mais vous avez conservé l'usage de la parole et vos poumons fonctionnent normalement.

– Expliquez-moi, demande le blessé, la gorge nouée par l'angoisse.

– Vous vous êtes fracturé la cinquième vertèbre.

– Je suis paralysé à vie, c'est bien ça ? Répondez-moi franchement.

Le médecin détourne le regard et s'éloigne précipitamment.

– Je suis radiologue. Un spécialiste vous expliquera.

En fin de journée, Luis Garcia reçoit, dans la chambre où il est alité, la visite d'un neurologue.

– Salut, Luis, annonce celui-ci familièrement. Je suis le docteur Marquez. Comment te sens-tu ? Nausée ? Mal de tête ? Oreilles douloureuses ?

Le médecin se débarrasse d'un dossier qui déborde de graphiques et de radiographies.

– Écoute, j'irai droit au but. Tu as une vilaine fracture. La circulation de la moelle épinière est interrompue entre le cerveau et le reste du corps.

– Je suis tétraplégique, c'est comme ça qu'on dit ? bredouille le blessé.

Le neurologue confirme d'un hochement de tête.

– Pour l'instant. Une rémission reste possible. Tu vas devoir être patient. Infiniment patient. Nous serons fixés sur ton état dans deux ou trois mois. Je repasserai te voir demain. En attendant, repose-toi. Essaie de penser à autre chose.

– Docteur ?

– Je t'écoute.

– Quand j'étais bloqué tout au fond de l'eau et incapable de nager...

– Oui.

– ... j'ai failli relâcher l'air que j'avais emmagasiné dans mes poumons.

– Si tu avais fait ça, tu te serais noyé.

– Oui, je sais. Mais est-ce que j'aurais souffert ? demande Luis.

– Difficile à dire. Les morts témoignent rarement de leurs derniers instants, plaisante le neurologue en posant une main sur la poignée de la porte, déjà prêt à partir. On prétend qu'un décès par noyade est rapide et assez doux, ajoute le médecin. Personnellement, je n'ai pas essayé.

Après quelques mois passés à l'hôpital, Luis Garcia est accueilli dans la maison familiale, son état ne s'étant pas amélioré. Ses parents, son frère, sa belle-sœur et sa nièce veillent sur lui. Passés les semaines de torpeur initiales, le refus, la dépression, les crises de nerfs et de larmes, le jeune homme se plonge avec avidité dans l'étude et la lecture. Il dévore les livres de littérature et de poésie que Isabela, sa nièce, va se procurer pour lui à la bibliothèque. Mais cette activité, qui occupe le meilleur de son temps depuis des années, ne lui suffit plus. Une fièvre d'écriture s'empare de lui. Quand son besoin de s'exprimer devient obsédant, son père lui confectionne un pupitre garni de cylindres mobiles entre lesquels il fixe un rouleau de papier, un de ceux dont on se sert pour alimenter les téléscripteurs. En serrant entre ses dents une baguette de bambou prolongée d'un stylo, Luis parvient à tracer à distance des lettres maladroites. Puis, à force de patience et d'entraînement, sa technique s'améliore. L'écriture chaotique de ses débuts s'assagit. Les phrases se succèdent sans heurt et deviennent lisibles. Les premiers textes du blessé se nourrissent du souvenir de ses années passées en mer, quand, de dix-huit à vingt-cinq ans, il était mécanicien sur un cargo. Récits brefs et violents, gorgés de sel et de cambouis. Tempêtes, épices fortes, belles Chinoises, matelots perdus dans les bars de Hambourg prennent bientôt vie sur le papier. Chaque soir, de retour du collège, Isabela décroche le rouleau de papier et retranscrit en s'émerveillant le travail de son oncle. Plusieurs fois par semaine, les amis de Luis se réunissent dans sa chambre pour lire ses textes à voix haute. La renommée du blessé franchit les murs de la maison et se répand dans le village. Un journal de la Corogne publie un choix de ses poèmes. Laura Palmès, une journaliste de Madrid, les lit avec intérêt et contacte l'auteur pour prendre rendez-vous. Quand elle se présente dans sa chambre, Luis interpelle la jeune femme sans même lui laisser le temps de se défaire de son manteau.

– Voulez-vous m'aider à mourir ?

Laura Palmès feint de n'avoir pas entendu. Elle

s'assied sur une chaise, puis tire un bloc-notes et un stylo de son sac.

— Laura, voulez-vous m'aider à mourir ?

Le beau visage de la journaliste se décompose. Elle scrute en silence le regard énigmatique du jeune homme alité.

— Regardez-moi. Je suis une tête vivante sur un corps mort, poursuit Luis sur un ton tranquille. Un cerveau planté sur un légume.

— Vous parlez, vous écrivez magnifiquement, vous exprimez la vie qui est en vous et qui, elle, n'est pas morte, murmure la journaliste, bouleversée.

Les yeux du jeune homme traduisent soudain une infinie tristesse.

— Vous êtes jolie. J'aimerais pouvoir vous toucher la main.

Laura effleure le bras du blessé.

— Vous touchez du bois sec, mes membres sont insensibles.

Laura déplace alors sa main vers le visage de Luis et lui caresse délicatement la joue. Le regard du malade s'anime.

— Si... si j'avais plongé dans la mer dix secondes plus tôt ou plus tard, j'aurais pu vous inviter à aller boire un verre dans un café du port. J'aurais pu vous montrer mon bateau à l'ancre. Luis s'humecte les lèvres et sourit : Et j'aurais sans doute essayé de vous séduire.

— Allons-y, Luis, propose la journaliste, les larmes aux yeux. Allons sur le port, je pousserai votre fauteuil roulant.

— Je n'en ai pas. J'ai toujours refusé d'être exhibé comme un morceau de viande froide sur l'étal d'un boucher.

Le visage de Laura s'assombrit. L'ancien marin poursuit sa plaidoirie d'une voix douce.

– Pourquoi ai-je refusé le fauteuil, me direz-vous ? Pourquoi ne pas grappiller les miettes que la vie peut encore m'offrir ? On entrepose bien les tétraplégiques à l'avant des avions pour qu'ils puissent voyager. On les installe bien dans des salles de concert et de cinéma pour les distraire. On les roule dans les jardins et les musées. On leur donne la becquée dans les bons restaurants. Pourquoi me priver de ces petits plaisirs ? Moi, je n'ai pas quitté cette chambre depuis quinze ans ! J'ai tenu le coup grâce à mes amis, aux livres, à la radio. Je suis allé jusqu'au bout de ce qu'il m'était humainement possible de supporter. J'ai bouclé la boucle. Aujourd'hui, je veux mourir dignement et je vous demande de m'aider.

– Quels programmes écoutez-vous à la radio ? demande Laura pour chasser ces idées noires.

– Les opéras de Wagner et les débats politiques.

La journaliste sourit.

– Joyeux cocktail !

– Wagner exprime la nature déchaînée, la mer, les tempêtes de l'âme et le calme plat quand tout s'est arrêté. Les débats politiques me préparent en douceur à accepter la mort.

La journaliste et le blessé rient de bon cœur.

Quelques mois plus tard, après s'être rencontrés une dizaine de fois, Laura et Luis sont devenus amis.

– Pourquoi t'intéresses-tu autant à moi ? demande un jour Luis. La plupart des gens fuient les handicapés.

– J'écris un livre sur toi. Je contacte des éditeurs

pour faire publier tes poèmes, se défend gentiment la jeune femme. Il faut bien que je fasse l'effort de te voir de temps en temps pour faire avancer mon travail, non ?

— Il n'y a pas que cela, je le sais bien. Dis-moi la vérité.

Laura expire tout l'air que contiennent ses poumons et repousse nerveusement une mèche blonde qui danse sur son front.

— Voilà ! Dans un jour, dans un an, dans dix ans, je l'ignore, je serai sans doute comme toi, clouée dans un lit et incapable d'en bouger, confesse la journaliste, la gorge serrée. J'ai une sclérose en plaques. Elle s'est déclarée il y a trois ans. Mon état empire, les crises se rapprochent et les médecins sont impuissants.

— Tu boites un peu ces derniers temps, je l'ai constaté sans oser t'en parler.

— C'est la conséquence d'une nouvelle attaque. Le genou gauche est touché.

Le regard de Luis se remplit de tristesse.

— Ma maladie m'a ouvert les yeux sur ta situation, confesse encore la journaliste. J'ai longuement réfléchi. J'ai analysé ton raisonnement sous tous les angles. J'ai pesé le pour et le contre. J'en ai parlé autour de moi.

— Qu'en as-tu conclu ?

— Si tu désires mourir, je demanderai à Carmen Vàzquez de venir te parler.

— Qui est cette Carmen ?

— La présidente de l'antenne galicienne de l'ADMD, Association pour le droit de mourir dans la dignité.

— Merci, Laura, merci du fond du cœur, murmure Garcia à travers ses larmes.

La venue à la maison de Carmen Vàzquez divise profondément la famille de Luis. Depuis le décès de sa mère, c'est Felicia, sa belle-sœur, qui veille sur lui au quotidien. Avec courage, tendresse mais fermeté, elle exécute soins et corvées sans proférer la moindre plainte. Il n'en va pas de même d'Alejandro, son mari. Quand il apprend qu'une association se mobilise pour aider son frère cadet à obtenir le droit de mourir, il s'insurge contre cette décision, qu'en chrétien pratiquant il juge scandaleuse.

— On s'occupe de toi depuis ton accident. Je me suis sacrifié. J'étais marin. J'ai quitté la mer pour cultiver des choux et des carottes sur un bout de jardin, et c'est comme ça que tu me remercies : en voulant mourir.

— Je l'aurais fait depuis longtemps si j'en avais eu les moyens, argumente inlassablement Luis. À moins de faire la grève de la faim, je ne vois aucun moyen pour abréger mes jours sans une aide extérieure. Même pour mourir j'ai besoin des autres.

— On n'a jamais cessé de t'aimer dans cette maison !

— Je sais, grand frère, je sais, reconnaît Luis d'une voix brisée. Aime-moi davantage. Aide-moi. Respecte ma décision !

— Jamais je ne t'aiderai à te tuer tant que tu vivras sous mon toit !

Le 9 octobre 1995, l'ADMD présente devant le juge d'instance de Carballo une action de juridiction gracieuse. Pour appuyer sa revendication, Garcia décide de se présenter en personne au tribunal. Pour la circonstance, son père fait l'acquisition d'un fauteuil roulant, acheté d'occasion, et loue une camionnette pour le transport. Carmen Vàzquez mobilise les militants de son association et, pour rendre largement compte des débats, Laura Palmès réunit une vingtaine de journalistes venus de Madrid. Exposée pour la première fois sur la place publique, la question de l'euthanasie passionne l'opinion. Bien qu'un sondage révèle que 67 % des Espagnols lui sont favorables, les représentants de l'Église rejettent l'idée catégoriquement.

– Précisez la requête de votre client, demande le juge dans un prétoire plein à craquer.

– L'état de santé de Luis Garcia est irréversible, votre honneur, plaide Carmen Vàzquez au nom de son association. Il est tétraplégique. Les souffrances physiques et psychologiques qu'il endure depuis l'âge de vingt-cinq ans lui sont insupportables.

– La Cour compatit aux souffrances de votre client. Poursuivez.

– Monsieur Garcia revendique, en son âme et conscience, le droit de mourir dans la dignité.

– Quelles sont ses prétentions pour parvenir à ses fins ?

– Mon client demande que son médecin soit autorisé à lui administrer les substances nécessaires pour mettre fin à ses jours, sans encourir de poursuite pénale, votre honneur.

Un silence de plomb tombe sur le tribunal. Dans le box, calé dans le fond de son fauteuil roulant, Luis scrute le visage impassible du magistrat. Après quelques minutes d'une attente interminable, la réponse tombe comme un couperet.

– La requête est rejetée au motif de l'article 143 du Code pénal, qualifiant cet acte d'aide au suicide...

Une rumeur se propage dans la salle bondée.

– ... délit sanctionné par une peine de deux à dix ans d'emprisonnement.

Un coup sec de maillet entérine la décision du juge. L'avocate se redresse.

– Votre honneur, la Cour est-elle prête à entendre les arguments de mon client ?

– La demande est rejetée. La séance est levée.

Nouveau coup de maillet.

Les semaines suivantes, à travers talk-shows et reportages, les chaînes de télévision espagnoles relaient à travers tout le pays le débat sur l'euthanasie. Au nom de son association, Carmen Vàzquez se heurte violemment aux représentants de l'Église et aux médecins du Comité d'éthique.

– Il existe pour les malades en fin de vie des situations très éprouvantes, admet un évêque. Mais la véritable compassion ne craint pas la souffrance née de la proximité avec l'épreuve d'autrui.

– Niez-vous le droit à chacun de disposer librement de son existence, monseigneur ? demande l'avocate.

– L'Église s'est exprimée sur ce point dans *Evangelium vitae* et applique les principes rappelés dans l'encyclique, argumente le prélat. Dieu nous a donné la vie. L'euthanasie est un acte de transgression.

– En quoi le tétraplégique, cloué dans un lit et souhaitant mourir, contrarie-t-il la morale chrétienne ? questionne Carmen Vàzquez avec toute la force de ses convictions. Quand l'existence est devenue une épreuve insupportable, peut-on encore parler de cette activité physique et cérébrale qu'on appelle communément la vie ?

Le journaliste qui anime la discussion donne la parole au représentant du Comité d'éthique.

– La science peut-elle apporter une réponse à une question purement philosophique, docteur Sepulvéda ?

– À partir de quand un handicap devient-il inacceptable ? Là est la question, répond le médecin. Si nous acceptons une loi sur l'euthanasie, pourquoi garder en vie les arriérés mentaux, les vieillards atteints de la maladie d'Alzheimer ? La voilà, cette rencontre entre le cœur et la raison ! Côté cœur, ce vieillard s'isole du monde, s'enfonce petit à petit dans la folie et inspire la pitié. Côté raison, l'économie bien sûr ! Soigner ce vieillard incurable et qui va mourir coûte cher à la communauté. Mais la modernité d'une nation, c'est aussi d'accepter de prendre en charge les handicapés. Ce n'est pas éliminer ceux qui pourraient gêner et qui coûtent cher ! N'ouvrons pas la boîte de Pandore. Cela pourrait nous conduire tout droit à accepter l'eugénisme.

Carmen Vàzquez se bat bec et ongles pour faire entendre sa voix.

– La loi de ce pays condamne-t-elle à une peine de prison un suicidé qui rate sa tentative ? Non. Le malheureux bénéficie de soins hospitaliers et d'une assistance psychologique. Luis Garcia a choisi de mettre fin à ses jours comme des milliers d'autres désespérés. La seule différence entre Luis et eux, c'est que Luis a besoin d'une tierce personne pour exécuter sa décision. Or, dans notre système juridique, la loi ne distingue pas l'altruisme de l'homicide.

La question soulève des polémiques. Partisans et adversaires de la mort assistée s'affrontent avec passion. Dans la maison familiale du village de Malpica, assiégée par les journalistes, l'atmosphère devient irrespirable. Alejandro Garcia, le frère de Luis, les pourchasse avec colère en brandissant sa fourche. Et l'intérêt que suscite le blessé redouble encore lorsque son livre de poèmes, intitulé *La Vague et le Reflux*, sort en librairie. Carmen Vàzquez profite de cette occasion pour faire appel du jugement rendu à Carballo auprès du tribunal provincial de la Corogne. Le 19 novembre 1996, la nouvelle instance déboute le plaignant et entérine la décision du juge. Un mois plus tard, en décembre, l'Association pour le droit de mourir dans la dignité forme un nouveau recours devant le tribunal constitutionnel. L'avocate de Luis invoque « une violation des droits à sa dignité et au libre développement de sa personnalité, à sa vie, à son intégrité physique et morale, ainsi qu'à un procès équitable ». Le recours est déclaré recevable le 27 janvier 1997 et un délai de vingt jours est accordé à Luis pour formuler ses prétentions. Précédée d'un battage médiatique sans précédent, la comparution se solde, une nouvelle fois, par un refus du juge de déroger à la loi. Dorénavant, chacun est prévenu : personne ne pourra tenter d'aider Garcia à se donner la mort sans encourir les foudres de la justice.

Après des semaines de torpeur et d'abattement, et après avoir épuisé tous les recours légaux dont il disposait, Luis convoque dans sa chambre une dizaine d'amis fidèles. Ceux qui ne l'ont jamais abandonné en dépit des épreuves. Il y a là Manuel, le jeune homme qui l'a secouru lors de l'accident ; Juan, Pedro et Carlos, des marins avec lesquels il a autrefois sillonné les mers du globe et fait les quatre cents coups ; Eduardo, qui a repris la poissonnerie de son père ; Ernesto, un maçon au chômage ; Santiago et son frère, qui ont créé une entreprise de transport ; et aussi deux amis d'enfance. La plupart sont mariés et pères de famille. Tous ont dépassé la cinquantaine. Pilar, la seule femme du groupe, ouvrière dans une conserverie, est la mère célibataire de trois jeunes enfants. Éblouie par l'intelligence et la sensibilité de Garcia, elle est secrètement amoureuse de lui et lui témoigne depuis dix ans un total dévouement.

– Ne restez pas là plantés comme des piquets. Allez chercher des chaises, ordonne Luis à ses amis. Et toi, Pilar, amène-nous à boire du vin frais et ferme la porte.

Quand chacun est installé autour du lit et que le silence est retombé dans la chambre, Luis expose l'idée qu'il a eu le temps de longuement méditer.

– Écoutez-moi attentivement. Quand vous aurez bien compris ce que j'attends de vous, que ceux qui refusent de participer quittent cette pièce comme ils sont venus. Sans discuter et en silence. Je ne leur en tiendrai pas grief. Ils resteront mes amis aussi longtemps qu'ils auront la patience de me supporter.

– J'aime pas quand tu parles comme ça, ricane nerveusement Ernesto en se tortillant sur sa chaise. On dirait que tu vas nous annoncer de mauvaises nouvelles.

– Laisse-le dire ce qu'il a sur le cœur, intervient Pilar.

– Vas-y, Luis, on t'écoute, encourage Carlos en bourrant sa pipe de tabac gris.

– Vous savez qu'il y a de l'eau dans le gaz entre Alejandro et moi.

– Ça ne date pas d'hier. Ton frère est dans le clan

des curés depuis le début de cette histoire, constate Pilar. Il ne changera pas d'avis.

— C'est pour cette raison que je ne peux plus vivre sous son toit, dit Luis. Je veux m'installer dans une bicoque quelconque, n'importe où, loin d'ici. Et pour ce faire, j'ai besoin de votre aide.

— Pas de problème. J'ai un studio libre en ville, près de la poste, propose Pedro. Mon fils l'a libéré pour faire des études à la Corogne. Je te le prête.

— J'apprécie ton geste, Pedro, j'apprécie vraiment. Mais l'endroit que je veux habiter ne doit appartenir à aucun d'entre vous. Il faudra louer quelque chose avec un bail à mon nom.

— Pourquoi tous ces mystères ? s'écrie Pilar, soudain inquiète.

— Parce que personne ici présent ne doit avoir d'ennui quand tout sera fini.

— Comme tu voudras, bougonne Juan, le marin. On peut te louer un appartement près du port. Je sais qu'il y a deux ou trois F2 disponibles en ce moment.

— Parfait. De toute façon, je n'y vivrai pas plus d'un mois.

Le silence s'épaissit de minute en minute. La lumière du couchant filtre à travers les persiennes et zèbre les murs blancs de la chambre. Ernesto s'impatiente.

— Explique-nous : où veux-tu en venir ? Je n'y comprends plus rien.

— Vous vous souvenez de ce qu'a dit le juge de Carballo ? reprend Luis d'une voix sans timbre. Pour refuser ma demande gracieuse, il a cité l'article 143 du Code pénal...

— ... qui sanctionne de deux à dix ans d'emprisonnement celui qui aura aidé une personne à se suicider, récite Pilar.

— C'est bien cela. Imaginez maintenant qu'il n'y ait plus un coupable isolé, mais que dix ou douze personnes s'associent pour provoquer ma mort. Imaginez que ces dix personnes apportent chacune une petite contribution, et que ce soit l'addition de ces gestes anonymes qui me fasse passer de vie à trépas. Comment réagira la justice ? Le groupe sera-t-il condamné en bloc à la prison, alors qu'il sera impossible au juge et à la police de déterminer qui a fait quoi ? Franchement, je ne le pense pas.

— C'est un complot que tu nous demandes d'organiser ! s'écrie Pilar.

— Une conspiration pour que l'on te tue à plusieurs ?

Le regard de Luis Garcia se pose sur les visages graves de ses amis.

— Je n'oblige personne à participer. D'ailleurs, je ne veux pas que vous me donniez votre réponse ce soir. Rentrez chez vous. Réfléchissez. Parlez-en entre vous et revenez me voir la semaine prochaine.

— Moi, je ne pourrai jamais faire une chose pareille ! se révolte Santiago. Tu veux nous culpabiliser ? Tu veux nous rendre fous ?

— Tu es libre, Santiago, dit Luis d'une voix douce. Libre d'agir selon ta conscience. Au moins, tu as cette chance. Moi, mes mains sont incapables de prendre une poignée de médicaments et de les jeter dans le fond de ma gorge...

Les amis de Luis débattent âprement de l'ahurissante proposition que celui-ci leur a faite. Ils discutent, palabrent des heures durant et se font tour à tour les avocats du diable. Lorsque le délai de réflexion arrive

337

à expiration, tous ont choisi de répondre positivement à la demande de Garcia, à l'exception de Santiago, qu'aucun argument n'est parvenu à convaincre. Le transport du blessé de la maison familiale au nouveau logis provoque les foudres d'Alejandro.

— Pourquoi pars-tu comme un voleur ? N'es-tu pas bien ici, depuis vingt-huit ans qu'on s'occupe de toi ?

Felicia, la belle-sœur de Luis, et Isabela, sa nièce, fondent en larmes.

— Qui va veiller sur toi maintenant ? Qui va préparer tes repas et laver ton linge ?

— Pilar. Nous vivrons ensemble comme de jeunes mariés, badine le blessé pour ne pas éclater à son tour en sanglots.

Les fenêtres du petit appartement donnent sur la mer. Une affiche représentant Pablo Neruda, le poète chilien, a été collée sur une porte. De son lit, Luis contemple l'horizon en écoutant les opéras de Wagner. Son regard rêveur s'attarde sur la crête des vagues. La mer, sur laquelle il a navigué pendant les plus belles années de sa jeunesse ! La mer traîtresse qui a brisé sa vie !

Chaque membre de la bande s'est procuré un double des clés de l'appartement et peut ainsi entrer et sortir à sa guise en fonction du rythme de ses activités. Un soir, les dix amis sont réunis à nouveau dans la chambre du blessé. Luis donne ses instructions à Pilar, qui s'est équipée d'un stylo et d'un paquet de fiches.

— Marque « Un verre » sur la première fiche, dit Luis.

— D'accord.

– « Une paille » sur la seconde et « Bouteille d'eau » sur la troisième.

– Quelle marque, l'eau ? demande la femme, qui s'efforce d'adoucir le tragique de la situation.

– Gazeuse.

– Très bien, je marque « Eau gazeuse ».

– Marque ensuite « Cyanure de potassium ». Deux cents milligrammes seront nécessaires.

– Où peut-on s'en procurer ? demande Pilar en écarquillant les yeux.

– C'est un produit qu'on utilise dans l'industrie pour dissoudre l'or et l'argent. On s'en sert aussi pour la photographie ancienne. Peut-être en pharmacie.

– J'ai un copain bijoutier, dit Juan. Il pourra nous dépanner.

– J'ai un cousin dans la chimie, dit un autre.

– Je vous fais confiance, se rassure Luis. Marque ensuite, sur une autre fiche, « Trépied cinéma ».

– Et « Caméra ». Il nous faut une caméra neuve, intervient Pilar.

– Oui. Et « Cassette vidéo ».

– Et une grosse lampe pour t'éclairer, dit Pedro.

– D'accord, allons-y pour « Grosse lampe ». Combien de fiches avons-nous ? demande Luis.

– Huit ! Il en manque deux.

Garcia réfléchit un instant.

– Fais une fiche « Tablette » et une autre « Enveloppe ». La tablette pour poser le verre et l'enveloppe pour envoyer le film au tribunal.

Les fiches retournées sont ensuite dispersées sur le lit du malade. Chaque personne présente en prend une au hasard et la dissimule aux yeux des autres.

– Quand vous vous serez procuré l'objet dont le nom est inscrit sur votre fiche, vous l'apporterez ici et vous le déposerez dans la cuisine. Dimanche dans la soirée, vous mettrez en place le dispositif. Quand tout sera prêt, vous quitterez l'appartement après avoir mis en marche la caméra. Vous détruirez votre fiche et votre clé. Pilar reviendra lundi matin. Elle enverra la cassette vidéo au juge du tribunal de Carballo, une copie à Laura Palmès, qui la transmettra à la télévision, et elle préviendra la gendarmerie.

La voix de Luis s'étrangle dans sa gorge.

– Je vous aime, mes amis, je vous aime tant.

Le 13 janvier 1998, des millions de téléspectateurs espagnols assistent, bouleversés, à l'ultime confession de Luis Garcia. Il est allongé dans son lit. Devant lui, un verre d'eau dans lequel est plongée une paille est posé sur une tablette. Luis regarde la caméra bien en face.

– Messieurs les juges, les autorités politiques et religieuses, que signifie pour vous la dignité ? Quelle que soit la réponse de votre conscience, sachez que, pour moi, ceci ne s'appelle pas vivre dignement. J'aurais au moins souhaité mourir dignement. Aujourd'hui, fatigué de l'apathie de nos institutions, je me vois obligé de le faire en cachette, comme un criminel. Il faut que vous sachiez que le processus qui aboutira à ma mort a été scrupuleusement divisé en petites actions qui ne constituent aucun délit en elles-mêmes, et qu'elles ont été exécutées séparément par plusieurs mains amicales. Si l'État décidait toutefois de punir mes collaborateurs, je suggère qu'on leur fasse couper les mains, parce que c'est là leur unique contribution. La tête, autrement dit la conscience, était la mienne. Comme vous le voyez, tout près de moi se trouve un verre d'eau contenant une dose de cyanure de potassium. Quand je l'aurai bu, je cesserai d'exister, renonçant ainsi à mon bien le plus précieux, mon corps. Je considère que vivre est un droit, pas une obligation, comme ce fut le cas pour moi durant vingt-huit ans, quatre mois et quelques jours. Le temps et l'évolution des consciences décideront un jour, peut-être, si ma requête était raisonnable ou pas.

Luis marque une pause. Il se penche en avant, saisit la paille entre ses dents et absorbe le liquide à longs traits. Puis il fixe l'objectif de la caméra. Environ une minute et demie s'écoule. Quelques mots s'étranglent encore dans la gorge du blessé.

– ... Chaleur... ça vient... ça vient...

Un court râle douloureux. Une crispation. La tête bascule lentement sur le côté. Les yeux restent ouverts.

Quelques jours plus tard, une procédure pénale est ouverte contre ceux qui ont aidé Garcia à mourir et qui se sont dénoncés collectivement. Le chef d'accusation de complot est retenu car, comme le définit le texte de la loi, il s'agit bien d'un « dessein concerté secrètement entre plusieurs personnes et dirigé contre une institution ». Heureusement, comme Luis l'avait prévu, la police et la justice sont dans l'incapacité d'établir les responsabilités individuelles des conspirateurs et un non-lieu est prononcé.

Le 28 mars 2001, au titre d'héritière légale, Isabela Lucas, la nièce de Luis, tente une ultime action pour essayer d'obtenir des réparations posthumes au nom de son oncle. Elle saisit le Comité des droits de l'homme des Nations Unies en invoquant une violation par les tribunaux espagnols de l'article 2 de la Charte, qui stipule « assurer la défense de toute personne contre la violence illégale ».

Le 2 avril 2004, le Comité des droits de l'homme déclare la communication irrecevable et clôt le dossier.

Morts pour la France !

10 mai 1940. Le jour n'est pas encore levé le long de la frontière avec l'Allemagne et la Belgique, quand des grondements assourdissants secouent le ciel. L'opération « Dyle », lancée par Hitler pour anéantir au sol l'armée de l'air française, vient de commencer. C'est un déluge de feu. Une fulgurante dévastation. Le terrain d'aviation de Berck-sur-Mer est le premier touché. Une heure plus tard, les bombes de la Luftwaffe frappent celui de Calais, détruisant les sept premiers appareils, des Bloch-152.

Le lendemain, le pilote d'un Potez 637, en reconnaissance au-dessus des Ardennes, découvre avec stupeur qu'une longue colonne de véhicules allemands progresse vers Sedan à grande vitesse, contournant ainsi la ligne Maginot. Le 15 mai, le fort est pulvérisé par les attaques des stukas et les charges des blindés, qui déferlent ensuite vers la mer pour encercler les Alliés à Dunkerque.

Sept mois après la déclaration de guerre conjointe de la France et de la Grande-Bretagne, l'Allemagne rompt ainsi le front occidental. En lançant ses armées sur les Pays-Bas, la Belgique et la France, Hitler met fin à la « drôle de guerre ». En quelques jours, huit à dix millions de Belges et de Français se retrouvent sur les routes de l'exode.

Le général François d'Astier de la Vigerie est un homme seul et désespéré. En liaison avec la Royal Air Force, il dirige une bataille décisive, qu'il est en train de perdre. Nul ne conteste la valeur de ce soldat d'exception, as de l'aviation et héros de la Grande Guerre. Seuls la disproportion des forces en présence et l'aveuglement des politiques sont responsables d'un échec annoncé. Dès la fin du mois de mai, le commandant de la zone d'opérations aériennes du Nord étudie les modalités d'un repli et d'un redéploiement de l'aviation en Afrique du Nord pour poursuivre le combat. Mais pour mettre son projet à exécution, il doit d'abord obtenir l'accord du chef de l'armée de terre et de celui de la marine. Le 8 juin, à Maintenon, une localité au nord de Chartres, il demande à être reçu par l'amiral Darlan, commandant des forces maritimes françaises. L'accueil est cordial, presque chaleureux.

– Vous avez raison, une capitulation serait une abdication honteuse, lui dit Darlan. Pour ma part, j'ai déjà donné mes ordres, et quoi qu'il arrive, la flotte française continuera à se battre, dût-elle le faire sous pavillon britannique.

D'Astier de la Vigerie sort rasséréné de l'entretien. Désormais, il n'est plus seul. D'autres officiers supérieurs sont prêts à mobiliser leurs forces et à les mettre en commun pour contre-attaquer et repousser l'ennemi hors des frontières. Dans la nuit du 14 au 15 juin, tandis que les états-majors néerlandais et belge ont déjà capitulé, François d'Astier demande à nouveau à s'entretenir avec Darlan, à Montbazon. L'amiral Auphan, son aide de camp, se souvient de cette rencontre : « Le général d'Astier de la Vigerie arriva à notre PC, demandant à voir Darlan en personne. Très excité, il voulait faire passer la flotte en dissidence. Je crois bien que c'est la seule fois de la guerre où j'ai réveillé le patron au milieu de la nuit. »

– Je vous confirme mon appui, entérine l'amiral. Comptez sur moi. Ensemble, nous résisterons.

Le lendemain, les armées hitlériennes envahissent Paris et le gouvernement français se replie de Tours à Bordeaux. D'Astier s'y rend sans plus attendre et reçoit un accueil favorable de Georges Mandel, ministre de l'Intérieur. Mais le 16, la situation se retourne brusquement. Paul Reynaud, président du Conseil, est remplacé par Philippe Pétain. Ce dernier donne la victoire aux partisans de l'armistice et constitue un nouveau gouvernement, dans lequel Darlan est nommé ministre de la Marine. Dès l'annonce de cette nouvelle, d'Astier se précipite dans le bureau de Darlan.

– Quelle raison avez-vous de vous rallier à Pétain ? explose le général. Je vous rappelle que nous nous sommes mis d'accord pour continuer la lutte. Je vous demande donc d'en poursuivre l'exécution.

Le ministre examine narquoisement son interlocuteur.

– Il n'en est plus question !

Sous l'effet de la surprise, le visage de François d'Astier se décompose.

– Je ne vous comprends pas, amiral, hier encore vous me disiez que...

– Hier, oui. Aujourd'hui, c'est non. Je suis ministre, interrompt l'autre avec cynisme.

Le général abrège l'entretien. Puisant dans son éducation aristocratique la force de contenir la rage qui lui noue la gorge, il dissimule son écœurement. Il voudrait pourtant pouvoir crier :

– Vous êtes un lâche ! Vous trahissez la France et

vos promesses ! Vos ambitions personnelles l'emportent sur l'intérêt général !

Mais il tourne les talons et claque violemment la porte derrière lui.

Les conséquences de la dispute ne se font pas attendre. Dès le lendemain, François d'Astier est relevé de son commandement et le général Pujo, le nouveau ministre de l'Air, menace de le faire arrêter s'il ne se soumet pas aux nouvelles autorités. Pour l'éloigner du centre de décisions, Pujo le mute au Maroc, où il prend le commandement de la région aérienne. Lorsque son avion atterrit à Rabat, d'Astier ignore que, non content de l'avoir trahi, Darlan le fait étroitement surveiller par les services de renseignement. Le nouveau ministre de la Marine redoute, en effet, les initiatives intempestives du bouillant général. Alors que Pétain pactise avec Hitler, il convient que les officiers français se plient aux directives collaborationnistes.

La semaine suivante, le 3 juillet, a lieu le drame de Mers el-Kébir. Pour comprendre cet épisode dramatique de la Seconde Guerre mondiale, il faut garder en mémoire qu'à la mi-juin 1940, la marine française est la seule armée qui soit encore intacte. Elle possède une flotte parmi les plus puissantes et les plus modernes du monde. Elle constitue aussi le seul atout dont dispose la France pour négocier avec les Allemands un armistice honorable. Or, le 16 juin, quand Pétain s'empare du pouvoir et engage des pourparlers avec l'ennemi, Churchill exige que la flotte française soit dirigée vers les ports britanniques. Darlan, ministre de la Marine, refuse. Il fait savoir aux amiraux français que la flotte devra se saborder plutôt que d'être livrée à la Royal Navy. Le 25 juin, Churchill riposte en s'adressant au Parlement : « Il est clair que s'ils ne nous sont pas cédés, les navires français passeront tous armés sous contrôle allemand ou italien. » Le lendemain, le Premier ministre de Sa Majesté décrète le blocus des côtes françaises et l'embargo des navires battant pavillon tricolore. Trois jours plus tard, les amiraux anglais sont informés de l'opération « Catapulte », consistant à détruire les escadres françaises. Un amiral, consterné, parlera de « crime de guerre ».

Les plus belles unités de la marine française se sont concentrées à Mers el-Kébir, un port près d'Oran, en Algérie. Le 3 juillet au matin, un ultimatum est présenté à l'amiral Gensoul, commandant les forces navales françaises. La mise en demeure anglaise offre le choix entre trois possibilités : se rallier à la flotte britannique, appareiller sous contrôle britannique avec équipage réduit ou désarmer la flotte aux Antilles. Les Français ont six heures pour s'exécuter ou se saborder. Dans le cas contraire, les deux croiseurs et le porte-avions britanniques stationnés au large ouvriront le feu. L'amiral Gensoul fait prendre les dispositions de combat. À 17 heures, les bâtiments anglais écrasent sous les salves les navires français, incapables de manœuvrer et de se défendre. C'est une véritable boucherie : mille trois cents tués et des centaines de blessés. Dès qu'il prend connaissance du désastre, l'amiral Darlan, fou de rage, exige de François d'Astier qu'il attaque avec l'aviation les navires anglais, au mouillage à Gibraltar. Le général refuse d'obéir à un ordre qui entraînerait une guerre avec la Grande-Bretagne et anéantirait le pays définitivement. Darlan n'en démord pas. Il réitère son ordre auprès du général d'aviation Bouscat qui, lui, accepte. Finalement, sous la pression de Léopold III, roi de Belgique, Pétain impose à Darlan de renoncer à son absurde désir de vengeance.

Les conséquences de l'agression anglaise à Mers el-Kébir sont incalculables. En France, la tragédie réveille une anglophobie séculaire, renforce l'autorité de Pétain, et prépare psychologiquement Laval à prendre les pleins pouvoirs. En Afrique du Nord, elle dynamite l'appel à la résistance lancé par de Gaulle le 18 juin, et l'exclut durablement de l'échiquier politique. Enfin, elle exacerbe les désaccords qui divisaient déjà d'Astier de la Vigerie et Darlan. Trois semaines plus tard, les relations s'enveniment encore. Darlan veut faire condamner le député Pierre Mendès France pour « abandon de poste devant l'ennemi ». Convaincu que l'ancien ministre de Léon Blum est l'objet d'une machination parce qu'il est juif et socialiste, le général d'Astier bloque la procédure en refusant de signer le mandat d'informer contre lui. C'en est trop ! Darlan relève une nouvelle fois François d'Astier de son commandement et le somme de quitter son poste. De retour en France, d'Astier prend activement part à la défense de Mendès France, qui a été transféré de la prison de Casablanca à celle de Clermont-Ferrand. Pour contrer les dépositions de D'Astier et discréditer son témoignage, Darlan fait divulguer publiquement le rapport abject qu'ont établi sur son compte les agents des services de renseignements chargés de le surveiller. Privé du soutien du général, Mendès France est condamné à six ans de prison.

Entre d'Astier de la Vigerie et l'amiral Darlan, la rupture est maintenant consommée. Les deux hommes sont devenus à jamais irréconciliables. Tandis que le premier s'envolera vers Londres pour offrir ses services au général de Gaulle, le second, devenu vice-président du Conseil et successeur désigné de Pétain, rencontrera Hitler à plusieurs reprises et réitérera, à travers lois d'exception et mesures antijuives, son allégeance au régime de Vichy. Dès lors, d'Astier n'aura de cesse d'abattre son ennemi, « le traître, l'homme le plus haï et détesté de France ».

En 1942, Alger est en effervescence. La rumeur d'un débarquement américain en Afrique du Nord échauffe les esprits. Quelques hommes d'opinions et de milieux très différents partagent la volonté de reprendre les combats pour libérer la France. Parmi eux se trouve Henri d'Astier de la Vigerie, le frère cadet du général. Agé de quarante-cinq ans, grand, mince, élégant, monarchiste et imprévisible, il a créé la première organisation de résistance d'Oranie. Proche de lui, on trouve le colonel Van Hecke. Condamné à mort par contumace par un tribunal allemand, il assume la direction des Chantiers de jeunesse, une organisation paramilitaire destinée à « faire des hommes capables, le moment venu, de se lancer dans la lutte pour que la France revive ». Rigault et Lemaigre-Dubreuil, deux résistants eux aussi crucifiés par la défaite, sont convaincus que la reconquête du pays ne pourra s'opérer qu'à partir de l'Afrique du Nord. Enfin, Jacques Tarbé de Saint-Hardouin, un diplomate spécialisé dans les questions économiques, complète ce groupe disparate mais extraordinairement déterminé, qui se fera connaître sous le nom de « Comité des Cinq ». C'est avec lui que Robert Murphy, le représentant personnel du président Roosevelt à Alger, a décidé de préparer le débarquement. Reste à régler une question prioritaire : l'heure venue, quel sera le chef capable de fédérer les Français d'Afrique du Nord ? Les Cinq hésitent entre plusieurs personnalités sans arriver à se déterminer. Pour la plupart monarchistes, ils n'éprouvent pas de sympathie particulière pour de Gaulle. Aussi son nom est-il rapidement écarté de la liste des prétendants.

— Bien sûr, soupire l'Américain, si le général Giraud n'était pas retenu prisonnier en Allemagne, il serait l'homme de la situation !

Contre toute attente, Giraud s'évade quelques semaines plus tard et regagne la zone libre. Lemaigre-Dubreuil s'envole vers la métropole pour lui transmettre à contrecœur l'offre de Murphy, car Giraud a fait publiquement allégeance au maréchal Pétain. Refus inflexible du général. Rigault et Van Hecke récidivent. Après des heures de palabres, ils parviennent à un accord. Mais Giraud exige que le commandement de toutes les forces alliées, américaines et britanniques comprises, lui soit confié. Exigence exorbitante et irréaliste. Comment les Américains pourraient-ils accorder à un général étranger la responsabilité d'une opération d'une telle envergure, dont les ordres codés s'échangeront en anglais ? Les émissaires de Murphy préfèrent berner le général plutôt que compromettre la négociation.

— N'ayez crainte, vous commanderez le débarquement.

Le 28 octobre, sur ordre de Washington, l'ambassade américaine à Alger informe les Cinq que la date du débarquement est fixée au 8 novembre. Dans la nuit du 5 au 6, Giraud quitte secrètement le Lavandou à bord du *Seraph*, un sous-marin anglais, qui met le cap sur Gibraltar. Le 7, il rencontre Eisenhower. Quand le futur président américain lui apprend qu'il ne lui octroie que le commandement des forces françaises, Giraud est incapable de contrôler sa déception :

— Vous m'avez trompé depuis le début ! Vous vous êtes servi de moi ! Je refuse de céder aux diktats d'un pays étranger !

À titre de protestation, le général refuse de quitter Gibraltar. Il boude, rageur, jusqu'au 9 novembre et laisse ainsi les résistants français exécuter le putsch d'Alger sans lui. Sous la direction du Comité des Cinq, des centaines de partisans occupent les points stratégiques de la ville et arrêtent les plus hauts dignitaires civils et militaires vichystes.

Par le plus grand des hasards, l'amiral Darlan se trouve à Alger au moment de l'insurrection. Il a été appelé d'urgence au chevet de son fils, atteint d'une attaque mortelle de poliomyélite. Darlan ignore tout du projet de débarquement. Aussi, dans la nuit du 7 au 8, dort-il profondément dans sa chambre d'hôtel quand le téléphone le réveille. L'amiral est littéralement abasourdi en apprenant que, d'ici quelques heures, les forces armées américaines auront probablement investi la ville. Darlan bondit hors de son lit et se précipite pour rejoindre le général Juin et Robert Murphy à la villa des Oliviers. À peine a-t-il fait son entrée dans un salon transformé en centre de commandement qu'il fulmine déjà :

— J'ai toujours pensé que les Anglais étaient idiots ! Je croyais les Américains plus intelligents, mais je vois que vous êtes aussi doués que les Anglais pour accumuler les gaffes !

— Ralliez-vous ! Saisissez l'occasion qui vous est offerte, amiral, plaide Murphy. Nous allons reconquérir la France. Vous êtes celui qui détient le plus de pouvoir après Pétain. Vous seul serez écouté et obéi par tous les Français d'Afrique du Nord.

Darlan hésite. Son destin balance sur le fil du rasoir : s'il change de camp et que l'opération échoue, comme a échoué la tentative de débarquement des Alliés à Dieppe, il brise sa carrière et compromet le gouvernement de Vichy, livrant la France occupée aux représailles nazies ; et s'il refuse de s'associer à une future victoire américaine, il se met définitivement hors jeu. Il doute. Il est paralysé.

— Je ne peux rien faire sans l'accord de Pétain, argumente l'amiral pour gagner du temps.

— Soit, rédigez-lui un télégramme et attendez sa réponse, propose Murphy, conciliant.

Darlan griffonne une note, dans laquelle il informe Pétain de l'imminence d'un débarquement et de la présence de Giraud à Alger.

À peine le télégraphiste a-t-il quitté le salon où se tient la réunion que Saint-Hardouin et Rigault interceptent et escamotent le message.

— Inutile de donner des armes à l'adversaire !

Dans le courant de la matinée, Darlan envoie un autre câble à Vichy, en utilisant cette fois un fil direct ignoré des Allemands et des Américains.

— Vous savez que vous avez toute ma confiance, répond laconiquement Pétain.

En début d'après-midi, le général Juin confirme que

les Américains ont débarqué sur les côtes d'Algérie et du Maroc et qu'il s'agit d'une « opération de grande envergure ». Il indique aussi que des engagements meurtriers mettent aux prises GI's et Français restés fidèles au Maréchal. Rien n'est joué. La situation est incertaine. Quel camp va finalement l'emporter ? Darlan tergiverse et n'entreprend rien qui puisse faire cesser les affrontements. Cet attentisme méprisable entraînera la perte de près de deux mille soldats.

Vers 17 heures, les premiers détachements américains investissent Alger. Ils sont furieusement acclamés par le peuple descendu dans la rue. Après vingt-quatre heures de confusion, le temps est enfin venu de faire taire les armes et de mettre en place un pouvoir politique.

Le 9 novembre, le général Clark, l'adjoint du général Eisenhower, rejoint Alger et rencontre aussitôt Darlan. Il le presse de signer un armistice qui mettra fin aux combats. Le vice-président du Conseil demande qu'on lui accorde un nouveau délai de réflexion. En fait, chaque heure gagnée est secrètement utilisée pour communiquer avec le Maréchal.

— J'avais donné l'ordre de se défendre contre l'agresseur, câble tout d'abord Pétain à son chef des armées. Je maintiens mon ordre.

— Je renonce donc à traiter un cessez-le-feu et je me constitue prisonnier, répond aussitôt Darlan.

Nouveau message de Vichy, quelques minutes plus tard :

— Comprenez que l'ordre précédent était nécessaire pour la négociation en cours.

Darlan entrevoit que Pétain se livre avec les Allemands à un double jeu, proche de celui qu'il joue lui-même avec les Américains. En effet, Laval se trouve à Munich où il rencontre Hitler pour s'expliquer sur la situation. Pour ne pas contrecarrer la réussite des pourparlers, le Maréchal doit officiellement feindre de résister au débarquement des Alliés. Darlan réplique aussitôt :

— Reçu et bien compris !

Mais a-t-il réellement compris les intentions de Pétain ? Un doute subsiste.

Le 10 novembre, Clark, exaspéré, somme l'amiral de signer l'armistice.

— Vous avez une demi-heure pour vous décider. Pas une minute de plus. Au-delà, vous serez mis en état d'arrestation, menace le général.

— Je m'en fous ! rugit le Français, pris au piège.

Les Américains sortent, laissant Juin et Darlan discuter passionnément. Quand le délai a expiré, Clark réapparaît.

— Alors, quelle est votre réponse ?

— J'accepte, dit le vice-président du Conseil en se redressant de toute sa courte taille.

Il est 13 heures. Une page de l'histoire de la Seconde Guerre mondiale vient de se tourner à Alger.

Nommé haut-commissaire, François Darlan incarne désormais l'autorité suprême en Afrique du Nord. Le général Giraud, tardivement sorti de sa bouderie, se contentera de diriger l'armée française. En jetant inconsidérément leur dévolu sur le successeur désigné de Pétain, les Américains n'ont-ils pas commis une faute d'appréciation ? C'est en tout cas l'impression que donne le rapport adressé à Washington par le général Eisenhower, le 14 novembre : « Le sentiment existant en Afrique du Nord française ne ressemble pas, même de loin, à ce que nous avions imaginé antérieurement, et il est de la plus haute importance de ne prendre aucune décision précipitée qui bouleverserait l'équilibre que nous avons pu établir. »

Considérant que, pour poursuivre leur combat, ils seront plus utiles à l'intérieur qu'à l'extérieur des sphères du pouvoir, les Cinq acceptent, la rage au cœur, d'entrer dans le conseil de gouvernement que préside Darlan. Ainsi Henri d'Astier reçoit-il le commandement de toute la police d'Afrique du Nord ; Rigault hérite du portefeuille de l'Intérieur et de l'Information, et Saint-Hardouin de celui des Affaires étrangères. Pour autant, les Cinq ont moins que jamais renoncé au combat.

Tandis que les cartes politiques et militaires sont redistribuées au sud de la Méditerranée, François d'Astier de la Vigerie se rend à Londres. Il est immédiatement reçu par de Gaulle. Le colonel Passy témoigne de la chaleur de l'accueil que lui réserve le Général : « Lorsque, dans la matinée du 18 novembre, j'appris au général de Gaulle l'arrivée du général d'Astier de la Vigerie, il manifesta un contentement extraordinaire. Ce fut à cette occasion qu'il me prodigua les plus vives félicitations que je reçus jamais de lui au cours des six années que je passai à travailler à ses côtés. »

À ce point du récit, il est intéressant de noter que d'Astier se met à la disposition de De Gaulle au moment précis où Darlan prend le pouvoir en Afrique du Nord, sur l'injonction des Américains. Peut-on penser qu'il s'agit d'une pure coïncidence ? On peut en douter en lisant le télégramme que de Gaulle adresse le jour même au général Koenig : « Le général d'Astier de la Vigerie déclare que tout le monde en France est unanime sur les deux points suivants : Darlan est un traître qui doit être liquidé, Giraud a le devoir de se rallier à la France combattante. »

« Un traître qui doit être liquidé »... Peut-on formuler plus clairement ses intentions ? Au cours des jours suivants, d'Astier multiplie les conférences de presse et poursuit ses attaques au vitriol contre l'amiral. Rapportant ses propos, le *Daily Mirror* écrit dans son édition datée du 26 novembre : « La trahison d'un officier doit toujours être jugée sur d'autres bases que celles d'un homme politique. L'Afrique du Nord a été mise entre les mains de l'homme le plus haï de France. » En novembre 1942, Darlan est-il réellement l'homme le plus haï de France ou est-il l'homme le plus haï de... François d'Astier de la Vigerie ?

Le 1er décembre 1942, par un décret officiel de la France combattante, François d'Astier est nommé adjoint au général de Gaulle et commandant en chef des Forces françaises libres. Dès le lendemain, de Gaulle organise son départ pour Alger. Le 18 décembre, le nouveau chef des Forces libres reçoit son ordre de mission : rendre compte de la situation en Afrique du Nord, en informer directement le général de Gaulle, « proposer des mesures propres à hâter l'union dans l'effort de guerre des territoires français d'outre-mer en liaison avec la résistance nationale et en coopération avec les Alliés ». En fait, derrière cette mission s'en cache une autre : soutenir le Comité des Cinq dans son projet de chasser Darlan du pouvoir par tous les moyens. En effet, dès son arrivée à Londres, d'Astier a convaincu de Gaulle d'entrer en contact avec son frère Henri pour essayer d'additionner leurs forces. Un télégramme adressé par le général Catroux à de Gaulle, le 15 décembre 1942, prouve que ce dernier était informé de l'existence de la conspiration qui se tramait à Alger : « Secret le plus absolu. Il m'a été affirmé à Gibraltar qu'Henri d'Astier de la Vigerie qui serait auprès de Darlan aurait à vous proposer une combinaison susceptible d'écarter l'amiral et de réaliser une coordination. Êtes-vous au courant ? Signé : Catroux. » Et le télégramme porte cette annotation manuscrite de Gaston Palewski, directeur de cabinet de De Gaulle : « Réponse faite par le Général : oui. »

C'est donc nanti d'une double mission, l'une officielle, l'autre secrète, que François d'Astier s'envole vers Alger. Il emporte dans ses bagages la somme de quarante mille dollars. Une fortune destinée à Henri pour soutenir son action.

Henri d'Astier et ses amis ne se sont pas résignés à subir l'autorité de Darlan en Afrique du Nord. Dans un premier temps, ils réussissent à convaincre les présidents des conseils généraux des trois départements d'Algérie d'écrire à Darlan pour exiger sa démission. La demande s'appuie sur les dispositions d'une loi datant du xixe siècle, qui stipule qu'en cas d'occupation d'une partie du territoire national, les conseillers généraux des départements restés libres peuvent former un nouveau gouvernement. Darlan ne daigne pas répondre. Une autre idée germe alors dans l'esprit des comploteurs. Quel homme, par essence au-dessus des partis, pourrait réconcilier les factions en présence, unifier pétainistes et gaullistes, et assurer en Afrique du Nord un pouvoir stable, indépendant de Vichy ? Le choix des Cinq, la plupart étant monarchistes, se porte sur le comte de Paris. Interdit de séjour sur le territoire métropolitain, l'héritier de la couronne de France réside au Maroc. On le contacte. On argumente. On l'assure du soutien du général Juin, des présidents des conseils généraux, ainsi que de René Capitant et de Louis Joxe, qui animent le groupe gaulliste. Le comte finit par accepter. Le 16 décembre, il s'installe à Alger, 2 rue La Fayette, au domicile d'Henri d'Astier, et prend contact avec des personnalités politiques de tous bords.

Le 19 décembre, François d'Astier est à Alger. Il fait prévenir le général Eisenhower de son arrivée puis se rend à l'hôtel Aletti, le palace de la ville. La nouvelle de sa présence fait l'effet d'une bombe. Toute l'antipathie qu'éprouve Darlan à l'égard du nouvel adjoint de De Gaulle resurgit comme une bouffée de haine. Il convoque sur-le-champ Robert Murphy.

– Pourquoi les Américains ont-ils autorisé d'Astier à se rendre à Alger ? À quel jeu jouez-vous ? explose l'amiral.

Murphy bredouille hypocritement qu'il n'est au courant de rien. Le général Bergeret, proche collaborateur de Darlan, charge alors son aide de camp d'aller chercher d'Astier à son hôtel et de le conduire à son bureau. Ce dernier s'exécute. Il est 19 heures. François d'Astier dîne seul dans la somptueuse salle du restaurant. Le lieutenant-colonel Gibon-Guilhem transmet timidement le message de son supérieur. D'Astier parcourt la note distraitement et l'abandonne sur un coin de la table, comme s'il s'agissait d'un billet sans importance.

– Attendez debout ! Laissez-moi finir ! ordonne-t-il.

D'Astier achève tranquillement son repas puis,

après avoir vidé sa tasse de café, il s'adresse à l'officier sur un ton méprisant :

– Je ne reconnais aucun pouvoir à Darlan. Bergeret n'est qu'un petit général de brigade. Moi, je représente trente-six millions de Français et je suis l'invité du général Eisenhower. Je n'irai voir ni Darlan ni Bergeret.

Le général balaie la salle du restaurant d'un geste agacé.

– Transmettez !

Une heure plus tard, le chef des Forces françaises libres se rend chez son frère, où l'attend le comte de Paris. Les deux hommes s'entretiennent sans témoin durant deux heures. Dans un livre de souvenirs, le comte de Paris rendra compte de la conversation, au cours de laquelle il semble évident que l'assassinat de Darlan a été évoqué. « Cette rencontre me permit de faire la connaissance d'un homme sympathique, ouvert bien que prudent et qui veillait, avant tout, à ne pas engager le Général. D'Astier m'écouta avec attention, puis s'accorda pour dire qu'il convenait le plus tôt possible d'écarter l'amiral Darlan d'un pouvoir illégitime. »

Dès le lendemain, à l'hôtel Aletti, François d'Astier rencontre Paul Saurin, président du conseil général d'Oran.

– Que comptez-vous faire de Darlan ? demande Saurin.

La réponse est claire et sèche. Sans appel.

– Darlan va disparaître physiquement, réplique le général.

Le même jour, quelques heures plus tard, sur la demande pressante d'Eisenhower, François d'Astier accepte de rencontrer Darlan au palais d'Été, un bâtiment de style mauresque qui domine les hauteurs de la ville blanche. Une demi-douzaine d'officiers supérieurs assistent, médusés, à l'entretien. D'Astier apparaît en grand uniforme d'aviateur. Quatre étoiles d'argent brillent sur les manches de sa vareuse. Il s'adresse uniquement à Giraud, ignorant volontairement la présence de Darlan. L'amiral patiente quelques minutes, puis, excédé, apostrophe son adversaire d'une voix tranchante. :

– Vous n'avez aucune légitimité ! Retournez à Londres ou je ne sais où ! Je suis le vice-président du Conseil, le chef des armées de ce pays et, depuis peu, le haut-commissaire pour l'Afrique du Nord.

D'Astier toise le petit homme avec mépris.

– Votre présence en Afrique du Nord est le seul obstacle à l'unité nationale. Vous n'avez rien de mieux à faire que de vous effacer au plus tôt.

– Je ne tolérerai pas davantage votre insolence, s'écrie Darlan en s'étranglant de rage. Je vous ai démis de votre commandement il y a deux ans. Vous n'êtes rien. Disparaissez !

D'Astier s'adresse à nouveau à Giraud comme si l'amiral s'était brusquement volatilisé.

– Ralliez-vous à de Gaulle, général. Faites le bon choix. Ne compromettez pas davantage votre honneur avec ces gens-là.

Désormais, l'affrontement des deux hommes est définitif. Comme dans un tournoi de chevaliers, l'un d'entre eux doit mourir au combat.

Le 22 décembre, François d'Astier remet à son frère les quarante mille dollars destinés à préparer la venue du général de Gaulle en Afrique avant de s'envoler vers Londres. Au même moment, dans le centre d'Alger, un jeune homme, Fernand Bonnier de la Chapelle, arpente une rue proche de l'église Saint-Augustin. C'est un garçon de vingt ans à l'aspect juvénile, franc et sympathique. Son père, Eugène Bonnier de la Chapelle, est journaliste à *La Dépêche algérienne*. Fervent patriote, Fernand s'est rallié aux Corps francs dès leur création et est devenu l'agent de liaison d'Henri d'Astier. Généreux, enthousiaste, il rêve d'en découdre avec les Allemands ou, à défaut, avec les collaborateurs du régime de Vichy. Soudain, un homme vêtu d'une soutane se glisse à ses côtés.

– Marchons tranquillement, Fernand, souffle l'abbé Cordier.

Bras droit d'Henri d'Astier de la Vigerie, ayant élu domicile dans son appartement, l'abbé Cordier est royaliste. Mobilisé en 1939, blessé à Forbach un an plus tard, il a participé à un chantier de jeunesse dans l'Hérault avant d'aller se réfugier à Oran, pourchassé par la Gestapo. Éminence grise des comploteurs, surnommé « la Cravate » par les services secrets, c'est un homme de vingt-neuf ans d'une remarquable intelligence.

Cordier extrait furtivement une feuille de papier d'une poche de sa soutane.

– Voici les plans du palais d'Été, où se trouvent les bureaux de l'amiral.

Bonnier escamote le document.

– Prenez aussi ceci. C'est l'arme d'Henri. Elle est chargée. Vous n'aurez qu'à presser sur la détente.

Le prélat glisse un revolver de gros calibre dans les mains du garçon.

– Voici encore pour vous.

Cette fois, l'abbé tend à Bonnier de la Chapelle une

enveloppe et une carte d'identité. L'enveloppe contient deux mille dollars. La carte, au nom de Morand, a été établie par l'inspecteur Schmitt, un policier qui s'est associé aux comploteurs.

– Quand vous aurez rempli votre mission, vous vous échapperez par une fenêtre laissée ouverte à votre intention. Une voiture vous attendra pour vous emmener à la gare. Vous vous dissimulerez sous la banquette arrière. À la gare, vous prendrez un train à destination du Maroc.

Bonnier enfouit carte et enveloppe sous sa chemise.

– Maintenant, suivez-moi, entrons dans l'église, dit l'ecclésiastique. Je vais entendre votre confession.

Lorsque le jeune homme en a terminé, Cordier esquisse un rapide signe de croix et donne l'absolution. Fernand quitte l'église et disparaît dans un lacis de ruelles.

24 décembre 1942. C'est la veille de Noël. Les rues d'Alger sont pavoisées. Des soldats américains marchandent de la bimbeloterie dans les échoppes de la Casbah. La lumière joue sur les eaux grasses du port. Des odeurs de sardines grillées et de beignets flottent dans l'air. Accompagné de l'inspecteur Schmitt, Fernand Bonnier de la Chapelle quitte l'appartement d'Henri d'Astier et grimpe dans une Peugeot. Il se fait déposer devant le palais d'Été. Un parapluie pendu à son poignet, il se dirige sans hâte vers l'entrée du bâtiment et s'arrête devant une sentinelle.

– Je veux voir monsieur de la Tour du Pin.

– Remplissez une fiche, répond le soldat.

Bonnier s'exécute. À peine a-t-il inscrit « Morand » dans la case réservée au patronyme que la pétarade d'un moteur attire son attention. La voiture de Darlan quitte la résidence. L'amiral est à son bord.

– M. de la Tour du Pin est absent pour la matinée. Revenez cet après-midi, dit le garde.

Fernand s'éloigne et se rend au Paris, le restaurant à la mode où les personnalités d'Alger aiment à se retrouver. Henri d'Astier, sa femme et l'abbé Cordier sont en train d'y déjeuner. Un peu plus loin, Jean-Bernard d'Astier, le fils d'Henri, partage une autre table avec Mario Faivre, un des éléments les plus actifs de la résistance. Soudain, les visages se crispent.

– Bonnier est ici !

Faivre et Cordier se lèvent. Au bout d'un moment, Cordier retourne dans la salle du restaurant et murmure quelques mots à l'oreille de Mario.

– Darlan a quitté le palais. Bonnier veut essayer son arme avant d'y retourner cet après-midi. Emmène-le quelque part.

Faivre s'essuie les lèvres et repousse sa serviette. Dans la rue Balay, il retrouve Bonnier, adossé à la portière de sa voiture. Les deux garçons se connaissent de réputation mais ne se sont jamais vus. Faivre s'installe au volant et démarre. À la sortie d'Alger, la Peugeot s'arrête dans un chemin creux. Bonnier abaisse la vitre, sort le revolver et tire. L'arme s'enraye. Il essaie une nouvelle fois. Le coup part.

– Donne-moi un flingue qui marche. Celui-là fonctionne une fois sur deux.

Faivre prend un pistolet semi-automatique dans sa boîte à gants. C'est un Ruby, une arme de qualité médiocre, fabriquée en Espagne.

– Essaie plutôt ça !

Fernand dirige le canon vers le ciel et presse trois fois sur la détente. Trois détonations.

– J'achète.

La voiture repart, traverse Alger, et stoppe à proximité du palais d'Été.

– Adieu, souffle Mario Faivre.

Cette fois, sur les conseils de Cordier, Bonnier demande à voir Louis Joxe. La sentinelle lui dit d'attendre dans l'antichambre. Il est 14 h 50. Dix minutes plus tard, deux hommes s'engagent dans le corridor. De petite taille, le nez busqué, les yeux couleur pervenche, Darlan marche en tête. Il est suivi du capitaine de frégate Hourcade, son chef d'état-major. Bonnier tripote son parapluie. L'amiral entre dans son bureau, Hourcade disparaît dans le sien. Quand il referme la porte derrière lui, un puis deux coups de feu claquent. Il se précipite. L'amiral gît sur le sol. Le devant de son uniforme s'imprègne de rouge. L'amiral Battet, le capitaine de corvette Montagne et l'aspirant Maury se ruent à leur tour sur les lieux du drame.

Fernand Bonnier de la Chapelle est décontenancé. Il s'est figé, son pistolet à la main, à trois mètres du corps. Hourcade bondit sur lui. Les deux hommes s'empoignent. Bonnier parvient à s'échapper. Il saute par-dessus le corps de l'amiral. Le chef d'état-major le rattrape et le saisit à la gorge. Bonnier se débat. Il tire. La balle effleure la joue de son adversaire. Bonnier court vers la fenêtre ouverte et presse à nouveau sur la détente pour protéger sa fuite. Le coup atteint Hourcade à la cuisse, qui s'écroule. Le chauffeur de l'amiral et des sentinelles font irruption dans le bureau. L'aspirant Maury agrippe une jambe du fuyard. Il le tire vers l'intérieur et le frappe au visage.

– Ne me tuez pas ! hurle Bonnier.

Un filet de sang s'écoule de la bouche de Darlan. Il geint, les yeux ouverts. Quatre gardes l'allongent sur une civière. Trop tard. Le cœur déchiqueté du haut-commissaire a cessé de battre.

Dans le bureau des plantons, Fernand Bonnier est giflé à toute volée. Des mains le fouillent au corps.

— Ton nom ?

— Morand.

La carte d'identité que l'on trouve dans ses poches le confirme. Quand Bonnier est emmené au commissariat central de la police judiciaire, le plan des conjurés se grippe. Ils avaient imaginé qu'en cas de capture, Fernand serait livré au commissaire Achiary, un complice qui aurait simulé une évasion. Mais durant la nuit, Bonnier est interrogé sans relâche par les commissaires Esqueré et Garidacci. Combien de temps va-t-il pouvoir tenir avant de donner les noms des comploteurs ? Vers minuit, un policier pénètre dans le bureau. Il dévisage le prisonnier et s'exclame :

— Je connais ce type : c'est le fils de Bonnier de la Chapelle, le journaliste de *La Dépêche algérienne* !

L'interrogatoire reprend.

— As-tu agi seul ?

Le jeune homme s'est claquemuré dans le silence. En psychologue rompu aux techniques policières, le commissaire Garidacci décide de changer de méthode. Comme la violence ne donne aucun résultat, il expérimente une autre approche.

— Nous savons tout sur toi.

Le ton est devenu conciliant, paternaliste.

— Ta confession ne m'est pas indispensable pour te livrer au juge.

— Qu'est-ce que je risque ?

— L'échafaud. Mais tu as peut-être des amis haut

365

placés ? Si tu consens à t'expliquer, tu peux espérer être gracié.

Fernand est abasourdi, prostré sur sa chaise, le visage défait.

– Qui a organisé l'assassinat de l'amiral Darlan ? demande Garidacci.

– J'allais tous les jours au domicile de M. Henri d'Astier, comme chargé de liaison des Corps francs, bredouille Fernand.

À l'évocation du nom d'Henri d'Astier, chef de la police du gouvernement Darlan, le sang du commissaire se fige dans ses veines. Il n'en laisse rien paraître.

– Je t'écoute.

– Dans ce Corps franc, nous avions formé entre nous un groupe de durs, le groupe Hydra, poursuit Bonnier. M. d'Astier me recevait chez lui avec beaucoup de gentillesse. Je n'étais pas monarchiste. Je n'y pensais même pas ! Au cours de nos conversations, M. d'Astier me montrait que la seule solution pour que la France voie s'ouvrir devant elle un avenir brillant était un retour à la monarchie.

Fernand marque une pause, comme si l'évocation de ses souvenirs lui pinçait le cœur.

– Ces conversations ont duré environ un mois. Vers le 20 décembre, tant M. d'Astier que l'abbé Cordier m'ont fait comprendre que le seul obstacle à l'arrivée en France de cet avenir si favorable était la présence de l'amiral Darlan à la tête du gouvernement.

– Henri d'Astier de la Vigerie et l'abbé Cordier ! s'exclame, stupéfait, le commissaire.

– Progressivement, j'ai compris que ces messieurs recherchaient un jeune homme courageux, convaincu de la grandeur de sa mission, qui accepterait d'accomplir une action historique : faire disparaître l'amiral, inféodé aux Allemands !

Garidacci sort de la poche de sa veste un mouchoir en batiste et s'éponge le front.

— Parle-moi de l'organisation.

— À cette époque, il y avait beaucoup de remue-ménage chez M. d'Astier, causé par des visites mystérieuses. On m'a fait comprendre que la disparition de l'amiral était urgente. On a fixé l'exécution au 24 décembre, veille de Noël.

Vers 3 heures du matin, le policier fait placer le prisonnier en cellule et rédige un procès-verbal. « L'an 1942 et le 24 décembre, devant nous, Garidacci, commissaire de la police mobile, auxiliaire de M. le procureur de la République, entendons M. Bonnier de la Chapelle, Fernand, étudiant, vingt ans, demeurant à Alger : "J'affirme avoir tué l'amiral Darlan, haut-commissaire en Afrique française, après en avoir référé à l'abbé Cordier sous forme de confession. C'est M. Cordier qui m'a remis le pistolet et les cartouches qui m'ont servi à exécuter la mission qui m'était assignée et qui était de faire disparaître l'amiral. Lorsque je me suis engagé dans les Corps francs, j'ai recruté de ma propre initiative des hommes de main dont M. d'Astier aurait pu avoir besoin, mais M. d'Astier n'a jamais été au courant de cette initiative personnelle. Je sais que MM. Cordier et d'Astier ont rencontré récemment le comte de Paris." Lu, persiste et signe : Fernand Bonnier de la Chapelle. »

Troublé par les aveux ahurissants du détenu, Garidacci décide de dissimuler le procès-verbal au juge d'instruction chargé de l'affaire. Il sera toujours temps de faire chanter d'Astier et d'obtenir de lui une compensation d'une nature ou d'une autre.

367

Le lendemain, jour de Noël, Fernand reçoit en cellule la visite de son père.

– Papa, il faut que tu saches que j'attends du secours de gens très haut placés, dit le meurtrier.

– Tu ne sais donc pas ce que tu risques ? l'interrompt le journaliste, bouleversé.

– Ceux qui vont m'aider, ce sont d'Astier de la Vigerie et le comte de Paris. C'est pour eux que j'ai tué Darlan, réplique Fernand, en pleine confiance.

Pour l'infortune du jeune homme, la réalité est infiniment plus compliquée. Certes, les conjurés s'emploient à le faire libérer, usant de tous leurs pouvoirs, multipliant suppliques et promesses. Ils ignorent que Jean Rigault, le ministre de l'Intérieur et de l'Information qui s'est rallié à Pétain, a fait placer sur écoute l'appartement d'Henri d'Astier, son ex-ami du Comité des Cinq, et qu'il intercepte et contrecarre systématiquement les démarches qu'il entreprend auprès des membres du gouvernement. Le temps presse. Bonnier est transféré à la prison Barberousse. Son procès doit s'ouvrir en fin de journée devant un tribunal militaire. Les jeunes des Corps francs sont prêts à tenter un coup de force. Cinquante garçons armés et très déterminés attaqueront la citadelle. Mais pour agir, ils doivent obtenir l'aval de D'Astier. L'un d'entre eux, Pierre Raynaud, se présente vers 20 heures à son domicile.

– Tout va s'arranger, promet d'Astier pour couper court.

Pendant ce temps, la nouvelle de la mort de Darlan se propage dans Alger. Elle ne provoque pas la consternation. Le comte de Paris sort de l'ombre. Il fait savoir aux cinq membres du conseil d'Empire qu'il se porte candidat au poste de haut-commissaire en remplacement de l'amiral. En attendant ces élections, le pouvoir est confié au gouverneur du Maroc, le général Noguès. Mais trois obstacles entravent rapidement les chances du comte d'accéder au pouvoir : son implication éventuelle dans l'assassinat de Darlan ; un refus probable de Pétain et, surtout, un veto américain. Comment, en effet, après avoir choisi Darlan, Roosevelt pourrait-il maintenant désigner à la tête de l'Afrique du Nord française le successeur des rois de France ?

Dans le cadre de son procès, Bonnier est à nouveau interrogé par le commissaire du gouvernement. Passant sous silence les aveux qu'il a livrés à Garidacci, et qui incriminent Cordier et Henri d'Astier, Fernand affirme cette fois avoir agi seul. Mais, avant même que le commissaire ait rédigé l'acte d'accusation, le médecin colonel Lauzerat reçoit un appel téléphonique lui demandant de se tenir près, le lendemain à l'aube, « pour remplir une désagréable corvée ».

— De quoi s'agit-il ? demande le médecin.

— Vous assisterez à une exécution capitale. Une voiture viendra vous chercher.

Les dés sont jetés. La cour martiale se réunit pour la forme car le verdict est déjà rendu : Fernand Bonnier de la Chapelle est condamné à la dégradation militaire et à la mort.

Pendant ce temps, et durant toute la nuit, les conjurés multiplient leurs interventions. Une fois la sentence rendue, il ne leur reste plus qu'un seul espoir : que le général Noguès, le haut-commissaire par intérim, accorde la grâce au meurtrier. Alfred

Pose, ministre des Finances et ami des comploteurs, brandit même la menace d'une insurrection si Bonnier est mis à mort.

– Ce serait une erreur formidable que de procéder à cette exécution ! hurle-t-il au téléphone à un proche de Darlan. Il faut faire un geste politique, sans quoi il se passera des choses terribles.

L'officier répond sèchement :

– Nous avons la liste des vingt ou trente personnes à mettre sous les verrous pour avoir la paix !

Au même moment, dans une cellule de la prison Barberousse, entouré du commissaire Esqueré, du capitaine Gaulard et du lieutenant Schilling, Fernand Bonnier de la Chapelle reste étonnamment calme. Bien que les minutes s'égrènent, il espère toujours que ses amis parviendront à sauver sa tête.

– J'ai tué Darlan parce que c'est un traître, plaide le jeune homme à ses geôliers. Il vendait la France à l'Allemagne pour son profit.

Les hommes l'écoutent en silence, le cœur serré. Alors que la nuit avance, le doute s'empare du prisonnier :

– On m'a jugé trop vite. Il aurait fallu deux jours pour permettre à mes amis d'intervenir. Je sais que maître Sansonnetti, mon avocat, s'y emploie.

Fernand ignore qu'à l'autre bout de la ville, le général Noguès a rejeté sa grâce : « Le condamné sera conduit au champ de tir de Hussein-Dey, le 26 décembre, à 7 h 30, pour y être exécuté. »

À 6 heures, la porte de la cellule s'ouvre. Un aumônier entre et dit la courte messe des condamnés. Fernand espère encore qu'une intervention de ses amis va surseoir à la sentence. Il est conduit à l'arrière d'un fourgon cellulaire et emmené à l'extérieur d'Alger. À

7 h 32, le médecin colonel Lauzerat signe l'acte de décès.

Le 26 décembre, les membres du conseil d'Empire élisent le général Giraud haut-commissaire en Afrique du Nord. Le comte de Paris est interrogé par la police. Contre son maintien en liberté et son retour au Maroc, il accepte de rédiger une lettre dans laquelle il déclare désavouer ceux qui, en son nom, ont fomenté une action criminelle contre Darlan.

Le 10 janvier 1943, quatre policiers armés de mitraillettes font irruption dans l'appartement d'Henri d'Astier de la Vigerie et le mettent en état d'arrestation, ainsi que l'abbé Cordier. Le juge Voituriez notifie à leur encontre une inculpation de complicité d'assassinat et de complot contre la sûreté de l'État. Ils sont incarcérés. Six mois plus tard, le 30 mai 1943, de Gaulle choisit de s'installer à Alger. Il ne fait rien pour libérer de prison les conjurés. François d'Astier plaide en faveur de la relaxe de son frère.

– Henri n'a pas travaillé pour moi, mais pour Giraud, pour le comte de Paris et les Américains. Il aurait dû prendre mes ordres plus tôt, réplique de Gaulle, rancunier. Il a, d'autre part, accepté un poste sous le régime de Darlan, il est vrai avec l'intention de l'éliminer, mais par un procédé indigne.

Le Général laisse croupir en prison Henri d'Astier cinq mois supplémentaires avant de le faire libérer et de lui remettre la croix de Compagnon de la Libération.

Dans un cimetière d'Alger, la tombe de Darlan a porté pendant quatre ans la mention « Mort pour la France », alors que celle de Fernand Bonnier de la

Chapelle n'indiquait, elle, que ses dates de naissance et de décès. En 1947, la mention s'est déplacée d'une tombe à l'autre. Sur la première, on a pu lire ensuite : « François Darlan, amiral de la flotte. Nérac 1881-Alger 1942 » ; et sur la seconde : « Fernand Bonnier de la Chapelle 1922-1942. Mort pour la France ».

L'histoire est capricieuse. La frontière qui sépare le déshonneur de l'héroïsme s'inscrit souvent en pointillé...

Un diable à la cour de l'empereur

Une lumière mordorée baigne les façades néoclassiques du palais Tsarskoïe Selo, à Saint-Pétersbourg. La fin de journée est radieuse. Alexis, un garçonnet habillé en marin, gambade dans le parc impérial. Une nurse et deux soldats l'observent, discrètement embusqués derrière un bosquet de rosiers. L'enfant saute et virevolte, le regard captivé par un vol de papillons. Soudain, son pied accroche une racine. Il chute violemment. Les trois adultes chargés de sa surveillance se précipitent. Le gamin, un genou en sang, gémit douloureusement. Les soldats le transportent à l'intérieur du palais avec mille précautions. La nurse le déshabille et le met au lit immédiatement.

– Allez vite prévenir sa mère ! Allez chercher les médecins ! lance-t-elle, affolée, aux soldats.

Lorsque Alexandra, impératrice de toutes les Russies, accourt dans la chambre où repose son fils, elle constate que les premiers symptômes de sa terrible maladie sont déjà apparus. Une bosse bleuâtre enflamme le genou blessé et la température de l'enfant a grimpé en flèche. Car Alexis Nicolaïevitch est hémophile. Ce mal héréditaire empêche le sang de se coaguler normalement. Ainsi la plaie la plus bénigne provoque-t-elle chez lui une hémorragie interne, une tuméfaction génératrice de douleurs atroces. En ce début de XXᵉ siècle, aucune médication ne peut y remédier. Accompagné de trois médecins, Nicolas II se rue à son tour au chevet du malade et passe une main sur son front brûlant.

– Papa, quand je serai mort, fais-moi enterrer en bas, dans le parc, murmure le gamin entre deux sanglots.

Le tsar, bouleversé, se penche à son oreille, mais les plaintes déchirantes d'Alexis couvrent bientôt ses paroles de réconfort...

Au même moment, dans une bourgade perdue à l'autre bout de l'immense Russie, une vingtaine de paysans des deux sexes sont réunis dans une isba à moitié disloquée. Ce sont des *khlysty,* des flagellants, les membres d'une secte qui prétend être en mesure d'établir une communication directe avec Dieu, de s'approprier son Verbe et sa Puissance à travers des cérémonies orgiaques et « purificatrices ». Un homme et une femme se font face de part et d'autre d'une table, sur laquelle douze bougies jettent une clarté vacillante. L'assemblée entonne un chant mélancolique. Puis la litanie enfle comme une vague. Le couple attablé, censé incarner le Christ et la Vierge Marie, est pris de frénésie. Dès qu'il scande des cantiques, les autres vocifèrent à pleine gorge :

– Le Saint-Esprit est en nous !

Bientôt, les paysans qui forment cercle autour des officiants se dressent sur leurs jambes et se mettent à danser. D'abord au ralenti comme des automates.

– Le Saint-Esprit est en nous !

Puis sur un rythme endiablé. Comme des toupies

prises de folie, les flagellants s'exaltent, caracolent en tous sens, se bousculent, poussent des cris sauvages. Les murs de l'isba tremblent. On hurle à tue-tête. On pleure et on rit en même temps. On psalmodie des phrases incantatoires dénuées de sens. Les femmes arrachent blouses et jupons. Les hommes se défont de leurs bottes et de leurs pantalons. Une frénésie incontrôlable électrise les adeptes. Ils s'empoignent, basculent sur le sol, s'étreignent violemment. C'est la « transformation merveilleuse », la « mêlée du péché », la communion mystique.

L'homme qui s'est attribué le rôle du Christ est un *staretz*, un moine vagabond, un prophète illuminé. À la lueur des bougies, les femmes de la secte ont entraperçu son nez épais, sa barbe fruste, sa bouche charnue. Elles ont toutes été frappées par le magnétisme féroce de ses yeux couleur d'ardoise. Ce fils de maquignon, âgé d'une quarantaine d'années, s'appelle Grigory Iefimovitch Novykh. Il se fera bientôt connaître sous le nom de Raspoutine...

Que peuvent bien avoir en commun l'enfant hémophile et le débauché sectaire ? Comment la rencontre entre Alexis Romanov, appelé à régner sur le plus vaste pays du monde, et Grigory Raspoutine, un moujik mal dégrossi, va-t-elle précipiter la Russie dans un univers d'incohérence et de folie ?

Grigory Novykh naît en 1872 dans une famille paysanne relativement aisée. Son père vend du bétail et vole des chevaux à l'occasion. À l'âge de douze ans, Grigory n'hésite pas à se jeter dans l'eau glacée d'une rivière pour sauver l'un de ses frères de la noyade. Le frère décède peu après d'une congestion pulmonaire.

Ébranlé par le drame, Grigory est en proie durant plusieurs jours à une fièvre ardente qui le plonge dans un coma profond. On le croit perdu à son tour. Quand il se rétablit, sa personnalité a changé. Se réfugiant dans la chaleur de l'écurie paternelle, il lit avidement la Bible et en récite bientôt de longs passages par cœur. La robustesse de sa constitution, son attirance insatiable pour les filles du village, son penchant pour les boissons fortes lui valent bientôt le sobriquet de « Raspoutine », ce qui en argot russe signifie « le paillard », « le crapuleux », « le fornicateur ».

Grigory se marie jeune avec une jolie blonde qui lui fait trois enfants. Un jour, alors qu'il pousse la charrue, il entend derrière lui un choral magnifique, comme les femmes en chantent à l'église. Il se retourne et ce qu'il voit est stupéfiant : « Tout près de moi, racontera-t-il plus tard à un ami, une femme admirablement belle, la Sainte Vierge, va et vient comme percée par les rayons dorés du soleil. Dans les airs, des milliers d'anges chantent une hymne solennelle et la voix de la Vierge leur répond. » Convaincu d'avoir été choisi pour propager sur terre la volonté divine, Raspoutine abandonne famille et village, prend son bâton de pèlerin, et vagabonde pendant trois ans de monastère en monastère, quémandant çà et là le gîte et le couvert. Errant à travers le pays, il tient des discours évangéliques, récite des paraboles, s'entretient avec des moines, et pousse ses pérégrinations jusqu'aux couvents sacrés du mont Athos. Son adhésion à la secte des Flagellants est l'aubaine qui lui permet de concilier l'appel irrépressible de ses sens et les élans mystiques qui le taraudent.

En 1904, la pieuse renommée et l'odeur sulfureuse des exploits amoureux de Raspoutine arrivent jusqu'à

Saint-Pétersbourg. Le père Jean de Cronstadt, qui avait adouci l'agonie d'Alexandre III, le père du tsar Nicolas II, veut rencontrer le prophète sibérien. Il le reçoit et constate avec satisfaction que le moujik possède effectivement un « influx divin » et qu'il est promis à un bel avenir apostolique. Du jour au lendemain, l'horizon de Raspoutine s'élargit. Bientôt il ne se contente plus d'éblouir les popes et les paysans. Il fréquente l'aristocratie ecclésiastique qui s'accorde, elle aussi, à reconnaître en lui une « étincelle de Dieu ».

Un an plus tard, l'évêque Théophane, inspecteur de l'Académie théologique de Saint-Pétersbourg et confesseur de l'impératrice, fait appeler Raspoutine pour observer de près les effets merveilleux de la grâce divine sur une âme tourmentée par les tentations de la chair. Au terme d'un examen scrupuleux, convaincu que l'Esprit Saint a transfiguré le pécheur, Théophane recommande son protégé au couple impérial :

– Grigory est un paysan simple, leur dit-il. Vos majestés auront profit à l'entendre, parce qu'il est la voix de la terre russe. Je sais tout ce qu'on lui reproche. Je connais ses péchés : ils sont innombrables et le plus souvent abominables. Mais il y a en lui une telle force de contrition et une foi si naïve dans la miséricorde céleste que je garantirais presque son salut éternel. Après chaque repentir, il est pur comme l'enfant qui vient d'être lavé dans les eaux baptismales.

Comment l'impératrice pourrait-elle se monter insensible à un homme doué de telles qualités ?

Mariés depuis dix ans, le tsar Nicolas II et son épouse, Alexandra, forment le couple le plus uni que l'on puisse imaginer. Dans le souci constant de préserver son intimité, il fuit dès que possible le fardeau de l'étiquette et la pompe des cérémonies. C'est pourquoi les appartements qu'Alexandra a fait aménager dans le palais Tsarskoïe Selo ressemblent davantage à un intérieur bourgeois qu'à une demeure impériale. Après la venue au monde de quatre filles belles et en bonne santé, la découverte de la maladie incurable du tsarévitch, dernier-né de la famille et prince héritier de la dynastie, a foudroyé le couple.

C'est dans cette atmosphère d'inquiétude et de tension extrêmes que Raspoutine fait son entrée dans le cercle intime de la cour des Romanov. Bientôt sa rudesse fait merveille. Car, au lieu de plaire et de flatter, le moujik s'adresse aux monarques avec une familiarité déconcertante. Fatigués des adulations et des flagorneries, ces derniers croient reconnaître enfin la « voix authentique de la terre russe » sous les traits du Sibérien bourru.

Quelque temps plus tard, Alexis se blesse à nouveau et son état donne aussitôt les plus vives inquiétudes. Comme les médecins sont toujours impuissants, Raspoutine est appelé en toute hâte au chevet du malade. À peine est-il entré dans la chambre de l'enfant qu'il se dirige vers les icônes qui ornent un mur, tombe à genoux, et prie avec ferveur. Puis il se redresse, s'approche d'Alexis, le bénit d'un geste ample, et pose une main sur son front brûlant.

– Ne crains rien, Alescha, tout va bien maintenant !

Le tsarévitch cesse aussitôt de se plaindre. Un faible sourire flotte même sur ses lèvres.

– Je chasse tes vilaines souffrances, explique Raspoutine d'une voix douce. Demain, tu seras bien portant et nous jouerons ensemble dans le jardin. En attendant, je vais te parler des steppes et des forêts de mon enfance.

L'enfant est hypnotisé par le récit du visiteur. Il boit ses paroles avec avidité.

L'impératrice, qui s'était statufiée dans le fond de la chambre, s'approche craintivement du malade. Elle n'en croit pas ses yeux : son fils vient de replier sous lui sa jambe blessée, sans avoir manifesté la moindre souffrance.

— Tu n'as plus mal, Alexis ? demande-t-elle, ahurie.

— Non, plus du tout. Je veux encore écouter des histoires.

Alexandra caresse le front de son fils et constate avec incrédulité que la fièvre a brusquement chuté.

— C'est assez pour ce soir. Je reviendrai demain, promet Raspoutine à l'enfant. Repose-toi et fais de beaux rêves !

Une infirmière qui était accourue auprès du malade tombe à genoux au pied du lit et murmure, bouleversée :

— C'est un saint pèlerin, Alescha. Un saint qui te guérira ! C'est Dieu lui-même qui l'a envoyé à ton papa et à ta maman !

L'enfant sourit et s'endort aussitôt. L'impératrice se précipite derrière le Sibérien et, ivre de reconnaissance, lui embrasse la main en pleurant.

— Remerciez Dieu ! Il m'accorde la vie de votre fils, se contente de grogner Raspoutine.

Dès lors, l'influence du prophète devient considérable. Persuadée que la vie de son enfant est entre ses mains, Alexandra fait de ce paysan presque illettré son confident puis son conseiller. Elle tolère ses caprices, écoute ses conseils, obéit à ses injonctions. Bientôt la rumeur du « miracle » se répand dans tout Saint-

Pétersbourg. Les salons s'arrachent le saint homme. Une cohorte de femmes de la bonne société envahit l'appartement qu'il partage maintenant avec ses filles, à proximité du palais impérial. Ses admiratrices préparent le thé, confectionnent des sucreries, lavent son linge, brodent ses chemises, et l'accompagnent parfois dans sa chambre, quand son désir se manifeste. Dans les milieux politiques, on observe avec stupeur l'irrésistible ascension du charismatique moujik. Certains dignitaires s'en offusquent, d'autres tentent de l'approcher pour obtenir promotions ou privilèges. Raspoutine monnaye ses services en échange de sommes qui deviennent colossales. Malgré les rigueurs de la censure, les journaux dénoncent les mœurs dissolues, le dévergondage cynique de l'opportuniste. Mais ces attaques n'atteignent pas les souverains. Tant que Raspoutine demeurera à leurs côtés, il veillera sur la santé du tsarévitch.

En 1911, le Sibérien persuade le tsar de nommer évêque de Tobolsk le moine Varnana, un ancien jardinier, un homme simple et sans aucune éducation. Cette requête soulève un tollé dans la hiérarchie ecclésiastique. Mais le tsar cède. Raspoutine comprend qu'il peut désormais tout exiger. Fort de son succès, il demande à être lui-même ordonné prêtre. Cette fois, la réaction de l'évêque de Saratov, du moine Héliodore et de quelques prêtres de renom, est d'une violence extrême. Les hommes d'Église bousculent le *staretz,* le couvrent d'insultes, et lui crachent au visage.

– Maudit ! Sacrilège ! Fornicateur ! Bête puante ! Vipère du diable !

D'abord décontenancé, Raspoutine essaie de riposter par un vomissement d'injures. Alors, monseigneur Hermogène, un colosse, lui frappe le crâne à grands coups de sa croix pectorale en lui criant :

– À genoux, misérable ! À genoux devant les saintes icônes ! Demande pardon à Dieu de tes souillures immondes ! Jure que tu n'oseras plus infecter de ta sale personne le palais de notre tsar bien-aimé !

Tremblant de peur et saignant du nez, Raspoutine se frappe la poitrine, balbutie des prières, jure de ne plus jamais se présenter devant l'empereur. Il s'enfuit, sous une nouvelle bordée d'imprécations et de crachats. Aussitôt, il court au palais. L'impératrice ne lui fait pas attendre longtemps les joies de la vengeance. Quelques jours plus tard, sur la réquisition impériale du procureur suprême, le Saint Synode retire à monseigneur Hermogène son siège épiscopal et l'exile en Lituanie. Quant au moine Héliodore, il est empoigné par des gendarmes et incarcéré dans un couvent pénitentiaire.

Rien ne semble plus pouvoir freiner les ambitions du protégé des Romanov. Lui attribuant une mission providentielle, Alexandra le consulte à tout propos et exécute docilement ses directives, fussent-elles incohérentes. Devenu le « tsar au-dessus des tsars », Raspoutine place maintenant aux commandes de l'État des hommes faibles qu'il peut manipuler.

Pourtant, au cours de l'automne 1914, un désaccord éclate entre l'empereur et son mentor. En dépit des avertissements de Raspoutine, violemment opposé à l'entrée en guerre de la Russie, Nicolas II a engagé ses armées dans un combat d'apocalypse.

– Père Grigory, tu arrives à temps pour vivre un grand moment ! s'exclame le tsar en invitant Raspoutine à s'asseoir devant une table couverte de cartes et de documents. Nos divisions ont remporté une magnifique victoire. En Galicie, nous volons de succès en succès. Nous avons pris Lemberg et ses puits de pétrole qui ravitaillaient l'Allemagne. Félicite-moi.

— Quelles sont nos pertes en hommes, tués, blessés ou prisonniers ? demande gravement Raspoutine.

Cette question dégrise le tsar.

— Elles sont très lourdes. Mais les Autrichiens ont souffert bien davantage. Nous avons tué deux cent mille hommes et fait cent vingt mille prisonniers.

Le regard magnétique du moujik se voile.

— Des enfants de Dieu ! Tes chiffres ne me remplissent pas de joie. Quand donc cesseront cette haine et ce massacre ? Nous sommes maintenant au sommet de notre gloire. Bientôt, le vent tournera.

Nicolas II sourit au Sibérien avec indulgence. Il déplie ses cartes, trace des lignes, rectifie des frontières, aligne de petites croix.

— L'Autriche sera réduite au Tyrol et à Salzbourg. Les territoires polonais de l'Allemagne seront nôtres, de même que la Prusse-Orientale. La France aura l'Alsace et la Lorraine.

— Tu vends la peau de l'ours avant de l'avoir tué ! s'écrie Raspoutine, incapable de contenir davantage sa colère.

— Nous devons l'attraper et l'écraser. Dieu est avec nous ! réplique l'empereur.

Raspoutine se lève. Surexcité, il arpente la pièce, frappe sa paume de son poing.

— Ne me parle pas de Dieu ! La Russie est entrée dans cette mêlée contre Sa volonté. Malheur à ceux qui refusent de s'en rendre compte. Cette guerre n'est pas une guerre sainte. Sa poursuite amènera notre destruction. Le Christ ne peut plus supporter les plaintes qui montent vers lui de la terre russe ! Sa vengeance sera terrible !

Raspoutine achève sa tirade sur cette menace et quitte la pièce. Le tsar reste pétrifié, le visage de marbre et les yeux vides.

Prophétie, bon sens, ou justesse d'analyse ? En 1916, les événements donnent raison au *staretz* visionnaire. Les armées russes reculent sur tous les fronts, le désordre devient chaos, le pays va à vau-l'eau. À Moscou et à Saint-Pétersbourg, quand on cherche les causes de la débâcle annoncée, le nom de Raspoutine revient sur toutes les lèvres. N'est-il pas responsable des erreurs du tsar ? N'a-t-il pas nommé ministre de l'Intérieur ce Protopopov, dont l'incompétence est notoire ? Ne cherche-t-il pas secrètement à affaiblir l'empereur pour l'obliger à abdiquer en faveur de son fils ? Enfin, le Sibérien n'est-il pas un espion à la solde de l'Allemagne ? Ses relations avec les banquiers russes Manus et Rubinstein, eux-mêmes soupçonnés d'avoir fourni des renseignements militaires à l'ennemi, jettent le doute.

Tandis que les hypothèses vont bon train, une idée s'impose peu à peu : le salut de la Russie passe par l'élimination de Raspoutine. Alors que l'été 1916 s'achève, Rodzianko, le président de la Douma, l'assemblée parlementaire, dit à voix haute ce que le peuple murmure sous le manteau :

– Que peut-on faire quand tout le gouvernement et toutes les personnes de l'entourage de Sa Majesté sont des créatures de Raspoutine ? La seule chance de salut serait de tuer ce misérable, mais il ne se trouve pas un homme en Russie qui ait le courage de le faire. Si je n'étais pas si vieux, je m'en chargerais.

Cette phrase frappe l'imagination fébrile du prince Félix Youssoupov, l'homme le plus riche de Russie, époux de la princesse Irina, nièce de Nicolas II. Youssoupov, vingt-neuf ans, possède une vive intelligence et une sensibilité à fleur de peau. L'idée chemine dans son esprit. « Quelquefois, la nuit, mes nerfs surmenés me réveillaient en sursaut, confiera plus tard le prince dans ses Mémoires. Je ne pouvais plus ni me calmer ni retrouver le sommeil. Je devais éliminer cet être vil, lâche et cynique. » Quand l'intention de tuer Raspoutine devient obsessionnelle, Youssoupov en fait part au grand-duc Dimitri, le jeune cousin germain de l'empereur. Le projet l'enthousiasme. Comme il enthousiasme son ami, le lieutenant Soukhotine, le député Pourichkevitch et le docteur Stanislas de Lazovert, médecin-chef du train-hôpital.

Convaincus de la justesse de leur cause, les cinq hommes échafaudent un plan d'action. Afin d'être renseigné sur le mode de vie et les faiblesses de Raspoutine, il est convenu que Youssoupov se rapprochera de lui et gagnera sa confiance. Le hasard facilite les choses. Félix connaît Mounia Golovine, une jeune fille qui appartient à la cour du *staretz*. Bénéficiant de cette introduction inespérée, il fait rapidement la connaissance de sa future victime. Raspoutine est devenu obèse. Il ne porte plus son modeste caftan noir de maquignon, mais une blouse en soie bleue brodée et une large culotte en velours. En apercevant le prince, le moujik cligne de l'œil et s'installe à ses côtés. Surmontant sa répulsion, Youssoupov engage la conversation et s'invente bientôt une maladie.

— Je te guérirai, promet Raspoutine. Les médecins

n'y entendent rien. Avec moi, tout le monde guérit, car je traite à la manière de Dieu, avec des remèdes divins et non avec la première drogue venue.

Le lendemain, Félix se présente à nouveau chez les Golovine. Sachant Raspoutine friand de chants et de musique tziganes, il a emporté sa guitare. Le Sibérien est enchanté de la prestation du prince.

– Tu chantes à merveille. Je veux te voir souvent. Viens prendre le thé chez moi, propose-t-il au jeune prince, qui a ferré sa proie.

Un soir, Raspoutine, ivre, se laisse aller aux confidences.

– Cette guerre doit cesser, mais l'empereur résiste. Il ne veut rien entendre. Quand nous en aurons fini avec cette question, nous nommerons Alexandra régente pendant la minorité de son fils. Quant à *lui*, nous l'enverrons se reposer en Pologne. Fatigué comme il est, il lui faut du repos.

Youssoupov ne laisse paraître aucune émotion, mais sa détermination à agir s'est encore renforcée. Avant que l'influence démoniaque de Raspoutine ne contamine tout à fait la tsarine, avant que l'empire ne s'écroule, il est temps de passer à la phase finale du complot.

– Venez chez moi demain, Grigory, propose le prince d'une voix blanche. J'inviterai les Tsiganes à venir nous rejoindre.

– Ta femme sera-t-elle là ? Je veux faire sa connaissance, demande le Sibérien.

– Assurément, ment Félix, sachant que son épouse et ses parents se trouvent en villégiature en Crimée. Je passerai vous chercher en voiture vers minuit.

– C'est entendu. Monte par l'escalier de service, recommande Raspoutine. J'avertirai le concierge.

Le 29 décembre 1916, à 23 heures, dans les sous-sols de la Moïka, le palais des Youssoupov, les cinq conjurés s'activent à transformer en salle à manger confortable une petite cave voûtée. C'est l'endroit qu'ils ont choisi pour éliminer l'âme damnée des Romanov. Le samovar fume déjà sur la table, au milieu d'assiettes de gâteaux et de friandises. Un plateau chargé de bouteilles et de verres est posé sur un dressoir, et des bûches crépitent dans l'âtre.

— Allez-y, docteur, ne perdons pas de temps ! recommande le grand-duc Dimitri.

Stanislas de Lazovert noue une serviette autour de son nez, enfile des gants en caoutchouc, et extrait les cristaux de cyanure de potassium d'une armoire. Dans un silence impressionnant, il les réduit en poudre, soulève la calotte des gâteaux, les saupoudre d'une dose de poison, et rassemble les morceaux pour leur redonner leur aspect d'origine.

— Est-ce suffisant ? s'inquiète Félix.

— J'ai mis de quoi tuer une vingtaine de personnes, dit le médecin.

Ensuite, il dissout quelques cristaux de cyanure supplémentaires dans une éprouvette, choisit deux verres et les sépare des autres.

— Ne mettez cette solution dans les verres que vingt minutes après que le prince et moi serons partis chercher Raspoutine. Le poison s'altère rapidement dans un récipient ouvert.

Le docteur Lazovert jette gants et serviette dans la cheminée et les cinq hommes regagnent le rez-de-chaussée en empruntant un escalier en colimaçon.

Tandis que Youssoupov se coiffe d'un bonnet de fourrure et endosse une pelisse de civil, Lazovert se déguise en chauffeur. Il est 0 h 35 quand les deux hommes quittent le palais à bord d'une automobile découverte.

Une demi-heure plus tard, signalée par un léger crissement de pneus, la voiture est de retour. Le lieutenant Soukhotine se précipite aussitôt pour mettre en route le gramophone. Quand Raspoutine, accompagné du prince, dégringole les marches de l'escalier qui mène à la cave, la marche américaine *Yankee doodle* retentit joyeusement.

– Qu'est-ce que c'est que ça, on fait la fête chez toi ? demande le moujik, méfiant.

– Non, ma femme reçoit quelques amis. Ils vont bientôt partir. Allons prendre une tasse de thé, bredouille Youssoupov, soudain mal à son aise.

À peine entré dans la pièce, Raspoutine retire sa pelisse et examine les lieux avec curiosité. Une petite armoire aux multiples tiroirs attire son attention.

– Du thé ou du vin, que préférez-vous, Grigory ?

– Rien pour le moment.

Le cœur du prince se serre. Le *staretz* aurait-il des soupçons ? Son regard magnétique ne cesse de scruter les objets qui décorent les murs.

– Prenez au moins quelques friandises, propose Félix en approchant l'assiette contenant les gâteaux empoisonnés.

Raspoutine hésite. Il en saisit un, le porte à sa bouche, et le mâche lentement.

– Ils sont un peu trop doux pour moi, mais savoureux.

Il en déguste un second puis un troisième.

Youssoupov détourne les yeux pour ne pas avoir à affronter le regard pénétrant du moujik. L'effet du poison aurait dû se manifester instantanément. Raspoutine aurait dû tomber foudroyé, or il poursuit sa conversation sans manifester la moindre gêne.

– Goûtez ce vin de madère, Grigory !

Le *staretz* refuse. Félix remplit néanmoins deux verres et tend à Raspoutine celui qui contient du cyanure. Ils boivent tous deux lentement, à petites gorgées.

– Donne-m'en encore, réclame le Sibérien.

Le prince s'exécute d'une main légèrement tremblante. Cette fois, Raspoutine vide d'un trait le contenu de son verre. Puis il se lève lourdement, fait quelques pas, et défait le col de sa blouse.

– Êtes-vous souffrant ? feint de s'inquiéter Félix.

– J'ai un désagréable chatouillement dans la gorge, se contente de dire le moujik.

Quand il se rassoit, son visage exprime une colère féroce. Il plisse les yeux avec une expression satanique. Le prince, terrifié, n'ose pas rompre le silence qui s'installe dans la cave. Au bout de quelques minutes, Raspoutine ordonne d'une voix rauque :

– J'ai grand soif maintenant, donne-moi du thé.

La pendule marque 2 h 30. Le cauchemar de Youssoupov semble ne devoir jamais prendre fin. Au rez-de-chaussée, les conjurés passent et repassent interminablement le même disque. Le Sibérien s'est affalé dans son fauteuil. Sa lourde tête vacille, sa barbe noire est en désordre, de l'écume mousse légèrement au coin de ses lèvres.

– Pourquoi fait-on autant de tapage là-haut ? demande-t-il, soudain excédé.

– Les invités doivent partir. Je vais chercher ma femme pour vous la présenter, murmure Félix, à bout de nerfs. Je reviens dans un instant.

Il grimpe les marches quatre à quatre. Dimitri,

Lazovert, Pourichkevitch et Soukhotine, revolver au poing, se précipitent vers lui.

— Est-il mort ?

— Non. Le poison n'agit pas ! informe le prince, hors d'haleine.

— Ce n'est pas possible, s'écrie le grand-duc, la dose était pourtant énorme ! Abandonnons l'affaire pour aujourd'hui, laissons-le partir en paix. Nous remettrons le coup à plus tard !

— Jamais, s'écrie Pourichkevitch. Raspoutine ne doit pas sortir vivant d'ici.

Après une courte discussion, les conjurés décident de descendre et de se jeter ensemble sur Raspoutine pour l'étrangler. Ce plan ne convient pas à Youssoupov.

— Non, je préfère y aller seul. Je ne serai pas long.

Il s'empare de l'arme du lieutenant et reprend le chemin de la cave.

Raspoutine est toujours assis à la même place. Il semble respirer difficilement.

— Vous sentez-vous mal ? bredouille Félix en dissimulant l'arme derrière son dos.

— J'ai la tête lourde et une sensation de brûlure dans l'estomac. Verse-moi un petit verre de madère, je me sentirai mieux.

Et Raspoutine avale d'un trait son verre de vin empoisonné. Il se lève, fait quelques pas, et s'approche d'un crucifix en cristal.

— Cet objet est très beau et très ancien. Combien l'as-tu payé ?

— Regardez bien la croix et dites une prière, grogne Youssoupov en brandissant le revolver et en visant le cœur.

Quand Raspoutine pousse un rugissement de fauve

389

et s'écroule sur la peau d'ours blanc qui recouvre le sol, les conjurés accourent en dévalant les escaliers. Lazovert se penche sur le moujik.

– Le pouls bat encore faiblement, mais il agonise, constate le médecin.

Les cinq hommes transportent le corps sur le divan, ferment les yeux du mort et éteignent la lumière.

Il ne reste plus qu'à déjouer la vigilance de la police en faisant croire qu'au terme de la soirée, Youssoupov aura raccompagné son hôte chez lui. Pour ce faire, Soukhotine endossera la pelisse et le bonnet de Raspoutine, Lazovert reprendra son rôle de chauffeur, et le grand-duc remplacera le prince, qui n'a pas la force de se prêter à cette dernière mascarade.

Restés seuls au palais, Pourichkevitch et Youssoupov attendent avec impatience le retour de leurs amis pour se débarrasser du corps. Au bout d'une vingtaine de minutes, un bruit sourd parvient de la cave. Youssoupov, saisi d'une vague inquiétude, redescend au sous-sol. Quand il s'approche de Raspoutine, il voit avec horreur la paupière gauche du *staretz* se soulever, puis la droite. Le prince recule, effrayé. Trop tard ! Avec un regard flamboyant de haine, le moujik bondit sur ses pieds et se jette sur lui. Ses mains convulsées battent l'air à la recherche de sa gorge. Ses doigts s'enfoncent dans son épaule comme des tenailles.

– Félix ! Félix ! râle l'agonisant.

« Cet être qui mourait empoisonné, la région du cœur traversée par une balle, ce corps que les puissances du mal paraissaient avoir ranimé pour se venger de leur déroute avait quelque chose de si effrayant, de si monstrueux, que je ne peux évoquer cette scène sans un frisson d'horreur », écrira le prince quelques années plus tard.

En jetant toutes ses forces dans le combat, Félix parvient à se dégager de l'étreinte mortelle. Il s'élance dans l'escalier et hurle à l'adresse du député :

– Il est vivant. Il se sauve ! Tirez ! Tirez !

Pourichkevitch, abasourdi, entend un bruit de pas pesants qui se dirigent, dans la neige poudreuse, vers la grille du palais. Il se lance à la poursuite de la silhouette titubante de Raspoutine. Il sort son revolver et tire une première fois. Il manque sa cible. Une seconde fois. Encore manquée. Le député se mord la main pour reprendre ses esprits. La troisième balle atteint le moujik dans le dos. Il s'immobilise mais ne tombe pas. Une quatrième balle le touche à la tête. Il vacille et s'effondre.

Pourichkevitch demande aux deux gardes en faction devant l'entrée de l'aider à tirer le corps.

– J'ai tué Raspoutine, leur dit-il, l'ennemi de la Russie et du tsar.

– Dieu soit loué ! Il était temps ! dit l'une des sentinelles.

– Je compte sur votre discrétion, car si la tsarine apprend ce qui s'est passé, je serai à tout jamais banni. Saurez-vous garder le silence ?

– Nous sommes de bons Russes, soyez sans crainte, ripostent les soldats en empoignant le cadavre.

Alerté par les coups de feu, Youssoupov a rejoint Pourichkevitch au pied de l'escalier. La face tournée vers le ciel, le moujik râle et son œil droit est demeuré grand ouvert. Alors, le prince, pris de folie, sort de sa poche une matraque en plomb et frappe le crâne du prophète avec une sauvage férocité. Il frappe et frappe encore. Les os craquent. Du sang éclabousse la neige.

Le député met un terme au carnage. Il arrache son ami du corps flasque de Raspoutine et l'entraîne, livide et terrifié, vers ses appartements.

Quelques minutes plus tard, de retour au palais, le grand-duc Dimitri, le lieutenant Soukhotine et le docteur Lazovert apprennent de la bouche du député dans quelles circonstances extraordinaires Raspoutine a rendu l'âme. Le temps presse. On enveloppe le cadavre dans une toile épaisse, on le charge dans la voiture, et l'on prend la direction de la Neva. Les vitres de la voiture sont baissées et l'air frais réconforte les passagers. La chaussée est mauvaise. Chaque cahot fait tressauter le corps du moujik. Parvenu sur le pont qui enjambe l'île de Pétrovski, la voiture s'arrête. Sans faire de bruit et aussi rapidement que possible, les quatre hommes s'emparent du cadavre et le balancent dans un trou creusé dans la glace. Dans leur précipitation, les comploteurs oublient de lester la charge avec les poids et les chaînes qu'ils ont emportés. C'est pourquoi la dépouille de Raspoutine est repêchée dès le lendemain. Dans son rapport, la police notera que Grigory Iefimovitch Novykh avait réussi « à dégager à moitié une de ses mains et que ses poumons étaient pleins d'eau ».

Aussi incroyable que cela paraisse, après avoir absorbé une dose de cyanure prévue pour tuer vingt personnes, avoir reçu une balle dans la région du cœur, une autre dans le dos, une troisième dans la tête, et après avoir été matraqué de coups très violents, Raspoutine est mort noyé dans les eaux glacées du fleuve !

Trois mois plus tard, la révolution bolchevique éclate. Le tsar abdique le 15 mars. La semaine suivante, la famille impériale est faite prisonnière. Elle sera massacrée quelques jours plus tard. Le 23, le corps du *staretz* est exhumé du cercueil dans lequel il reposait dans la chapelle de Tsarskoïe Selo, et brûlé dans une clairière.

« Quand je serai mort, avait dit Raspoutine, la Russie tombera dans les griffes du diable ! »

Un homme traqué

Lorsque le jeune roi des Belges s'avance vers l'estrade pavoisée de fleurs et de drapeaux, la rumeur d'excitation qui emplissait la grande salle de la Rotonde du palais de la Nation s'apaise brusquement. Chacun retient son souffle. L'heure est solennelle. Ce 30 juin 1960, à Léopoldville, après quatre-vingt-quatre ans de colonisation, le Congo fête l'accession à son indépendance.

Le roi Baudouin, en grand uniforme, prend timidement la parole. Il commence par saluer les pionniers de l'émancipation africaine en termes élogieux. Puis il évoque les mérites de Léopold II, son grand-oncle ; enfin, il change brusquement de ton.

– Ne compromettez pas l'avenir, recommande-t-il maladroitement. Par des réformes hâtives, ne détruisez pas l'œuvre de civilisation accomplie par les meilleurs des Belges.

Tandis que les ministres et les membres des corps constitués belges l'écoutent respectueusement, la plupart des élus congolais et des chefs coutumiers affichent leur déception. L'euphorie a été de courte durée. Un malaise palpable contamine peu à peu l'assistance. Agacé à son tour, le président Kasavubu biffe discrètement la fin du discours qu'il doit prononcer en réponse à celui du roi. Son allocution prévoyait de se terminer par un hommage discret au bilan colonial. L'autosatisfaction que manifeste Baudouin l'en dissuade. Inutile d'en rajouter ! Contrairement à ceux qui se renfrognent, Patrice Lumumba, le Premier ministre, affecte, lui, une moue désabusée. Il attend patiemment le moment de son intervention surprise. Baudouin poursuit sa harangue paternaliste.

– N'ayez crainte de vous tourner vers nous. Nous sommes prêts à rester à vos côtés pour vous aider de nos conseils.

Des applaudissements discrets et des sourires gênés marquent avec soulagement la fin de l'allocution royale. Le président congolais expédie ensuite une courte déclaration. Avec complaisance, il offre à ses anciens maîtres le beau discours qu'ils veulent entendre. Lorsqu'il regagne sa place, le public embarrassé s'apprête à se lever pour quitter la salle. À cet instant, bravant l'organisation protocolaire, Lumumba bondit souplement sur l'estrade et s'empare du micro. Après un instant de surprise, les officiels congolais l'ovationnent pendant de longues minutes. Le Premier ministre apaise son public d'un geste de la main. En flattant du bout des doigts le grand cordon de l'ordre de la Couronne qui est suspendu à son cou, il s'incline vers le roi avec ostentation. Il gratifie la délégation belge de hochements de tête ambigus, et tire une feuille de papier froissée de la poche de son gilet. S'étant éclairci la voix, il déclare d'une voix forte :

– Nul Congolais digne de ce nom ne pourra oublier que c'est par la lutte que l'indépendance du Congo a été conquise. Une lutte de tous les jours, une lutte ardente et idéaliste, une lutte dans laquelle nous n'avons ménagé ni nos forces, ni nos privations, ni nos souffrances, ni notre sang.

Ces phrases, martelées plus que dites, stupéfient Belges et Congolais. Le roi croise nerveusement ses maigres jambes et tripote ses lunettes. Les chefs coutumiers africains affichent des mines réjouies. Lumumba n'a pas fini d'en découdre.

— Nous sommes fiers jusqu'au plus profond de nous-mêmes, car ce fut une lutte noble et juste, une lutte indispensable pour mettre fin à l'humiliant esclavage qui nous était imposé par la force.

Gaston Eyskens, le Premier ministre belge, adresse des mimiques consternées au président Kasavubu. Ce dernier hausse discrètement les épaules en signe d'impuissance, puis s'affale dans le fond de son siège et ferme les yeux. De toute évidence, il n'a pas été tenu informé de la teneur de la diatribe de son chef de gouvernement.

— Nous avons connu le travail harassant exigé en échange de salaires qui ne nous permettaient pas de manger à notre faim, proclame maintenant Lumumba, en lestant ses paroles de grands gestes du bras. Nous avons connu les ironies, les insultes, les coups que nous devions subir matin, midi et soir, parce que nous étions des Nègres.

Cette phrase provoque un tonnerre d'applaudissements dans les rangs des parlementaires congolais. Les dignitaires belges, eux, se ratatinent dans leurs fauteuils. Certains dissimulent leur colère avec difficulté. Plus personne n'ose regarder le roi.

— La loi n'était jamais la même selon qu'il s'agissait d'un Blanc ou d'un Noir. Accommodante pour les uns, inhumaine pour les autres. Nous avons connu les souffrances atroces des relégués pour opinions politiques ou croyances religieuses : exilés dans leur propre patrie, leur sort était vraiment pire que la mort.

Pour le public africain qui écoute médusé, chaque mot prononcé par Lumumba ravive des plaies encore ouvertes. Chaque phrase est un constat et une riposte qui attisent des rancunes. Dans la salle, la tension est soudain devenue telle que, s'ils étaient armés, une fusillade éclaterait sans doute entre les représentants des deux pays.

– L'indépendance du Congo marque un pas décisif vers la libération de tout le continent africain, prophétise Lumumba avec exaltation.

Puis il conclut par ces mots :

– Le Congo nouveau, que mon gouvernement va créer, sera un pays riche et prospère.

Une ovation considérable fait voler en éclats le silence qui s'était pétrifié. Les Congolais se lèvent d'un bloc pour acclamer le jeune Premier ministre, transfiguré par la passion. Ils vivent un rêve extraordinaire. Au roi des Belges, à la face du monde hostile, Lumumba a tenu un langage qu'ils croyaient impossible. En moins d'une vingtaine de minutes, il a procédé à une gigantesque opération de défoulement. Pour lui-même, pour les Congolais, pour tous les peuples du continent.

La délégation belge est scandalisée. Le roi, tremblant d'indignation et de tristesse, quitte la salle et s'enferme avec ses ministres dans un salon du premier étage. Avant de lui emboîter le pas, Gaston Eyskens chuchote à l'oreille du président Kasavubu :

– Votre Premier ministre a manqué aux lois élémentaires de l'hospitalité.

Baudouin n'a qu'une envie : quitter au plus vite ce

pays maudit. Sauter dans son avion, s'envoler vers Bruxelles, tirer un trait définitif sur les dirigeants de son ex-colonie, ingrats et arrogants. Eyskens, en diplomate aguerri, le conjure de patienter. Une décision hâtive, un départ précipité ressembleraient à une fuite et ridiculiseraient la Belgique. À défaut d'exiger de Lumumba des excuses ou un repentir, il convient de l'obliger à atténuer la verdeur de ses propos. Il convient de sauver la face. Eyskens dégringole les escaliers et retrouve Lumumba dans les jardins du palais. Il s'approche de lui.

– Nous ne pouvons en rester là. Vous avez insulté le roi. Préparez une seconde allocution pour le déjeuner. L'avenir des relations entre nos deux pays en dépend.

Lumumba semble enchanté de la situation. Il fait mine de regarder autour de lui.

– Je n'ai pas de secrétaire pour prendre des notes. Pourquoi ne pas vous en charger vous-même ? Vous choisirez mieux que moi les mots qui sauront plaire au roi. Vous serez mon « nègre » ! Une fois n'est pas coutume.

Les ministres belges assistent alors à une scène ahurissante. Gaston Eyskens, le premier d'entre eux, prépare le texte qui sera lu par Lumumba au cours du repas de gala ! La farce se déroule comme prévu. Les propos ont été soigneusement édulcorés. Personne n'est dupe. Sachant que les reporters congolais et étrangers n'assistent pas au déjeuner, Lumumba joue le jeu avec bonne humeur.

Une prise d'armes et un bain de foule clôturent les cérémonies. Baudouin, Kasavubu et Lumumba se présentent ensemble en public. Leurs cotes de popularité respectives s'affichent alors sans ambiguïté : une indifférence à peine polie accueille le roi ; quolibets et sarcasmes ridiculisent le président de la République ; des vivats enthousiastes saluent le Premier ministre. En quelques minutes, Lumumba mesure l'extraordinaire popularité qu'il vient d'acquérir en prononçant son discours historique. Relayées à travers tout le pays par la radio nationale, ses paroles ont touché le cœur des Congolais.

La journée s'achève. Le roi Baudouin et sa suite regagnent Bruxelles. Dans les rues de Léopoldville, le peuple des faubourgs fête jusque tard dans la nuit la naissance d'une nation et celle d'un nouveau héros national. Car, dès le lendemain de la cérémonie, des extraits du discours de Lumumba font le tour du monde et mettent en état d'alerte plus d'un gouvernement. À Washington, le directeur de la CIA, Allen Dulles, prédit « une prise de contrôle communiste aux conséquences désastreuses pour les intérêts du monde libre » et débloque un fonds d'urgence de cent mille dollars pour remplacer le gouvernement de Patrice Lumumba par un « groupe pro-occidental ». À Bruxelles, le gouvernement se félicite plus que jamais d'avoir fait voter par le Parlement, à la mi-juin, une modification unilatérale de la Constitution congolaise provisoire. À quinze jours de la date butoir de l'Indépendance, cette clause prévoit la création d'un gouvernement provincial autonome dans la province du Katanga. Cette manipulation juridique grossière vise, en fait, à préserver l'essentiel des intérêts belges au Congo après l'Indépendance. Car le Katanga regorge de richesses qui semblent inépuisables. Un consortium belge, l'Union minière du Haut-Katanga, s'est approprié trente-quatre mille kilomètres carrés de concessions et emploie vingt et un mille travailleurs africains. Cuivre, uranium, cobalt, or, qui représentent 66 % des ressources du pays, alimentent généreusement les caisses de la mère patrie depuis près d'un siècle.

Dans les pays nantis, aux États-Unis et en Europe occidentale, l'allocution incendiaire de Patrice Lumumba est aussitôt analysée comme une double déclaration de guerre. Car, non seulement le Premier ministre appelle les peuples africains à se libérer à leur tour du joug colonial, mais il menace aussi de stopper la manne des richesses minières que le Katanga déverse sur la Belgique et dans les caisses des multinationales. Pour ces deux raisons, Lumumba doit être éliminé. Le gouvernement belge envisage tout d'abord de limiter ses actions à des manœuvres souterraines. Il se contenterait sans doute d'obtenir l'éviction politique du leader trop encombrant et de faire élire à sa place un homme de paille dévoué à sa cause. Mais le charisme de Lumumba et la popularité qu'il acquiert de jour en jour auprès des Congolais vont rapidement encourager ses ennemis à employer d'autres méthodes. Beaucoup plus radicales.

Deux semaines après l'Indépendance, le général Janssens, chef d'état-major belge, qui dirige encore l'armée congolaise et la force publique pendant une période de transition, refuse d'augmenter le montant des soldes. Officiers et soldats se mutinent. Les fonctionnaires, qui ne sont plus payés depuis des mois, se joignent à eux. La situation se dégrade rapidement. Des troubles éclatent à Thysville. À Léopoldville, des manifestants surexcités prennent à partie des familles belges. Le général Janssens est destitué. Joseph Désiré Mobutu, ancien chef cuisinier chez les missionnaires capucins devenu secrétaire d'État à la présidence du Conseil, le remplace à la tête des armées. Pour autant, les scènes d'horreur se multiplient : pillages, viols, massacres. Des Belges par centaines quittent précipitamment le pays en proie au chaos. Bruxelles envoie un contingent de parachutistes pour protéger ceux qui restent. Moïse Tshombe, un comptable, chef d'un parti nationaliste katangais, profite de la désorganisation du gouvernement pour proclamer l'indépendance de sa province. Un noyau dur d'officiers belges lui prête main-forte et établit son quartier général au siège de l'Union minière. Affaibli par la mutinerie, défié par la sécession du Katanga, Patrice Lumumba demande à l'ONU d'envoyer des troupes pour la restauration de la loi et la défense de l'intégrité territoriale. Commet-il une erreur irréparable ? Ignore-t-il que le secrétaire général de l'Organisation, Dag Hammarskjöld, est un fidèle allié de Washington ?

Alors que les premières troupes des Nations Unies foulent le sol congolais, le chef des opérations secrètes de la CIA étudie « un éventail de méthodes pour se débarrasser de Lumumba. Pour le mettre hors de combat physiquement ou contrarier son influence politique ». Par ailleurs, dans une lettre confidentielle, le roi Baudouin demande à Hammarskjöld que « toute revendication de souveraineté sur le Katanga par le gouvernement congolais soit refusée ». Plus que jamais, le fringant Premier ministre est devenu l'homme à abattre.

Le lundi 5 septembre, le président Joseph Kasavubu contemple, depuis les fenêtres de sa résidence, le soleil qui enflamme la savane et le fleuve Congo. Soudain, comme pris d'une brusque inspiration, il s'adresse au professeur Jef Van Bilsen, le conseiller belge qui est resté à ses côtés au cœur de la tourmente.

– Je vais écarter la canaille !

– Que voulez-vous dire, monsieur le président ? demande l'autre sans comprendre. À quelle canaille faites-vous allusion ?

Kasavubu le plante là et disparaît dans les profondeurs de son garage. Il s'installe à l'arrière de sa voiture et ordonne à son chauffeur de le conduire avenue Van Gèle, dans les locaux de la radio nationale. Il fait irruption dans un studio et interrompt l'émission en cours. Bientôt, le présentateur présent bredouille au micro d'une voix tremblante :

– *Mesdames et messieurs, chers compatriotes, veuillez écouter maintenant une déclaration du président de la République.*

Sans préambule rhétorique, sans s'encombrer d'explications, le président entre aussitôt dans le vif du sujet :

– *Je révoque le Premier ministre et six de ses ministres en vertu des pouvoirs qui m'ont été conférés. Je nomme M. Joseph Ileo Premier ministre et je prends personnellement le commandement de l'armée.*

Les auditeurs ignorent-ils que Kasavubu est en train de les berner ? Car l'article 22 de la Constitution, auquel l'orateur se réfère, donne au Parlement et non au président le droit de démettre un ministre ou le gouvernement de ses fonctions. Kasavubu entérine ensuite une décision déjà prise par Lumumba un mois et demi plus tôt :

– Je demande aussi à l'ONU d'assurer l'ordre et la sécurité dans le pays.

Puis, très calmement, l'orateur regagne sa résidence et téléphone au quartier général des forces des Nations Unies pour demander au commandant en chef d'assurer sa protection personnelle.

Environ une demi-heure plus tard, un proche de Lumumba l'informe de sa destitution. Sans prendre le temps d'analyser la situation ou de recueillir les conseils de ses amis, Lumumba se rue dans le bâtiment de la radio. Il interrompt à son tour le programme en cours, empoigne le micro, et déclare :

– M. Kasavubu vient de s'associer au complot que les impérialistes et leurs collaborateurs tramaient dans la coulisse depuis plusieurs semaines. Le gouvernement que je préside n'est pas révoqué par le président. Ce gouvernement a été élu par la nation. Il a la confiance du Parlement et il ne partira que s'il perd celle du peuple. Je suis fier, ce soir, de m'adresser au pays et de lui dire que Kasavubu n'est plus le chef de l'État.

Kasavubu est stupéfait par la réaction intempestive de Lumumba. Il charge aussitôt son conseiller, Van Bilsen, de contre-attaquer. Ce dernier demande à Andrew Cordier, le commissaire local de l'ONU, de fermer la station de la radio nationale et de bloquer l'accès aux aéroports. Cordier refuse : il ne peut outrepasser les prérogatives de son mandat, les fonctionnaires de l'ONU n'étant pas habilités à intervenir dans les affaires intérieures d'un pays souverain. Van Bilsen insiste. Il brandit la menace d'une guerre civile. Il agite le spectre de nouveaux massacres. Il plaide la cause du président au nom de la sécurité des Européens restés au Congo. Sous la pression,

Cordier transmet la demande à New York, au secrétaire général de l'Organisation. Après plusieurs échanges de télégrammes, Hammarskjöld donne son accord « dans l'intérêt du maintien de la loi et de l'ordre ». Kasavubu respire. La menace de coup d'État est écartée. Les Casques bleus contrôlent désormais les points stratégiques du pays. Mais le président sous-estime la détermination de son Premier ministre. Lumumba se précipite, en effet, une nouvelle fois dans le bâtiment de la radio. Sous l'autorité d'un officier britannique, des soldats ghanéens ont investi la station et en interdisent l'accès. Lumumba demande à entrer. Le capitaine anglais refuse.

– Je suis le Premier ministre démocratiquement élu de ce pays. Qui êtes-vous pour m'empêcher d'entrer dans un édifice public ?

– J'applique les directives du commissaire, répond l'officier.

– L'ONU n'a pas à s'immiscer dans les affaires intérieures du Congo, réplique Lumumba avec colère. Si vous ne me laissez pas passer, je porterai plainte officiellement.

L'officier cède. Les soldats ghanéens abaissent leurs armes.

– *Il n'y a plus de chef d'État*, clame Lumumba sur les ondes nationales. *Il n'y a plus, ce soir, qu'un gouvernement populaire.*

La tension est montée d'un cran. La guerre pour la prise du pouvoir est ouvertement déclarée. Lumumba souhaite organiser des élections générales dans les meilleurs délais. Il compte sur son éloquence pour subjuguer le Parlement et cumuler les fonctions de président de la République et de Premier ministre. Il rêve de diriger un Congo réellement indépendant, libéré des influences étrangères et des lobbies miniers. Mais l'expression « gouvernement populaire », qu'il a employée dans son intervention radiodiffusée, a mis ses ennemis en état d'alerte. Deux jours plus tard, un avion de la Sabena se pose sans encombre sur l'aérodrome d'Elisabethville. Il transporte neuf tonnes d'armes, destinées à soutenir les forces indépendantistes de Tshombe, au Katanga. Quelques jours plus tard, le docteur Sidney Gottlieb, un scientifique de la CIA, arrive discrètement à Léopoldville avec, dans ses bagages, une « substance biologique mortelle », « un virus indigène au Congo » destiné à tuer Lumumba. À défaut de pouvoir être utilisé, le poison sera enterré dans le jardin de l'ambassade américaine.

À Bruxelles, le 10 septembre, le ministre Wigny promulgue une directive secrète, dans laquelle il recommande aux « autorités constituées de mettre Lumumba hors d'état de nuire ». Au même moment, à Washington, au cours d'une réunion, Allen Dulles, le directeur de la CIA, prévient le président Eisenhower que « Lumumba reste un grand danger tant qu'il n'est pas éliminé ».

Tandis que le piège se referme autour du héros de la liberté tiers-mondiste, un événement inattendu réveille le pays, plongé dans une apathie angoissée. Sous l'instigation, semble-t-il, d'un colonel belge et d'un général marocain appartenant aux Casques bleus, Joseph Désiré Mobutu, le chef d'état-major des armées congolaises, intervient à son tour sur la scène politique. Juché sur une table dans le bar de l'hôtel Regina, à Léopoldville, il proclame un coup d'État.

– J'opère une révolution pacifique. Je veux laisser

à tous le temps de la réflexion et de l'apaisement. Je donne jusqu'au 31 décembre aux hommes politiques pour se mettre d'accord. D'ici là, je ferai appel aux techniciens congolais et aux spécialistes étrangers pour sauver le pays du chaos.

Ainsi, après Kasavubu et Lumumba, c'est au tour de Mobutu de s'autoproclamer chef légitime du Congo. Mais pas plus que les autres il ne détient de réel pouvoir. Pour gouverner, il fait curieusement appel aux étudiants congolais qui poursuivent leurs études en Belgique et leur demande d'assurer provisoirement l'administration du pays.

Pendant quelques semaines, un calme lourd s'installe dans la capitale. Lumumba profite de ce répit pour s'accorder du repos en famille. Exilé politique dans son propre pays, il est consigné dans sa résidence, gardée par des soldats ghanéens et des gendarmes congolais. Pour tester sa popularité, il parvient parfois à convaincre ses gardiens de relâcher leur surveillance pendant une heure ou deux. Il saute alors dans sa voiture et, porte-voix en main, sillonne les quartiers populaires pour haranguer les foules.

– Victoire ! hurle-t-il. J'ai la victoire, je suis toujours le Premier ministre. Je reçois des lettres de tous les chefs d'État africains qui m'encouragent à le rester. Ayez confiance en moi. Bientôt je rétablirai l'ordre. Je libérerai le Congo.

À la fin du mois de novembre, un compromis est trouvé entre Mobutu et Kasavubu. Cependant, la question de la représentation du Congo fait l'objet d'un débat passionné au siège des Nations Unies, à New

York. La délégation de Kasavubu l'emporte sur celle de Lumumba. Le vote de l'Assemblée générale prive ainsi le Premier ministre de tout retour au pouvoir par la voie légale. Lumumba est hors circuit. Il ne lui reste plus qu'à tenter la conquête de Léopoldville en s'appuyant sur les forces armées qui lui sont restées fidèles et qui, dans la province du Katanga, s'opposent aux rebelles de Tshombe, soutenus par les Belges et des mercenaires.

Le 27 novembre, Lumumba adresse à Rajeshwar Dayal, le représentant spécial au Congo du secrétaire général de l'ONU, une requête urgente :

– Donnez-moi une escorte pour me rendre dans les plus brefs délais à Stanleyville. Ma fille vient d'y mourir et je dois assister à son enterrement.

Dayal refuse. Le soir même, vers 20 heures, alors qu'il pleut à verse, une Chevrolet franchit le cordon des militaires qui gardent la résidence. Comme à l'ordinaire, elle ramène chez eux les domestiques du Premier ministre. Patrice Lumumba est allongé sur le sol à l'arrière, caché sous les pieds des passagers. Le fugitif quitte la voiture à la hauteur de l'hôtel Astoria. Il rejoint un peu plus loin une colonne de trois véhicules. Sa femme, Pauline Opango, son fils cadet, et des amis ont pris place à leur bord. En pleine nuit, une course folle s'engage. Lumumba parviendra-t-il à atteindre Stanleyville, où Antoine Gisenga, son vice-Premier ministre, a pris le pouvoir en son nom ? Le convoi roule lentement. Des pluies torrentielles et des barrages routiers entravent sa progression. Dans un village, un habitant le reconnaît. Il ameute les autres. Lumumba improvise un meeting public.

– Je ne vais pas à Stanleyville comme un fuyard, déclare-t-il aux villageois qui l'écoutent. Je m'y rends pour me charger de la libération du territoire national et de la protection du peuple.

Dayal informe New York heure par heure de la situation. Le 29, il câble à Hammarskjöld : « Lumumba a atteint la région de Kilwit où il compte d'ardents partisans. Pongo, le chef de la Sûreté, s'est lancé à sa poursuite dans un hélicoptère de la Sabena. » Le lendemain, en voyant virevolter l'hélicoptère au-dessus de la route, Lumumba comprend qu'il est découvert. Il dit à Pierre Mulele et à Rémy Mwamba, ses compagnons de fuite :

– Continuez avec Pauline et le gosse. Il faut que ma famille soit sauve. Je vais aller au-devant des soldats.

Le 2 décembre, à 17 heures, un DC-3 d'Air Congo atterrit sur l'aéroport de Léopoldville. À son bord, Gilbert Pongo, officier de la Sûreté congolaise, Lumumba, deux autres prisonniers et une escorte militaire. Sur le tarmac, des dizaines de personnes attendent : journalistes et photographes, soldats et dignitaires du régime. Des soldats de l'ONU se trouvent à proximité, mais ils n'interviennent pas. Lumumba, mains entravées dans le dos, la chemise tachée de sang, descend le deuxième de l'appareil. Pongo le suit, l'air triomphant. Pour permettre aux photographes et aux cameramen d'opérer, un militaire saisit Lumumba par les cheveux pour lui relever la tête et lui tord un bras. Le détenu est emmené ensuite au camp de Binza où Mobutu va le rejoindre. Là, le Premier ministre est jeté sur le sol et roué de coups. Pongo exhorte ses hommes à frapper plus fort. Mobutu assiste à la scène sans réagir. Un soldat lit une récente déclaration de Lumumba, dans laquelle il soutient qu'il est le chef du gouvernement légitime du pays. Le soldat chiffonne le document et l'enfonce dans la gorge du détenu.

La presse étrangère a filmé et photographié les mauvais traitements infligés à Lumumba. L'ambassadeur américain au Congo demande au ministre belge des Affaires étrangères de s'opposer à la diffusion des documents, qui feraient l'effet d'une « bombe atomique ». Les journalistes refusent de donner leurs images. Publiées et projetées dans le monde entier, elles indignent la communauté internationale ; l'onde de choc est ressentie jusque dans les bureaux des Nations Unies, à New York. On ne comprend pas pourquoi Hammarskjöld, qui dispose au Congo d'une énorme force d'intervention capable de protéger les Européens, abandonne Lumumba, alors qu'il bénéficie de l'immunité parlementaire. Plusieurs dirigeants afro-asiatiques menacent de retirer leurs contingents des forces armées de l'ONU.

Le 3 décembre, Lumumba, le visage tuméfié, est transféré par convoi militaire au camp Hardy, à Thysville. Avant de grimper dans le camion qui l'emmène vers sa destination, il glisse quelques mots à l'oreille d'un journaliste :

– On veut me tuer. Si je meurs demain, c'est qu'un Blanc aura armé la main d'un Noir. J'ai fait mon testament. Le peuple saura que je me suis offert en otage pour sa liberté.

Au camp Hardy, Lumumba perçoit rapidement le mécontentement qui règne parmi ses geôliers. Ainsi, dès que l'occasion se présente, il tente de dresser les soldats contre leurs officiers.

– Vous ne touchez pas votre solde régulièrement, constate-t-il. Si vous n'avez pas de promotion, c'est que Mobutu est à la merci des Belges. Il vous prive de la vraie indépendance que je voulais vous donner.

Ces paroles séditieuses finissent par produire leurs effets. Le 14 décembre, le camp est en effervescence. Quelques coups de feu claquent dans les baraquements, puis la porte de la cellule de Lumumba s'ouvre en grand et un soldat hilare l'invite à en sortir.

— Nous nous sommes mutinés. Nous avons enfermé nos officiers. On ne nous paie plus. Mobutu ne veut pas nous écouter. Tu es libre. On va voir si tu sais faire mieux que lui.

Lumumba fait libérer ses deux compagnons de captivité et demande l'aide de ses gardiens.

— Donnez-nous une voiture et de l'essence. Quand le pays sera libre, je ne vous oublierai pas.

Les mutins tergiversent.

— Tu es libre, mais tu ne peux pas quitter le camp.

Tout espoir d'évasion s'envole. La cause est perdue. Quelques heures plus tard, Kasavubu et Mobutu arrivent en cortège à Thysville. Après de longues palabres avec les représentants des révoltés, ils réussissent à rétablir le calme et à faire libérer les officiers. Tenu en partie pour responsable de la mutinerie, Lumumba est sévèrement châtié. Ses conditions de détention se transforment en cauchemar. Par un canal mystérieux, il parvient à faire parvenir un billet à son neveu, Albert Onawelo, pour l'alerter sur sa situation : « Nous sommes enfermés dans des cachots obscurs tous les jours depuis cinq semaines. La nourriture qu'on nous donne est infecte et sale et je passe trois ou quatre jours sans manger. C'est pire que du temps des colonialistes. Si un soldat nous donne, ne fût-ce qu'une banane, on l'arrête et on le met au cachot. Les vêtements que je porte déjà depuis trente-cinq jours n'ont jamais été lavés. Il m'est interdit de porter des souliers. »

À Léopoldville, à New York, à Washington et à Bruxelles, la rumeur d'une évasion de Lumumba se répand comme une traînée de poudre. Des Européens fuient la capitale congolaise pour aller se réfugier à Brazzaville, en traversant le fleuve Congo. Dayal, le représentant spécial de l'ONU, télégraphie à ses supérieurs pour les informer qu'« il n'existe pas une seule prison assez sûre au Congo pour y garder Lumumba ». À la Maison-Blanche, un proche du président Kennedy, nouvellement élu, déclare que « Lumumba est capable de renverser la situation en sa faveur s'il est libéré et mis en position de participer aux réunions ». Quant au gouvernement belge, il réaffirme, comme l'a démontré le sociologue Ludo De Witte au terme d'une longue enquête, que le seul moyen de régler la crise congolaise est de procéder à une « élimination définitive de Lumumba ». On ne saurait être plus clair. Ainsi, le 16 janvier 1961, en ordonnant le transfert de Lumumba, du camp Hardy au Katanga, dans le fief de son ennemi Moïse Tshombe, le ministre belge des Affaires africaines prononce-t-il son arrêt de mort.

Le Premier ministre déchu est embarqué dans un avion de tourisme puis dans un DC-4 avec ses deux compagnons de captivité, Mpolo et Okito, et un agent de sécurité. Destination : Elisabethville. Les yeux, la bouche et les oreilles obstrués par du ruban adhésif, les prisonniers sont attachés à leurs sièges à l'aide de cordes. Les soldats qui les gardent les libèrent de temps à autre de leurs liens pour les faire s'agenouiller dans la travée centrale et les corriger. Lumumba est frappé au ventre sans interruption. La violence de la bastonnade prend une telle ampleur que Piet Van der Meersch, le commandant de bord belge, abandonne le poste de pilotage pour aller implorer les soldats de Mobutu de cesser leurs sévices.

– Avez-vous l'intention de massacrer les prisonniers à bord de cet avion ?

– Ne vous inquiétez pas, ils arriveront vivants au Katanga, leur répond calmement Kazadi, le chef des tortionnaires, en tirant sur sa pipe.

Les soldats feignent de se calmer en se partageant le contenu d'une bouteille de whisky. Mais dès que le pilote a regagné le cockpit, la grêle de coups reprend de plus belle. Un soldat arrache des cheveux, des poils de barbe et de moustache de Lumumba, puis le contraint à les avaler. Jean-Louis Drugmand, le radio-navigateur, tente à son tour de s'interposer. Mais à la vue du spectacle, il se précipite dans les toilettes pour vomir. Jack Dixon, le copilote australien, prend le relais. Équipé d'une caméra amateur, il enregistre quelques scènes barbares. Les soldats, sans doute flattés par tant d'attentions, redoublent de brutalité. Le lendemain, Dixon envoie son film en Afrique du Sud pour le faire développer. Curieusement, la pellicule lui est retournée vierge de toute image. Il est vraisemblable qu'un agent belge a alerté ses homologues sud-africains pour subtiliser cette preuve trop compromettante.

Vers 16 heures, l'avion s'approche de la capitale du Katanga. Le contrôleur de la tour de contrôle n'a pas été prévenu de son arrivée. Il interroge le pilote par radio :

413

– Donnez numéro d'identification, objectif et destination du vol.

– On a des colis précieux à bord, répond Van der Meersch.

Le contrôleur alerte aussitôt les autorités belges et katangaises de l'atterrissage imminent du DC-4. Après s'être entretenu avec le chef de cabinet de Tshombe et le chef d'état-major de la gendarmerie, le commandant de l'aéroport fait bloquer la piste au moyen de fûts et de voitures de pompiers. Ordre est donné au capitaine belge Julien Gat de se rendre sur le tarmac avec un peloton de la police militaire. Il est chargé de réceptionner les prisonniers et de les emmener dans la maison Brouwez, un bâtiment inoccupé situé à une dizaine de kilomètres du centre d'Elisabethville.

Le DC-4 tourne au-dessus de l'aéroport depuis cinquante minutes, quand la piste est enfin dégagée pour lui permettre de se poser. Son réservoir est presque vide. Les prisonniers achèvent un voyage de cauchemar qui a duré six heures. Il ne leur reste plus que sept heures à vivre.

Les commandos de la police militaire sont déployés autour de l'avion. Une trentaine de policiers interdisent à quiconque de s'approcher de la piste. À deux cent cinquante mètres de là, sur les terrasses de l'aérogare, les Casques bleus de l'ONU assistent, indifférents, à la scène. Quelques minutes plus tard, les prisonniers, attachés les uns aux autres, sont poussés sans ménagement sur la passerelle. La chemise déchirée, la barbe clairsemée, du sang à la commissure des lèvres, abruti, prostré, plus mort que vif, Lumumba descend les marches en vacillant. Dès que les détenus foulent le sol du tarmac, ils sont frappés à coups de crosse. Un sous-officier belge en tenue de la gendarmerie katangaise moleste Lumumba. Il dira plus tard : « La gifle que j'ai donnée à Lumumba a vengé les massacres d'Européens de Thysville. »

Quelqu'un crie :

– Portez-les, ils ne peuvent pas souiller le sol katangais !

Les prisonniers sont tirés, battus, jetés comme des sacs à l'arrière d'une jeep. Le départ est donné. Le convoi démarre. Deux voitures noires de la sûreté sont suivies par la jeep des détenus et un blindé léger.

Quand le convoi se gare devant la maison Brouwez, une modeste construction de style colonial coiffée d'un toit en tôle ondulée, il est 17 h 30. Les mains toujours liées dans le dos, les détenus sont d'abord jetés sur le sol, puis le capitaine Gat les emmène dans la salle de bain où il les enferme. Durant la fin de l'après-midi, une dizaine de personnalités, dont Moïse Tshombe, rendent visite à Lumumba. Quand le chef autoproclamé du Katanga quitte le bungalow, sa chemise blanche est rouge de sang. L'ex-Premier ministre refuse de répondre à la moindre question. Il n'émet aucune plainte. Il se contente de dire à un soldat :

– J'ai soif !

Le soldat s'en va et revient avec un demi-seau d'eau qu'il lui jette au visage.

– Voilà, maintenant, vous avez à boire !

La haine est partout palpable dans la maison.

Vers 19 heures, les officiers supérieurs belges au Katanga se réunissent au quartier général de la gendarmerie.

– Ce sera terminé ce soir ! dit l'un d'entre eux.

Dans un rapport secret, envoyé plus tard à Bruxelles, le commissaire de police Frans Verscheure écrit : « L'exécution devait avoir lieu sans procès, aucune des infamies perpétrées par Lumumba ne pouvant, faute de preuve, et surtout faute de base juridique, fournir de prétexte à une condamnation régulière. Lumumba devait disparaître. Lumumba vivant, même prisonnier, représentait un danger trop grave. Il gardait l'oreille des masses congolaises. »

À 20 h 30, le capitaine Gat mobilise une escorte de militaires fidèles. Le choix du lieu d'exécution est décidé. Une fosse a déjà été creusée. À 22 heures, un convoi composé de quatre voitures américaines de couleur noire et de deux jeeps se forme devant la maison Brouwez. Le président Tshombe, des ministres katangais, le capitaine Gat, le commissaire Verscheure, et les prisonniers prennent place dans les berlines. Dix-sept hommes de la police militaire occupent les sièges des jeeps. Le cortège file à vive allure dans la savane et parcourt cinquante kilomètres en moins de trois quarts d'heure. Il s'arrête dans une clairière. Une fosse de deux mètres sur trois et de un mètre de profondeur a été creusée. Les prisonniers sont pieds nus. Verscheure leur enlève les menottes. Lumumba demande :

— On va nous tuer, n'est-ce pas ?

— Oui, répond simplement le policier belge. Vous avez le temps de vous préparer et de dire vos prières.

Lumumba rejette l'offre. Le premier peloton d'exécution se met en place. Quelqu'un leur fait prêter un serment indigène. Okito dit :

— Je demande que l'on prenne soin de ma femme et de mes enfants, qui sont restés à Léopoldville.

Un ministre lui répond :

– Nous sommes au Katanga, pas à Léo !

Verscheure emmène Okito quelques mètres plus loin et lui appuie le dos contre un arbre. Une courte rafale gicle des pistolets-mitrailleurs. L'ancien vice-président du Sénat s'affale. Des soldats jettent son corps dans la fosse. Puis c'est au tour de Maurice Mpolo d'être abattu. Lumumba est plaqué contre l'arbre. Muet, hébété, il tremble de tous ses membres. Les armes aboient. Lumumba s'écroule. Il est à peine âgé de trente-six ans. L'opération s'est déroulée en quinze minutes. Vingt-sept ans plus tard, un enquêteur retrouvera le grand arbre toujours criblé de balles.

Vers 23 heures, les officiels retournent à Elisabethville tandis que les soldats comblent la fosse. Le lendemain, 18 janvier 1961, le Congo est en effervescence. Chacun s'interroge sur le sort réservé aux prisonniers. On palabre. On se dispute. La rumeur du triple assassinat circule dans les villages et les faubourgs. La tension monte un peu partout. On épluche les journaux sans rien y trouver. Radio Katanga annonce dans son bulletin d'informations de 13 heures que les détenus ont été transférés en lieu sûr, en dehors de la capitale. Dans l'attente de se débarrasser des corps et de trouver un scénario crédible, les hauts gradés de la gendarmerie imposent aux comploteurs une totale discrétion.

En fin de journée, trois policiers belges et neuf congolais retournent sur le lieu des exécutions. Exhumer les corps de la terre sablonneuse ne leur demande qu'une demi-heure. Les cadavres sont enroulés dans des linges et entassés à l'arrière d'un camion, qui se met en route en direction de la frontière rhodésienne. Il fait halte à environ deux cent vingt kilomètres au nord-est d'Elisabethville. Les policiers déchargent leur macabre cargaison et l'enfouissent dans un trou creusé à la hâte à proximité. Deux jours plus tard, deux Européens en uniforme et quelques assistants africains quittent la capitale katangaise à bord d'un camion des travaux publics. Le véhicule transporte des panneaux de signalisation, des instruments de mesure et deux fûts d'acide sulfurique. Arrivés sur les lieux, les hommes déchargent le matériel pour faire croire qu'ils vont procéder à des relevés géologiques. Ils peinent à retrouver la tombe et suspendent leurs recherches.

Ce n'est que le lendemain soir qu'ils parviennent à la localiser. Ils déterrent les corps, les découpent à coups de hache et à l'aide d'une scie à métaux, et jettent les morceaux dans un fût d'acide. Les deux Belges se protègent la bouche derrière des masques. L'opération s'éternise pendant des heures. Quand l'acide vient à manquer, les profanateurs brisent les crânes avec des masses de chantier et éparpillent les fragments dans les champs alentour. Le 23 janvier, en fin de matinée, toute trace des cadavres a disparu.

Le 10 février, la radio katangaise annonce que les prisonniers se sont enfuis : ils ont creusé un trou dans le mur de clôture de la maison Brouwez et se sont emparés d'une voiture. Le régime offre une prime à quiconque facilitera l'arrestation des fugitifs. Un officier belge précise avec cynisme qu'« il importe que ces personnes soient traitées humainement au cas où elles seraient à nouveau capturées ». Pour crédibiliser la thèse de l'évasion, le ministre Munongo distribue généreusement des photos aux journalistes. Elles montrent la brèche pratiquée dans le mur d'enceinte de la maison et la voiture supposée avoir été volée par les fugitifs, abandonnée dans un chemin creux.

Le 13 février, le ministre katangais convoque à nouveau la presse. Il annonce d'emblée qu'il va faire une communication très importante.

– Les trois évadés sont tombés entre les mains d'un groupe de villageois, quelque part dans la brousse. Ils ont été tués aussitôt et enterrés dans un endroit que nous ne révélerons pas. Pour éviter d'éventuelles représailles, nous ne révélerons pas davantage le nom du village qui a mis fin aux tristes exploits de Lumumba et de ses complices.

Tandis que les reporters se bousculent pour poser des questions, Munongo conclut :

– Je mentirais si je disais que le décès de Lumumba m'attriste ! Et il ajoute à l'adresse d'un journaliste français particulièrement virulent : Je vais vous parler franchement et durement, comme c'est mon habitude. On nous accusera d'avoir assassiné les prisonniers. Je réponds : prouvez-le !

Personne n'est dupe. Personne ne croit, évidemment, à cette version rocambolesque des faits. La suspicion de crime, commis sur les ordres de Mobutu, Kasavubu et Tshombe, avec la complicité du gouvernement belge, provoque des explosions de fureur populaire dans le monde entier. Des manifestations spontanées éclatent à Moscou, à New Delhi, à Belgrade, à Vienne et à Varsovie. Des ambassades belges sont attaquées dans plusieurs capitales. Celle du Caire est mise à feu. Des slogans fleurissent : « L'Afrique aux Africains ! », « Les Nations Unies dehors ! » Plusieurs chefs d'État et de gouvernement joignent leurs voix à celles des manifestants. À New York, des veillées mortuaires informelles sont organisées en l'honneur de Patrice Lumumba. Le scandale est planétaire.

Face à l'indignation et au déferlement de critiques, le porte-parole belge aux Affaires étrangères répète piteusement que « la Belgique est complètement étrangère à l'arrestation, l'emprisonnement, le transfert et la mort de l'ex-Premier ministre ». Mis également en cause, Hammarskjöld, le secrétaire général des Nations Unies, qualifie l'assassinat de Lumumba de « crime révoltant contre les principes que l'ONU soutient », et reconnaît « la nécessité impérieuse de restaurer les institutions parlementaires au Congo ». Il n'aura guère le temps de faire amende honorable : il disparaît mystérieusement six mois plus tard, dans un accident aérien, alors qu'il survolait le territoire zambien. Le secrétaire général de l'ONU a-t-il été victime à son tour d'un complot, visant à le soustraire à la commission d'enquête créée le 15 avril ? Nul n'est en mesure de l'affirmer, mais la coïncidence est troublante.

Peu avant sa mort, du fond de sa cellule au camp Hardy, Patrice Lumumba avait adressé une dernière lettre à son épouse. Il lui disait ceci :

« Ma compagne chérie, je t'écris ces mots sans savoir s'ils te parviendront... Ce que nous voulons pour notre pays, son droit à une vie honorable, à une dignité sans tache, à une indépendance sans restriction, le colonialisme belge et ses alliés occidentaux qui ont trouvé des soutiens directs et indirects, délibérés ou non délibérés, parmi certains hauts fonctionnaires des Nations Unies, ne l'ont jamais voulu. Nous ne sommes pas seuls. L'Afrique, l'Asie et les peuples libres et libérés de tous les coins du monde se retrouveront toujours aux côtés des millions de Congolais. Ils n'abandonneront la lutte que le jour où il n'y aura plus de colonisateurs et de mercenaires dans notre pays. Ne pleure pas, ma compagne, moi je sais que mon pays qui souffre tant saura défendre son indépendance et sa liberté. Vive le Congo ! Vive l'Afrique ! »

Billard par trois bandes

Fourbus, le visage et le torse ruisselant de sueur, la fourche ou la faux rejetée sur l'épaule, les ouvriers agricoles regagnent le foyer du kolkhoze par petits groupes joyeux. Commencée à l'aube, la journée de travail s'achève avec le coucher du soleil. Olga, vingt ans, un fichu rouge noué sur la tête, s'approche de Michna, un jeune de son âge.

– Que ferons-nous quand nous aurons atteint nos quotas de production ?

– Nous deviendrons des héros de l'Union soviétique, plaisante le garçon.

– Nous serons décorés de l'Étoile rouge...

– ... et le camarade Staline nous paiera des vacances de rêve sur les bords de la mer Noire !

Les jeunes ouvriers rient de bon cœur et s'effleurent discrètement les doigts. Tandis qu'ils marchent vers le bâtiment en bois, un air d'accordéon vibre au loin dans l'air poussiéreux. En ce mois de juin 1937, la radio est une extraordinaire nouveauté. Un haut-parleur installé sur le toit du foyer diffuse musique et informations.

– Viens, allons à l'intérieur prendre une tasse de thé, propose Olga à son camarade.

Alors qu'ils sont sur le point de franchir le seuil, la

musique s'interrompt brusquement et une voix empreinte de gravité grésille dans l'air chaud :

– *Ici Radio Moscou. Nous venons d'apprendre que le maréchal Toukhatchevski et plusieurs militaires de très haut rang viennent d'être mis en état d'arrestation.*

Instinctivement, la jeune fille presse le bras du garçon. Elle chuchote, saisie d'effroi :

– Toukhatchevski !

La voix du speaker poursuit sur un ton neutre l'énoncé du message :

– *Les détenus sont accusés d'infraction au devoir militaire, de trahison envers la patrie, de trahison envers les peuples de l'URSS, de trahison envers l'Armée rouge ouvrière et paysanne.*

La tête dressée vers le haut-parleur, les ouvriers se figent comme des statues de sel.

– *Les éléments recueillis au cours de l'instruction ont permis d'établir la participation des accusés à une entreprise contre l'État, en liaison avec les milieux militaires d'une puissance étrangère qui mène une politique inamicale envers l'URSS.*

Viktor, un vieux au visage brûlé par le soleil, jette rageusement sa casquette sur le sol et jure entre ses dents :

– Ah, les salauds !

Après quelques secondes d'hésitation, comme s'il doutait lui-même de la véracité du contenu de son texte, le présentateur reprend sa lecture :

– *Se trouvant au service de l'espionnage militaire de ce pays, les accusés remettaient systématiquement des renseignements sur l'état de l'Armée rouge et accomplissaient un travail de sabotage pour l'affaiblissement de la puissance militaire soviétique.*

– Je n'en crois pas un mot, souffle Olga, horrifiée, à l'oreille de Michna.

Le garçon lui pince la taille pour la faire taire.

– *L'objectif des comploteurs était de préparer, en cas d'agression militaire contre l'URSS, la défaite de l'Armée rouge, dans le dessein final de contribuer au rétablissement d'un pouvoir de grands propriétaires terriens et de capitalistes.*

La main de Michna tremble légèrement sur le manche de sa fourche.

– *Tous les inculpés se sont reconnus entièrement coupables des accusations relevées contre eux.*

Un hymne militaire, diffusé à plein volume, conclut le communiqué officiel. Tête basse, abasourdis, les ouvriers pénètrent en file indienne dans le foyer de la coopérative et se dispersent par petits groupes silencieux autour des tables. Viktor, le vieil ouvrier, se laisse choir sur un banc, aux côtés d'Olga et de Michna.

– Toukhatchevski ! Le maréchal Toukhatchevski, un espion ! Vous vous rendez compte, les jeunes ?

– Le plus haut gradé de l'Armée rouge, je ne parviens pas à y croire ! s'exclame Olga, totalement désemparée.

– Oui, un soldat d'exception, approuve Viktor. En 1914, il était sous-lieutenant et j'ai eu l'honneur de combattre dans son unité.

– Raconte-nous ! demande Michna. C'était du temps du tsar, avant la révolution prolétarienne ?

– Oui, mon gars, à cette époque on combattait les Allemands en Galicie.

Le regard de l'ancien se voile de chagrin et de nostalgie.

– Toukhatchevski n'avait rien en commun avec les

425

autres officiers de la petite noblesse, qui ne pensaient qu'à boire et s'amuser. Mikhaïl était jeune, mais courageux et loyal avec ses hommes. Fait prisonnier, il est parvenu à s'évader d'une forteresse allemande, et a marché seul, la nuit, pendant trois semaines, jusqu'à la frontière hollandaise. Il a été repris, mais s'est échappé une seconde fois au péril de sa vie.

– Qu'a-t-il fait ensuite, en 1917 ? demande Michna en buvant les paroles de l'ouvrier.

– Je me souviens qu'il n'a pas hésité une seconde, s'enthousiasme Viktor. Il a pris sa carte du Parti communiste et s'est porté volontaire pour entrer dans l'Armée rouge des ouvriers et des paysans, créée par Trotski. Il avait vingt-cinq ans !

Viktor éclate d'un rire sonore.

– Je l'ai suivi. Il était général, moi simple caporal !

Olga émet un gracieux sifflement d'admiration.

– Avez-vous fait la guerre civile, combattu les Russes blancs ?

– Oui, sans pitié. On a liquidé les contre-révolutionnaires, du Caucase jusqu'à l'île de Kronstadt. On s'est battus sans faiblir jusqu'au triomphe du socialisme.

– Qu'est-il devenu ? demande le garçon avec impatience.

La main de Viktor fuse vers le plafond de la pièce enfumée.

– Il a gravi tous les échelons de la hiérarchie à une vitesse vertigineuse : chef d'état-major, ministre adjoint de la Défense, chef des armements, premier général à être promu maréchal de l'URSS... Que sais-je encore ? Mikhaïl Toukhatchevski a fait de l'Armée rouge la plus puissante armée du continent.

– Crois-tu qu'un homme tel que lui ait pu *réellement* trahir son pays ? demande Olga, la gorge serrée.

– Un héros de l'Union soviétique passé à l'ennemi ? C'est inimaginable ! ajoute Michna en jetant des regards furtifs autour de lui.

Viktor dévisage le jeune couple avec une expression de pitié amicale.

– Gardez vos réflexions pour vous. Ce qui se passe actuellement au Kremlin me glace le sang !

Six mois plus tôt, à la veille de Noël 1936, dans un salon feutré de l'hôtel Adlon à Berlin, un homme athlétique vêtu d'un uniforme noir se carre dans un fauteuil en cuir. Le visage triangulaire, les cheveux blonds soigneusement peignés, les yeux délavés à force d'être bleus, le général Reinhard Heydrich, général des SS, second de Himmler, chef tout-puissant de la Gestapo, écoute avec attention les confidences de son visiteur, Nicolas Skobline.

Adjoint du général Miller, président de l'Organisation mondiale des militaires russes émigrés, dont le siège est à Paris, Skobline est un ex-général de l'Armée blanche, restée fidèle au dernier tsar. Son anticommunisme affiché et une épouse dispendieuse ont fait de lui un espion à la solde des nazis, qui monnaient grassement ses informations.

– Le maréchal Toukhatchevski complote contre Staline, déclare Skobline d'une voix suave.

– En avez-vous la preuve ? demande Heydrich, aussitôt mis en alerte.

– Oui. Je vous l'apporterai ultérieurement. Vous n'ignorez pas que Toukhatchevski a signé le traité Rapallo au nom de son pays, en 1922...

– ... qui stipule que l'Allemagne et l'URSS renoncent aux réparations de guerre et qu'elles mettent en place une collaboration militaire, l'interrompt l'officier SS, agacé. Épargnez-moi vos cours d'histoire et venez-en aux faits.

Sans se départir de son calme, Skobline lisse sa fine moustache avec désinvolture.

– Vous avez raison. Dans le cadre de cet accord, Toukhatchevski a entraîné en Union soviétique vos unités blindées et votre aviation. Il a également noué à cette occasion de solides amitiés avec des membres du grand état-major allemand.

Le regard glacé de Heydrich s'allume brusquement.

– Poursuivez.

Skobline présente en souriant la paume de sa main droite et la retourne vers le sol.

– Nous savons que Toukhatchevski cherche à renverser Staline.

Le Russe exhibe maintenant sa main gauche et répète son geste à l'identique.

– Nous savons aussi que les caciques de votre armée veulent se débarrasser du Führer.

Le général entrecroise ensuite ses doigts d'un geste théâtral.

– En coordonnant secrètement leurs actions, Toukhatchevski et vos généraux félons feront d'une pierre deux coups ! Si vous n'y prenez garde, bientôt Staline et Hitler disparaîtront ensemble.

Skobline fait mine de se laver les mains.

– Vous imaginez bien que la chute de Staline m'enchanterait personnellement. Par contre, celle du Führer pourrait fâcheusement compromettre votre brillante carrière !

À défaut de véritables informations, l'ex-général russe a fourni à Heydrich une formidable idée. Le 24 décembre, ce dernier s'empresse de la communiquer à Hitler, qui l'approuve sur-le-champ. Le 1er janvier 1937, Heydrich convoque Alfred Naujocks, son adjoint chargé des missions spéciales. Ensemble, ils mettent au point un plan machiavélique.

– Nous devons prouver que Toukhatchevski conspire avec les généraux du commandement suprême de l'armée allemande pour prendre le pouvoir dans leurs pays respectifs.

Alfred Naujocks fronce les sourcils.

– Qu'y a-t-il ? aboie aussitôt Heydrich.

Naujocks réajuste timidement ses lunettes rondes d'intellectuel et répond d'une voix blanche :

– Comment ferons-nous croire à Staline que Toukhatchevski complote avec l'état-major du Reich, alors que nous savons qu'il s'emploie, au contraire, à le mettre en garde contre la montée en puissance de notre armée ?

– En fabriquant des documents qui établiront de façon irréfutable l'existence d'un complot, répond sèchement Heydrich. Le dossier devra comprendre une trentaine de pages supposées faire partie du rapport de l'un de nos agents, chargé d'enquêter sur les liens existant entre le grand état-major et l'Armée rouge.

L'audace du stratagème laisse Alfred Naujocks sans voix. Seul un imperceptible rictus d'admiration fronce le coin de ses lèvres.

– Une fausse lettre de Toukhatchevski sera glissée dans le rapport ainsi qu'une note de l'amiral Canaris adressée à Hitler, poursuit le général SS. Le patron du contre-espionnage militaire laissera croire qu'il participe en sous-main à la conjuration pour mieux la démasquer. Un mémo authentique, signé de la main du Führer, lui recommandera alors de mettre les officiers suspects sous discrète surveillance. Quand Staline sera en possession de ces pièces accablantes, il brisera Toukhatchevski comme ça – Heydrich claque sèchement des doigts – et décapitera l'Armée rouge.

Comme une mécanique surchauffée, le cerveau d'Alfred Naujocks échafaude déjà les détails du plan.

– Avons-nous un modèle de la signature de Toukhatchevski ? demande-t-il, incapable de dissimuler sa fébrilité.

– Toukhatchevski entretient de réels liens d'amitié avec certains de nos officiers supérieurs, depuis qu'ils se sont entraînés en Union soviétique. Ce courrier, par ailleurs anodin, se trouve dans les services de l'amiral Canaris. Vous vous le procurerez. À partir d'un spécimen, un graveur imitera la signature du maréchal.

Heydrich marque une pause.

– Vous dénicherez dès demain le meilleur graveur d'Allemagne. L'imitation doit être parfaite.

– Comment nous procurerons-nous les signatures des officiers allemands que nous voulons compromettre ? hasarde Naujocks.

Un frisson d'irritation secoue les épaules du général.

– Tous signent des chèques, il me semble. Épluchez leurs comptes en banque ! Nous avons aussi besoin des cachets « ultra-secret » et « confidentiel » du grand état-major, et de toute une variété de machines à écrire, dont une qui ne frappe que des majuscules, et une autre de fabrication russe pour établir la lettre de Toukhatchevski.

– Je m'en occuperai dès ce soir, promet Naujocks avec enthousiasme.

– Bien. Quoi d'autre encore ? s'impatiente le SS.

– Que... que ferons-nous ensuite ? bredouille l'homme de terrain.

– Des photographies de ces documents seront vendues aux Russes par un intermédiaire. Nous ferons en sorte qu'ils paraissent avoir été volés dans nos services.

La nuit suivante, grâce à des complicités au sein de la Gestapo, un agent de Reinhard Heydrich pénètre dans les locaux du ministère de l'Armée. Il se fait ouvrir les coffres qui lui ont été désignés et dérobe des documents et des tampons officiels. Une fois son forfait accompli, il déclenche un début d'incendie pour effacer toute trace d'effraction. Mais le feu se propage aux meubles et aux planchers et, bientôt, une partie du bâtiment est en flammes. Qu'importe, l'essentiel est que Heydrich soit entré en possession de plusieurs lettres que Toukhatchevski a adressées à des collègues allemands.

Engoncé dans un manteau rehaussé d'un col en castor, un chapeau à larges bords vissé sur la tête, Alfred Naujocks arpente les rues de Berlin en pataugeant dans des paquets de neige. Il s'est muni d'une liste des meilleurs graveurs de la ville, tous membres du Parti national-socialiste. Il pousse la porte d'un atelier minable, niché dans une impasse. Un vieillard apparaît, le dos voûté, les mains maculées d'encre.

– Bonjour, je voudrais faire imprimer cinq cents cartes de visite avec, dans un coin, un dessin symbolisant ma firme.

– Vos cartes seront prêtes dans quinze jours, répond l'imprimeur. Ça vous coûtera vingt marks.

– Impossible. Ce délai est beaucoup trop long.

– Naturellement, je pourrais vous fournir les cartes en trois jours, tergiverse le vieil homme. Mais je dois sous-traiter le cliché du dessin. J'ai fermé mon atelier de photogravure il y a trois ans.

– Merci, bougonne Naujocks en se dirigeant déjà vers la porte.

Les deux graveurs suivants n'ayant pas donné davantage satisfaction, c'est avec anxiété que l'agent des Waffen SS se présente à l'adresse d'un quatrième imprimeur. « Franz Putzig – Établissement fondé en 1909 », peut-on lire sur la devanture d'une boutique vétuste. L'artisan examine avec méfiance le modèle de carte de visite que lui présente Naujocks.

– Désolé, je ne pourrai pas vous satisfaire dans l'immédiat. Je dois d'abord terminer mes cartes de vœux pour la nouvelle année.

Sans un mot, Naujocks verrouille la porte de l'atelier et revient lentement vers l'homme à l'abondante crinière blanche. Il tire de son portefeuille un document qui porte l'aigle hitlérienne et la croix gammée.

– SD, Service de la sûreté.

– Que me voulez-vous ? demande le graveur à voix basse.

– Seriez-vous disposé à entreprendre un travail pour le Parti ?

– De quoi s'agit-il ?

– Vous devrez imprimer des passeports.

Franz Putzig hésite.

– Ce type de gravure n'est pas ma spécialité, et puis...

Le regard cruel de Naujocks interrompt la plaidoirie.

– D'accord, imaginons que j'en sois capable, marmonne le vieil homme, résigné. J'exige en retour un

432

ordre de mission formel de votre officier supérieur et un autre du Parti. Je veux aussi qu'il soit dit que je ne percevrai aucune rémunération.

Naujocks parvient difficilement à dissimuler sa satisfaction.

– C'est entendu. Je reviendrai demain soir avec les ordres de mission et le travail à effectuer.

Quelques heures plus tard, alors que la nuit est tombée et que des bourrasques glacées s'engouffrent dans l'avenue des Tilleuls, Naujocks entre chez Maxim's, le restaurant le plus chic de Berlin.

– Le prince Awalov est-il là ? demande-t-il au réceptionniste.

– Je crois qu'il attend des amis dans sa loge, répond l'homme en smoking, en indiquant discrètement un emplacement à droite de l'orchestre.

Russe blanc émigré en Allemagne et informateur de la Gestapo, le prince Awalov aime à se pavaner dans les endroits luxueux, une cape noire doublée de soie écarlate jetée sur les épaules. Naujocks s'approche de sa table dans l'obscurité. Awalov saisit aussitôt sa canne-épée à pommeau d'argent. Quand il distingue les traits de l'adjoint de Heydrich, il la repose lentement près de lui, sur la banquette.

– Vous ici ! Que me vaut cet honneur, mon cher Alfred ? Désirez-vous une coupe de champagne ?

Naujocks se glisse à ses côtés et susurre à son oreille :

– J'ai besoin immédiatement d'une collection de machines à écrire de toutes provenances : anglaise, russe, française, grecque. Neuves de préférence.

– Rien d'autre ? s'esclaffe ironiquement le prince. Quand vous dites *immédiatement*, dois-je comprendre que votre projet peut attendre jusqu'à demain matin ?

Naujocks opine. Awalov griffonne une adresse sur un bristol.

— C'est une boutique qui ne paie pas de mine, mais elle possède tout ce que vous cherchez. Dites que vous venez de la part de Dimitri.

— Combien ? demande l'agent en portant une main à sa poche intérieure.

Le prince décline l'offre d'un geste outré.

— Voyons, Alfred ! Les petits services font les grands amis !

Le lendemain, Naujocks se rend à nouveau chez l'imprimeur. Soigneusement classée dans une serviette en cuir, il transporte une liasse de documents : lettre de Toukhatchevski, dactylographiée sur du papier russe et adressée à un général de l'état-major allemand, dans laquelle il évoque le complot ; correspondance diverse estampillée « ultra-secret » par la Wehrmacht ; rapport confidentiel de l'amiral Canaris ; vraie fausse lettre de Hitler exigeant du SD la mise sur écoutes d'officiers suspects ; et, pour faire bonne mesure, une photo de Trotski entouré de fonctionnaires allemands. Le dossier comprend trente-deux pages. Pour parfaire ce chef-d'œuvre de falsification, il ne manque plus qu'à imiter les signatures des comploteurs. Seul le paraphe de Hitler est authentique, puisqu'il s'est prêté au jeu dès sa mise en œuvre.

Minuit sonne au clocher d'une église de quartier. Renversé sur une chaise, fumant cigarette sur cigarette, lisant et relisant le même journal, Alfred Naujocks patiente depuis des heures dans l'atelier de l'imprimeur. Appliqué comme un enfant consciencieux, penché sur son ouvrage, Franz Putzig travaille sans relâche, des bouteilles d'encre, des plumes et des pinceaux à portée de la main. Aucune parole n'est échangée. Le silence est oppressant. À 4 heures, le graveur retire ses lunettes et se frotte les yeux, terrassé par la fatigue. Il vérifie une dernière fois les documents à l'aide d'une loupe et annonce d'une voix faible :

– C'est fait. J'ai fini.

Naujocks se lève lourdement de sa chaise et s'approche de la table pour contrôler à son tour chaque signature. Les minutes s'égrènent.

– C'est prodigieux ! Vous avez reproduit des détails microscopiques. Les faux sont absolument indécelables. Vous êtes un génie !

De retour chez lui, Naujocks photographie les documents avec un Leica, à la lumière d'une lampe de bureau. Les images sont volontairement mal éclairées et cadrées à la va-vite pour renforcer l'effet d'authenticité. Il développe ses films, fait des tirages, et apporte le tout à Reinhard Heydrich.

– Absolument remarquable ! constate le chef du SD, pourtant avare de compliments.

Il ne reste plus qu'à transmettre le dossier à Staline. C'est la dernière phase de l'opération. Sans doute la plus périlleuse, car il faut éviter à tout prix que les documents ne tombent entre les mains d'officiers proches de Toukhatchevski. Pour ne pas éveiller les soupçons, Heydrich songe à utiliser, à l'insu de Staline, les services d'une haute personnalité étrangère qui entretient avec ce dernier de bonnes relations. Son choix se porte sur Edvard Benes, le président de la République tchécoslovaque. Il ne peut trouver mieux. Homme avisé, démocrate sincère, Benes s'emploie à ménager avec tact les humeurs fantasques des dirigeants de ses puissants voisins, l'Allemagne et l'Union soviétique. N'est-il pas dans l'intérêt de son pays d'informer Staline de l'existence d'une machination dirigée contre lui, au sein de son armée ?

Reste à trouver un intermédiaire crédible pour appâter le président. Nicolas Skobline, l'ex-général russe blanc passé au service du renseignement allemand, accepte avec enthousiasme de se charger de cette mission. Il se rend à Genève sans plus attendre et contacte, sous un faux prétexte, un agent tchécoslovaque de sa connaissance. Quelques jours plus tard, l'espion russe téléphone à Heydrich.

– Le gros poisson mord à l'hameçon, préparez vos filets.

Quelques jours plus tard, à Paris, un certain Nikola Alexeïev, membre de l'Organisation mondiale des militaires russes en émigration, est appréhendé par la police alors qu'il tente de dérober les plans d'un sous-marin français. Cet acte d'espionnage étonne les enquêteurs, car la construction du submersible a été depuis longtemps abandonnée. Alexeïev est néanmoins écroué à la prison militaire du Cherche-Midi, puis présenté devant un juge d'instruction. Au cours de son interrogatoire, il donne le nom de Toukhatchevski sans trop se faire prier. À l'en croire, ce dernier comploterait avec l'Allemagne pour renverser Staline. Les services secrets français adressent aussitôt un avertissement au gouvernement de Léon Blum.

Au même moment, à Berlin, au siège de la Gestapo, Alfred Naujocks reçoit un appel téléphonique. Le lendemain, il prend place dans son café habituel. En état d'alerte, il surveille le trafic de la rue, embusqué derrière un journal. Bientôt un homme lui semble suspect. Naujocks règle rapidement son addition, quitte le café et marche droit devant lui sans se retourner.

– *Herr Naujocks* ?

La voie est chevrotante, presque timide. Naujocks feint la surprise. Le teint pâle, les yeux enfoncés dans leurs orbites, les cheveux ébouriffés, l'inconnu s'exprime en allemand sans le moindre accent.

– Je m'appelle Hans. Un ami commun de Prague m'a demandé de vous voir. Il a dit que vous aviez peut-être une proposition susceptible d'intéresser mes employeurs.

– Nous pourrions aller dans ma voiture pour en parler.

– Je vous accompagne, répond l'envoyé de Staline en frissonnant.

La voiture démarre et roule vers l'ouest, en direction de Potsdam. Parvenu sur les rives du Wannsee, Naujocks stoppe la berline sous un bouquet d'arbres.

– Que voulez-vous ?

Hans allume une cigarette et inhale la fumée avec gourmandise.

– Je crois savoir que vous avez des lettres à vendre. Des lettres concernant les relations entre le grand état-major et l'Armée rouge.

– Il se pourrait que ce soit exact.

– Que contiennent-elles ?

– Plusieurs généraux de la Wehrmacht vont être arrêtés. Nous avons la preuve de leur trahison, se contente de répondre Naujocks en jetant des coups d'œil furtifs dans le rétroviseur.

– Comment êtes-vous entré en possession de ces lettres ? souffle l'agent soviétique.

– Canaris a transmis un dossier à Hitler pour lui

faire part d'une rumeur concernant la préparation d'un putsch. Hitler lui a demandé de se joindre à la conjuration pour en savoir davantage, puis il a transmis le dossier à Bormann, qui l'a communiqué à Heydrich. Je travaille pour Heydrich. Je suis chargé de surveiller les officiers suspects.

– Vous appartenez au SD ?

– J'ai la possibilité de photographier les documents compromettants.

– Combien en voulez-vous ?

– Cinquante mille marks !

Hans s'étrangle. Il baisse la vitre de sa portière et dissipe la fumée de sa cigarette.

– C'est ridicule ! Mes employeurs ne paieront jamais une somme pareille.

– N'en parlons plus. Vous me faites perdre mon temps. Je risque ma vie dans cette affaire.

Sans prendre la peine d'argumenter davantage, Naujocks donne un tour de clé de contact. La Mercedes patine dans une flaque de neige fondue et file bientôt à vive allure en direction de Berlin.

Au bout de quelques minutes, Hans revient timidement à la charge.

– Je suis désolé. Où puis-je vous contacter ?

Quand la voiture s'arrête à un feu tricolore, Naujocks inscrit un numéro de téléphone sur un bout de papier et le tend à son passager.

– Si vous changez d'avis, appelez-moi demain à 18 heures.

Hans attrape le papier. L'adjoint de Heydrich simule la colère.

– Je vous préviens : je ne supporterai plus aucun marchandage. C'est à prendre ou à laisser.

– C'est entendu, je vous téléphonerai.

Avant que le feu ne passe au vert, Hans bondit hors de la voiture. Alfred Naujocks rentre à Berlin en sifflotant joyeusement un chant guerrier.

Trois heures plus tard, dans la banlieue de Moscou, un opérateur radio capte un appel caractéristique en provenance de Berlin. Il s'en étonne. Son prédécesseur a déjà reçu le rapport de la journée quatre heures plus tôt. Il ne peut s'agir, cette fois, que d'un message de la plus haute importance. L'opérateur fixe un casque sur ses oreilles et s'empare d'un crayon. Bientôt, il transcrit à toute vitesse une série de chiffres précédés d'initiales : AM 69033842...

L'émission se prolonge bien au-delà du temps autorisé. Le risque que l'agent soviétique en mission en Allemagne se fasse repérer par le contre-espionnage nazi augmente de seconde en seconde. Enfin, le crépitement de la machine s'interrompt brusquement. L'opérateur se rue dans la pièce voisine, son message à la main, pour le faire décoder par le service du chiffre. Deux heures plus tard, il transmet la réponse à son correspondant. Elle se résume à un seul mot.

Le lendemain matin, Reinhard Heydrich trouve sur son bureau un rapport d'écoute provenant de la nouvelle station de Hambourg. Il s'agit d'une émission de Moscou en direction de la région de Berlin. Le département du décodage estime que cet étrange message ne comprend qu'un seul mot : « Concluez ». Heydrich brûle le papier dans un cendrier. Un sourire carnassier pince ses lèvres minces.

Confortablement installé dans un bar de la ville, Naujocks attend paisiblement l'appel de son correspondant, un téléphone à portée de la main. À l'heure convenue, il laisse l'appareil sonner trois fois et décroche.

– C'est d'accord. Où se retrouve-t-on ? murmure Hans, essoufflé, à l'autre bout du fil.

– Dans dix minutes, devant la station de métro qui se trouve à l'extrémité de Kurfürstendamm. Je serai en voiture.

– Je vous y retrouve.

Après vingt minutes d'attente, Naujocks aperçoit enfin l'agent soviétique. Il se fraye un chemin à travers la foule compacte et élégante qui encombre ce quartier très fréquenté. Après avoir vérifié que son pistolet était bien à sa place dans son holster, Naujocks déverrouille la portière pour permettre à Hans de venir s'effondrer à ses côtés.

– Où allons-nous ? marmonne l'espion soviétique, hors d'haleine.

– Pas loin d'ici. À l'hôtel Astoria. J'ai réservé une suite.

À la réception, le concierge leur remet une clé et les deux hommes grimpent jusqu'au troisième étage en ascenseur. Naujocks tire derrière lui le loquet de la porte 360.

– Avez-vous la totalité de l'argent ? demande-t-il sans préambule.

Le visage de Hans se décompose.

– Je suis navré. Je n'ai pas de marks. J'aurais dû vous prévenir. Je suis venu avec des roubles. Trois millions de roubles-or. Mes employeurs ne sont pas parvenus à rassembler la somme en marks suffisamment à temps.

– Je m'en accommoderai, répond Naujocks en feignant l'agacement.

Hans empile méthodiquement sur le couvre-lit des liasses de grosses coupures. Il demande :

– Puis-je voir les documents ?

Naujocks extrait un dossier de sa serviette et desserre le nœud de sa cravate.

– J'ai ici trente-deux photographies.

Hans sort de sa poche une loupe de bijoutier et examine les documents dans leurs moindres détails. Au bout d'un moment, l'un d'entre eux accroche son regard. C'est la fausse lettre de Toukhatchevski. L'agent soviétique siffle entre ses dents.

– Intéressant ! Très intéressant !

Il rassemble les pièces du dossier et ouvre la bouche pour ajouter quelque chose. Puis il se ravise. Les deux hommes échangent une rapide poignée de main et quittent l'hôtel séparément.

Le 20 mars 1937, Toukhatchevski rentre à Moscou après avoir pris des vacances en famille. Le 5 avril, le Kremlin l'informe qu'il ne représentera pas l'Union soviétique pour assister au sacre de George VI, le nouveau roi d'Angleterre, comme il était prévu qu'il le fasse. La semaine suivante, il est convoqué par Kliment Vorochilov, maréchal de l'Union soviétique et commissaire du peuple pour la Défense. Vorochilov lui apprend, sans lui donner la moindre explication, qu'il est relevé de ses fonctions de ministre adjoint de la Défense et qu'il est muté dans le secteur de la Volga. Le 1er mai, jour de la fête du Travail, Toukhatchevski est seul, rejeté à l'extrémité de la tribune officielle, lors du grand défilé traditionnel qui se déroule sur la place Rouge. Aucun dignitaire du régime ne lui adresse plus la parole. Le 27, il est arrêté au siège de son nouveau commandement, ramené à Moscou, et aussitôt incarcéré à la prison militaire de Lefortovo. Une purge accompagne sa mise sous écrou. Des dizaines d'autres officiers de haut rang sont à leur tour incarcérés. Durant quatorze jours, le héros de la guerre civile est interrogé et torturé par des agents du NKVD, l'ancêtre du KGB. Mikhaïl Toukhatchevski refuse d'avouer un crime qu'il n'a pas commis. Le 11 juin, en fin d'après-midi, Olga et Michna, ouvriers dans une coopérative agricole, écoutent à la radio, avec stupéfaction, la sentence prononcée à l'encontre du vice-ministre de la Défense par Vychinski, le procureur de Staline. Le 12 au matin, après un simulacre de procès hâtivement expédié, le maréchal est fusillé dans la cour de l'immeuble de la Loubianka, le siège de la sûreté soviétique. Il est âgé de quarante-quatre ans. Des camions ont encerclé le bâtiment afin que le bruit de leurs moteurs étouffe les coups de feu. Quelques jours plus tard, la mère de Toukhatchevski, sa troisième épouse, ses deux frères et l'une de ses sœurs sont arrêtés et sommairement exécutés. Ses deux premières femmes, ses trois autres sœurs et sa fille sont envoyées dans des camps de concentration en Sibérie.

En 1963, dix ans après la mort de Staline, Nikita Khrouchtchev, le premier secrétaire du Parti communiste de l'Union soviétique, réhabilite officiellement le maréchal et condamne les crimes du dictateur, comme il l'a déjà fait au cours du XXe Congrès.

Ainsi pourrait se terminer l'évocation de ce prodigieux complot, à n'en pas douter l'un des plus audacieux de la Seconde Guerre mondiale. Comme nous l'avons vu, il a impliqué Hitler, l'état-major des SS et de la Gestapo, des Russes blancs, un faussaire de génie et des intermédiaires. Pour Reinhard Heydrich, le chef du SD, la machination qu'il a imaginée s'est soldée par un triomphe sans précédent. Car, dans sa rage paranoïaque, Staline ne s'est pas contenté de supprimer Mikhaïl Toukhatchevski. Il a littéralement décapité l'Armée rouge, convaincu que la conjuration avait contaminé tous les secteurs de la Défense. Aussitôt après avoir pris connaissance des documents falsifiés, il a en effet condamné à mort deux autres maréchaux, treize commandants d'armée, soixante-quinze membres du Conseil supérieur de la guerre et... trente-cinq mille officiers. Trente-cinq mille officiers de l'Union soviétique ! Une épuration à peine imaginable ! Une purge unique dans les annales de l'histoire militaire !

Cependant, le plus extraordinaire reste à venir. Car, si incroyable que cela puisse paraître, les comploteurs ne sont pas ceux que l'on croit. Sur ordre de Staline, les services soviétiques ont en effet manipulé de bout en bout Heydrich et les SS. En utilisant son agent double, Nicolas Skobline, Staline a habilement incité les Allemands à lui fournir un prétexte pour mettre à exécution un plan machiavélique : purger son armée de tous les officiers susceptibles de lui faire de l'ombre ou de contrer sa politique.

Rappelons-nous qu'en 1937 Staline envisage déjà le rapprochement qui conduira, deux ans plus tard, à la signature avec Hitler du pacte germano-soviétique. Or, en complet désaccord avec le maître du Kremlin, Toukhatchevski préconise, au contraire, d'entreprendre une guerre préventive contre l'Allemagne nazie. À Londres, le 19 janvier 1936, à l'occasion des obsèques du roi George V, il a tenté de convaincre l'état-major anglais de le suivre dans cette voie. Pour prouver sa bonne foi, il lui a révélé le chiffre des effectifs de l'Armée rouge et le volume de son armement. Il a récidivé trois semaines plus tard, à Paris, en rencontrant le général Gamelin, le chef d'état-major général de l'armée française. Basant leur stratégie sur la défensive, Français et Anglais se sont montrés circonspects. Dépité par ces échecs, Toukhatchevski s'est ensuite adressé au Soviet suprême pour mettre en garde une nouvelle fois les dirigeants de son pays contre la menace allemande. C'est plus que Staline ne peut en supporter. Mikhaïl Toukhatchevski doit disparaître. Mais le héros de l'Union soviétique jouit d'une immense popularité au sein du peuple.

Pour l'éliminer sans trop heurter l'opinion, Staline imagine alors de le discréditer publiquement, en l'accusant d'intelligence avec l'ennemi. La base du complot est établie. Il ne reste plus aux hommes des services de renseignement de Moscou qu'à contacter Nicolas Skobline, sachant, bien sûr, qu'il collabore avec Reinhard Heydrich. Pour quelle raison l'ancien général de l'Armée blanche, anticommuniste viscéral, a-t-il accepté cet étrange marché ? D'abord pour de l'argent, car son épouse, la belle Nadejda Plevitskaïa, ex-danseuse étoile de l'Opéra de Petrograd, mène grand train à Paris. Par calcul ensuite : en se prêtant à ce jeu diabolique, Skobline espère pouvoir se débarrasser des trois hommes qu'il déteste le plus au monde : Staline, Hitler et... Toukhatchevski, le persécuteur des armées du tsar. Nous connaissons la suite.

Une dernière question reste en suspens : à qui a

profité réellement cet extravagant complot ? À Staline ? Après tout, n'est-ce pas lui qui l'a ourdi et mené à bien ? Ou à Hitler, bien que, dans cette affaire, il se soit fait manipuler ? Car, en 1941, lorsque la guerre éclate entre les deux pays, l'Union soviétique est considérablement affaiblie, privée de la moitié des cadres supérieurs de son armée. À tel point que le général Gorbatov écrira plus tard : « La confirmation de ce que je craignais me glaçait d'effroi : comment nous battre, privés de tant d'officiers et de chefs expérimentés ? Incontestablement, c'était là une des principales causes de nos premiers échecs. »

Dans une partie de billard par trois bandes, la boule du joueur doit toucher une boule, puis rebondir à trois reprises sur les bords intérieurs du cadre, avant de heurter la dernière boule. C'est un coup difficile, qui réserve parfois de bien mauvaises surprises...

Dictateurs sans frontières

Au cœur du printemps austral, la capitale du Chili infuse déjà sous une chape de pollution et de chaleur. La ville est devenue irrespirable. Nous sommes le 26 novembre 1975. Depuis le coup d'État militaire qui a renversé deux ans plus tôt le président Salvador Allende et mis un terme à l'Unité populaire, des dizaines de milliers d'innocents ont été arrêtés et entassés dans le stade national, transformé en immense prison à ciel ouvert. Nombre d'entre eux ont aussitôt été déportés vers des camps d'internement, disséminés dans les provinces arides aux confins du pays. D'autres ont péri, atrocement mutilés, dans les caves de la villa Grimaldi, le centre secret de détention et de torture de la DINA, la Direction du renseignement national. Jamais le Chili, de tradition démocratique, n'a connu pareil désastre. La population est abrutie de violence. La traque fasciste n'épargne personne. Ouvriers, syndicalistes, professeurs, journalistes, étudiants radicaux se terrent dans des caches de fortune. Des jeeps militaires, chargées de soldats hystériques, quadrillent nuit et jour les rues du centre. Une répression aveugle s'est abattue sur le pays.

En fin de matinée, un convoi de voitures officielles traverse, sirènes hurlantes, l'Alameda, la plus large avenue de Santiago, avant de s'arrêter devant l'École de guerre, une grande demeure de style colonial. Une dizaine d'officiers vêtus d'uniformes chamarrés et disparates pénètrent dans le bâtiment.

– Je vous remercie d'avoir répondu à mon invitation, dit le général Augusto Pinochet, le chef de l'État chilien, tandis que les officiers prennent place autour d'une table ovale.

Pinochet, les cheveux poivre et sel tirés en arrière, la moustache clairsemée, le regard caché derrière d'épaisses lunettes aux verres fumés, scrute les visages attentifs de ses invités.

– Laissez-moi tout d'abord vous présenter le chef de notre délégation, le colonel Manuel Contreras, directeur de la DINA, les services nationaux de renseignement. C'est lui qui est à l'origine de cette initiative. J'espère qu'il la mènera à bien grâce à votre entière collaboration.

Les patrons du renseignement des quatre autres pays du cône austral de l'Amérique du Sud sont présents : Jorge Casas, capitaine de vaisseau, chef de délégation de l'Argentine ; Carlos Mena, commandant de l'armée de terre, représentant la Bolivie ; José Fons, colonel de l'armée de terre uruguayenne, et Benito Guanes Serrano, colonel, membre de l'état-major des forces armées du Paraguay. Outre le fait d'être des agents chevronnés, ces hommes ont en commun de servir fidèlement les dictateurs qui ont accaparé le pouvoir dans leurs pays respectifs.

Le colonel Contreras déplie son épaisse carcasse et se lève à son tour.

– Chers collègues, vous n'ignorez pas que la menace

communiste est partout présente. Nous sommes réunis aujourd'hui pour la combattre, en combinant nos moyens et nos efforts. Téléguidé de Moscou, Pékin et La Havane, le terrorisme met en péril la stabilité de nos institutions et hypothèque l'avenir de nos Républiques.

Les quatre officiers invités applaudissent poliment. Contreras poursuit d'une voix ferme :

– La subversion n'a ni frontière ni pays. Elle a mis au point une structure de commandement régionale, continentale et intercontinentale.

– Comme par exemple la Conférence tricontinentale de La Havane, intervient Carlos Mena. Des agitateurs africains et asiatiques y ont même participé...

– ... ou la Junte de coordination révolutionnaire, ajoute Serrano.

– À Cuba, Castro invite les intellectuels et les artistes étrangers à déstabiliser leurs propres pays, renchérit José Fons, une grimace aux lèvres.

– Vous avez raison, concède le colonel chilien, cela doit cesser ! Les communistes sont organisés à travers toutes sortes de comités de solidarité, d'associations, de congrès, de tribunaux, de festivals...

Pinochet martèle rageusement la table du plat de la main.

– Écrasons ce nid de vipères ! Nous sommes attaqués sur les fronts militaire, économique et politique, et nous n'avons, pour nous défendre, que des accords bilatéraux obsolètes.

– C'est pourquoi nous vous proposons une coordination en trois phases, reprend Contreras. Phase un : création, au Chili, d'un centre de coordination pour la collecte, l'échange et la communication de renseignements sur les individus et les organisations liés à la subversion. Ce centre devra être comparable à celui d'Interpol à Paris.

– De quels moyens disposera-t-il ? demande le représentant de l'Uruguay.

– De toutes les technologies de pointe : télex, microfilms, satellites d'observation, ordinateurs, cryptographie.

– Les Américains vont-ils participer ? interroge le représentant argentin.

Contreras marque une légère hésitation.

– Nous préconisons, en effet, l'emploi de moyens extérieurs à notre zone d'activité.

– Quelle est la phase deux ? demande un officier avec impatience.

– Elle concerne des opérations contre des cibles à l'intérieur de nos cinq pays.

Dans le monde du renseignement, les agents distinguent « informations » et « opérations ». La gamme des « opérations » s'étend des campagnes de manipulation des médias aux missions clandestines pour enlever, séquestrer, torturer et assassiner les ennemis.

– Nos frontières sont poreuses. Des populations incontrôlées, truffées de terroristes, circulent librement, reprend Contreras. Et nous manquons de moyens pour identifier et neutraliser les terroristes.

Le chef de la DINA s'adresse en particulier au capitaine de vaisseau Jorge Casas.

– En Argentine, par exemple, vous avez accueilli, je crois, plus de trois cent mille réfugiés en provenance des États voisins. La plupart d'entre eux bénéficient de la protection du haut-commissariat des Nations Unies.

– C'est exact.

– Le système que je préconise devra permettre à nos agents de poursuivre les cibles ennemies dans l'ensemble de notre zone d'influence, sans entrave judiciaire ou administrative. Les rapports d'interrogatoires seront partagés et les activistes interceptés pourront être déportés vers leur pays d'origine sans mandat d'extradition.

Les officiers approuvent cette mesure en silence et griffonnent fébrilement des notes.

– Quelle sera la phase trois ? demande Casas.

Le colonel de la DINA se tourne vers Pinochet, comme s'il attendait de sa part un signe d'approbation. Le « chef suprême du Chili » hoche la tête imperceptiblement. Alors Contreras avale un verre d'eau et reprend d'une voix lente :

– Le Chili propose d'éliminer physiquement des opposants où qu'ils se trouvent dans le monde entier. D'éliminer des gens qui portent préjudice aux intérêts de nos pays hors de l'Amérique latine.

Une ombre de stupeur glisse soudain sur le visage des agents invités.

– Ce genre d'opération exige la volonté politique de nos chefs d'État, une préparation minutieuse, une parfaite coordination des services, et des hommes de terrain très expérimentés.

Contreras s'adresse à nouveau à Pinochet, retranché derrière ses lunettes noires. Ce dernier déclare d'une voix ferme :

– Le Chili a les moyens et la volonté d'opérer dans ce sens.

Au terme d'une semaine de réunions, au cours desquelles chaque point de la charte est minutieusement étudié, les cinq patrons des services du renseignement militaire avalisent la proposition et signent, le 1er décembre 1975, la résolution finale. La délégation brésilienne, qui assiste aux conférences en qualité d'observateur, adhère à son tour à la structure quelques mois plus tard. Tout est en place. Il ne reste plus qu'à trouver un nom à la nouvelle entité.

– Pourquoi ne pas l'appeler « Condor » ? suggère un colonel uruguayen. Ce serait un hommage rendu au Chili, le pays qui nous accueille.

Ainsi, au mépris de toutes les règles du droit international, une redoutable organisation criminelle voit le jour à Santiago du Chili. Elle ligue secrètement six gouvernements déterminés à « écraser par tous les moyens la subversion internationale » sur toute la surface du globe !

Les conséquences de ce complot, sans doute le plus ahurissant de l'histoire moderne, seront incalculables. En aiguillonnant la répression, il va permettre aux militaires de commettre cinquante mille assassinats, quatre cent mille emprisonnements arbitraires, et faire disparaître trente-cinq mille personnes en dix ans.

La création de l'opération « Condor » parachève, en fait, un processus d'assistance militaire amorcé entre les États-Unis et les pays d'Amérique du Sud, alors que la Seconde Guerre mondiale n'est pas encore terminée. En février 1945, durant la conférence panaméricaine de Chapultepec, au Mexique, Washington met en garde ses partenaires contre les « dangers du communisme » et leur octroie généreusement armes, argent et conseillers militaires.

En 1959, après la prise du pouvoir de Fidel Castro, à Cuba, et la prolifération, à travers tout le continent, de foyers de rébellion marxistes, le général Bogart, commandant sud de l'armée des États-Unis, invite ses collègues latino-américains à discuter des problèmes communs de sécurité et à faire barrage à l'influence grandissante de Moscou. Ainsi naissent les Conférences des armées américaines. Tenues chaque année à Panama puis à West Point, la prestigieuse académie militaire de l'État de New York, elles seront le socle d'une vaste alliance anticommuniste.

En 1970, mettant la défense de la démocratie entre parenthèses, Richard Nixon et Henry Kissinger, son secrétaire d'État, décident d'apporter leur soutien aux gouvernements les plus conservateurs d'Amérique du Sud, fussent-ils des dictatures militaires. Or, un homme, Salvador Allende, le fondateur du Parti socialiste chilien, contrecarre leur plan. Le 4 septembre, il est élu président de la République avec 36,3 % des voix. Le président Nixon ne lui envoie aucun message de félicitations. Bien au contraire, le 16, dans une note interne, Richard Helms, le directeur de la CIA, indique clairement son intention : « Le président a demandé à l'Agence d'empêcher Allende d'accéder au pouvoir ou de le destituer. Il a débloqué à cette fin un budget allant jusqu'à dix millions de dollars. Une force opérationnelle spéciale a été mise en place pour s'acquitter de cette mission. »

Dans le plus grand secret, sans en avertir le Département d'État, celui de la Défense ou son ambassadeur au Chili, Nixon ordonne donc à la CIA d'organiser une conspiration pour empêcher l'investiture d'Allende. L'Agence prend aussitôt contact avec des militaires et des officiers de la police nationale « afin de les convaincre de réaliser un coup d'État ». Tous concluent que, pour réussir, il faut enlever le général René Schneider, le commandant en chef des forces armées chiliennes, car il est un « farouche défenseur de la Constitution ». Le 22 octobre, à 2 heures du matin, à Santiago du Chili, la CIA fournit trois pistolets-mitrailleurs, des munitions, de l'argent et du gaz lacrymogène à deux groupes de conspirateurs. Mais l'opération tourne mal. Non seulement Schneider est tué au cours de l'opération, mais les officiers supérieurs de l'armée chilienne refusent de s'emparer du pouvoir par la force. La CIA fait parvenir trente-cinq mille dollars à l'un des ravisseurs en cavale, en lui recommandant de « garder le secret et de maintenir la bonne volonté du groupe ».

Allende au pouvoir, la CIA s'emploie à lancer des attaques psychologiques contre les actions entreprises par son gouvernement. La technique qu'elle utilise est subtile et insidieuse. Pour orchestrer sa campagne de dénigrement, elle infiltre les agences de publicité chiliennes, filiales de grands groupes américains. Derrière les journaux, les magazines féminins, les revues pour jeunes, il y a désormais des équipes de psychologues et de sociologues qui orientent et manipulent les contenus. De son côté, l'Agence américaine d'information, une émanation de la CIA, répartit ses hommes et ses budgets dans les stations de radio et de télévision hostiles au pouvoir en place. Les États-Unis bloquent, par ailleurs, la vente de produits alimentaires et de pièces détachées. Ils financent à coups de millions de dollars les grèves des transporteurs routiers et les groupes armés d'extrême droite.

Salvador Allende parvient malgré tout à se maintenir au pouvoir. Le 4 mars 1973, il remporte les élections législatives. Le 28 juin, un régiment de blindés attaque sans succès la Moneda, le palais présidentiel. Le coup d'État échoue grâce à la fidélité du général Carlos Prats, le nouveau commandant en chef des armées. Deux mois plus tard, Prats démissionne sous la pression de ses pairs et Allende commet l'erreur de le remplacer par le général Augusto Pinochet. Le 11 septembre, l'aviation dirigée par les insurgés bombarde la Moneda. Après un combat héroïque, Allende préfère le suicide à la captivité. Pinochet s'empare du pouvoir avec la bénédiction des dirigeants de Washington.

Tout au long de l'année 1976, les deux premières phases de l'opération « Condor » dépassent les espérances de ses instigateurs. En Bolivie, par exemple, le plan « Banzer », du nom du dictateur en place, procède à l'exécution de centaines de prêtres et de religieux, accusés d'entretenir des sympathies communistes. Quelques jours plus tôt, à Buenos Aires, des hommes armés, appartenant aux Escadrons de la mort, pénètrent dans les hôtels Hilton et Pino, placés pourtant sous la protection de l'ONU. Ils séquestrent vingt-six réfugiés, parmi lesquels vingt-trois Chiliens, deux Paraguayens et un Uruguayen. Les corps de certains d'entre eux sont retrouvés, criblés de balles, dans les eaux du Rio de la Plata. Les autres, faits prisonniers, sont expédiés dans leurs pays d'origine pour y être incarcérés, interrogés et torturés.

La phase trois du plan « Condor », qui prévoit d'étendre à l'ensemble de la planète des assassinats ciblés contre les adversaires des dictateurs, est expérimentée en septembre. Pour mener à bien une première opération d'envergure, Manuel Contreras, le chef de la DINA, décide d'utiliser les services d'un groupe de terroristes cubains violemment anticastristes et l'un de ses agents, Michaël Townley, le fils du directeur général de la firme automobile américaine General Motors, à Santiago. Une cible est choisie par Pinochet : Orlando Letelier, l'ex-ministre chilien des Affaires étrangères dans le gouvernement de Salvador Allende, et ex-ambassadeur du Chili aux États-Unis.

Le 20 septembre 1976, vers 20 heures, Virgilio Paz et José Suarez, des membres de l'équipe cubaine, retrouvent Townley dans la chambre sordide d'un motel, dans la banlieue de Washington.

– Nous allons réduire ce salaud au silence, annonce Paz, tout en vérifiant qu'aucun micro n'est dissimulé dans la pièce.

– Oui, il va fermer sa gueule définitivement, approuve l'Américain.

Depuis qu'il s'est exilé aux États-Unis après le putsch sanglant de Pinochet, Orlando Letelier ne cesse de dénoncer la terreur brune qui s'est abattue sur le cône austral de l'Amérique du Sud. Homme d'influence, ancien économiste à la Banque interaméricaine de développement, il a ses entrées au Congrès, où il a rallié à sa cause des parlementaires libéraux tels qu'Edward Kennedy ou Hubert Humphrey. Son action intense de lobbying vise à faire voter un amendement qui interromprait l'aide militaire américaine au Chili. Fort de ses premiers succès, il est également parvenu à faire annuler les principaux projets d'investissements hollandais dans les États dictatoriaux. Enfin, étant le seul capable de fédérer autour de lui les forces démocratiques de son pays, Letelier est sur le point de rendre publique son intention de constituer un gouvernement chilien en exil. C'est plus que Pinochet ne peut en supporter. Cet homme bavard et dangereux doit disparaître dans les meilleurs délais, avant que les dommages diplomatiques qu'il occasionne ne soient devenus irréparables.

— Avez-vous apporté le nécessaire ? demande Townley à voix basse.

— Oui, tout est là.

José Suarez dispose sur le couvre-lit crasseux un cordon détonateur, une boule de plastic C4 grosse comme le poing, et un peu de TNT. Paz extrait d'un poste de radio truqué un dispositif de messagerie télécommandé, que Townley a modifié un mois plus tôt dans un atelier clandestin de Santiago.

— Bon, ça devrait fonctionner. Allons maintenant repérer les lieux, dit l'Américain.

Les trois hommes quittent le motel avec précaution et s'engouffrent dans une banale voiture de location. Une carte routière dépliée sur les genoux, Suarez pilote Michaël Townley dans le flux de la circulation.

— Tu prendras la prochaine à droite. Nous y sommes presque.

La voiture s'arrête dans l'allée tranquille d'une banlieue résidentielle de Washington. Suarez consulte sa montre :

— Letelier s'est rendu chez des amis pour célébrer la fête de l'Indépendance chilienne. Selon mes informateurs, lui et sa femme, Isabel Margarita Morel, ne seront pas de retour avant 23 heures.

— Ne perdons pas de temps. Où a-t-il garé sa voiture ? demande Townley.

— Là-bas, à gauche, le long du trottoir. C'est la Chevelle blanche 1975, souffle Paz entre ses dents.

Townley passe une paire de gants, s'enfonce un bonnet de laine noir jusqu'aux yeux et remonte silencieusement la ruelle déserte. Puis il se glisse sous la voiture de Letelier et fixe le pain de plastic au niveau du siège du conducteur, à l'aide de ruban adhésif. Le tout n'a pas pris plus de cinq ou six minutes.

Le lendemain matin, muni d'un faux passeport paraguayen, Townley saute dans le premier vol pour Newark, au nord de New York, et passe une partie de la journée avec sa sœur. En fin de journée, il prend un autre avion pour Miami, où vit son père.

Le 22 septembre, Orlando Letelier retrouve devant son immeuble ses voisins et amis, Michaël Moffit et sa femme Ronnie. Le couple travaille à l'Institut des études politiques. En tant qu'économiste, Michaël aide Letelier à rédiger rapports et projets ; Ronnie supervise les collectes de fonds à destination des exilés chiliens.

— Peux-tu nous déposer en ville ? demande Michaël. La batterie de la voiture est à plat.

— Grimpez, je vous y emmène, acquiesce joyeusement Letelier en ouvrant les portières.

Ronnie prend place sur le siège avant, tandis que son mari se glisse sur la banquette arrière. Au bout d'une vingtaine de minutes, la Chevelle entre dans le centre administratif de Washington. Elle tourne sur Sheridan Circle et s'engage sur une portion de rue connue sous le nom d'allée des Ambassades.

À 8 h 35, la déflagration déchiquette la voiture en son milieu et pulvérise les vitres des bâtiments alentour dans un rayon de deux cents mètres. Letelier a les deux jambes arrachées par l'explosion et meurt pratiquement sur le coup. Ronnie Moffit reçoit un éclat de métal dans la gorge, qui lui sectionne la carotide. Elle se noie dans son sang au milieu de la carcasse fumante de la voiture. Michaël n'est que légèrement blessé.

Les enquêteurs penseront que l'un des terroristes suivait la Chevelle de Letelier et qu'il a déclenché la bombe avec une télécommande bricolée à partir d'un système de radiomessagerie.

Le soir même, le *Washington Post* consacre, sans la moindre ambiguïté, un gros titre à l'odieux attentat : « Nous assistons à l'un des pires actes de terrorisme d'État jamais vus en territoire nord-américain. » Car, pour l'opinion publique, il ne fait aucun doute que le double crime a été perpétré sur ordre du gouvernement chilien et exécuté par ses services secrets. George Bush senior, alors directeur de la CIA, s'emploie aussitôt à démentir la rumeur. Selon lui, cet acte est l'œuvre de terroristes de gauche, qui espèrent ainsi discréditer Pinochet et faire de Letelier un martyr. Cette théorie est peu suivie par les médias et une commission d'enquête parlementaire s'ouvre au Congrès américain.

Dès que Michaël Townley apprend la nouvelle, il boucle à nouveau ses valises et s'envole pour Santiago du Chili pour recevoir les félicitations de la DINA. Les deux Cubains, Suarez et Paz, s'évanouissent dans la nature. Ils erreront à travers les États-Unis pendant douze ans sans être inquiétés. Finalement arrêtés, ils avoueront leur participation au double assassinat et seront condamnés à... douze ans d'emprisonnement. Libérés d'un pénitencier fédéral après avoir purgé leur peine, ils seront remis – étant citoyens cubains – à l'organisme chargé d'expulser du pays les étrangers en situation irrégulière. Mais le président George W. Bush ordonnera, au cours de l'été 2001, que les deux dangereux terroristes soient purement et simplement remis en liberté. Cela se passait quelques semaines avant que ne soient commis les attentats contre les tours du World Trade Center, à New York !

Trois jours après l'attentat de Washington, les trois pays les plus déterminés à poursuivre la phase trois de l'opération « Condor », le Chili, l'Argentine et l'Uruguay, décident de lancer d'autres opérations en Europe contre des groupes de gauche radicaux, parmi lesquels la bande à Baader en Allemagne fédérale, l'IRA en Irlande et l'ETA en Espagne. La mission, extrêmement complexe, est à nouveau confiée à Michaël Townley, à sa femme et à six agents spéciaux chiliens, argentins et uruguayens. Trois assassinats doivent se dérouler à Paris et un à Lisbonne. À Paris, la cible prioritaire est le terroriste vénézuélien Ilich Ramirez Sanchez, alias Carlos. Mais depuis que le scandale de l'assassinat de Letelier a éclaté dans la presse et dans les chancelleries, un flux d'informations circulent entre services secrets. De peur d'être publiquement démasqué, Pinochet annule les missions européennes.

Ayant fait du respect des droits de l'homme l'un des axes de sa politique, le nouveau président américain, le libéral Jimmy Carter, fait pression sur les pays latino-américains pour qu'ils fassent cesser l'opération « Condor ». Du 13 au 15 décembre 1976, des représentants de tous les pays membres de l'organisation se rencontrent à Buenos Aires pour discuter des plans futurs. Il est décidé que les Escadrons de la mort argentins, dont la férocité dépasse celle de toutes les autres dictatures, reprendront les choses en main, par un canal plus discret et plus sûr.

La chape de plomb qui pèse atrocement sur le cône sud de l'Amérique latine commence à fondre au milieu des années 80. En 1984 et 1985, l'Uruguay, la Bolivie et le Brésil renouent avec le pouvoir civil. L'année suivante, l'armée paraguayenne renverse sans ménagement le dictateur Stroessner. En octobre 1988, Pinochet tente de manipuler un référendum dans l'espoir de renouveler son mandat présidentiel. Désavoué dans son propre camp, il s'incline, un an plus tard, devant le démocrate-chrétien Patricio Aylwin. Dès lors, associations de familles de victimes, organisations de droits de l'homme, avocats et journalistes amorcent une douloureuse quête de justice, sans cesse entravée par l'influence persistante des militaires.

En septembre 1998, Augusto Pinochet effectue, en compagnie de son épouse, Lucia, un séjour en Grande-Bretagne pour se faire opérer d'une hernie discale. Le couple descend à l'hôtel Park Lane Intercontinental, puis passe quelques heures agréables autour d'une tasse de thé chez Margaret Thatcher, la Dame de fer, amie de longue date du dictateur. Pour s'assurer l'immunité, Pinochet n'a rien laissé au hasard. En 1978 déjà, passé les plus dures années de répression, il a fait signer le décret 2191, garantissant l'amnistie à quiconque « par ses actes, sa complicité ou son silence » a commis des crimes politiques depuis le putsch. Pour son voyage à Londres, le ministre chilien des Affaires étrangères lui a complaisamment délivré un passeport diplomatique. Néanmoins, le juge espagnol Baltazar Garzon saisit cette occasion et demande, le 16 octobre, la mise en état d'arrestation du dictateur, arguant de sa participation dans l'opération « Condor », pour « génocide, tortures et disparitions ». Au terme d'un imbroglio juridique qui dure seize mois, la justice britannique accepte le principe d'extradition. Mais en mars 2000, faisant valoir l'état de santé physique et mentale du prévenu, elle le déclare inapte à être jugé et l'autorise à rentrer librement au Chili. Au mois de juin 2005, la cour d'appel du tribunal de Santiago du Chili, formée de vingt-cinq juges, lève l'immunité de l'ancien dictateur au motif qu'il a détourné dix-sept millions de dollars dans les caisses de la République, mais annule sa mise en examen dans l'affaire des violations des droits de l'homme dans le cadre de l'opération « Condor ». L'avocat des familles des disparus, outré, commente le verdict en ces termes : « Aux yeux des juges, il n'est pas admissible que Pinochet soit un voleur, en revanche peu importe qu'il soit un assassin, autrement dit des millions de dollars valent beaucoup plus que le sang de milliers de Chiliens, morts au cours du plan "Condor" ».

Un coup de théâtre survient cependant le 20 août 2002, sous l'administration Clinton, et accélère enfin les interminables procédures judiciaires. Le Département d'État des États-Unis déclassifie environ quatre mille sept cents documents portant sur les atteintes aux droits de l'homme et sur la violence en Argentine, de 1975 à 1984. Ces archives confirment l'étroite collaboration transfrontalière entre les pays « Condor » pour des cas de détentions, de tortures et de disparitions. Elles font également état d'une participation active de l'ambassade des États-Unis aux côtés des militaires argentins liés à la junte. Aussitôt, Amnesty International demande à ce que Henry Kissinger soit entendu par la justice britannique, alors qu'il se trouve en visite à Londres. Baltazar Garzon et la juge française Sophie-Hélène Chateau délivrent en ce sens une commission rogatoire. Mais le ministre de l'Intérieur du Royaume-Uni refuse de coopérer, en violation des termes de la Convention européenne d'entraide judiciaire en matière pénale. Piètre consolation : l'année suivante, Manuel Contreras, l'âme damnée de la

DINA, est condamné par une cour chilienne à quinze ans de prison pour « crimes et disparitions forcées commis sous la dictature ».

Paradoxalement, la dernière victime de l'opération « Condor » est probablement Eugenio Berrios, l'un des plus cyniques agents de la DINA. Chimiste accompli, Berrios imagine, en 1976, un plan machiavélique pour éliminer Letelier à Washington. Pour maquiller sa mort en attaque cardiaque, il introduit du gaz sarin dans un flacon de parfum Chanel n° 5, et charge une belle espionne d'approcher l'ancien diplomate et de l'asperger de poison. Ce plan, jugé sans doute dangereux et rocambolesque par ses supérieurs, est assez vite abandonné, mais Berrios continue à travailler activement pour les services chiliens.

En septembre 1991, après le retour du Chili à la démocratie, il est cité à comparaître par un juge qui enquête sur l'assassinat de Letelier. Berrios, qui en sait trop et a la langue bien pendue, est rapidement soustrait aux questions du magistrat, enlevé en plein tribunal, et secrètement conduit en Argentine. Sous la garde d'agents chiliens, il se retrouve séquestré dans un appartement de Montevideo, en Uruguay. Sachant que ses jours sont comptés, il parvient à s'enfuir et à se mettre sous la protection de la police, dans un commissariat de la station balnéaire uruguayenne de Parque del Plata. Fatale erreur ! Quelques minutes plus tard, des soldats de l'armée uruguayenne font irruption dans le poste de police et le kidnappent en plein jour, devant une multitude de témoins.

En avril 1995, deux pêcheurs découvrent un corps à moitié décomposé sur la plage d'El Pinar, à vingt-cinq kilomètres de Montevideo. Le cadavre a les mains et les pieds coupés, les os brisés, et deux impacts de balles dans la nuque. Quelques mois plus tard, des experts en médecine légale affirment qu'il s'agit bien du corps d'Eugenio Berrios.

L'ancien réseau « Condor » s'est-il réactivé ? Depuis les années 90, sous l'égide des États-Unis, les pays d'Amérique latine ont repris et intensifié leurs échanges. Dans le seul domaine du renseignement, on les chiffre par dizaines. Une conférence militaire multilatérale sur les services de renseignement, la première depuis celle du colonel Manuel Contreras en 1975, a été organisée par l'armée bolivienne en 1999, en présence des représentants des armées de... l'Argentine, du Brésil, du Paraguay, de l'Uruguay et des États-Unis ! La Colombie et le Venezuela ont été chaleureusement invités à y prendre part.

L'histoire, si tragique soit-elle, n'est-elle qu'un éternel recommencement ?

Peut-on couler un arc-en-ciel ?

— Vous n'ignorez pas, amiral, que la reprise de nos essais nucléaires dans le Pacifique préoccupe le gouvernement. Il veut à tout prix éviter que se renouvelle le remue-ménage médiatique qui a entaché la campagne de tir de 1973.

— J'en suis conscient, naturellement, répond Pierre Lacoste, le directeur général de la DGSE, la Direction générale de la sécurité extérieure.

— En procédant à des expériences souterraines, nous avons pu différer pendant deux ans les manifestations intempestives des associations écologiques, poursuit Patrick Careil, directeur de cabinet de Charles Hernu, le ministre de la Défense de François Mitterrand. Il en ira tout autrement le mois prochain.

— Oui, le tir de Talaos, par exemple, dans un puits de l'atoll, va probablement déclencher les foudres de Greenpeace, approuve avec réserve le chef des services secrets français.

Patrick Careil extrait un dossier d'un tiroir de son bureau et feuillette une épaisse liasse de documents.

— L'amiral Fagès, le directeur de la DIRCEN, la Direction des centres d'expérimentations nucléaires, m'a alerté de Mururoa.

Un pli de contrariété pince le front de Pierre Lacoste.

– Que vous a-t-il dit ?

– Il demande qu'un certain nombre de mesures soient prises pour établir les bases juridiques qui permettraient aux autorités civiles et aux forces françaises du Pacifique-Sud d'empêcher l'accès à nos eaux territoriales.

– Que préconise-t-il ?

– D'accroître les capacités de renseignements sur les hommes et les matériels utilisés par Greenpeace pour sa future campagne de protestation.

L'attention de Pierre Lacoste est brusquement mise en alerte. Cette mission incombe à ses services. Le directeur de cabinet poursuit sa démonstration sans manifester d'émotion.

– Fagès me demande aussi de renforcer les moyens de surveillance radio de la flottille écologiste, et de nous doter d'une force d'intervention à proximité du site.

– Une force de quelle nature ?

Careil quitte son siège en refermant son dossier d'un geste sec.

– Disons que l'envoi de commandos de marine est actuellement envisagé par le ministère.

– Quelles seront leurs marges de manœuvre ? demande l'amiral, en stratège expérimenté.

Patrick Careil se poste devant une fenêtre qui surplombe la rue Saint-Dominique, comme s'il observait avec intérêt les embarras de la circulation.

– Greenpeace a réhabilité un ancien chalutier de cinquante mètres pour en faire son vaisseau amiral, le *Rainbow Warrior*. D'après Fagès, ce bateau est équipé des instruments de communication médiatique les plus performants.

– La marine dispose de moyens efficaces pour

brouiller les transmissions, qu'elles soient de radio ou de télévision, intervient Lacoste, rassurant.

— Certes. Ce n'est pas cet aspect des choses qui nous inquiète le plus.

— Dites-m'en davantage !

— Le *Rainbow Warrior* possède aussi une coque très épaisse. En cas d'abordage, nos frégates n'y résisteraient pas. Nous devons donc l'empêcher par tous les moyens de s'approcher de la zone de tir.

— *Par tous les moyens !* répète Pierre Lacoste en se raidissant sur son siège. Soyez plus précis, je vous prie.

— En 1980, l'un de vos prédécesseurs, Alexandre de Marenches, alors à la tête du SDECE, a réussi à faire couler le *Dat-Assawari*, le navire amiral de la flottille libyenne, en plein milieu du port de Gênes. Je crois savoir que Charles Hernu a été très impressionné par le succès de cette mission.

— Êtes-vous en train de me demander de couler le *Rainbow Warrior* ? demande, interloqué, le directeur de la DGSE.

— Le ministre vous demande d'étudier très sérieusement cette éventualité. Un comité interministériel se réunira le 26 avril en présence de Laurent Fabius, le Premier ministre, pour en discuter. Bien sûr, nous n'aborderons pas la question aussi frontalement, mais je vous demande d'y réfléchir.

L'amiral s'apprête à prendre congé. Avant de franchir le seuil, il se retourne vers le directeur de cabinet.

— Cette affaire est trop importante pour que nous puissions en décider seuls ou avec le ministre. Si vous n'y voyez pas d'objection, je vais m'en entretenir avec le président de la République.

L'audience que François Mitterrand accorde à Pierre

Lacoste se déroule le 15 mai 1985, à 18 heures, au palais de l'Élysée. Nous possédons deux versions contradictoires du contenu de cette conversation. Selon le directeur de la DGSE, le chef de l'État lui aurait donné son accord pour saboter le bateau de Greenpeace. Dans son livre, *Un amiral au secret*, Lacoste affirme en effet que « le président de la République était lui aussi très déterminé à défendre notre liberté d'action à Mururoa. Il me l'a confirmé quand je lui demandai si je pouvais poursuivre les préparatifs en vue de satisfaire la requête du ministre de la Défense ». Gilles Ménage, conseiller technique puis directeur de cabinet du président, affirme, au contraire, que François Mitterrand s'est toujours défendu d'avoir cautionné une opération de ce genre.

Quoi qu'il en soit, et quel qu'ait été le niveau de responsabilité des autorités françaises, la décision de couler le *Rainbow Warrior* est prise, à Paris, à la fin du printemps 1985. Sous le nom de code d'opération « Satanic », l'ordre est signé par l'amiral Lacoste et le financement des « frais de mission » – trois millions de francs – est débloqué sur les « fonds spéciaux » du général Saulnier, chef d'état-major particulier du président de la République. Ainsi prend naissance l'un des complots les plus absurdes qu'ait fomentés la V\ :sup:`e` République. Une machination grotesque et sans réel fondement, qui entraîna la mort d'un innocent, le déshonneur de nos services secrets, et un trou de vingt-cinq millions de dollars dans le budget national.

Lorsque la nuit tombe, l'océan et le ciel sont gris et durs comme deux plaques d'ardoise. Chahuté par de courtes vagues, le *Rainbow Warrior* s'approche en gîtant des côtes néo-zélandaises. À son bord, l'équipage, disparate et joyeux, est réuni dans le carré. Chacun savoure à sa manière le récent succès de l'opération « Exode », qui vient de se dérouler dans les îles Marshall. Action humanitaire spectaculaire, elle a consisté à évacuer les victimes de l'île de Rongelap, frappées trente ans plus tôt par les retombées de l'explosion d'une bombe américaine de quinze mégatonnes, soit mille fois la puissance de celle lâchée sur Hiroshima. En 1954, la population de l'île n'avait été ni avertie ni évacuée avant l'essai. Des enfants jouaient dehors quand une fine poussière radioactive était tombée du ciel. Certains avaient souffert d'éruptions cutanées immédiates et de chute de cheveux. Puis, au cours des décennies suivantes, des taux élevés de cancers de la thyroïde, de leucémies et de fausses couches avaient été détectés sans interruption dans la population. Conscients que leur île resterait contaminée pendant des siècles, les trois cent huit survivants de Rongelap avaient demandé à Greenpeace de les évacuer avec leurs biens sur le *Rainbow Warrior*, à cent quatre-vingt-quinze kilomètres de là, sur l'île inhabitée de Mejato.

– Opération réussie ! Vous avez tous fait du bon boulot, s'exclame Peter Willcox, le capitaine.

Des garçons entrechoquent leurs cannettes de bière. Dans un coin de la pièce, secouée par les vagues, une fille empoigne sa guitare et entonne un chant pacifiste. D'autres rient, se congratulent, et marquent le rythme en frappant dans leurs mains.

– Je suis fier de toi en particulier, Fernando. Tes photos ont fait le tour du monde. Tous les journaux ont parlé de Greenpeace, ajoute Willcox en donnant une grande claque amicale dans le dos d'un homme âgé d'une trentaine d'années.

– Je n'ai fait qu'appuyer sur un petit bouton, plaisante modestement Pereira, le photographe de l'expédition.

– Quand mouillerons-nous à Auckland, Peter ? braille un géant roux en anglais, à travers la cambuse.

– Le 7 ou le 8 juillet, si la tempête ne nous ralentit pas.

– Et quand irons-nous chatouiller les « grenouilles » ? demande une petite brune en espagnol, en se pelotonnant frileusement dans son poncho.

– Les Français ont déjà commencé leurs essais. Le cinquième tir doit avoir lieu au mois d'octobre. Nous prendrons la mer pour Mururoa dès que possible, après l'escale.

La suite de la soirée se déroule entre rires, chants et discussions passionnées. Le chalutier danse dans la nuit phosphorescente. Un arc-en-ciel et une colombe de la paix ont été peints à l'avant de la coque. L'arc-en-ciel semble prendre naissance dans les profondeurs de l'océan et jaillir vers le ciel. Le *Rainbow Warrior*, le « guerrier de l'arc-en-ciel », doit son nom à une légende indienne, vieille de deux cents ans : « Quand la terre sera vidée de ses ressources, quand la mer sera devenue noire, les ruisseaux empoisonnés... juste avant qu'il ne soit trop tard, les Indiens retrouveront leur esprit et ils apprendront à l'homme blanc à respecter la terre. Tous seront unis et deviendront les guerriers de l'arc-en-ciel, et ils lutteront pour rendre à la terre sa beauté d'autrefois. »

Tandis que trois hommes, athlétiques mais maladroits, chargent des sacs de marin identiques à bord de l'*Ouvéa*, un sloop de douze mètres à quai à Nouméa, le docteur Maniguet règle avec M. Châtelain, le directeur du Yacht Charter, les dernières formalités. La location du bateau et les assurances ont été prépayées à Paris, dans une agence de voyage.

– Êtes-vous amarinés ? demande Châtelain, vaguement inquiet de confier son élégant voilier à une équipe qui lui semble inexpérimentée.

– Rassurez-vous, nous sommes tous de bons marins. Nous louons chaque année un bateau dans un port différent. Tout se passera bien cette fois encore, répond le client, très sûr de lui.

– Méfiez-vous quand même, la mer est mauvaise au mois de mai. Nous entrons dans l'hiver austral. Vous allez rencontrer des coups de vent et de la forte houle près des côtes de la Nouvelle-Zélande.

Xavier Maniguet écarte l'argument d'un geste désinvolte.

– Je vous téléphonerai dès notre arrivée à Auckland, promis.

Quand le médecin franchit la passerelle au pas de charge, Châtelain, pris d'une soudaine intuition, murmure pour lui-même :

– L'*Ouvéa*, je ne le reverrai pas !

Deux heures plus tard, après avoir traversé la baie de l'Orphelinat, le deux-mâts s'amarre sur un emplacement discret, dans la rade militaire. Dès que le docteur Xavier Maniguet, l'adjudant-chef Roland Verge, les adjudants Gérald Andriès et Jean-Michel Bartelo, tous membres de la DGSE, posent pied à terre, des spécialistes des transmissions investissent le voilier

471

pour l'équiper d'instruments de navigation et de transmission ultrasophistiqués.

Le 22 juin 1985, un couple âgé d'une trentaine d'années se présente au comptoir de la police des frontières, à l'aéroport d'Auckland. Le fonctionnaire examine leurs passeports rouges à croix blanche.

— Ah, vous êtes suisses ! Bienvenue en Nouvelle-Zélande.

Puis il compare visages et photos.

— Alain et Sophie Turenge.

Tous deux ont les cheveux châtains coupés court et se ressemblent comme frère et sœur. La femme porte de grosses lunettes de vue qui lui mangent la moitié du visage. Elle est d'une humeur massacrante.

— But du voyage ? demande l'officier.

— Lune de miel !

Cette expression, prononcée avec un fort accent et sur un ton irrité, déride le policier. Distrait un instant, il ne remarque pas que les deux passeports, bien que délivrés à des dates différentes, portent des numéros étrangement proches : 3024838 et 3024840.

Le couple quitte l'aéroport en tirant ses valises et s'engouffre dans un taxi.

— Qu'est-ce qu'on fait maintenant ? demande Dominique Prieur, capitaine de la DGSE.

— Pourquoi poses-tu toujours des questions stupides ? Tu le sais parfaitement. On prend une chambre d'hôtel en ville et on loue un camping-car, répond, excédé, le commandant Alain Mafart, son supérieur hiérarchique.

Le 7 juillet, après avoir affronté du gros temps dans le Pacifique, le *Rainbow Warrior* accoste au quai Marsden, dans le port de plaisance d'Auckland. Le lendemain, Frédérique Bonlieu monte à bord du bateau. Bien que de nationalité française, cette militante écologiste a été admise à prendre part à la campagne de protestation de Greenpeace contre les essais nucléaires, grâce à une lettre de recommandation que lui a fournie une association humanitaire. Avant de rejoindre l'équipe, la jeune femme a repéré et photographié durant plusieurs jours les criques alentour, susceptibles d'accueillir discrètement un canot pneumatique. Puis elle a dîné dans un coûteux restaurant avec un couple de touristes suisses taciturnes. La fausse écologiste, la nouvelle recrue de Greenpeace, se nomme en réalité Christine Cabon. Elle est lieutenant de la DGSE.

Trois jours plus tard, le 10 juillet, un verre à la main, une trentaine de personnes sont réunies à bord du *Rainbow Warrior* pour fêter l'anniversaire de Steve Sawyer, le responsable de la campagne antinucléaire. Anglais, espagnol, néerlandais, français, japonais..., les langues et les accents se mélangent et s'entrechoquent avec gaieté.

– Chez nous, dit une Américaine, les gens de Greenpeace font du porte-à-porte pour récolter des fonds de soutien.

– À chacun ses méthodes ! réplique une Hollandaise en riant. Nous, on essaie plutôt de culpabiliser les partis politiques pour les faire payer.

À 23 h 45 la soirée se termine. Il ne reste plus à bord qu'une douzaine de personnes. Frédérique

Bonlieu a été la première à quitter le navire, vers 22 heures.

Peter Willcox s'approche de Fernando Pereira, trente-cinq ans, le photographe de la campagne.

– As-tu des nouvelles de ta famille ?

– Merci, elle va bien. J'ai reçu hier une longue lettre de ma femme et des dessins de mes enfants, répond Fernando en portant machinalement une main à la poche de son blouson.

Pereira n'a pas le temps de terminer son geste. Une déflagration assourdissante ébranle le bateau. Les passagers les plus fragiles valdinguent contre les parois. Les autres se heurtent violemment. Verres et bouteilles vides volent en éclats à travers le carré. Quelques filles hurlent de terreur.

– Ne restez pas là, quittez le navire ! Tout le monde sur le quai ! vocifère Peter Willcox.

Fernando Pereira se précipite vers une coursive. Willcox lui agrippe un bras.

– Où vas-tu ? Prends l'échelle de coupée, tire-toi d'ici !

– Je vais récupérer mes films dans ma cabine. J'en ai pour une minute.

Pereira se dégage brusquement et cavale vers le ventre du bateau.

Trois minutes plus tard, quand le petit groupe se retrouve, terrorisé, sur le quai Marsden, une seconde explosion, beaucoup plus forte, secoue le *Rainbow Warrior*. Le vieux chalutier s'ébroue comme un cheval blessé. Sa coque vibre et ses infrastructures donnent aussitôt de la gîte.

– Merde, Fernando ! rugit le capitaine.

Il escalade l'échelle de coupée. Il se rue sur le pont et dégringole un escalier. Quand il parvient enfin à l'étage inférieur, il est déjà trop tard. La deuxième charge a rompu la section, provoquant la fermeture automatique de la porte de la cabine. Le photographe est pris au piège à l'intérieur. Willcox rebrousse chemin à toute vitesse. Il saute sur l'appontement, retire sa veste, se débarrasse de son pantalon, prêt à plonger. Il hésite. La mer s'est couverte de débris enflammés, de tôles déchiquetées et de flaques graisseuses. L'eau a déjà envahi les cales. Le bateau s'affale bientôt sur le flanc, contre le quai.

Le lendemain dès l'aube, le détective principal Allan Galbraith ouvre la plus vaste enquête pour homicide que la Nouvelle-Zélande ait jamais connue. Ce pays tranquille, qui compte moins de quatre millions d'habitants, est horrifié par l'attentat. Encouragé par les médias, chacun se dit prêt à collaborer avec la police pour retrouver le ou les auteurs de l'agression qui a coûté la vie à Fernando Pereira et a irrémédiablement détruit le navire amiral de Greenpeace. Bientôt des dizaines de témoignages affluent au commissariat central d'Auckland. Galbraith vérifie ceux qui lui semblent les plus pertinents. En fin de matinée, un homme lui signale par téléphone la découverte d'un canot pneumatique, abandonné dans une petite baie près du port de plaisance. Le policier se rend aussitôt sur les lieux. L'homme qui a averti le détective monte la garde près d'un Zodiac, équipé d'un puissant moteur hors-bord.

– Quand le canot s'est-il échoué ici ? demande le policier.

– Je suis le gardien du terrain de camping qui se trouve là-bas, précise le vigile en désignant derrière lui une dune de sable. Vers 22 heures, je faisais ma ronde quand le Zodiac a accosté. Deux hommes en tenue de plongée noire étaient à bord. Ils sont restés sans bouger pendant un bon quart d'heure.

– Qu'avez-vous fait ?

– Je les ai observés. Je me suis demandé ce qu'ils pouvaient bien trafiquer à une heure pareille. Et puis soudain...

– Soudain ?

– Un camping-car a débouché à toute allure en remontant la digue, qui est interdite à la circulation. Il a chargé les deux plongeurs et a repris le sens interdit tout aussi vite. Alors, j'ai noté le numéro d'immatriculation du véhicule.

Le 12 juillet, les faux époux Turenge se présentent chez le loueur pour rendre leur véhicule et récupérer une caution de cent vingt dollars. Dès que la réceptionniste entrevoit le numéro d'immatriculation du van sur la carte grise, son visage s'empourpre légèrement.

– Attendez-moi un instant, je vous prie. Je n'ai pas la clé du tiroir-caisse pour vous rembourser. Je vais chercher le directeur.

La jeune fille disparaît précipitamment dans un bureau annexe pour téléphoner. Au bout d'une dizaine de minutes, elle revient en affichant un air penaud.

– John arrive tout de suite, ne vous inquiétez pas.

Le commandant Mafart tourne en rond dans l'agence comme un ours en cage. Au bout d'un moment, il s'approche de sa complice et lui souffle à l'oreille :

– On aurait dû abandonner le camping-car sur le parking de l'aéroport et sauter dans le premier avion.

Personne n'aurait rien remarqué, le contrat de location est encore valable pendant deux jours.

— Pourquoi leur laisser la caution ? proteste Dominique Prieur, c'est ridicule !

— C'est surtout ridicule de rester ici ! Viens, partons.

— Cela va alerter la fille ! objecte le capitaine de la DGSE en désignant du menton la réceptionniste, qui feint de s'affairer devant un téléscripteur.

— Je te dis qu'il faut partir ! s'énerve Mafart.

À cet instant, deux voitures de police se garent en trombe sur le parking.

— Voulez-vous nous suivre au commissariat central pour vérification d'identité ? demande le détective Allan Galbraith aux touristes suisses désemparés.

Pendant que des enquêteurs essaient de contrôler la validité de leurs passeports, les faux époux Turenge sont placés ensemble dans une cellule de détention. Un policier, qui comprend le français mais se garde bien de le leur faire savoir, les accompagne. Il parvient ainsi à surprendre discrètement des bribes de leur conversation.

— Sois comme une montagne ! Ne bouge pas d'un pouce ! recommande Mafart à sa subordonnée.

— Si on nous envoie en prison, est-ce qu'ils paieront toujours nos salaires à Paris ? pleurniche Prieur, les larmes aux yeux.

La Nouvelle-Zélande est un État de droit. N'obtenant pas de réponse de Berne ou du consulat suisse, et n'ayant pas de preuve solide, la police relâche les suspects et les assigne à résidence dans un motel, d'où ils peuvent circuler librement. Les Turenge vont y séjourner pendant les trente-six heures que dure le week-end. Tandis que Mafart part acheter de nouveaux billets d'avion dans une agence de voyage et prend contact avec un avocat, Dominique Prieur téléphone, depuis la chambre du motel... directement au siège de la DGSE !

Le 13 juillet, la police néo-zélandaise retrouve le voilier l'*Ouvéa* à mille quatre cents kilomètres au nord d'Auckland, sur l'île Norfolk, en Australie. L'équipage est interrogé par les polices néo-zélandaise et australienne qui, faute de preuve, le laissent repartir vers Nouméa, son port d'attache. Quelques jours plus tard, elles se ravisent. Établissant une corrélation entre les Turenge et les passagers du sloop, les enquêteurs demandent leur arrestation et leur incarcération sur le sol français dès leur arrivée, les accusant « d'assassinat et de complicité de destruction par explosifs ». On ne retrouvera jamais la trace de l'*Ouvéa* et de ses occupants. Greenpeace et les médias anglo-saxons ont avancé une hypothèse pour expliquer cette mystérieuse disparition. Selon eux, Charles Hernu, ministre de la Défense, aurait envoyé le sous-marin d'attaque nucléaire *Rubis* en « visite de présence » dans le Pacifique-Sud, à l'occasion de la célébration de la Fête nationale. Le *Rubis* aurait quitté la Nouvelle-Calédonie le 5 juillet puis aurait attendu au large de l'île Norfolk. Le 16, il se serait dirigé vers une balise radio émettrice déclenchée par l'*Ouvéa*. Les membres du second commando de la DGSE, dont la mission consistait à livrer les charges explosives à l'équipe des plongeurs, seraient montés à bord du sous-marin après avoir coulé le voilier. Ils auraient ensuite regagné la métropole dès leur arrivée à Tahiti, le 22 juillet.

Durant cet épisode rocambolesque, Charles Montan,

conseiller à l'ambassade de France à Wellington, déclare à la presse locale : « La France n'est absolument pas responsable de l'attentat. Le gouvernement français n'agit pas de la sorte avec ses opposants. La France n'était pas inquiète de cette campagne que devait mener Greenpeace à Mururoa, car le mouvement avait assuré qu'il respecterait le droit international. Ce serait terrible si un acte criminel était à l'origine de l'explosion. »

Mais le lendemain, un télex d'Interpol en provenance de Berne informe la police d'Auckland que les passeports suisses des époux Turenge sont des faux, grossièrement falsifiés. Quelques jours plus tard, le couple, accusé de « meurtre, incendie volontaire et association de malfaiteurs », est placé en détention.

Dès lors, les Néo-Zélandais accumulent rapidement des indices, qu'ils s'efforcent de vérifier avec minutie. Pour corroborer leurs découvertes ou confondre éventuellement la DGSE, ils demandent la coopération de la police française. À Paris, pour contrecarrer l'enquête, Pierre Lacoste obtient le concours du ministère de l'Intérieur et des PTT pour supprimer rétroactivement les numéros de téléphone appelés par les Turenge. Mais la dénumérotation ne devient effective qu'à partir du 1er juillet, bien que les agents de la DGSE aient pris des contacts dès le 22 juin. Ainsi un appel passé par Dominique Prieur conduit-il directement les policiers néo-zélandais à la caserne des pompiers de la rue du Vieux-Colombier, à Paris, où son mari est capitaine du génie !

En France, le fiasco de l'opération « Satanic » se transforme en affaire d'État. Tandis que les journalistes en mal d'informations focalisent leurs gros titres sur l'attentat du *Rainbow Warrior*, le gouvernement s'emploie à tout prix à dissocier le pouvoir politique des services secrets, pris la main dans le sac. François Mitterrand réclame sans délai une enquête rigoureuse. Laurent Fabius, Premier ministre, désigne Bernard Tricot, conseiller d'État, pour mener une enquête. Les termes de sa mission sont explicites : « Bernard Tricot est chargé d'établir la vérité, de préciser les responsabilités et cela sans limite d'aucune sorte. » Parallèlement, le président de la République écrit à David Lange, Premier ministre néo-zélandais, pour lui faire part de la « détermination de la France à faire toute la lumière dans l'affaire du *Rainbow Warrior* ».

Ensuite, pour brouiller davantage les pistes, le gouvernement français propage une rumeur selon laquelle la DGSE aurait envoyé en Nouvelle-Zélande des agents pour remplir une simple mission d'observation. Pour déstabiliser la France dans le Pacifique, les services secrets anglais, américains et australiens auraient fait saboter le bateau par un commando de barbouzes. Pour donner du poids à cette allégation, on laisse entendre que certains éléments du Zodiac utilisé par les plongeurs auraient été fabriqués en Grande-Bretagne. La police d'Auckland dément formellement et contre-attaque en exhibant des sangles *made in France*, retrouvées sous l'épave du *Rainbow Warrior*. On tente alors, à Paris, de dénigrer Greenpeace, en accusant l'association d'être financée et manipulée par l'Union soviétique. Piètres arguments rapidement réfutés par les écologistes.

Le 25 août, Bernard Tricot rend enfin son rapport d'enquête. Ses conclusions reprennent la version officielle de la mission d'observation : « Tout ce que j'ai entendu et vu me donne la certitude qu'au niveau gouvernemental il n'a été pris aucune décision tendant à ce que le *Rainbow Warrior* soit endommagé. » Le lendemain, le quotidien *Libération* titre : « *Tricot lave plus blanc !* », et David Lange s'indigne : « La DGSE gérait donc chez nous une sorte de club de vacances pour ses agents, et leur séjour aurait coïncidé avec la visite des militants de Greenpeace ! »

Le 13 septembre, François Mitterrand, accompagné de Charles Hernu, se rend à Mururoa. Il réaffirme son soutien à la politique de dissuasion française avec les essais nucléaires et affiche son innocence dans l'attentat contre le *Rainbow Warrior*. Les pays du Pacifique considèrent ce voyage comme une véritable provocation.

La semaine suivante, le journal *Le Monde* confirme l'existence d'une troisième équipe des services secrets, composée de deux nageurs de combat de l'armée française. C'est elle qui aurait placé les charges sur la coque du navire. Ce chaînon manquant, qui rend toute l'affaire cohérente, finit d'achever le rapport Tricot et exclut l'implication d'agents étrangers.

Le 20 septembre, Charles Hernu démissionne, et Paul Quilès le remplace. L'amiral Lacoste, responsable de la DGSE, est limogé par le Premier ministre, car il refuse de donner la véritable identité des plongeurs qui ont placé les bombes.

Deux jours plus tard, Laurent Fabius passe aux aveux. Il reconnaît que les agents français étaient bien les auteurs de l'attentat mais que, « simples exécutants, ils doivent être mis hors de cause, car il serait inacceptable d'exposer des militaires qui n'ont fait qu'obéir aux ordres ». Furieux, David Lange réplique aussitôt : « Il s'agit d'un acte sordide de terrorisme international, cautionné par un État. »

C'est dans ce climat crispé que comparaissent devant la cour d'Auckland, le lundi 4 novembre 1985, le commandant Mafart et le capitaine Prieur. À la stupeur générale, les deux espions modifient subitement leur tactique de défense. Face à une assemblée de journalistes venus du monde entier, ils plaident coupables aux accusations d'incendie criminel, de complot en vue d'incendie et d'homicide involontaire, stoppant net la procédure de présentation des preuves par la police. Le procès du siècle, qu'on croyait devoir durer des mois, se clôt en une demi-heure. Deux jours plus tard, la Haute Cour les condamne à dix ans de prison pour homicide involontaire et sept ans pour incendie criminel. En rendant son verdict, le juge Davidson donne clairement son avis sur la possibilité d'une expulsion rapide : « Ceux qui viennent dans ce pays et commettent des activités terroristes ne peuvent espérer avoir de petites vacances et retourner chez eux en héros ! »

En exploitant, quinze ans plus tard, des documents déclassifiés par le ministère de la Justice néo-zélandais, le quotidien *Herald* révèle, en mars 2001, que Roland Dumas, le ministre des Affaires étrangères français de l'époque, a tenté de faire parvenir une caisse de vin de Bordeaux et une bouteille de fine champagne aux prisonniers, quelques semaines après leur incarcération. Les fonctionnaires des prisons ont refusé de faire suivre les cadeaux de Noël envoyés de Paris, arguant que « les boissons alcoolisées sont strictement prohibées dans les prisons de Nouvelle-Zélande » !

Après avoir passé moins d'un an dans les geôles néo-zélandaises, Alain Mafart et Dominique Prieur sont libérés, à la condition d'être maintenus un minimum de trois ans en résidence surveillée sur la base française de Hao, un atoll corallien de cinquante kilomètres carrés, distant de neuf cents kilomètres de Tahiti.

Dans quelles conditions un accord aussi surprenant a-t-il été conclu ? Le 7 juillet 1986, Jacques Chirac, alors Premier ministre, signe un règlement obligatoire avec le gouvernement néo-zélandais, grâce à l'intervention de Javier Pérez de Cuéllar, secrétaire général des Nations Unies. Cette convention stipule que la France présentera des excuses formelles à la Nouvelle-Zélande et lui octroiera la somme de sept millions de dollars en compensation des dommages subis. Elle versera en outre neuf millions de dollars supplémentaires au Fonds d'amitié avec la Nouvelle-Zélande, huit millions de dollars à Greenpeace, et cent vingt mille dollars au Yacht Charter de Nouméa pour la perte de l'*Ouvéa*. Les réparations ne s'arrêtent pas là. Le gouvernement français s'engage, par ailleurs, à ne pas s'opposer à l'importation de beurre néo-zélandais vers le Royaume-Uni pendant deux ans, ni à faire obstacle aux accords passés entre la Nouvelle-Zélande et la Communauté économique européenne concernant l'importation de viande de mouton, d'agneau et de cabri !

Infiniment moins généreuse envers la famille de la victime de l'attentat, la République estime pouvoir se dédouaner en envoyant à Mme Pereira, la veuve hol-

landaise du photographe, une lettre d'excuses stéréoty-
pée et un chèque de deux millions de francs.

Sur la base militaire de l'atoll de Hao, les conditions
de détention des prisonniers français ne semblent pas
insupportables. Entre deux virées en planche à voile,
le commandant Mafart met à profit son séjour au soleil
pour préparer l'École de guerre. Dominique Prieur,
quant à elle, devient officier adjoint au commandant
de la base, le nouveau commandant n'étant autre que...
Joël Prieur, son mari, qui a obtenu sa mutation.

Aucun des deux agents n'accomplit jusqu'au bout la
durée de sa peine, comme promis par la France devant
l'ONU. Le 11 décembre 1987, un certain Serge Quillan embarque à Tahiti à bord du vol UT 508 à destination de Paris. Alain Mafart, alias M. Quillan, quitte la
Polynésie pour « raisons de santé » avec un vrai faux
passeport, après un séjour de dix-sept mois sur l'atoll.
Cinq mois plus tard, le capitaine Prieur, enceinte,
regagne à son tour la métropole par avion spécial.
Élevé au grade de chevalier dans l'ordre national du
Mérite, Alain Mafart sera promu colonel en 1994, peu
avant de prendre sa retraite, à l'âge de quarante-trois
ans. Décorée, promue commandant, Dominique Prieur
trouve un poste au service des statistiques du ministère
de la Défense.

L'affaire du *Rainbow Warrior* a d'énormes répercussions au niveau international. Juste après l'attentat,
Greenpeace gagne rapidement 50 % d'adhérents supplémentaires. Des témoignages de sympathie et des
soutiens financiers affluent du monde entier. En 1985,
le bureau français de l'association comptait cinq mille

quatre cents adhérents. Il en compte près de quatre-vingt-dix mille en 2006.

Le 2 décembre 1987, l'épave du *Rainbow Warrior* est remorquée vers le nord. Elle fait l'objet d'une cérémonie funéraire traditionnelle maori, puis est immergée au large des îles Cavalli. Elle sert depuis de refuge à une multitude d'espèces marines. Peut-on couler un arc-en-ciel ?

Jour de marché à Guernica

– De l'ail et des oignons, de l'ail et des oignons !

Brandissant à pleines mains des chapelets de gousses d'ail artistiquement tressées, une paysanne invite les badauds à admirer sa marchandise. Plus loin, un poissonnier rafraîchit son étal de sardines, à l'aide d'un arrosoir. De l'autre côté de la rue, un volailler capture, dans une cage en rotin, un poulet récalcitrant. La foule dense, affairée, vêtue de noir, fraye son chemin au milieu des échoppes. C'est lundi, jour de marché à Guernica. Ce bourg de sept mille habitants, situé à dix kilomètres de la mer, est la capitale spirituelle du Pays basque espagnol. C'est devant la Casa de Juntas, l'hôtel de ville, à l'emplacement d'un chêne tricentenaire, que les rois venaient autrefois prêter serment et jurer d'observer les lois de la province. À l'ombre du feuillage, deux retraités assis sur un banc roulent des cigarettes de tabac gris.

– Dieu nous préserve de la guerre !

– Oui, mais pour combien de temps encore ? s'interroge le second.

Depuis qu'une sanglante guerre civile ravage l'Espagne, le Pays basque a été miraculeusement épargné des combats. Partout ailleurs, de Madrid à l'Andalousie, de la Catalogne aux plaines de la Manche, les forces rebelles du général Franco livrent des combats fratricides et sans merci aux fidèles de la République.

Au volant de sa petite voiture pétaradante, le chanoine Alberto de Onaindía, trente-quatre ans, s'impatiente. Devant lui, un attelage de bœufs obstrue la route et l'empêche de doubler. Son passager tente de l'apaiser avec bonne humeur.

– Calme-toi, Alberto, il n'est que quatre heures et demie. Nous ne sommes pas en retard.

– Je m'inquiète pour ma mère, voilà tout, répond le prêtre en klaxonnant.

– Regarde, fait l'autre, nous entrons déjà dans Guernica. Rassure-toi, nous serons à Aulestia dans moins d'une heure.

Le chanoine tambourine sur le volant.

– Bon sang, j'avais oublié ! C'est le jour du marché. Les rues vont être impraticables !

Dans le bourg, une brise légère rafraîchit les lessives accrochées aux fenêtres. Nous sommes le lundi 26 avril 1937. Soudain, dans le brouhaha des marchandages, les enfants sont les premiers à percevoir le lointain vrombissement des moteurs. Ils lèvent les yeux au ciel. Trois avions s'approchent à basse altitude, en venant du nord. Leurs ailes à angle brisé les font curieusement ressembler à des chauves-souris. Une croix noire et blanche est peinte sur l'arrière du fuselage. Ils se rapprochent en formation serrée. Les enfants tirent leurs mères par la manche.

– Regarde ! Regarde !

L'angoisse se peint aussitôt sur le visage des femmes. Instinctivement, comme pour se protéger, elles ajustent sur leurs têtes leurs châles noirs effrangés. Les commerçants ralentissent leurs gestes. Un grand silence plombe brusquement le marché. Quand les premières rafales de mitrailleuses hachent les étalages, toutes les cloches de Guernica carillonnent à l'unisson, ajoutant le vacarme à la panique. La stupeur statufie la foule. Les stukas allemands virent sur l'aile et reprennent de l'altitude.

Le cri suraigu d'une fillette libère d'un coup les poitrines oppressées. Des corps enveloppés de sang ont roulé sur le sol. Des clameurs terrifiées se répondent de rue en rue. Quand les chasseurs piquent à nouveau en sifflant, la bousculade est générale. Cette fois, c'est la marchande d'ail qui bascule à la renverse, la poitrine poinçonnée de taches rouges.

– Courez vous mettre aux abris, vite ! hurle un homme en poussant devant lui une horde de ménagères tétanisées.

Les stukas disparaissent derrière la colline. Un court répit.

– Descendez dans les caves ! Ne perdez pas de temps !

Des paysans courent en tous sens. Près d'un étal de tomates, un cheval éventré dégorge ses entrailles. Des familles se regroupent dans le chaos. On se touche pour s'assurer qu'on est bien là. On se compte dans la fumée. On beugle à travers le tintamarre des cloches. On se pousse, on se piétine, on se traîne vers les porches. Bientôt, une nouvelle vague de mort obscurcit l'horizon. Six bombardiers bimoteurs Heinkel 111 volent si bas qu'il est possible de distinguer, à travers le cockpit transparent, les membres d'équipage, casqués de cuir. Pourquoi les pilotes s'entoureraient-ils de précaution puisqu'il n'y a pas de DCA à Guernica ? Des chapelets de grenades brillent quelques secondes dans la lumière, puis une cascade d'explosions secoue les murs des maisons. La foule se terre au ras du sol. Les deux retraités, recroquevillés sous leur banc de pierre, sont déchiquetés par une grenade alors qu'ils se tenaient par les épaules. Derrière l'hôtel de ville, des survivants hallucinés s'engouffrent dans l'ouverture des caves.

– Pressez ! Faites de la place ! Tassez-vous dans le fond !

Cinq minutes plus tard, une troisième vague d'avions prend le relais. Cette fois, ce sont des Junkers JU 52. Leur nez plat de bouledogue est doté d'une troisième hélice. Ils sont chargés d'une tonne et demie de bombes incendiaires au phosphore. L'enfer se déchaîne. Un homme se consume debout. Le lycée s'embrase. Des maisons s'écroulent sur leurs occupants, dans des gerbes de feu. Des quartiers s'enflamment et se calcinent. Ce qui reste du marché est un cloaque de chairs mortes et de débris. Les cadavres se comptent par centaines, quand les stukas surgissent une nouvelle fois. Ils mitraillent les fermes isolées, sabrent et dépècent tous ceux qui cherchent à fuir à travers la campagne. L'apocalypse n'en finit plus. Dans les caves, ébranlées de secousses, les cerveaux des rescapés grillent de terreur. En quatre heures, une soixantaine d'avions allemands de la légion Condor ont déversé cinquante tonnes de bombes, et fait près de mille sept cents morts. À 19 h 45, Guernica est un immense brasier, visible à plus de vingt kilomètres à la ronde.

Allongés dans un fossé à l'entrée du bourg, le chanoine Alberto de Onaindía et Pedro Rodriguez se redressent lentement, abasourdis par le fracas des explosions.

– Viens, entrons dans la ville, dit le prêtre en époussetant sa soutane.

– Tu es fou ! Les avions peuvent revenir à tout moment, répond Rodriguez en tremblant de tous ses membres.

– Que leur resterait-il à détruire ? Ils ont rasé la ville.

Onaindía n'insiste pas.

– J'y vais. Prends la voiture. Fais demi-tour, et va chercher ma mère.

Sans attendre la réponse de son ami, le chanoine se dirige d'un pas ferme vers le bourg dévasté. Les lueurs de l'incendie se détachent maintenant comme un couvercle de feu sur le ciel plombé.

Premier massacre de l'histoire commis par l'aviation contre une population civile, le bombardement de Guernica marque un tournant décisif dans la guerre civile espagnole et préfigure les carnages à venir durant la Seconde Guerre mondiale. Qu'il s'agisse du pilonnage de Londres par l'aviation nazie, de l'anéantissement de Dresde par la Royal Air Force ou de l'irradiation des habitants d'Hiroshima et de Nagasaki par les Américains. Mais la singularité de ce carnage ne s'arrête pas là. Pendant près d'un demi-siècle, ses auteurs ont nié avec véhémence leurs responsabilités, accusant la population de Guernica d'avoir volontairement incendié la ville pour émouvoir l'opinion internationale. Ce complot contre la vérité, imaginé par les franquistes et propagé par une presse complaisante, notamment française, constitue l'un des épisodes les plus troublants du XXe siècle.

Au début des années 30, la société espagnole est

coupée en deux, divisée par des intérêts à jamais irréconciliables. À droite, la classe des grands propriétaires terriens possède l'essentiel des terres agricoles. Cette société argentée et aristocratique s'appuie sur un clergé catholique riche et conservateur, et sur une armée dont les officiers défendent l'ordre traditionnel. À gauche, les paysans pauvres, ouvriers agricoles pour la plupart, les mineurs des Asturies et les ouvriers de Catalogne, aspirent à plus de liberté et au rétablissement de la démocratie. L'occasion se présente le 12 avril 1931, lors d'élections municipales. La majorité des Espagnols vote pour l'instauration de la seconde République et chasse du trône le roi Alphonse XIII. Le peuple exulte. Porté par une vague d'enthousiasme sans précédent, le gouvernement promulgue une série de réformes qui exaspèrent la nouvelle opposition : séparation de l'Église et de l'État, droit de vote accordé aux femmes, abolition des titres de noblesse, réforme agraire, autorisation du divorce par consentement mutuel. Mais comment une gauche fragmentée en une multitude de partis et de syndicats rivaux peut-elle mener à bien un programme aussi ambitieux ? D'autant que la droite supporte de moins en moins le désordre, et que la crise économique, partie des États-Unis en 1929, touche de plein fouet la péninsule Ibérique.

En janvier 1936, un « plan politique commun » est signé entre les républicains modérés, les partis de gauche et les autonomistes catalans. Le Front populaire voit le jour. Mais il s'avère bientôt incapable de contrôler la flambée révolutionnaire et anarchiste qui gagne le pays : pillages, grèves, libérations de détenus de droit commun, occupations de terres, incendies de monastères et d'églises. La droite, inquiète, se prépare à la guerre. Le général Mola fomente une conspiration militaire. Les escadrons du Parti fasciste et la Phalange espagnole provoquent une escalade de la violence. En représailles, les forces de sécurité républicaines assassinent José Sotelo, responsable du Parti monarchiste. La guerre civile est devenue inévitable.

Le 17 juillet 1936, le général Mola, commandant en chef des armées du Maroc espagnol, et le général Franco, chef du commandement général des Canaries, se rendent maîtres du Maroc, des Canaries et des îles Baléares. Convaincu qu'il est dès lors capable de contrôler la majorité de l'armée, Franco donne l'ordre aux casernes de s'insurger. L'Église espagnole, à l'exception du petit clergé basque, se range de son côté. « Nous ne livrons pas une guerre, mais une croisade », déclare l'évêque de Pampelune. Nommé chef unique des nationalistes, Franco annonce qu'il entrera dans Madrid avant le 12 octobre 1936, *el día de la raza* (le jour de la race). Privé de la marine, restée fidèle à la République, il s'adresse aux Italiens de Mussolini et aux Allemands d'Hitler pour le soutenir. Parmi les idéologies qui traversent l'Europe en cette époque troublée, le chef de la junte de Défense a choisi le fascisme.

Dans les premiers mois de la guerre, la résistance des combattants républicains est héroïque. Pourtant les forces loyalistes sont elles-mêmes divisées. L'extrême gauche anarchiste et trotskiste voudrait instaurer une révolution prolétarienne sans attendre la fin des combats, alors que les républicains libéraux remettent à plus tard le règlement des affaires politiques. L'Union soviétique leur envoie des appareils de chasse et de bombardement. La France du Front populaire leur cède une centaine d'avions, et dix mille volontaires français rallient les rangs républicains en s'engageant dans les Brigades internationales.

À la fin du mois d'août 1936, alors que le Parti national basque proclame son attachement aux valeurs de la République, les franquistes s'emparent d'Irun. Une ligne de front se stabilise pendant quelques mois. Puis, en mars 1937, Franco attaque sans succès Bilbao, siège du gouvernement basque, avec des troupes italiennes et la légion Condor, envoyée par Hitler. Le 24 avril, les collines voisines, où l'essentiel des troupes basques ont pris position, tombent aux mains des nationalistes. Deux jours plus tard, un déluge de feu raye Guernica de la carte d'Espagne.

À Bilbao, dans la chambre d'une modeste pension de famille, George Steer, correspondant du *Times* de Londres et du *New York Times*, se tourne et se retourne dans son lit étroit, incapable de trouver le sommeil. Vers 1 heure du matin, on tambourine à sa porte.

– *Señor* Steer, ouvrez vite !

Le reporter se lève en maugréant et entrebâille la porte.

– Qu'y a-t-il, Eduardo ?

– L'aviation allemande vient de bombarder Guernica, murmure l'informateur en reprenant son souffle.

– Merci. J'irai y faire un tour demain matin.

Steer va chercher quelques billets froissés dans le tiroir de la table de chevet et les glisse dans la main tendue du jeune Espagnol.

– Monks, Holme et un Belge s'apprêtent à partir, je crois.

Une expression de contrariété mêlée d'excitation se

lit sur le visage du journaliste. Il connaît bien ses concurrents et amis : Noël Monks, du *Daily Express*, Christopher Holme, de l'agence Reuter ; quant au Belge, ce doit être Mathieu Corman, le correspondant du quotidien français *Ce soir*. Impossible de leur abandonner l'exclusivité du reportage !

– Sais-tu s'ils ont trouvé une voiture ?

– Oui, celle d'un carabinier. Ils vont se partager les frais.

– D'accord ! Va leur dire de m'attendre, je saute dans mes vêtements.

Les dix kilomètres de route qui séparent Bilbao de Guernica sont encombrés de charrettes à bras et d'attelages hétéroclites. À la lueur des phares de la voiture, les quatre journalistes entraperçoivent des corps recroquevillés, des enfants terrorisés, des visages défaits. Le carnage s'est imprimé sur les rétines des rescapés, hébétés. Le spectacle qu'offre ensuite la ville est non moins effrayant. George Steer s'aventure seul vers le centre du bourg, en zigzaguant parmi les gravats. Les rues sont éclairées a giorno par les incendies. La chaleur est accablante. Seuls la Casa de Juntas, l'église Santa Maria et le chêne tricentenaire ont été épargnés. Tout le reste n'est que flammes, sang et désolation. Le journaliste retire sa veste, sort de sa poche un carnet et un stylo, et s'approche d'un homme, prostré sur le bord d'une fontaine.

– Qu'avez-vous vu ?

– C'étaient des avions allemands à croix gammée, j'en suis sûr, raconte l'homme en s'aspergeant d'eau le front et les avant-bras.

– Où étiez-vous ?

– J'accompagnais ma femme au marché.

L'homme montre du bras la ville en feu et s'écroule, foudroyé.

– Je l'ai cherchée, je l'ai cherchée partout...

Le journaliste s'accroupit à ses côtés.

– Continuez, racontez-moi !

– Les avions ont surgi du nord, vers cinq heures. Des chasseurs et des bombardiers.

– Qu'ont-ils largué ?

– D'abord des grenades à main. Puis des bombes énormes, enfin des petites bombes incendiaires qui ont tout enflammé. Les chasseurs sont revenus. Ils ont mitraillé les gens à basse altitude, puis ils sont allés s'en prendre aux fermes isolées. Elles se sont mises à brûler comme des bougies sur les flancs des montagnes.

– Y avait-il des objectifs militaires à Guernica ?

L'homme se redresse et s'assied sur la margelle du puits. Il se passe de l'eau tiède sur le visage pour cacher ses larmes.

– Oui, il y a des casernes et une usine d'armement à la sortie du bourg. Elles n'ont pas été touchées.

Steer remercie son informateur et s'éloigne, abasourdi. Un peu plus loin, il pénètre avec mille précautions dans les ruines encore fumantes de l'hôpital Josefinas. Les lits en fer ont été tordus par l'extrême chaleur. Une grappe de bras calcinés émerge d'un cratère de bombe. Ruisselant de sueur, le reporter couvre son carnet de notes fébriles et part à la recherche de nouveaux témoignages.

Le lendemain, son article est publié sur deux colonnes à la première page du *Times* et du *New York Times* : « Le système employé par les appareils de bombardement allemands peut intéresser ceux qui étudient la nouvelle science militaire, écrit George Steer.

Tout d'abord, de petits groupes d'avions lancèrent de lourdes bombes et des grenades à main sur toute la ville, en attaquant un quartier après l'autre selon un plan bien ordonné. Puis des avions de combat volèrent très bas et fauchèrent à la mitrailleuse les gens que la panique avait fait sortir de leurs abris. Certains de ces souterrains avaient d'ailleurs été défoncés jusqu'à des profondeurs de sept à huit mètres par des obus d'une demi-tonne. Nombre de ces malheureux furent tués, comme le furent aussi les moutons qui avaient été amenés au marché et que les aviateurs allemands massacrèrent dans leur soif apparente d'assassinat. »

Des journaux canadiens et argentins reprennent l'information intégralement. En France, *Ce soir* publie, avec deux jours de retard, la correspondance de Mathieu Corman. Elle fait état de huit cents personnes tuées dans la ville basque de « Quirnica ». *L'Écho de Paris*, partisan de Franco, donne à lire une version qui minimise la responsabilité des insurgés : « De nombreux objectifs militaires ont été bombardés par les pilotes nationalistes. À Guernica, les rouges avaient établi d'importants dépôts de matériel de guerre. » Le quotidien d'extrême droite *L'Action française* invoque la fatalité : « Si la ville a été bombardée, c'est parce que la guerre est la guerre... » Enfin, en posant la question « Qui est responsable des bombardements sanglants de Guernica ? », *Paris-Midi* jette le doute sur les instigateurs de la tuerie, ébranle les convictions, et ouvre une brèche dans laquelle va rapidement s'engouffrer la propagande fasciste.

Dès le 27 avril au soir, le speaker de Radio Requeté, un émetteur nationaliste, propage le premier la thèse négationniste :

– *Les nouvelles relatives à l'incendie provoqué par*

*les bombes de nos avions à Guernica sont complète-
ment fausses. Nos aviateurs n'ont reçu aucun ordre
pour bombarder cette population. Les incendiaires
sont ceux qui, l'été dernier, ont incendié Irun. Dans
l'impossibilité de contenir l'avance de nos troupes, les
rouges ont tout détruit et ils accusent les nationalistes
de faits qui ne sont que la mise en application de leurs
intentions criminelles.*

Quelques heures plus tard, Radio Nacional, la voix
de Franco à Salamanque, s'insurge à son tour, niant la
réalité des faits avec un aplomb inouï :

– *Mensonges ! Mensonges ! Mensonges ! Tout
d'abord, il n'y a pas d'aviation allemande ou étrangère en Espagne nationaliste. Il y a l'aviation espagnole, héroïque et fière, qui ne cesse de combattre
contre les avions rouges, qui sont russes et français,
pilotés par des étrangers. En second lieu, nous n'avons
pas brûlé Guernica. L'Espagne de Franco n'incendie
pas.*

Le 29 avril, les nationalistes invitent une poignée
de journalistes étrangers à les accompagner dans
les ruines de Guernica. Parmi eux se trouve le photographe français Georges Berniard, de *La Petite
Gironde*. Chaque reporter est étroitement encadré par
des officiers de presse franquistes. Le groupe s'approche d'un bâtiment rongé par les flammes.

– Regardez cette maison ! s'exclame l'un des
guides espagnols.

Les journalistes, muets, examinent attentivement les
murs calcinés.

– Voyez-vous des éclats de bombes ?

Georges Berniard glisse des films dans les deux appareils photo qui brinquebalent sur sa poitrine.

— Voyez-vous des traces de projectiles ? insiste l'officier de presse. Je vous pose la question.

— Non. Il me semble, en effet, que cette maison n'a pas été mitraillée, constate naïvement un correspondant italien.

— Observez maintenant le seuil de cette porte, souligne encore l'Espagnol. Vous noterez que les marques noires de brûlures s'éclaircissent vers le chambranle.

Berniard visse un objectif de 35 mm sur l'un de ses Leica.

— Ce qui prouve qu'il y a eu ici un départ de feu. Ce qui prouve que la ville n'a pas été bombardée, mais incendiée. Volontairement incendiée par ses habitants. Et pourquoi les rouges l'ont-ils incendiée ?

Le correspondant allemand hausse les épaules, agacé.

— Parce qu'ils étaient battus, vocifère l'officier. Parce qu'ils se savaient incapables de soutenir loyalement un siège. Perdus pour perdus, ils ont préféré se saborder en essayant d'apitoyer l'opinion publique.

L'officier espagnol se campe devant les journalistes.

— Heureusement, les vrais professionnels que vous êtes ne se laisseront pas abuser par cette grossière provocation !

Le photographe de *La Petite Gironde* s'éloigne du groupe de quelques mètres. Il franchit un fossé dans lequel croupit un porc carbonisé, escalade un enchevêtrement de poutres et de débris, et se glisse sans bruit à l'intérieur de la maison. Il arme son appareil, tourne la bague de mise au point, et presse le déclencheur. Il double aussitôt sa photo. À cet instant, son pied heurte une boîte cylindrique en aluminium. Berniard la ramasse. L'objet porte une inscription en allemand. C'est une bombe incendiaire. Le photographe la dépose sur un muret bien exposé à la lumière et s'empare de son autre appareil. Au moment où son doigt actionne l'obturateur, le bruit sec d'une culasse le fait sursauter.

– Une photo de plus et tu es mort !

Deux soldats nationalistes empoignent le photographe sans ménagement. Un officier lui arrache ses appareils photo, les jette sur le sol, et les piétine frénétiquement.

– Ce type est un espion des rouges. Emmenez-le sur-le-champ à Salamanque. Il comparaîtra dans la journée devant un conseil de guerre et sera fusillé.

En voyant leur confrère sous bonne garde, les journalistes protestent mollement. Un Américain plus courageux prend l'officier à partie :

– Quel est votre nom ?

L'autre hésite, éberlué.

– Pedro Morales, pourquoi ?

– Capitaine Morales, vous répondrez de la vie de cet homme. Si ce soir il n'est pas de retour parmi nous, nous publierons tous que vous l'avez assassiné.

L'officier se renfrogne. Il extrait de la poche de son uniforme quelques feuilles ronéotypées, qu'il distribue aux reporters.

– Oublions cet incident grotesque. Je vous ai apporté le bulletin météorologique de la journée du 26 avril. Comme vous le constaterez par vous-mêmes, on signalait ce jour-là d'épais brouillards et de la bruine sur l'ensemble du Pays basque. Dans ces conditions, aucun avion n'a pu recevoir l'ordre de décoller.

Les journalistes empochent le document falsifié avec circonspection, et reprennent la macabre visite de la ville. Le soir, quand ils sont de retour à Bilbao, ils retrouvent le photographe français, sur le point d'être expulsé d'Espagne, et donnent à lire leurs articles au comité de censure. Car aucune information ne peut être transmise à l'étranger sans avoir été contrôlée. Un homme, Luis Bolin, chef de la censure militaire, caviarde impitoyablement les paragraphes hostiles à la propagande nationaliste. Pour échapper à ce diktat, George Steer a dû franchir la frontière et téléphoner sa dépêche à sa rédaction depuis Saint-Jean-de-Luz.

Georges Botto, l'envoyé spécial de l'agence Havas, qui lui aussi a fait partie d'un groupe de journalistes chaperonnés par des officiers franquistes, ne prend pas cette précaution. Pourquoi d'ailleurs le ferait-il puisque le télégramme qu'il envoie à Paris est un morceau d'anthologie négationniste ? « Nous avons pu constater *de visu* que, contrairement aux nouvelles diffusées de source gouvernementale, la destruction de la ville n'était pas l'œuvre des nationalistes. Les journalistes étrangers ont parcouru Guernica en tous sens. Ils ont pu se renseigner en toute liberté auprès de quelques civils qui ont attendu l'arrivée des troupes du général Franco. Ils ont pu constater que tous les pans de murs restés debout ne portent aucune trace d'éclats de bombes et que, en revanche, toutes les fenêtres sont ceinturées de traces de flammes. Les poutres des maisons achèvent de se consumer trois jours après l'occupation. L'attention des journalistes a également été attirée sur le fait que les endroits où le feu n'a pas trouvé prise, spécialement les maisons construites en béton armé, ont été inondés d'essence. »

Cette dépêche, qui corrobore sans réserve la version franquiste de la tragédie, va jouer un rôle considérable dans la stratégie de désinformation. Car, avec les grandes agences anglo-saxonnes, l'agence Havas est la principale pourvoyeuse d'informations internationales. Ainsi, *Le Figaro* titre aussitôt sur trois colonnes : « Une enquête à Guernica des journalistes étrangers révèle que la ville n'a pas été bombardée. » À Berlin, la presse souligne avec délectation que les imputations injustes formulées contre l'aviation allemande sont catégoriquement démenties par la célèbre agence française. Sous la plume d'un autre de ses envoyés spéciaux, le *Times* de Londres amende le reportage de George Steer en écrivant que « les marques distinctives d'un bombardement aérien ne sont pas nombreuses ».

Ainsi, grâce à la complaisance de certains journalistes, paresseux ou malintentionnés, les zélateurs du général Franco vont rapidement parvenir à leurs fins : transformer en faux suicide collectif un acte de barbarie prémédité. Cette technique de dénégation, qui consiste à asséner avec force une contre-vérité, sera appliquée plus tard par Goebbels, le ministre de la Propagande de Hitler, qui la résumait en ces termes : « Si vous dites des mensonges suffisamment gros et que vous persistez à les répéter, les gens commencent à les croire. » Face à ce déferlement de calomnies, un homme va lutter de toutes ses forces pour faire entendre sa voix.

Le lendemain du bombardement, le 27 avril 1937, le chanoine Alberto de Onaindía se précipite à Bilbao auprès du président basque, Aguirre, pour lui conter par le menu les scènes d'apocalypse auxquelles il a assisté. Aguirre utilise les informations du prêtre pour publier une déclaration horrifiée qui dénonce le carnage, puis il demande à Onaindía de se rendre à Paris et à Rome pour alerter l'opinion internationale. Après avoir accordé une interview au journal *Sud-Ouest*, le chanoine se trouve sur le quai de la gare de Biarritz. Il est pris dans une bousculade de journalistes.

– Êtes-vous vraiment allé à Guernica ? demande un reporter suspicieux.

– Comment se fait-il que votre témoignage soit en complète contradiction avec celui des militaires bien informés ? fait remarquer un autre.

– Après tout, n'êtes-vous pas un Basque nationaliste ? s'interroge un troisième ironiquement.

Furieux, Onaindía écrit à monseigneur Mugica, évêque de Vitoria exilé à Rome : « Cette calomnie m'apparaît presque pire que l'incendie de la ville : tuer de pauvres et innocentes personnes et leur attribuer ensuite le crime le plus horrible de cette guerre ! » Le chanoine demande ensuite à l'évêque de solliciter pour lui une audience auprès du pape Pie IX. Comme elle lui est refusée, un groupe d'une vingtaine de prêtres basques se déplace à Rome en secret. Il est reçu « avec une courtoisie réservée » par le Saint Père. Mais l'entretien tourne court aussitôt que la question de la tuerie de Guernica est abordée.

Après la fin de la guerre civile espagnole et la victoire de Franco, le complot du silence perdure pendant des décennies. Pourtant, au lendemain de la Seconde Guerre mondiale, en marge du procès de Nuremberg, deux témoignages accablent Franco et ses alliés nazis. Deux enquêteurs américains s'entretiennent avec Goering dans sa cellule. Le chef déchu de la Luftwaffe confesse que Guernica a effectivement été utilisée pour entraîner et tester, en situation réelle, pilotes et matériels. Von Richthofen, le chef d'état-major de la légion Condor, reconnaît pour sa part que « Guernica fut l'attaque la plus réussie pour disloquer les mouvements rouges ». Ces informations ne seront pas divulguées.

Il faut attendre 1949 pour qu'une première indication officielle fissure la théorie négationniste. Une revue militaire espagnole admet enfin la réalité d'un bombardement, mais maintient que Guernica a été détruite par un incendie volontaire, organisé par ses habitants après le passage des avions. Dix-sept ans plus tard, des historiens conviennent qu'il y a bien eu pilonnage intentionnel de la cité basque par la légion Condor, l'état-major franquiste n'ayant pas été informé.

En 1970 enfin, cinq ans avant la mort du dictateur, Herbert Southworth, professeur à l'université de San Diego, en Californie, établit la preuve que franquistes et Allemands ont bien conjugué leurs efforts pour éradiquer la cité basque. En date du 7 mai 1937, le grand quartier général de Franco adressait ce télégramme à la légion Condor : « Les unités de la ligne de front ont demandé directement à l'aviation allemande de bombarder Guernica, carrefour de communications très important, doté d'une fabrique de munitions, de bombes et de revolvers. Des bombes, larguées par les avions, ont atteint la ville. »

Le 24 mai 1937, presque un mois jour pour jour après le bombardement de Guernica, s'ouvrait à Paris l'Exposition internationale des arts et des techniques dans la vie moderne. Sur l'esplanade du Trocadéro, face au palais de Chaillot, construit pour l'événement, deux pavillons monumentaux et arrogants se défiaient. Celui de l'Union soviétique, tourné vers l'est, était couronné par la gigantesque statue d'un ouvrier et d'une paysanne brandissant d'un même élan un marteau et une faucille. L'autre, celui du Reich allemand, était surmonté d'un aigle hors de proportion, qui tenait dans ses serres une colossale croix gammée. En attendant de se combattre directement, les deux pays s'affrontaient déjà sur les rives de la Seine et aussi sur le front de la guerre civile espagnole, par escadrilles aériennes interposées.

Le pavillon espagnol, plus modeste, accueillait les visiteurs avec une immense peinture à l'huile de 7,76 mètres de long sur 3,50 mètres de hauteur, accrochée dans le hall d'entrée. Œuvre de Pablo Picasso, la toile s'intitule *Guernica*.

Cinq mois plus tôt, le gouvernement de la République espagnole avait chargé le maître catalan de réaliser pour l'exposition une fresque ou un panneau mural. Picasso avait d'abord exécuté, sur le mode caricatural, une suite de neuf gravures, baptisée *Songe et Mensonge de Franco*. Mais en mal d'inspiration, il avait rapidement abandonné son travail, à la recherche d'un autre thème. Le 1er mai, dès l'annonce en France du pilonnage de la ville basque, Picasso se mettait au travail d'arrache-pied. Le martyre de Guernica fouettait son imagination. Tête de taureau, femmes au pilori, cheval crucifié, corps en pièces, les éléments tragiques envahissaient la toile, créant des rythmes hallucinés et prophétiques.

Le jour de l'inauguration, Picasso se tenait près de son œuvre, aux côtés de Dora Maar, sa compagne. Un officier allemand, portant l'uniforme noir des Waffen SS, s'approcha de la peinture et l'examina longuement avec dégoût. Puis il se tourna vers l'artiste et demanda :

– Est-ce vous qui avez fait ça ?

Les yeux de braise du Catalan vrillèrent le regard du nazi. Il répliqua avec un accent espagnol, qu'il exagéra volontairement :

– Non, c'est vous !

Table

Le Livre de Poche s'engage pour
l'environnement en réduisant
l'empreinte carbone de ses livres.
Celle de cet exemplaire est de :
850 g éq. CO_2
Rendez-vous sur
www.livredepoche-durable.fr

PAPIER À BASE DE
FIBRES CERTIFIÉES

Composition réalisée par NORD COMPO

Imprimé en France par CPI
en février 2016
N° d'impression : 2021527
Dépôt légal 1re publication : février 2008
Édition 07 - février 2016
LIBRAIRIE GÉNÉRALE FRANÇAISE
31, rue de Fleurus - 75278 Paris Cedex 06